BASTEI LÜBBE

John Varley

Millenium: eine Jahrtausendliebe

BASTEI LÜBBE

SCIENCE FICTION

BASTEI-LÜBBE-TASCHENBUCH
Science Fiction Special
Band 24 065

Deutsche Lizenzausgabe 1985
Bastei-Verlag Gustav H. Lübbe GmbH & Co., Bergisch Gladbach
Originaltitel: Millenium
Ins Deutsche übertragen von Ingrid Herrmann
Textillustration: John Stewart
Titelillustration: Agentur Thomas Schlück
Umschlaggestaltung: Quadro-Grafik,Bensberg
Satz: Fotosatz Schell, Bad Iburg
Druck und Verarbeitung:
Elsnerdruck GmbH, Berlin
Printed in Western Germany
ISBN 3-404-24065-0

Der Preis dieses Bandes versteht sich einschließlich
der gesetzlichen Mehrwertsteuer.

Prolog

Aussage der Louise Baltimore

Die DC-10 hatte nicht die geringste Chance. Sie galt als ein gutes Flugzeug, wenn sie auch zu jenem Zeitpunkt wegen der Vorfälle in Paris und Chicago noch heftig umstritten war. Aber wenn man so viel Tragfläche verliert, sitzt man nicht länger in einer Flugmaschine, sondern in einem Aluminiumbrocken. Und genauso kam die Zehn nach unten: senkrecht und sich um die eigene Achse drehend.

Die 747 hingegen, wie ich erst unlängst Wilbur Wright erzählte, gehört zusammen mit der DC-3 Gooney Bird und der Fokker Aérospatiale HST zu den zuverlässigsten Luftfahrzeugen, die je konstruiert wurden. Gewiß, diese hier trug bei der Kollision einen geringeren Schaden davon als die DC-10, und zweifellos war sie tödlich getroffen. Doch der großartige alte Wal schaffte es, sich in einem Horizontalflug hochzuziehen und ihn beizuhalten. Wer weiß, was noch alles möglich gewesen wäre, wenn der Berg nicht dagestanden hätte.

Der Rumpf wurde überraschend wenig beschädigt, als die Maschine auf dem Bauch landete und sich überschlug – ein Manöver, das keiner bei der Firma Boeing in den Konstruktionsparametern berücksichtigt hatte. Den Beweis für die Robustheit des Flugzeugs lieferte der Zustand, in dem sich die Passagiere befanden: über dreißig Tote besaßen noch alle ihre Gliedmaßen. Wenn die 747 nicht Feuer gefangen hätte, wären womöglich sogar ein paar Gesichter unversehrt geblieben.

Ich fand immer, es müsse ein sehenswertes Schauspiel sein, wenn man sich selbst in seinen letzten Sekunden beobachtete. Oder möchten Sie etwa lieber im Bett sterben?

Na ja, vielleicht doch. Vermutlich ist die eine Art zu sterben ebensogut wie die andere.

1 »A Sound of Thunder«

Aussage des Bill Smith

Am 10. Dezember klingelte gegen ein Uhr nachts bei mir das Telefon.

Dabei könnte ich es belassen und einfach nur sagen, bei mir klingelte das Telefon, doch das würde der ungeheuren Wichtigkeit des Ereignisses nicht gerecht.

Für einen Wecker gab ich mal siebenhundert Dollar aus. Als ich das Ding kaufte, war es keine Uhr, und nachdem ich daran herumgebastelt hatte, mehr als nur ein Wecker. Kernstück des Ganzen war eine Luftschutzsirene aus dem Zweiten Weltkrieg. Ich brachte hier und da ein paar Einzelheiten an, und als ich damit fertig war, besaß ich einen Wecker, der einen genauso schnell aus dem Bett hochjagen konnte wie ein größeres Erdbeben.

Später schloß ich mein zweites Telefon an diese Weltuntergangsmaschine an.

Das zweite Telefon legte ich mir zu, als ich mich dabei ertappte, wie ich jedesmal aufsprang, wenn das erste klingelte. Im Büro kannten nur sechs Leute die Nummer des neuen Apparates, und auf diese Weise schlug ich zwei Fliegen mit einer Klappe. Ich zuckte nicht mehr zusammen, sobald ein Telefon läutete, und ich wurde nie wieder von jemand geweckt, der zu mir nach Hause kam, um mir zu erzählen, eine Alarmmeldung sei eingegangen, doch da man mich telefonisch nicht hätte erreichen können, habe man statt meiner jemand anders mit dem Bereitschaftsteam losgeschickt.

Ich gehöre zu den Leuten, die wie die Toten schlafen. Das war schon immer so. Meine Mutter mußte mich aus dem Bett werfen, damit ich nicht zu spät zur Schule kam. Sogar bei der Marine, wenn meine Kameraden nicht einschlafen konnten, weil sie an das Flugdeck am nächsten Morgen dachten, schnarchte ich die ganze Nacht durch und mußte vom diensthabenden Offizier hochgescheucht werden.

Und dann trinke ich auch ein bißchen.

Sie wissen ja, wie das so geht. Auf Parties fängt es an. Dann genehmigt man sich regelmäßig abends einen Schluck. Nach der Scheidung begann ich zu trinken, wenn ich allein war, denn zum erstenmal in meinem Leben litt ich unter Einschlafstörungen. Natürlich weiß ich, daß das ein Warnsignal ist, doch bis zum Alkoholismus ist das noch ein weiter Weg.

Doch ich hatte mir angewöhnt, zu spät ins Büro zu kommen, und ich dachte mir, unternimm lieber etwas dagegen, ehe du einen Anpfiff von einem Vorgesetzten bekommst. Tom Stanley riet mir, eine psychologische Beratungsstelle aufzusuchen, aber ich finde, mein Wecker tut die gleichen Dienste. Man kann seine Probleme auch allein bewältigen, man muß sich nur eingestehen, daß man welche hat, und dann die entsprechenden Maßnahmen ergreifen.

Nachdem ich beispielsweise an drei Tagen hintereinander meinen neuen Wecker abgestellt hatte und wieder eingeschlafen war, verlegte ich den Schalter in die Küche und koppelte ihn mit der Kaffeemaschine. Wenn man erst einmal aufgestanden ist und den Kaffee riecht, kann man sich nicht mehr hinlegen und weiterschlafen.

Als ich es im Büro erzählte, lachten alle darüber. Jeder fand, es sei intelligent arrangiert. Okay, vielleicht sind Ratten, die durch ein Labyrinth laufen, auch intelligent. Und vielleicht stimmt bei Ihnen alles, ohne daß bei Ihnen eine Schraube locker oder eine Feder zu straff angezogen ist. Wenn ja, dann will ich nichts davon hören. Erzählen Sie es Ihrem Psychiater.

Bei mir klingelte also das Telefon.

Ich richtete mich auf, sah, daß es noch dunkel war und wußte, daß ich den nächsten Tag nicht mit Routinearbeiten im Büro verbringen würde. Dann schnappte ich mir den Hörer, ehe der Lärm die Farbe von den Tapeten platzen ließ.

Kann sein, daß es ein bißchen lange dauerte, ehe ich ihn an mein Ohr hielt. Am späten Abend hatte ich mir noch ein paar Drinks genehmigt, und wenn ich geweckt werde, dauert es eine Weile, bis ich ganz da bin, selbst wenn es sich um eine Alarmmeldung handelt. Ich hörte ein Zischen in der Leitung, dann eine zögernde Stimme.

»Mr. Smith?« Es war die Telefonistin, die bei der Behörde den Nachtdienst versah. Ich hatte die Frau noch nie gesehen.

»Jaah? am Apparat.«

»Ich verbinde mit Mr. Petcher.«

Dann verstummte sogar das Zischen, und ich fand mich wieder im Fegefeuer des Zwanzigsten Jahrhunderts, das daraus besteht zu warten, bis eine Verbindung zustandekommt, ehe ich auch nur ein Wort des Protests äußern konnte.

Obwohl es mich dieses Mal nicht störte. Es verschaffte mir die Gelegenheit, wach zu werden. Ich gähnte und kratzte mich, setzte mir die Brille auf und spähte auf den Plan, der über dem Nachttisch an der Wand hing. Da stand er ja, C. Gordon Petcher, gleich unter dem Vorsitzenden und der Zeile »Mitglieder des Bereitschaftsteams – Bei Unfällen jeder Art sind nachstehende Personen zu verständigen«.

Jeden Donnerstag nach Dienstschluß ändert sich der Plan. Der Name des Vorsitzenden, Roger Ryan, ist der einzige, der auf jedem wiederkehrt. Egal was passiert, ob bei Tag oder bei Nacht, Ryan ist der erste, der davon erfährt.

Mein eigener Name stand ein bißchen tiefer auf der Liste, in der Spalte mit dem Vermerk »Flugoffizier vom Dienst / LUK«. Es folgten die Nummer meines Piepsers und die meines zweiten Telefons bei mir zu Hause. »LUK« bedeutet übrigens »Leiter der Unfalluntersuchungskommission«.

C. Gordon Petcher war seiner Dienstzeit nach das jüngste der fünf Mitglieder der Nationalen Verkehrssicherheitsbehörde und somit automatisch ein bißchen suspekt. Wir, die aufgrund unseres fachlichen Könnens angestellt sind, beschnuppern immer erst neue Mitglieder der Behörde, die für eine Amtszeit von fünf Jahren ernannt werden. Jeder Neue muß eine Probezeit mitmachen, in der wir entscheiden, ob wir ihm vertrauen können oder ihn nur dulden.

»Tut mir leid, daß ich Sie habe warten lassen, Bill.«

»Macht nichts, Gordy.« Er wollte, daß wir ihn Gordy nennen.

»Ich sprach gerade mit Rodger. In Kalifornien ist eine schlimme Sache passiert. Da es schon so spät und das Unglück so schwerwiegend ist, haben wir beschlossen, auf den üblichen Transport zu verzichten. Die JetStar steht dem Bereitschaftsteam zur Verfügung. Ich hoffe, die Maschine kann binnen einer Stunde starten. Wenn Sie ...«

»Wie schlimm, Gordy? Chicago? Everglades? San Diego?«

Seine Stimme klang, als wolle er sich entschuldigen. Das kann schon mal passieren. Der Überbringer einer Hiobsbotschaft hat manchmal das Gefühl, daß er für die Katastophe verantwortlich ist.

»Könnte schlimmer sein als die Kanarischen Inseln«, antwortete er.

Während ein Teil meines Bewußtseins es mißbilligte, daß dieser Neuling mit mir in betriebsinternen Kürzeln sprach, versuchte ich mir ein Unglück vorzustellen, das größer war als Teneriffa.

Außenstehende könnten meinen, wir redeten über bestimmte Orte, wenn wir Chicago, Paris, Everglades und so weiter sagten. Doch das ist nicht der Fall. Chicago bedeutet, daß eine DC-10 beim Start ein Triebwerk verlor und alle an Bord bei dem Unfall ums Leben kamen. Everglades war der Absturz einer L-1011, bei der es Überlebende gab. Die Maschine landete im Sumpf, während die Besatzung sich damit beschäftigte, die Ursache für eine geringfügige Störung herauszufinden. San Diego war eine große, grinsende PSA 727, der über Indianerland eine Cessna ins Gehege kam – in den Hügeln wimmelte es von Navajos, Cherokeesen und Piper-Küken. Und Kanarische Inseln ...

1978 passierte auf dem Flughafen von Teneriffa etwas Unglaubliches. Eine vollaufgetankte, vollbesetzte Boeing 747 startete, während eine andere 747 durch dichten Nebel verdeckt, noch auf der Piste stand. Es kam zu einer Kollosion. Die beiden Maschinen brannten aus wie zwei schwerfällige Omnibusse, die im Stoßverkehr einer Großstadt zusammengeprallt sind.

Dieses Unglück galt, jedenfalls bis zu dem Zeitpunkt, wo ich besagten Anruf erhielt, als die größte Katastrophe in der Geschichte der Luftfahrt.

»Wo in Kalifornien, Gordy?«

»Oakland. Östlich von Oakland in den Bergen.«

»Beteiligte?«

»Eine Pan Am 747 und eine United DC-10.«

»In der Luft?«

»Ja. Beide Maschinen vollbesetzt. Bis jetzt habe ich noch keine endgültigen Zahlen ...«

»Macht nichts. Was ich vorläufig wissen muß, weiß ich. Wir sehen uns dann auf dem Flughafen in ungefähr ...«

»Ich komme erst morgen früh nach«, unterbrach er mich. »Mr. Ryan meinte, ich solle noch ein paar Stunden hierbleiben, um die Mitteilungen an die Öffentlichkeit zu koordinieren, weil ...«

»Klar. Okay. Dann sehen wir uns morgen gegen Mittag.«

Keine zwanzig Minuten nachdem ich eingehängt hatte, verließ ich das Haus. In dieser Zeit hatte ich mich rasiert, mich angezogen, meine Sachen gepackt, eine Tasse Kaffee getrunken und ein Frühstück, bestehend aus Rühreiern und Würstchen, verzehrt. Ich war richtig ein bißchen stolz darauf, daß ich mich dieses Mal selbst übertroffen hatte. Sogar vor meiner Scheidung war ich nicht schneller gewesen.

Das Geheimnis heißt: gerüstet sein, sich Gewohnheiten anzueignen und nie davon abweichen. Man plant jeden einzelnen Schritt, bereitet alles soweit wie möglich vor, und wenn dann der Anruf kommt, ist man bereit.

Deshalb duschte ich im Bad im Erdgeschoß, anstatt in dem neben dem Schlafzimmer, weil ich auf dem Weg dorthin durch die Küche mußte, wo in den vorprogrammierten Mikrowellenherd und die Kaffeemaschine einschalten konnte. Beide Geräte wurden immer am Abend zuvor gefüllt, egal ob ich betrunken oder nüchtern war.

Nach dem Duschen aß ich im Stehen, während ich mich

gleichzeitig rasierte. Den Rasierapparat nahm ich mit nach oben, wo ich ihn in den Koffer warf, in dem sich bereits Unterwäsche, Hemden, Hosen und Toilettenartikel befanden. Dann erst mußte ich meine erste Entscheidung an diesem Tag treffen, die von meinem Reiseziel abhing. Ich wurde schon kurzfristig in die Mojave Wüste und zum Mount Erebus in die Antarktis geschickt. Klar, daß man unterschiedliche Kleidungsstücke mitnimmt. Der große gelbe Poncho lag bereits im Koffer, an einem Unfallort rechnet man *immer* mit Regen. Doch die Oaklandberge im Dezember stellten mich nicht vor große Probleme.

Koffer zuklappen und schließen, den Stapel Papiere vom Schreibtisch holen und in den kleineren Koffer stopfen, der die Dinge enthielt, die ich bei jedem Bereitschaftseinsatz mitnahm: eine Kamera, jede Menge Filme, Notizbuch, Lupe, Taschenlampe mit Ersatzbatterien, Kassettenrecorder, Kassetten, Taschenrechner, Kompaß. Dann die Treppe wieder hinunter, sich eine zweite Tasse Kaffee einschenken und alles in die Garage tragen – die Tür hatte ich offen gelassen. Mit dem Ellenbogen drückte ich auf den Knopf zum Öffnen des Garagentors, ein Fußtritt beförderte die Tür ins Schloß, die ich hinter mir absperrte. Mein Gepäck warf ich in den offenstehenden Kofferraum, dann sprang ich in den Wagen, fuhr im Rückwärtsgang aus der Garage, betätigte die Fernbedienung zum Schließen des Tores und achtete darauf, ob sie auch funktionierte.

Außer dem Auswählen von ein paar zusätzlichen Kleidungsstücken verlief jeder Handgriff automatisch. Ich brauchte erst wieder zu denken, als ich auf der Connecticut Avenue in Richtung Süden fuhr. Ich hielt das Haus in einem Zustand, der es mir erlaubte, von einer Minute auf die nächste zu verreisen. Gott sie Dank besaß ich keinen Hund. Und Sam Horowitz von nebenan würde ohnehin ein bißchen auf mein Haus aufpassen, wenn er am nächsten Tag etwas von einem Flugzeugabsturz in der Zeitung las.

Im großen und ganzen hatte ich mich wohl recht gut an mein Junggesellendasein gewöhnt.

Ich wohne draußen in Kensington, Maryland. Seit der Scheidung ist das Haus viel zu groß für mich, und es verschlingt eine Menge an Heizkosten, aber offenbar kann ich mich nicht davon trennen. Ich hätte in die Stadtmitte ziehen können, doch ich hasse Appartements.

Ich nahm die Umgehungsstraße zum Flughafen. Nachts um diese Zeit sieht man auf der Connecticut Avenue kaum ein Auto, doch die Ampeln halten einen auf. Man sollte annehmen, daß dem Leiter der Unfalluntersuchungskommission, der zum Bereitschaftsteam einer nationalen Verkehrssicherheitsbehörde gehört und der unterwegs ist zum größten Flugzeugunglück in der Geschichte, ein rotes Blinklicht zusteht, das er auf seinem Wagendach befestigen und mit dem er über die Kreuzungen rauschen kann. Doch leider würde dies bei der hiesigen Verkehrspolizei keine begeisterte Zustimmung finden.

Die meisten Mitglieder des Teams wohnten in Virginia und trafen ohnehin vor mir am Flughafen ein, egal welche Strecke ich fuhr. Doch ohne mich würde die Maschine nicht starten.

Wie ich diesen National Airport hasse! Er ist eine Beleidigung für die gesamte Sicherheitsbehörde. Vor ein paar Jahren, als wir die Nachricht erhielten, daß eine Air Florida Maschine gegen die Brücke der 14. Straße geprallt war, hofften einige von uns – wenn auch nicht laut –, daß der Flughafen endlich geschlossen würde. Es kam zwar nicht dazu, doch ich hatte die Hoffnung immer noch nicht aufgegeben.

Der National Airport war eben so verdammt bequem zu erreichen. Für die meisten Einwohner Washingtons hätte der Dulles International Airport ebensogut in Dakota liegen können. Und Baltimore …

Sogar die Behörde stationiert ihre Maschinen auf dem National. Wir besitzen ein paar Flugzeuge, von denen das größte eine Lockheed JetStar ist, die uns, ohne auftanken zu müssen, zu jedem beliebigen Ort auf dem nordamerikanischen Kontinent bringen kann. Normalerweise benutzen wir Verkehrsmaschinen, aber das geht nicht immer. Dieses

Mal war es zu früh am Morgen, um genügend freie Plätze in einer Maschine zu finden, die nach Westen flog. Und wenn die Katastrophe tatsächlich so groß war, wie Gordy behauptete, bestand außerdem die Möglichkeit, daß ein zweites Team uns nach Sonnenaufgang folgte. Unter Umständen mußten wir die Angelegenheit wie zwei Unfälle behandeln.

Als ich an Bord der JetStar ging, waren außer George Sheppard alle da. Tom Stanley hatte mit Gordy Petcher in Verbindung gestanden. Während ich mein Gepäck verstaute, erzählte mir Tom Einzelheiten, die Petcher entweder noch nicht gewußt hatte, als wir miteinander telefonierten, oder zu denen ihm einfach der Mut fehlte, sie auszusprechen.

Keine Überlebenden. Bis jetzt hatten die betroffenen Fluggesellschaften noch keine exakten Zahlen genannt, doch feststand, daß es über sechshundert Tote gab.

Passiert war das Unglück in einer Höhe von fünftausend Fuß. Die DC-10 war beinahe sofort abgestürzt. Die 747 flog noch ein Stück, doch das Endergebnis war das gleiche. Die Zehn befand sich nicht weit von einem vielbefahrenen Highway entfernt. Die örtliche Polizei und Feuerwehrmannschaften hielten sich an der Unfallstelle auf. Die Pan Am Boeing war irgendwo in den Bergen runtergekommen. Bergungstrupps hatten sie bereits gefunden, doch bis jetzt lautete die einzige Auskunft, es gebe keine Überlebenden.

Roger Keane, der Leiter des NVSB Feldbüros in Los Angeles, war unterwegs zur Buchtregion und mußte bald landen. Roger hatte sich mit der Contra Costa und den Büros des Alameda County Sheriffs in Verbindung gesetzt und Anweisungen zum Vorgehen an den Unfallstellen gegeben.

»Und wer leitet die Show im Los Angeles Airport?« erkundigte ich mich.

»Der Bursche heißt Kevin Briley«, sagte Tom. »Ich kenne ihn nicht. Und du?«

»Ich glaube, ich habe ihm mal die Hand geschüttelt. Mir wär's lieber, wenn Keane an die Unfallstelle käme.«

»Briley sagte mir, man habe ihn angewiesen, mit der

nächsten Maschine nach Oakland zu fliegen und sich dort mit uns zu treffen. Er wird noch ein Weilchen länger in Los Angeles bleiben, wenn du mit ihm sprechen willst.«

Ich blickte auf meine Uhr.

»Gleich. Wo ist George?«

»Keine Ahnung, Er wurde informiert. Vor fünf Minuten versuchten wir, ihn anzurufen, aber bei ihm hob keiner ab.«

George Sheppard ist der Wetterspezialist. Da seine Anwesenheit an der Unfallstelle nicht unbedingt notwendig war, konnten wir ohne ihn abfliegen.

Und ich wollte endlich los. Schlimmer noch: Ich brannte darauf fortzukommen wie ein nervöses Rennpferd in der Startbox. Ich fühlte, wie sich etwas zusammenbraute, um mich herum und um die ganze Nation. Im Inneren der Jet-Star war es ruhig und dunkel, aber von Washington nach Los Angeles und Seattle und bald die ganze Welt umspannend, konzentrierten sich Kräfte, die den gottverdammtesten elektronischen Zirkus veranstalten würden, den man je gesehen hat.

Die Nation schlief, doch in den Drähten und Kabeln der Presseagenturen, in den Nachrichtensatelliten summte bereits die Neuigkeit. Tausende von Reportern und Redakteuren wurden aus den Betten gejagt und buchten Flüge nach Oakland. Hunderte von Regierungsstellen wurden in die Sache verwickelt. Andere Nationen würden ihre Vertreter entsenden. Jeder Mitarbeiter der Firmen Boeing und McDonnell-Douglas bis hin zum Hersteller der kleinsten Niete im Flugzeugrumpf würde zittern aus Angst, sein Werk habe das schadhafte Teil hergestellt oder die irreführende Instruktion geschrieben. Und alle wollten sie zur Stelle sein, um die schlechte Nachricht aus erster Hand zu empfangen. Wenn über Kalifornien die Sonne aufging, würde ein wahres Heer von Leuten aufgeregt nach Antworten verlangen. Wie konnte das passieren? Wessen Schuld ist es? Was kann man in Zukunft ändern?

Und ich war derjenige, der Rede und Antwort stehen mußte. Alles in mir schrie danach, endlich abzufliegen, endlich die Unglücksstelle zu erreichen, damit ich anfangen konnte, mich umzuschauen.

Ich stand im Begriff, den Befehl zum Start zu geben, als ein Anruf von George kam und mir eine Entscheidung ersparte, die er mir sicherlich übelgenommen hätte. Er hatte Probleme mit seinem Wagen. Er hatte schon ein Taxi gerufen, schlug uns jedoch vor, ohne ihn abzufliegen, er käme später nach. Ich stieß einen Seufzer der Erleicherung aus und sagte dem Piloten, er solle starten.

Wie ist das, wenn man sich unterwegs zum Ort einer großen Flugzeugkatastrophe befindet? Meistens geht es sehr ruhig zu. Im Laufe der ersten Stunde führte ich ein paar Telefonate mit Los Angeles und sprach kurz mit Kevin Briley. Ich erfuhr, daß Roger Keane an Bord eines Helicopters gegangen war und sich wahrscheinlich bereits an der Absturzstelle der DC-10 befand. Briley rüstete sich zum Gehen, um seine Maschine nach Oakland zu besteigen, wo wir uns im Flughafen treffen wollten. Ich sagte ihm, er solle Sicherheitskräfte bereitstellen.

Andere telefonierten nach Seattle, Oakland, Schenectady, Denver, Los Angeles. Jedes Mitglied des Bereitschaftsteams stellte seine eigene Gruppe zusammen, um einen Aspekt des Unfalls auszuleuchten, und jeder wollte die besten Leute um sich scharen. Im allgemeinen war das kein Problem. Bei einem Unglück dieser Größenordnung arbeitet der offiziöse Nachrichtendienst sehr schnell. Fast jeder, den wir anriefen, wußte schon Bescheid; viele waren bereits unterwegs. Alles Leute, die wir kannten und denen wir vertrauten.

Aber keiner der Anrufe nahm viel Zeit in Anspruch. Nachdem die erste Stunde vergangen war, befand sich das Team wieder ohne Kontakt mit der Außenwelt auf dem fünf Stunden dauernden Flug nach Oakland. Was taten wir dann?

Können Sie sich vorstellen, wieviel Papierkram mit der Aufklärung eines Flugunfalls verbunden ist? Jeder von uns wühlte sich durch ein halbes Dutzend Berichte. Wir mußten Berichte lesen und Berichte schreiben, unzählige Einzelheiten wiederkäuen. Mein Aktenkoffer platzte bald aus den Nähten, so viel unerledigte Arbeit schleppte ich mit mir herum. Ungefähr eine Stunde lang befaßte ich mich damit.

Zum Schluß verstand ich nicht mehr, was ich las. Ich gähnte, streckte mich und blickte in die Runde. Die Hälfte des Teams schlief. Ich fand, das sei keine schlechte Idiee. Nach östlicher Zeit war es jetzt halb fünf Uhr morgens, drei Stunden früher als an der Westküste, und keiner von uns würde vor Mitternacht ein Auge zutun können.

Auf der anderen Seite des Mittelgangs saß Jerry Bannister, Fachmann für Konstruktion. Er ist der Älteste von uns: ein großer, kräftiger Mann mit einem massigen Kopf und vollem grauen Haar, ein Luftfahrtingenieur, der bei der Firma Douglas am Fließband anfing und Gooney Birds zusammenbaute, weil der Militärarzt ihn für dienstuntauglich erklärt hatte. Auf einem Ohr ist er taub und im anderen trägt er ein Hörgerät. Wenn man ihn ansieht, sollte man meinen, die vom Militär seien verrückt. Selbst jetzt noch mit seinen sechzig Jahren würde ich ihn jederzeit gegen eine Kompanie deutscher Soldaten antreten lassen.

Mit seinem zerklüfteten Gesicht und den beiden riesigen Pranken paßte er gut in eine Maschinenhalle. Man kann ihn sich nur schwer an einem Zeichenbrett oder bei einem Windkanaltest vorstellen, doch da befindet er sich in seinem Element. Nach dem Krieg absolvierte er eine Collegeausbildung. Er war an der Konstruktion vieler Flugzeuge beteiligt, unter anderem der DC-6 und der DC-8. Im Augenblick schlief er tief und fest mit zurückgelegtem Kopf und offenem Mund. Der Bursche scheint keine Nerven zu besitzen, nichts kann ihn erschüttern. Er sammelt Briefmarken, man stelle sich vor. Philatelie ist seine große Leidenschaft. Wenn er einmal davon zu reden anfängt, hört er gar nicht mehr auf.

Hinter ihm saß Craig Haubner, mein Systemspezialist. Sein kahler Schädel glänzte im schwachen Schein der Sitzplatzbeleuchtung. Den ganzen Flug über würde er Seite um Seite seines gelben Schreibblocks füllen, nach der Landung aus der Maschine springen, zur Unfallstelle hetzen und den ganzen Tag lang bis in die Nacht hinein im Flugzeugwrack herumstöbern und schnüffeln. Wenn er dann zum provisorischen Hauptquartier zurückkehrte, sähe er immer noch aus wie aus dem Ei gepellt, wäre hellwach und voller Energie. Für Haubner konnte man unmöglich Sympathie empfinden – er verstand es nicht, mit Menschen umzugehen, und manchmal wirkte er selbst nicht mal mehr wie ein Mensch – doch jeder von uns respektierte ihn. Seine Fähigkeit, ein Stückchen verkohlten Drahts oder eine verbogene hydraulische Rohrleitung zu prüfen und dann genau zu sagen, was passiert war, grenzt an Zauberei.

Ich sah zu Eli Seibel hinüber, der wie ich wach war und in den Deckeln von Streichholzbriefen, in Papierservietten, zerissenen Briefumschlägen und zerknitterten Zetteln herumklaubte, die er seine Arbeitsunterlagen zu nennen beliebt. Ich werfe ihm nie Schlampigkeit vor, doch ich muß auf die Zähne beißen, wenn ich ihn nur beim Arbeiten zusehe. Irgendwie schafft er es, trotz des Chaos mit sehr guten Leistungen aufzuwarten. Er ist übergewichtig und gegen fast alles allergisch und der einzige von uns, der keinen Pilotenschein besitzt. Aber er hat ständig gute Laune, ist bei den Sekretärinnen im Büro beliebt, und er beherrscht sein Spezialgebiet Triebwerke.

In der Reihe hinter mir hockte Tom Stanley. Die Beine hatte er in den Mittelgang ausgestreckt, in dem vergeblichen Bemühen, eine bequeme Sitzhaltung zu finden. Mit seinen siebenundzwanzig Jahren war er das jüngste Mitglied des Bereitschaftsteams. Er hatte nie beim Militär gedient – ich glaube, wenn er für Vietnam alt genug gewesen wäre, hätte er den Kriegsdienst verweigert –, und sein einziger Job, der mit Luftfahrt zu tun hatte, ehe er anfing, für die Behörde zu arbeiten, war der eines Fluglotsen gewesen.

Er stammte aus einer wohlhabenden Familie. Natürlich hatte er in Harvard studiert, ehe er zum M.I.T. überwechselte, und sein Dad bezahlte alles. Das Haus, in dem er wohnt, besitzt den fünffachen Wert von meinem, wenn ich es verkaufen wollte. Alles in allem gesehen, konnte ich mir kaum einen Lebenslauf vorstellen, der mehr geeignet wäre, jemanden bei so altgedienten Profis wie Jerry, Craig ... und auch mich unbeliebt zu machen. Und Haubner und Bannister hatten auch tatsächlich nicht viel für ihn übrig. Eli Seibel toleriert ihn, und Levitsky kommt mehr oder weniger mit jedem von uns aus.

Aber ich mag Tom. Wenn es so etwas wie einen stellvertretenden Leiter der Unfalluntersuchungskommission gäbe (was nicht der Fall ist), würde ich Tom Stanley für den Posten vorschlagen. Wie die Dinge liegen, berate ich mich oft mit ihm.

Vielleicht mag ich ihn wegen seiner Liebe zur Fliegerei. Seit dem Alter vor ungefähr acht Jahren interessiert er sich dafür, und ich bin selbst ein so passionierter Flieger, daß ich ihm einfach sein vieles Geld gönne, daß es ihm ermöglicht, diesen Sport zu betreiben. Ich besitze einen herrlichen alten Stearman Doppeldecker, der viel zu viel von meinem Einkommen verschlingt, und den ich wahrscheinlich nie ganz bezahlen können werde. Tom gehört eine tadellos erhaltene Spitfire. Und ich darf sie fliegen. Ist das nicht ein feiner Zug von ihm?

Bei der Untersuchung wollte Tom zwei Untergruppen leiten: Flugsicherung und Operations. Noch jemand, der bei den Ermittlungen eine Doppelfunktion innehatte, schlief hinten im Flugzeug. Ich meine Carole Levitsky, zuständig für menschliche Faktoren und Zeugenaussagen. Sie arbeitete erst seit einem halben Jahr bei der Behörde. Dies hier war ihr zweiter großer Flugunfall. Als Psychologin war sie in der Forschung tätig gewesen und besaß Erfahrungen auf den Gebieten Gerichtsmedizin und industriell bedingte Streßfaktoren. Im großen und ganzen konnte man sagen, daß sie es geschafft hatte, sich bei uns knallharten Technikertypen Respekt zu verschaffen.

Ich argwöhnte, daß sie besser Bescheid wußte, was mit uns los war, als wir selbst. Sie besaß eine Art, einen anzusehen, daß man unwillkürlich dachte: Was habe ich eigentlich wirklich gemeint, als ich das und das sagte?

Was uns alle ein bißchen nervös machte, war der hartnäckige Verdacht, daß sie genausoviel Zeit damit verbrachte, die Auswirkungen von Streß an uns zu studieren, wie sie es im Zuge ihrer Arbeit bei den an Flugunfällen beteiligten Piloten und Fluglotsen tat. Wie ich bereits andeutete, gibt es Dinge in meinem Leben, die ich einem Psychologen lieber nicht erzählen möchte, und im übrigen geben wir alle einen guten Nährboden für Berufsstreßsyndrome ab. Carole ist eine zierliche Frau mit dunklem, kurzgeschnittenen Haar und einem ziemlich unscheinbaren Gesicht. Mit den überwiegend aus Männern bestehenden Gruppen, die sich bei der Aufklärung eines Flugzeugunglücks zusammenfinden, arbeitet sie gut zusammen.

Drei Mitglieder des Teams waren nicht anwesend. George Sheppard, der überprüfen wollte, ob Wetterbedingungen mit schuld an dem Absturz waren. Dann Ed Parrish, der normalerweise nicht zur Unfallstelle beordert wurde, da er für Wartung und Protokoll zuständig war.

Er flog nach Seattle und Los Angeles, wo die Flugzeuge gebaut worden waren, und nahm außerdem die Wartungseinrichtungen der Pan Am und United in Augenschein. Er mußte sich durch Berge von Formularen kämpfen, die jedesmal ausgefüllt werden müssen, wenn eine Verkehrsmaschine überholt wird. Nicht auf dem Dienstplan des Bereitschaftsteams stand Viktor Thomkins, der Leiter des Labors in Washington, in dem später die Analyse des Cockpit-Stimmen-aufzeichnungsgerät und des Flugdatenschreibers stattfand.

Es war ein gutes Team. Der einzige, der durch seine Abwesenheit wahrhaft glänzte, war C. Gordon Petcher, der im Grunde mit uns hätte fliegen müssen. Nicht daß wir ihn gebraucht hätten; ich leitete die Untersuchung, egal ob er dabei war oder nicht. Die Ermittlungen vor Ort gehörten in meinen Zuständigkeitsbereich. Doch es machte einen besseren Eindruck, wenn ein Mitglied der Behörde dabei war, das sich mit der Presse auseinandersetzte. Ich fragte mich, aus welchem Grund er erst am frühen Morgen nachkommen wollte.

Lange dachte ich jedoch nicht darüber nach. Ich schlief ein, kaum daß ich mich in meinem Sitz zurückgelehnt hatte.

Ich verließ das Flugzeug, mit glasigen Augen in das grelle Scheinwerferlicht blinzelnd. Am Fuß der Gangway drängte sich die Meute von Fernsehreportern; sie kamen zum Teil von so weit abgelegenen Orten wie Portland und Santa Barbara. Erwartungsvolle smarte junge Männer und Frauen, die uns Mikrophone unter die Nase hielten und dumme Fragen stellten.

Es ist wie ein Ritual; der Totentanz unseres Jahrhunderts. Fernsehnachrichten sind nichts ohne Bilder, und es spielt kaum eine Rolle, was die Bilder zeigen, solange es jemand gibt, der die Hintergrundinformation liefert. Ein Flugzeugabsturz stellt die Fernsehreporter vor besondere Probleme. Was sie in den nächsten Nachrichten zeigen könnten, wären ein paar undeutliche Nachtaufnahmen von der Unfallstelle – nichts Spektakuläreres als ein verbogenes Flugzeugwrack, wenn man Glück hatte mit einer intakten Tragfläche oder dem Heck –, einige Luftbilder vom aufgewühlten Boden, die nichts hergaben, und Aufnahmen der Leute, die aus Washington herbeigeflogen wurden, um die Unfallursache zu klären. Ein Nachrichtenredakteur wählte dann die Streifen Film aus, auf denen Menschen zu sehen waren. In diesem Fall unser Team, wie wir vom Flugzeug zum Hubschrauber trotteten, mit Kameras vor uns und hinter uns, schweigend und mit der Andeutung eines Lächelns im Gesicht.

Ich stieg in den Hubschrauber, wobei ich nicht einmal darauf achtete, wem er gehörte. Drinnen saß ein Mann, der mir die Hand entgegenstreckte. Ich sah sie kurz an, dann ergriff ich sie, ohne Begeisterung zu heucheln.

»Mr. Smith? Ich bin Kevin Briley. Roger Keane sagte mir, ich solle Sie gleich nach Ihrer Ankunft zur Absturzstelle am Mount Diablo bringen.«

»Okay, Briley«, gab ich zurück. Ich mußte brüllen, um mich in dem Propellerlärm verständlich zu machen. »Erstens, ab jetzt bin ich Ihr Boß und nicht Keane. Zweitens hatte ich darum gebeten, Sicherheitskräfte bereitzustellen, und damit meinte ich, daß man uns die Presse vom Hals hält, bis wir etwas zu sagen haben. In diesem Punkt haben Sie schon mal Scheiße gebaut. Drittens, Sie bleiben hier. Ich will, daß Sie mit dem Menschen reden, der für die Leitung dieses Flughafens zuständig ist. Dann setzen Sie sich mit Sarah Hacker von der United in Verbindung und rufen jemanden von der Pan Am in New York an. Diesen Leuten erzählen Sie, was Sie brauchen, und zwar einen Besprechungsraum hier im Terminalgebäude, einen leeren Hangar, wo die Trümmer der beiden Flugzeuge untergebracht werden können, und einen Ort, wo man diesen Geier einpferchen kann. *Sehen Sie ja zu, daß mir keiner mehr von der Presse in die Quere kommt.* Dann besorgen Sie uns Hotelzimmer, mieten ein paar Autos ... Teufel nochmal, Briley, wenden Sie sich an Sarah Hacker. Sie weiß, was zu tun ist. Sie hat den ganzen Zirkus schon mal mitgemacht.«

»Ich aber nicht, Mr. Smith.« Briley brachte es zuwege, gleichzeitig gekränkt und kampfeslustig auszusehen. »Was soll ich den Reportern sagen? Sie wollen wissen, wann sie mit einer Pressekonferenz rechnen können.«

»Sagen Sie ihnen, heute um zwölf Uhr mittag. Ich bezweifle zwar stark, daß es dann eine geben wird, aber erzählen Sie es ihnen trotzdem. Und soll ich Ihnen noch was sagen? Sie kriegen die Breitseite mit, wenn die Konferenz verschoben wird.« Ich grinste ihn an. Er lächelte müde zurück und zuckte mit den Schultern. Vielleicht hatte ich es mir bei ihm verscherzt, es konnte aber auch sein, daß er aus lauter Gehässigkeit die Dinge ins Rollen brachte. Mir war es egal. Er sprang aus dem Helikopter, und wir schlossen die Schiebetür. Unverzüglich startete der Pilot. Ich blickte mich um. Ich saß in einer guten alten Huey, einem Militärhubschrauber. Der Pilot trug die Rangabzeichen eines Sergeanten.

»Wie weit liegen die beiden Unfallstellen auseinander?« fragte ich ihn.

»Ungefähr zwanzig Meilen, Sir.«

»Wissen Sie, an welcher sich Roger Keane aufhält? Das ist der ...«

»Ich kenne ihn, Sir. Ich brachte ihn vorhin zu der Absturzstelle am Mount Diablo. Er sagte mir, ich solle Sie auch dorthin fliegen.«

»Schön. Wie sind die Bodenverhältnisse?«

»Schlamm. Erst vor einer halben Stunde hat es aufgehört zu regnen. Die LKWs haben Mühe, dorthinzukommen. In der Gegend gibt's keine befahrbaren Wege, außer Feuerschneisen.« Da die DC-10 nicht allzu weit von den 747 runtergekommen war, bat ich den Sergeant, einen Umweg zu fliegen, damit ich mir die Stelle von oben ansehen konnte. Sie war nicht schwer zu finden.

Die DC-10 war ungefähr eine halbe Meile nördlich der Interstate 580 abgestürzt, in der Nähe von Livermore. Auf einem Gelände, das aussah wie ein freies Feld, blinkten Hunderte von roten und blauen Lichtern. Man sah Flammen, doch der Treibstoff war mittlerweile verbrannt, und der feuchte Boden schloß die Gefahr eines um sich greifenden Flächenbrandes aus. Fast sämtliche Lichtpunkte wiesen auf eine dunkle, kreisrunde Zone.

Natürlich wußte ich, was mich erwartete, trotzdem bin ich immer wieder überrascht, stelle mir immer noch die dumme Frage. Ich befand mich hier draußen, um mir ein abgestürztes Flugzeug anzusehen, aber *wo war das Flugzeug?*

Der Pilot ging tiefer. Nervös beobachtete er die Myriaden Lichter von andern Luftfahrzeugen, die über dem Unfallort schwebten, gerade landeten oder in unmittelbarer Nähe starteten. Von der verunglückten Maschine war immer noch nichts zu sehen. Drunten beleuchteten starke Scheinwerfer die Szene. Doch das einzige, was man sah, waren der aufgewühlte Boden und ein nichtssagendes Konfettimosaik aus kleinen, formlosen Objekten, von denen keines größer zu sein schien als eine Radkappe oder eine Autotür.

Während ich hinabschaute, machte sich ein flaues Gefühl in mir breit. Zum Teil, weil diese Unfallstelle so ungewöhnlich aussah; normalerweise hinterläßt ein abstürzendes Flugzeug eine lange, von Trümmern gesäumte Furche. Länge der Schleifspur definierbare Objekte von zum Teil beachtlicher Größe wie Motorenhauben, abgerissene Tragflächen, Teile des Rumpfes. Die Spur, die Flug 35 auf dem Boden hinterlassen hatte, sah aus, als ob man eine Kugel gegen eine dicke Glasscheibe schießt: ein Krater, umgeben von strahlenförmigen Rissen. Flug 35 war buchstäblich vom Erdboden verschluckt worden.

2 »›All You Zombies –‹«

Aussage der Louise Baltimore

Erzähl mir alles, sagte er.

Schön, aber wo fange ich an? Die Reihenfolge von Ereignissen ist bestenfalls eine bequeme Illusion. Aus einem andern Blickwinkel gesehen, ereignen sich die Dinge ganz anders. Ich kann hören, wie das Universum mich auslacht, während ich versuche, mir einen Anfang vorzustellen. Doch selbst wir evolutionär Hochstehenden, Mutierten, Intellektuellen aus der siebzehnten Dimension sind im Grunde genommen nichts anderes als in ihrer Zeit verhaftete Affen, die im ewigen JETZT leben. Egal wieviele Knoten ich in das Band meines Lebens knüpfe, ich bewege mich trotzdem in der herkömmlichen Weise daran hinunter, in eine einzige Richtung, erlebe subjektiv eine Sekunde nach der anderen.

So gesehen, beginnt die Geschichte folgendermaßen:

Der stumme Alarmton, der in meinem Schädel vibrierte, riß mich unsanft aus dem Schlaf. Er stellt sich erst dann ab, wenn man sich hinsetzt, deshalb richtete ich mich auf.

Das morgendliche Aufwachen war seit einiger Zeit schöner und quälender zugleich geworden. Schöner, weil mir nicht mehr viele Tage, an denen ich aufwachen konnte, blieben, und ich deshalb jeden neuen Morgen schätzen gelernt hatte. Quälender, weil es mir immer schwerer fiel, aus dem Bett zu steigen.

Es wäre mir leichter gefallen, wenn ich es mir erlaubt hätte, mich eingestöpselt schlafen zu legen. Aber wenn man erst einmal damit anfängt, ist man, ehe man es sich versieht, an mehr Sachen angeschlossen, als einem lieb ist, deshalb verzichtete ich darauf. Statt dessen rückte ich die Revitalisatorkonsole an die dem Bett gegenüberliegende

Zimmerwand und zwang mich dazu, jeden Morgen den langen Marsch dorthin zu machen.

Zehn Meter.

Dieses Mal legte ich die letzten zwei Meter auf Händen und Knien zurück. Auf dem Boden hockend, stöpselte ich die Zirkulatorröhre in meinen Bauchnabel ein.

Dafür lohnt sich beinahe der weite Weg. Mir war zumute, als sei ich in meinem Derma- Anzug zusammengeschrumpft. Doch dann erreichte der Vitasaft mein Herz, und innerlich schien ich zu explodieren. Ich spürte, wie das Prickeln sich in meinen Gliedmaßen ausbreitete. Die Brühe, die mein Blut sein soll, wurde durch eine Mischung aus Fluorkarbon und Scotch ersetzt. Ich garantiere Ihnen, das würde Ihnen auch den Schlaf aus den Augen treiben.

»Hör mal, du Nuttenficker«, sagte ich.

Und der Große Computer antwortete: »Was zum Teufel willst du?«

Bei mir sparte er sich die Höflichkeitsfloskeln. Wenn ich mich einschaltete, wollte ich das Gefühl haben, daß ich mich mit jemandem unterhielt, der mindestens genauso ordinär war wie ich. Alle anderen, die ich kenne, freuen sich darüber, wenn der GC sie anflötet wie ein Empfangschef oder ihnen seine Worte mit der Inbrunst eines Breitwandjehova entgegendröhnt. Ich nicht. Der GC tut mir den Gefallen, mit mir umzuspringen, als könne er mich gerade soeben noch dulden.

»Warum hast du mich aus dem Bett geschmissen? Du hast mich um drei Stunden Schlaf gebracht.«

»Bei einer zur Zeit ablaufenden Aktion ist ein Problem aufgetaucht. Da du die Leiterin des Greifkommandos bist, kam jemand am TOR auf die verrückte Iddee, du könntest dabei helfen, die Sache auszubügeln. Selbstverständlich hat er sich geirrt ...«

»Schnauze. Ist es sehr schlimm?«

»Katastrophal.«

»Wie schnell ... wieviel Zeit habe ich?«

»Meinst du im philosophischen oder im praktischen Sinn? Du hast keine Zeit. Vor einer halben Stunde hättest du schon da sein müssen.«

Wenn er gesagt hätte, vor fünfzehn Minuten, hätte ich es vielleicht noch geschafft.

Ich zog mir eine Ersatzjeans an, wie man sie im zwanzigsten Jahrhundert trug. Im Bad putzte ich mir die Zähne, setzte mir eine Perücke auf (dieses Mal entschied ich mich für Blond) und überprüfte, ob mein Gesicht richtig saß. Für Zähne und Haare brauchte ich ungefähr fünf Sekunden, sechs Sekunden lang stand ich vor dem Spiegel. Das war glatte Zeitverschwendung, doch ich mag Spiegel. Heutzutage können sie einen auf ganz reizende Art und Weise belügen. *Du schöne Schwindlerin, du.* Ich grinste mir selbst zu. Im Laufe des Tages würde mir das Grinsen schon von selbst vergehen.

Dann rannte ich zur Tür hinaus, wobei ich mit Sherman, dem Hausdiener zusammenprallte. Er ließ das Frühstückstablett fallen.

Barfuß hastete ich durch den Flur, hechtete in den Fallschacht, dann lief ich zum Gleitweg, auf dem ich auch noch weiterrannte. Die sich gemessenen Tempos dahinbewegenden Drohnen stieß ich einfach zur Seite. Ich erreichte die Blitzkapseln und bestieg eine. Nachdem ich den Zielkode für das TOR einprogrammiert hatte, ließ ich mich auf die Polsterung sinken und holte erst einmal tief Luft. In einem weitgespannten Bogen schoß die Kapsel mit mir über die Stadt hinweg.

Noch mehr abhetzen kann ich mich nicht. Ich entspannte mich und beobachtete, wie die Gebäude unter mir hinwegglitten, im Grunde jedoch ohne etwas wahrzunehmen. Erst in diesem Moment fiel mir wieder ein, daß heute der bewußte Tag war. Im Postamt lag eine Botschaft für mich bereit.

Stirnrunzelnd blickte ich auf meine Lady Bulova. Es dauerte noch ein paar Stunden, bis ich die Zeitkapsel öffnen konnte. Das hieß, daß der Inhalt für *diese* Krise irrelevant war, worin sie auch bestehen mochte. Am TOR passiert selten etwas, was nicht binnen zwei oder drei Stunden bereinigt wäre.

Das hieß, daß ich an diesem Tag noch mit einer *zweiten* Krise rechnen mußte.

Manchmal frage ich mich, warum ich morgens überhaupt noch aufstehe.

Meine Kapsel wurde von den Retarderringen eingefangen. Ich sprang hinaus, eilte in den TOR-Komplex und den Gang hinunter zur Einsatzzentrale. Dort hockten die Gnome in dem blaugrünen Licht, das von ihren Konsolen abstrahlte. Von der hufeisenförmigen Instrumentengalerie aus kann man die sich unten am Boden abspielenden Vorgänge beobachten. Die Einsatzzentrale befand sich hinter Glas, um sie vor dem Lärm, der bei den Aktivitäten drunten entstand, abzuschirmen.

O Gott, wie ich diese Gnome hasse! Jedesmal wenn ich in die Einsatzzentale kam, konnte ich ihren Verwesungsgeruch wahrnehmen. Das war natürlich Einbildung; ich roch lediglich meine eigene Angst. Noch ein Jahr und ich würde selbst hinter solch einer Konsole sitzen. Ich wäre in eine Konsole eingebaut, meine Eingeweide hingen draußen, und von meinem Körper wäre nichts mehr übrig außer der Großen Lüge. Ich bestehe ja jetzt schon zu zwanzig Prozent aus Prothesen. Die Gnome sind ungefähr zu achtzig Prozent künstlich.

Zum Teufel mit ihnen.

Ich erntete ein paar finstere Blicke. Die Gnome haben ihrerseits nicht viel für Wesen übrig, die sich aus eigener Kraft fortbewegen können.

Hinter der Konsole des Einsatzleiters saß jemand Neues. Ich erkannte Lawrence Calcutta-Benares. Gestern noch hatte er auf dem Abgeordnetensessel gesessen, und vor fünf Jahren war er mal meine Gruppenführer gewesen. Es war müßig, ihn zu fragen, was aus Marybeth Metz geworden sein mochte. Die Zeit vergeht wie im Flug.

»Was ist los?« wollte ich wissen.

»Es gab Hinweise darauf, daß sich ein Twonky anbahnt«, antwortete er. Früher nannte man einen anachronistischen Gegenstand, der bei einem Greifzug zurückgelassen wurde, ein Twonky, doch neuerdings gebrauchte man das Wort, um die paradoxe Situation zu beschreiben, die dieser Gegenstand womöglich erzeugen konnte.

»Tut mir leid, daß wir dich wecken mußten«, fuhr er fort. »Aber wir fanden, daß man dich benachrichtigen müßte.« Es ist eine Schande, wie ein guter Gruppenführer zu einem Umstandskrämer degenerieren kann. Ich hätte bereits über die gesamte Situation im Bilde sein müssen, doch er hockte da und versuchte, mich in eine Scheißkonversation zu verwickeln.

»Kurz nach den Twonkyalarm hat eines deiner Mädchen ihren Paralysor im Flugzeug verloren.«

»Lawrence, dauert das ewig und drei Tage, bis du mir die Geschichte erzählt hast, oder kommst du jetzt endlich zur Sache, damit ich etwas *tun* kann?« *Hör auf mit dem Gesabbere, du alter Drecksack.*

Den letzten Satz brauchte ich nicht laut auszusprechen. Er hatte es kapiert. Ich konnte sehen, wie sein sogenanntes Gesicht erstarrte. Der arme Teufel wollte nur reden. Er glaubte, er sei immer noch mein Freund. Zum Weinen. Heute war sein erster Tag an der Konsole, trotzdem wurde es Zeit, daß er merkte, was ich von ihm hielt. Ich habe diesen Job nicht übernommen, um mich in höflichen Umgangsformen zu üben.

Er schlug sofort einen sachlichen Ton an, und genau das wollte ich ja.

»Der Greifzug findet 1955 in Arizona statt. Eine Lockheed Constellation. Die Maschine fliegt noch etwa zwanzig Minuten, in Ortszeit gemessen, dann wird sie den größten Teil der rechten Tragfläche verlieren. Das komplette Team befindet sich noch an Bord. Sie suchen die Waffe und versuchen gleichzeitig, die Greifaktion zu einem Abschluß zu bringen. Die Anzeigen auf den Detektoren lassen noch keine definitiven Schlüsse zu. Wir können nicht sagen, ob du den Paralysor finden wirst. Möglich wär's.«

»Gib die Brücke frei«, forderte ich ihn auf. »Ich gehe zurück.«

Er widersprach nicht, obwohl er Grund dazu gehabt hätte. Es bedeutet einen Verstoß gegen die Zeitsicherheitsvorschriften, jemanden zurückzuschicken, ohne dafür einen anderen heimzuholen. Ich hegte den Verdacht, daß es ihn nicht gestört hätte, wenn ich ganz nach unten gegangen wäre und mir in Arizona ein Haus gekauft hätte. Wie dem auch sei, er gab den Befehl. Einer seiner froschmäuligen Subalternen spielte mit irgendwelchen Knöpfen, und die Brücke schwenkte aus. Ich riß die Tür auf und betrat den Steg. Zehn Meter unter mit schrien, kreischten und fluchten die Passagiere, die von 1955 schon herübergekommen waren. Es mußten die Fluggäste aus der Ersten Klasse sein. Ihrem Geschrei haftete etwas Empörtes an. Sie hatten den Erster-Klasse-Zuschlag bezahlt, und jetzt passiert *so etwas*. Diesen Vorfall werde ich höheren Orts melden, Cecily, darauf kannst du dich verlassen.

Ich verharrte am Ende der Brücke, wo sie an die schmale Planke stieß, die in der andern Zeit jenseits des TORs mündete. An diesem Punkt bleibe ich immer stehen. Schon tausenmal bin ich durch das verdammte Ding geschritten, aber es ist nun mal keine Angelegenheit, die man auf die leichte Schulter nimmt. Drunten unter mir verlangte jemand lautstark nach der Stewardess. Ehrlich, ich mache keine Witze. Er wollte unbedingt mit der Stewardess sprechen.

Der arme Kerl wußte nicht, wie ihm geschah.

Im zwanzigsten Jahrhundert gab es Menschen, die mit zusammengefalteten Zelten aus Seide auf dem Rücken aus Flugzeugen sprangen. Diese Zelte nannte man Fallschirme, und sie dienten dazu – jedenfalls theoretisch –, sich zu öffnen und den Sturz zu bremsen. Die Leute taten dies aus Spaß. Man nannte es Fallschirmspringen.

Der Versuch zu verstehen, wieso jemand, dessen Lebenserwartung bei siebzig *Jahren* lag, dieses hohe Risiko einging – mit einem Körper, den die damalige Medizin nur unvollständig oder gar nicht zu heilen vermochte –, wieso jemand trotz dieser Handicaps den ersten Schritt aus einer Flugzeugtür in die freie Luft tun konnte, half mir in gewisser Weise, meinen Gang durch das TOR zu vollziehen. Obwohl ich nie begriff, warum die Leute damals aus Flugzeugen sprangen. Schließlich weiß man, daß die Leute des zwanzigsten Jahrhunderts nicht mit einem Spatzenhirn ausgestattet waren. Doch ein echter Genuß war es für sie auch nicht. Sie sublimierten lediglich die jedem Lebewesen eigene Angst, aus großer Höhe in die Tiefe zu stürzen, indem sie den Sinnesreiz in einen anderen Teil des Gehirns umschalteten: den Teil, der Lachen auslöst. Lachen ist ein unterbrochener Verteidigungsmechanismus. Sie sublimierten ihre Höhenangst so gut, daß sie sich einbilden konnten, das Springen aus einem Flugzeug sei ein Vergnügen.

Trotzdem bin ich davon überzeugt, daß selbst die erfahrensten Fallschirmspringer vor dem Absprung zögerten. Irgendwann merkten sie es vielleicht gar nicht mehr, trotzdem war der Moment des Zauderns da.

Mir geht es genauso. Keiner meiner Zuschauer hätte gesehen, wie mein Schritt stockte, als ich das Ende der Brücke erreichte und das TOR durchschritt. Doch der Augenblick der Urangst war da.

Der Schritt durch das TOR gestaltet sich jedesmal anders. Er dauert die Spur eines Augenblicks, dennoch hat man massenhaft Zeit, um verrückt zu werden. Ich schwebe in einer Zone der Gleichzeitigkeit, wo ich in einer Phase, die so kurz ist, daß man sie weder messen noch sich daran erinnern kann, die aber trotzdem unerträglich lang währt, mit dem gesamten Kosmos verschmelze. In dem Tor begegne ich mir selbst. Ich erschaffe mich selbst, dann erschaffe ich das Universum und tauche in meine Schöpfung ein. Ich stürze in die Tiefen der Zeit hinab bis auf den Grund aller Dinge, um im Irgendwann wieder aufzutauchen. Dann befinde ich mich in der toten Vergangenheit, die zum Leben wiedererweckt wurde, für mich und das Greifkommando reanimiert.

Ich könnte unzählige Worte darauf verwenden, um dieses Erlebnis zu beschreiben, ohne der Wahrheit jedoch auch nur nahezukommen.

Ich kann den Vorgang aber auch darauf reduzieren, daß ich sage, ich schritt durch das TOR. Schlicht und einfach. Mit einem Fuß stand ich noch in der toten Zukunft, mit dem anderen schon in der lebenden Vergangenheit. Oder anders ausgedrückt: Wenn mein Arsch sich auf der Trennlinie befand, war ich mit einer Backe im Land der Brooklyn Dodgers und mit der anderen in Letzten Zeitalter – mein

Gesicht tauchte bereits in den fünfziger Jahren auf, während mein Hintern noch in der fernen Zukunft steckte.

Meine beiden Füße waren durch Beine miteinander verbunden. Aber räumlich gesehen waren sie Tausende von Meilen und in zeitlicher Hinsicht Milliarden Jahre voneinander entfernt.

Ein Fuß war nicht mal mein eigener, aber das spielt hier keine Rolle.

Ich werde einfach sagen, ich schritt hindurch. Fassen Sie das so auf, daß ich mich einer schrecklichen Prozedur unterzog, an die ich mich so weit gewöhnt hatte, daß ich mir einbilden konnte, es handele sich um eine Routine.

Ich schritt durch das TOR.

In der Toilette der Lockheed Constellation im Jahre 1955 tauchte ich auf. Ich mußte mich sogleich bücken, weil zwei Mitglieder des Greifkommandos eine kreischende Frau über meinen Kopf warfen. Ihr Schreien verstummte, als sie mit dem Kopf voran durch das TOR flog. In der fernen Zukunft gellte der Schrei weiter. Das arme Muttchen verstand die Welt nicht mehr. *Herzlich willkommen! Ihre Nachkommenschaft freut sich, Sie in Utopia begrüßen zu dürfen!*

Ich verließ das Klo, als zwei andere Greifer einen korpulenten Mann in einem grauen, zerrissenen Anzug zur Tür schleiften. Er wehrte sich kaum; wahrscheinlich hatten sie ihn mit niedriger Frequenz betäubt. Ich brauchte nicht lange, um zu merken, daß bei dieser Aktion fast alles schiefging. Hauptsächlich deshalb, weil die Passagiere rebellierten.

Natürlich rechnen wir immer damit, daß eine Panik ausbricht. Keine Greifoperation geht ohne Geschrei und das unfreiwillige Ablassen von ein paar Litern Urin vonstatten. Wenn ich auf diese Weise geschnappt würde, würde ich mich wahrscheinlich auch bepinkeln.

Was mich jedoch stutzig machte, war die Tatsache, daß die tumultartige Phase der Aktion viel zu früh eingesetzt hatte. Es waren immer noch zu viele Böcke bei Bewußtsein, die sich gegen eine Handvoll Greifer zur Wehr setzten.

Die Mitglieder des Greifkommandos ließen sich leicht von den Böcken unterscheiden. Die Greifer trugen Stewardessenuniform. Zu diesem Zeutpunkt und bei dieser Fluggesellschaft hieß das kesse kleine Käppis, wadenlange Röcke und Schuhe mit Pfennigabsätzen.

Die Lippen waren knallrot geschminkt. Wie Vampire sahen sie aus.

1955. Auf diese Auskunft mußte ich mich verlassen. Wenn man so oft durch verschiedene Zeiten gereist ist wie ich, wirft man die verschiedenen Stile durcheinander. Seltsam sehen sie alle aus. Aber ich hatte keinen Grund, an der Richtigkeit des Datums zu zweifeln. Drunten auf der Straße fuhren Autos mit auffallenden Heckflossen. Chuck Berry sang den Schlager *Maybellene*. Phil Silvers und Ed Sullivan tummelten sich auf den Videoschirmen, die man damals Fernsehgeräte nannte. In diesem Jahr würde Nashua den Preakness gewinnen, und die Brooklyn Dodgers kamen ganz groß raus. 1955 hätte ich eine reiche Frau sein können, wenn ich eine Möglichkeit gefunden hätte zu wetten. Beispielsweise kannte ich die Schlagzeile der morgigen Zeitung: *Costellation stürzt über der Wüste von Arizona ab* ...

Wollen wir wetten?

Aber dieser kleine Ausschnitt der Welt von 1955 war kein gemütlicher Aufenthaltsort. Auch ohne das Chaos, zu dem sich die Greifoperation entwickelt hatte, würde das Flugzeug nicht mehr lange in der Luft bleiben.

Ich schüttelte den Kopf, um meine Gedanken zu klären. Manchmal hilft das. Nach einem Trip durch das TOR bin ich immer ein paar Sekunden lang benommen. Ich zwang mich dazu, mich auf das zu konzentrieren, was in der nächsten Sekunde getan werden mußte, und in der übernächsten und in der überübernächsten.

Jane Birmingham kam durch den Mittelgang heruntergeeilt. Ich hielt sie am Arm fest. Sie war vollkommen aufgelöst, und daß ihr Boß plötzlich auftauchte und ihren Ellenbogen umklammerte, gab ihr noch den Rest.

»Da hinten ist der Teufel los«, keuchte sie und deutete auf den Vorhang, der die Erste Klasse von der Touristenklasse trennte. Ich hörte Schreie und einen Lärm, der andeutete, daß gekämpft wurde.

»Wir waren zu wenig, um sie zu überrumpeln«, erklärte

Jane. »Kurz nach der Landung bemerkte Pinky, daß sie ihre Waffe verloren hatte. Wir wollten sie unauffällig suchen, doch das klappte nicht. Ich mußte den Einsatzbefehl geben. Ich ließ Pinky weitersuchen, während wir uns mit den Fluggästen im vorderen Kabinenteil beschäftigten.« Sie wich kurz meinem Blick aus, ehe sie mir unwillig wieder ins Gesicht sah. »Ich weiß, ich hätte das nicht zulassen dürfen, aber ...«

Ich winkte ab.

»Darüber reden wir später«, sagte ich.

»Warum dann alles außer Kontrolle geriet, weiß ich auch nicht. Ich glaube, wir waren einfach zuwenige. Außerdem waren wir alle nervös. Als wir die Passagiere greifen wollten, kam es zu Kämpfen. Kate liegt ohnmächtig am Boden. Irgendsoein kräftiges Schwein ...«

»Egal. Werft sie zusammen mit den Böcken nach draußen.«

Es war unmöglich festzustellen, wie der Krawall angefangen hatte. Ich hatte schon Greifzüge mitgemacht, bei denen uns die Böcke aus der Kontrolle gerieten. Es ist ein eigentümliches Erlebnis, wenn man eine Waffe auf einen Bürger des zwanzigsten Jahrhunderts richtet und ihm sagt, was er tun soll. Manche haben nicht mehr Selbsterhaltungstrieb als ein Broccolistrunk. Sie bringen es fertig, einem genau in die Waffe zu laufen. Sie können sich nicht vorstellen, daß sie vielleicht sterben könnten, besonders die Jüngeren nicht.

Dann haben sie so seltsame politische Ansichten. Oft sind sie besessen von der Vorstellung, sie »verdienten« gewisse Dinge, auf die sie ein »Anrecht« hätten, und wir »schuldeten« ihnen eine anständige Behandlung.

Konfuses Zeug. Ich würde alles tun, wozu man mich mit vorgehaltener Waffe zwingt, und dabei noch bitte und danke sagen. Und bei der ersten sich bietenden Gelegenheit meinen Angreifer umbringen.

»Wieviele da hinten sind noch wach?« fragte ich.

»Als ich ging, waren es ungefähr zwanzig.«

»Laß sie arbeiten, schnell. Wo ist Pinky?«

»Sie schlitzt in der Touristenklasse die Sitze auf.«

Ich ging mit ihr zurück. Die Situation hatte sich ein bißchen beruhigt. Etwa ein Dutzend Passagiere waren noch wach, vierzig oder fünfzig dösten in unbequemen Positionen vor sich hin. Lilly Rangoon und eine andere Frau, an deren Namen ich mich nicht erinnete, hielten die Leute in Schach, die bei Bewußtsein waren und sich im hinteren Flugzeugteil zusammendrängten. Ich konnte ihre Angst riechen. Die beiden Greiferinnen standen vor ihnen im Mittelgang. Mit beiden Händen hielten sie die Paralysoren und stützten sie noch zusätzlich auf die Rückenlehnen der Sitze ab.

»Okay, Leute«, brüllte Lilly mit einer Stimme, auf die ein Feldwebel neidisch geworden wäre. »Ich will, daß ihr jetzt eure verdammten Schnauzen haltet. Seid still und *hört mir mal zu!* Und du altes Arschloch da hinten hältst dich geschlossen, sonst trete ich dir in die Eier. Ist das deine Frau, Mister? Du hast genau zwei Sekunden, um ihr das dämliche Maul zu stopfen, sonst puste ich euch beide weg. Eins ... ja, das ist schon besser.

»Nun zur Sache. Diese Leute sind nicht verletzt. Sie sind wohlauf. Schaut sie euch an, dann seht ihr, daß sie atmen. Sie können uns sogar hören. Aber wenn ich will, kann ich mit dieser Waffe auch *töten,* und ich schwöre euch, der erste, der hier aus der Reihe tanzt, kneift den Arsch zu.

Ich seid in *großer Gefahr.*

Ihr müßt alle *sterben,* wenn ihr nicht *genau das tut, was ich euch sage.*

Jeder von euch schnappt sich jetzt die nächste bewußtlose Person und schleppt sie in den vorderen Teil des Flugzeugs. Wenn ihr da sei, sagen euch die Stewardessen, wie es weitergeht. Ihr habt keine Zeit zum Vertrödeln. Wenn ihr euch nicht sputet, zeige ich euch, was ich mit dieser Waffe noch alles tun kann.«

Mit ein paar weiteren gebrüllten Befehlen und Obszönitäten machte sie den Leuten Beine. Zu den wichtigsten Dingen, die wir studieren, wenn wir uns mit einer Kultur vertraut machen, gehören Schimpfworte. Wir müssen wissen, welche Ausdrücke die Leute am meisten schockieren.

Im zwanzigsten Jahrhundert waren das meistens Synonyme für Geschlechtsverkehr und Fäkalien.

Die eine Eigenschaft des Paralysors, auf die Lilly anspielte, kann man am besten mit der Funktionsweise eines Viehstocks vergleichen, nur daß unsere Waffe auch aus der Entfernung wirkt. Der Energiestoß schmerzt, schadet aber nicht. Es wirkt am besten, wenn man auf die weiche, empfindliche Stelle zwischen den Beinen zielt – am allerbesten noch von hinten. Lilly brauchte nur zwei Bökken auf diese Weise Dampf zu machen, dann hatten es alle kapiert. Richtig schnell sogar, wenn man bedachte, daß sie ja aus dem zwanzigsten Jahrhundert stammten.

Das alles bekam ich nur nebenbei mit. Ich war dabei, in den ersten Reihen der Touristenklasse die Sitze aufzuschlitzen. Auf der anderen Seite des Mittelgangs tat Pinky das gleiche. Ich glaube, sie merkte gar nicht, daß sie weinte. Sie arbeitete gleichmäßig, aber in einem ungeheuren Tempo wie eine Maschine.

Sie verlor nicht die Nerven. Sie tat, was getan werden mußte.

Gleichzeitig hatte sie eine wahnsinnige Angst.

»Bist du sicher, daß du die Waffe auch im Flugzeug verloren hast?« rief ich ihr zu.

»Absolut sicher. An Bord sah ich sie noch in meiner Handtasche.«

Sie mußte sich daran klammern, denn wenn sich die Waffe irgendwo unten befand, in der Stadt, aus der die Maschine gestartet war, konnte man nichts mehr machen. Aber es war unwahrscheinlich, daß sie sich irrte. Während einer Aktion drehen meine Leute selten durch, selbst dann nicht, wenn die Situation hoffnungslos erscheint. Wenn sie behauptete, sie habe die Waffe an Bord des Flugzeuges gesehen, dann ging ich davon aus, daß das stimmte. Und das bedeutete, daß wir den Paralysor finden konnten.

Während wir suchten, zerrten die Böcke, die bei Bewußtsein waren, ihre schlafenden Kollegen in den vorderen Flugzeugteil. Dort wies jemand sie an, ihre Fracht durch das Tor zu werfen und von hinten Nachschub zu holen. Es wurde schnell zur Routine. Sie ächzten und keuchten, aber es gibt nur wenige Lebewesen, die robuster sind als die Menschen des zwanzigsten Jahrhunderts. Sie treiben Raubbau mit ihrem Körper, saufen, rauchen zuviel, leiden unter Bewegungsmangel und setzen Fett an. Wenn sie eine Briefmarke abgeleckt haben, bilden sie sich ein, sie seien erschöpft. Aber sie besitzen Muskeln wie Pferde – und das dazugehörige Hirn. Es ist erstaunlich, zu welchen körperlichen Kraftakten sie fähig sind, wenn wir ihnen nur genügend Feuer unterm Hintern machen.

Ein Mann, der mit Sicherheit schon fünfzig war, schuftete sich mit seiner Last ab.

Jesus! *Fünfzig.*

Bald war das Flugzeug leer. Jeder Kuli wurde zusammen mit seiner letzten Fracht durch das Tor gestoßen. Zurück blieb nur das Greifteam. Dieses Mal hatten wir sogar die Piloten mitgehen lassen. Das tun wir nur sehr ungern, und normalerweise ist das auch nicht möglich. Eines meiner Mädels flog jetzt die Maschine. Wenn sie nicht haargenau das tat, was der Pilot getan hätte, stürzte das Flugzeug Meilen von dem vorherbestimmten Unfallort ab. Zum Glück flog die Maschine per Autopilot, und das blieb auch so bis zur Explosion im Motor. Es gab nichts, was der Pilot würde getan haben können (ich hoffe, Sie finden sich in dem verbalen Gestrüpp der Zeitenfolge zurecht), um den Absturz zu verhindern, nachdem die rechte Tragfläche abbrach.

Wie ich schon sagte, das war unser Glück. Es gibt noch einen Trick, den ich während eines Flugs anwenden kann, wenn die Cockpitbesatzung vorzeitig bemerkt, daß in der Maschine ein Tumult im Gange ist. Doch das ist *wirklich* der letzte Ausweg.

Wir können einen Mann aus meinem Team für besondere Einsätze einschleusen. (Ich spreche jetzt im Amerenglisch des zwanzigsten Jahrhunderts, in dem »Mann« gleichzeitig »Frau« bedeuten kann, jedenfalls steht es so in meinem Wörterbuch.) Im Kopf dieses Mannes wäre eine Bombe implantiert, damit später keine Zähne für eine Identifizierung übrigblieben. Dieser Mann wäre bereit, mit einem Flugzeug abzustürzen.

Hat da jemand Cockpit Stimmenaufzeichnungsgerät

gesagt? Ja, richtig. Die Leute da vorn fangen an zu schwatzen, wenn sie in Schwierigkeiten kommen. Für dieses Problem gibt es eine interessante Lösung. Zeitaufwärts hatte man das Gerät schon vorbereitet, das Band lief, sobald die Cockpitbesatzung durch das TOR gesegelt kam und wir wußten, daß wir den Apparat brauchten. Es handelte sich um eine elegante Lösung. Nicht gerade einfach zu verstehen, aber elegant.

Mit unseren Zeitdetektoren können wir überall hinblikken und in jede beliebige Zeit. (Na ja, beinahe.) Daher wußten wir ja, daß diese Maschine abstürzen würde. Wir spürten Zeitungsartikel auf und fanden Berichte über den Unfall. Es wäre schön gewesen, einen Blick in das Flugzeug zu werfen, um zu sehen, wie die Operation verlaufen würde, doch leider können wir keinen Ort und keine Zeit beobachten, an dem und in der wir waren oder sein werden. (Bei Zeitreisen hat man manchmal Schwierigkeiten, den richtigen Tempus für ein Verb zu finden.) Deshalb konnten wir nicht wissen, ob wir gezwungen sein würden, den Piloten mitzunehmen. Doch wir konnten schon mal in der Zeit vorgreifen und die nachfolgenden Ermittlungen unter die Lupe nehmen. (Verstehen Sie jetzt, was ich mit den Problemen bei der Zeitenfolge meinte? Wovon ich spreche, passierte *jetzt* – soweit das Wort überhaupt noch eine Bedeutung hat –, zeitaufwärts in der Zukunft. Meine Kollegen an den Detektoren suchten nach Ereignissen, die ein paar Tage später von 1955 aus gesehen in der Zukunft stattfinden sollten: was im Augenblick von mir aus gesehen auch meine Zukunft war.)

Bei der Untersuchung der Unfallursache würde man das Band vom Cockpit Recorder abspielen. Deshalb machten wir eine Aufnahme von dieser Aufnahme, steckten sie in ein Gerät mit Selbstzerstörungsmechanismus, wie das, das Sie vielleicht aus *Kobra - übernehmen Sie!* kennen, und plazierten es im Cockpit, wo dann der Originalrecorder unsere Aufzeichnung aufnahm.

Paradox! Denn aufgrund dessen, was jetzt passierte oder bereits passiert war, würde der Mann, dessen Stimme später jeder hören konnte, diese Worte niemals aussprechen.

Sie wären/ werden/ waren lediglich Kopien einer Kopie, von der es, bedingt durch unser Eingreifen, kein Original gab.

Lesen Sie sich den letzten Absatz noch einmal durch, dann merken Sie, daß Ursache und Wirkung ein Witz sind. Auf jede Theorie, die das Universum rational zu erklären versucht, kann man scheißen.

Ich scheiße schon lange auf das ganze Gequatsche von Logik. Aber glauben Sie ruhig weiter an das, was Sie glücklich macht.

Meine Suche nach dem verlorenen Paralysor blieb erfolglos. Als ich den Kopf hob, sah ich, daß keine Passagiere mehr da waren, und schrie:

»He! Hört mal alle her, ihr Zombies!« Als mich jeder ansah, fuhr ich fort: »Alle beteiligen sich an der Suche. Nehmt die Maschine auseinander. Gebt nicht eher auf, bis die Attrappen eintreffen, und dann macht auch noch weiter. Ich gehe zeitaufwärts, vielleicht kann ich von da aus helfen.«

Ich rannte zum Bug des Flugzeugs und ... schritt hindurch. Und landete mit meinem Arsch genau auf der Sortierfläche.

Ich merkte sofort, was passiert war und begann zu schreien wie eine Verrückte. Nicht, daß das etwas genützt hätte. *Jede* Ziege, die durch das TOR gesegelt kam, schrie wie eine Geisteskranke.

Am zeitaufwärtigen Ende des TORs befindet sich eine komplizierte Kette von gepolsterten, glatten Rampen. Sie sind dafür konzipiert, Leute aufzufangen, die bewußtlos oder vor Angst ganz aus dem Häuschen sind und die man möglichst rasch aus dem Wege räumen muß, ehe der nächste Bock oder die nächste Ziege landet. Manchmal gehen dabei ein paar Knochen in die Brüche, aber selten wichtige. Was wichtig ist, ist die Zeit. Wir können es uns nicht erlauben, zimperlich zu sein.

Das Rampensystem dient dazu, die Leute vom Greiftrupp von den Böcken zu trennen: Die Böcke kommen zuerst in den Präparierraum, von dort in die Sammelbunker und dann in die Tiefgefrieranlage. Die Greifer erhalten ihre wohlverdiente Ruhepause. Bei Einsätzen führen wir alle einen Funksignalgeber mit uns. Der Sortierer kennt das Signal. Ich wußte, wo mein Identifizierungsgerät war: Ich hatte es im Bereitschaftsraum gelassen.

Ich erhielt also die Chance, zu erleben, wie es den anderen erging. Darauf hätte ich verzichten können.

Nirgendwo konnte man sich festhalten (was ja der Sinn der glatten Rampe war). Ich glitt über mehrere Rutschen hinweg und landete auf einer ebenen Fläche, deren Plastikbelag an meiner Haut klebte. Alles ging so schnell, daß ich überhaupt nicht begriff, wie mir geschah. Mechanische Hände zogen mir die Hose herunter, und ich wurde in einen engen Kokon aus durchsichtigem Plastik eingewikkelt. Ich steckte wie in einer Zwangsjacke, Arme an den Seiten, Füße zusammen.

Ich wurde in einen blauen Lichtkegel geworfen. Es war beängstigend, selbst für mich, und ich wußte, was jetzt geschah. Angefangen bei den Knochen, wurde mein Körper bis in die kleinste Einzelheit erforscht. Der ganze Vorgang dauerte höchstens zwei Sekunden. Ich wurde bis auf achtzig Dezimalstellen hinter dem Komma katalogisiert, und der Große Computer schickte sich an, in der Attrappenkartothek nach dem passendsten Gegenstück für mich zu suchen. Das nahm vielleicht eine Picosekunde in Anspruch. Ein paar Meilen weiter sprang nun in den Attrappenkammern eine Archivschublade auf. Mit einer Beschleunigung von zwanzig g kam dann mein schlummerndes Double auf den Präparierraum zugeschossen. Zwanzig g ist verdammt viel – der Druck genügt, um einen Gehirnschaden hervorzurufen. Aber es ist müßig, sich darüber Gedanken zu machen. Verglichen mit einer Doublette ist eine Mohrrübe geradezu intelligent.

Ich wußte, daß dieser Prozeß geschwind vonstatten ging, aber ich hatte nie dabei zugesehen. Keine fünfzehn Sekunden nachdem ich durch das TOR getreten war, wurde ich unsanft auf eine Platte geknallt. Fünf Sekunden später traf die Doublette ein und landete klatschend auf der Platte neben mir. Mechanische Prüfgeräte tasteten und forschten noch an mir herum. Wenn das menschliche Gutachterteam kam, mußte alles fix und fertig sein.

Die Plastikumhüllung war luftdurchlässig. Ich konnte atmen, aber sprechen wäre sinnlos gewesen. Innerlich vor Zorn kochend, lag ich da. Ich konnte den Kopf gerade so weit drehen, um die Attrappe zu erkennen. Die Ähnlichkeit war wirklich verblüffend, neben mir lag meine aus Zellgewebe bestehende Zwillingsschwester. Mit dem Unterschied, daß ihr linkes Bein echt war und meines künstlich. Ich fragte mich, wie der GC dieses Problem behandeln würde.

Ich sollte es merken.

Ein über unseren Köpfen befindliches Fließband transportierte eine Beinprothese herbei, die man neben die schlafende Doublette legte. Beim Anblick dieses Kunstbeines mußte das menschliche Gutachterteam ja wohl stutzig werden, obwohl ich schon fast die Hoffnung aufgegeben hatte, das Team überhaupt noch zu sehen.

Doch sie kamen, und ungewollt erhielt ich Aufschluß darüber, warum die Böcke nach der Begutachtung so zappelig sind.

Das Team bestand aus fünf Leuten. Einen Gutachter kannte ich sogar persönlich, wenn auch nur flüchtig. Er blickte durch mich hindurch.

Sie untersuchten mich und drehten mich um. Sie deuteten auf das Computerbild, berieten sich hastig und beschlossen allem Anschein nach, das Problem mit dem künstlichen Bein an andere Stellen weiterzugeben. Ihre Aufgabe bestand lediglich darin, die Attrappe so an mich anzugleichen, daß sich die Untersuchungsbeamten vom FBI im Jahre 1955 täuschen ließen. Ich war nur ein Stück Fleisch, wie ein in Folie eingeschweißtes tiefgefrorenes Steak im Supermarkt.

Das Team war verdammt gut aufeinander eingespielt. Keiner stand dem anderen im Weg, alles, was sie brauchten, war immer gleich zur Hand. Im wahrsten Sinne des Wortes. Ohne hinzusehen, streckten sie einfach die Hand aus, und was sie benötigten, war da.

Sie arbeiteten blitzschnell. Sie schnitten der Doublette ein

Bein ab und beförderten es mit einem Fußtritt zur Seite, kaum daß es auf den Boden gefallen war. Unterdessen zog jemand der Attrappe sämtliche Zähne und pflanzte ihr neue ein, die genauso aussahen wie meine. Sie befestigten die Beinprothese am Rumpf unf fügten der Doublette an den Stellen, wo mein Derma-Anzug Narben aufweist, Schnitte zu. Dann pellten sie ihr die Haut vom Gesicht und begannen, es von innen heraus zu formen. Nachdem sie die Öffnungen wieder geschlossen hatten, behandelten sie es mit Hochleistungsgeneratoren. Die Haut verheilte ohne eine einzige Narbe.

Doch ein paar Narben sollte die Attrappe bekommen. Das kann man nur mit Hilfe eines Zeitkompressionsfeldes erreichen. Als es soweit war, stöpselten sie Schläuche, die mit großen Nährlösungstanks verbunden waren, in die Doublette, schoben Katheder in Harnblase und Anus und sprangen dann zurück.

Der blaue Lichtschimmer des TORes hüllte die Attrappe ein. Sie begann so schnell zu atmen, daß die Konturen der Brust verschwammen. Man konnte zusehen, wie Haare und Fingernägel wuchsen. Die Attrappe verbrauchte die Nährlösung so rasch, daß man sie ihr einpumpen mußte. Der Urin spritzte unter hohem Druck aus dem Katheder und wurde in einem auf dem Boden stehenden Becken aufgefangen. Binnen zehn Sekunden alterte sie um ein halbes Jahr. Die Narben verheilten normal.

Dann streiften sie der Attrappe meine Jeans über, steckten ihr eine Kanüle in den Mund und schickten sich an, ihr den Magen mit halbverdautem Essen vollzupumpen. In diesem Augenblick sah mir eine dieser Arbeitsbienen ins Gesicht.

Ich meine, sie nahm mich mit Bewußtsein wahr. Sie hatte mich schon vorher mehrmals angesehen, aber nichts gemerkt. Sie riß die Augen auf.

Nachdem sie den Leuten endlich klargemacht hatte, wen sie da so beflissen hofierten, half das ganze Team, mich aus der Plastikumhüllung zu schälen.

An das, was dann geschah, erinnere ich mich nur verschwommen.

Ich entsinne mich noch, daß ich auf das Gesicht der Schlafenden hinabblickte, das genau so aussah wie meines. Dann zerrte man mich von der Attrappe fort. In den Händen hielt ich eine wuchtige Aluminiumstange, und in der Handinnenfläche meines Derma-Anzugs befand sich vom Daumen zum Zeigefinger ein tiefer Riß. Die Stange hatte ich von einer der Untersuchungsmaschinen abgerissen.

Von der Doublette war nicht mehr viel übrig.

Was ich getan habe, tut mir leid. Wirklich. Das Ding hatte meine Jeans an, und die Blutflecken bekam ich nie ganz raus.

Der Leiter der Gruppe, die für die Attrappenherstellung verantwortlich war, heftete sich den ganzen Weg bis zur Tür hin an meine Fersen.

Er hörte nicht auf, sich zu entschuldigen, und ich hörte nicht auf, ihn zu ignorieren. Wenn jemanden eine Schuld traf, dann hauptsächlich mich, aber ich hatte keine Lust, ihm das zu sagen. Genau wie das Sich-eingestöpselt-halten in Lebenserhaltungssysteme, betrachte ich Entschuldigungen als ein gefährliches Laster, das das ganze Leben beherrschen kann, wenn man dieser Schwäche erst einmal nachgibt. Im Geist verwünschte ich mich, weil ich so dämlich gewesen war, meinen Funksignalgeber im Bereitschaftsraum zu lassen. Nach außen hin gab ich mich dienstlich, und die Bedauernsbekundungen des Mannes waren mir einfach lästig.

Ich hatte da drinnen geschlagene fünf Minuten vergeudet. Wer weiß, vielleicht bedeuteten diese fünf Minuten für Pinky den Unterschied zwischen Leben und Tod.

Weitere fünfzehn Sekunden gingen dabei drauf, nur um durch die Tür treten zu können.

Feste Vorschriften gab es nicht. Der gesamte Sortierprozeß war so angelegt, daß niemand ohne weiteres durch die Tür nach drinnen gelangte. Doch mit ein paar in aller Ruhe ausgesprochenen vollkommen ernstgemeinten Morddrohungen schaffte ich es. Ich raste nach oben in die Einsatzzentrale, befahl Lawrence, jede verfügbare Kraft auf die Suche nach Pinkys Paralysor in Houston anzusetzen – dort war die Maschine gestartet –, ließ ihn die Brücke wieder ausschwenken und ... schritt ... durch das TOR.

Es herrschte das totale Chaos.

Sie hatten überall gesucht, wo man überhaupt nur hingucken konnte, und waren dabei nicht besonders zaghaft zu Werke gegangen. In dem Mittelgang lagen kniehoch zerfetzte Sitzpolster. Der Teppichboden war herausgerissen worden. Der Inhalt der Bordküche war im ganzen Flugzeug verstreut. Wo man hintrat, klirrten kleine Schnapsflaschen.

Zu allem Überfluß begannen auch noch die geprüften Attrappen einzutreffen.

Es war schon so viel Zeit vergeudet worden, daß wir uns abhetzen mußten, um die Doubletten an ihre Plätze zu bringen. Ein paar setzten wir aufrecht hin und schnallten sie an, doch die meisten warfen wir einfach durch die Gegend. Wir hatten unsere tragbaren Revitalisatoren auf volle Leistung geschaltet, und wir waren *stark*. Anstatt lediglich mit Adrenalin und Vitaminen angereichertem Blut – die Aufwachmischung – erhielten wir jetzt ein Wahnsinnsgebräu aus Hyperdrenalin, Methedrin, Hysterieenzymen, TNT und Glückssaft, den wir sonst zum Antörnen benutzen. Wir schnappten uns diese halb menschlichen, halb sonst was Dinger und warfen sie durch die Gegend wie Mehlsäcke. Mit meinen Augenbrauen hätte ich Blech durchschneiden können.

Dreiviertel der Attrappen hatten den Prozeß durchlaufen, den ich soeben aus nächster Nähe miterlebt hatte. Sie sahen genauso aus wie die Leute, die sie ersetzen sollten. Um Zeit zu sparen, hatte man das letzte Drittel schon verstümmelt. Die meisten wiesen grauenhafte Verbrennungen auf. Einige dampften sogar noch.

Es heißt immer, verbranntes Menschenfleisch stänke widerlich. Das stimmt gar nicht. Es riecht sogar ziemlich angenehm.

Die meisten Doubletten atmeten noch. Durchschnittlich hatten sie dreißig Jahre in einem der Doublettentanks verbracht, maschinell am Leben erhalten, mechanisch bewegt, um die Muskelspannung zu bewahren. Theoretisch besaßen sie nicht genug Hirn, um zu atmen, doch in Wirklichkeit waren sie zu blöd, um damit aufzuhören. Die meisten würden auch dann noch atmen, wenn sie schon zerschmettert auf dem Boden lagen.

Es dauerte nicht lange, alle durchzuschleusen. Als wir sie verteilt hatten, blieben uns immer noch drei Minuten und vierzig Sekunden. Ich schickte ein Mitglied des Teams in die Zukunft zurück, um sich zu erkundigen, ob jemand den Paralysor in Houston entdeckt hätte. Wir andern suchten währenddessen im Flugzeug weiter. Der Bote kehrte mit der erwarteten schlechten Nachricht zurück, und jetzt verblieben uns noch zwei Minuten und zwanzig Sekunden.

Pinky hatte sich beruhigt, falls man diesen Zustand so nennen konnte. Sie weinte nicht mehr. Ich glaube, vor Angst war sie wie gelähmt. Ich drängte mich an Lilly Rangoon, die Teamleiterin, heran und zog sie auf die Seite.

»Ich kenne Pinky nicht besonders gut«, sagte ich. »Was hat sie an sich, daß ein Twonky verursachen könnte?«

»Nichts. Sie ist sauber.« Lilly konnte mich dabei nicht ansehen.

Das ist eine Seltenheit. Wir sprachen über Dinge wie künstliche Beine, Nieren, Augen – medizinische Implantate jeder Art, die es 1955 noch nicht gab. Pinky war ein gesundes Mädchen. Allein schon aus diesem Grund wäre sie ein großer Verlust für das Team.

Allerdings machte ihr Mangel an medizinischen Anachronismen Lillys Aufgabe ein wenig leichter. Sie hätte es nämlich übernehmen müssen, die Implantate herauszuschneiden und sie wieder mitzubringen.

»Dreißig Sekunden«, schrie jemand.

»Also genau eine Minute Spielraum«, sagte ich. »Wir müssen rechtzeitig abhauen. Du bleibst hier, bis du ihren Derma-Anzug ...«

»*Halt deine dämliche Schnauze!* Ich weiß, was ich zu tun habe. Und jetzt verschwindet aus meinem Flugzeug.«

So lasse ich nicht mit mir umspringen. Das ging zu weit. Ich sah ihr in die Augen. Der Blick, mit dem ich sie bedachte, hätte ihr das Blut in den Adern gefrieren lassen müssen.

»Okay«, sagte ich. »In fünfzigtausend Jahren sehen wir uns wieder.«

Ich rannte nach vorn, wo sich meine Leute vor dem TOR zusammendrängten. Keiner wollte hindurchgehen. Ich auch nicht. Wir zögerten alle.

Ich schaute mich um und sah, wie von Pinkys Hand etwas schlaff herunterhing, das sie Lilly reichte. Ich wußte, daß es Pinky war, obwohl sie jetzt ganz anders aussah, denn wer hätte es sonst sein können? Das schlaffe Ding war ihr Derma-Anzug. Sie war keine niedliche Stewardess mehr; ohne ihre Verkleidung war sie ein verängstigtes, nacktes kleines Mädchen.

Lilly entbot ihr einen Gruß, den Pinky nicht erwiderte, und spurtete auf mich zu.

»Wenn ihr nicht gleich anfangt durchzugehen, fange ich an, euch in den Arsch zu treten«, sagte ich.

Sie gehorchten. Ich wandte mich an Lilly.

»Wie alt war sie?« fragte ich.

»Pinky? Sie war zwölf.«

Ich habe dieses Gesetz nicht erlassen. Indem ich das sage, will ich mich nicht von einer Schuld freisprechen. Ich halte das Gesetz für richtig. Wenn wir es nicht schon hätten, würde ich es selbst herausgeben.

Kein festes Objekt wird zurückgelassen. Die Strafe für Unachtsamkeit ist der Tod. Man bringt seine Sachen zurück, oder man bleibt bei ihnen.

Nicht immer konnten wir so verfahren, wie wir es mit Pinky taten. Das war der *beste* Weg. In diesem Falle ging es, weil die Maschine so hart aufprallen und so total ausbrennen würde, daß keiner damit rechnete, mehr als fünfzig Prozent der Leichen, egal in welchem Zustand, bergen zu können. Wenn zehn Tote so erhalten waren, daß man sie überhaupt identifizieren konnte, gälte das schon als Wunder. Ein Mädchen, das in der Maschine eigentlich gar nichts zu suchen hatte, fiele gar keinem auf.

Trotzdem griff Lilly, ehe sie das Flugzeug verließ, nach einer Attrappe von ungefähr Pinkys Größe und warf sie in die Zukunft zurück. Das Gleichgewicht muß nach Möglichkeit gehalten werden.

Und was wäre das schlimmste gewesen? Wenn wir Pinky aus zeitlichen Gründen mit uns hätten zurücknehmen müssen. Dann hätte Lilly sie an die Wand gestellt und erschossen. Und vermutlich danach sich selbst. Einer meiner Teamführer hatte das mal getan.

Keiner hat je behauptet, es sei eine leichte Aufgabe.

Dieses Mal landete ich auf der anderen Seite richtig. Meinen Funksignalgeber hatte ich immer noch nicht bei mir, aber die Einsatzleitung wußte das mittlerweile, und außerdem wußte man, daß außer Greifern niemand durch das TOR kommen würde, bis man es endgültig schloß. Die Vorbereitungen dazu waren bereits im Gange.

Wir versammelten uns in der gepolsterten Rekreationszone. Um uns herum warteten Sanitäter wie Rettungsmannschaften auf einem Flughafen. Mit Handzeichen deuteten wir an, daß wir keine Betreuung brauchten, nur ein Mädchen wollte eine Tragbahre.

Es ist üblich, fünf oder zehn Minuten lang einfach nur dazuliegen. Unsere tragbaren Revitalisatoren hatten sich automatisch auf normalen Verbrauch umgeschaltet, als wir durch das TOR kamen, deshalb ebbte unsere Hysterie schnell ab. Nun machte sich die körperliche und geistige Erschöpfung bemerkbar, die die Drogen bis jetzt verschleiert hatten.

Trotzdem mußte ich aufstehen.

»Jetzt gibt's eine Belohnung«, sagte ich, während ich nach Lillys Waffe griff und auf die Tür zur Einsatzzentrale zustrebte. »Eine Stunde lang volles Rohr. Auf geht's Mädchen.«

»Wir sehen uns dann auf der Intensivstation, Louise«, rief mir eine von ihnen zu und drehte die Wählscheibe des Revitalisators, die an ihrem Handgelenk befestigt war.

»Erzähl meiner lieben Mom, ich starb mit einem Lächeln auf den Lippen«, schrie eine andere.

Ich raste in die Einsatzzentrale und steuerte auf Lawrence zu. Er ging die Checkliste durch, auf der die einzelnen Schritte zum Schließen des TORes aufgeführt sind.

»Eines meiner Mädchen befindet sich noch in dem Flugzeug«, sagte ich ihm. »Ich will, daß du das TOR so lange auf die Maschine richtest, bis sie in der Wüste aufschlägt.«

»Das kommt gar nicht in Frage, Louise.«

»Eines meiner Mädchen befindet sich noch in dem Flugzeug, Larry. Wenn sie es schafft, ihre Waffe zu finden, kann sie noch zurückkommen.«

»Weißt du eigentlich, wie kompliziert es ist, das TOR auf eine Maschine gerichtet zu halten, die geradeaus fliegt? Hast du auch nur einen blassen Schimmer, wie sich dieses Problem verdoppelt und vervielfacht, wenn die Maschine beim Absturz zu kippen und sich zu drehen anfängt? Es geht einfach nicht.«

Die Einstellung eines Paralysors ist in drei Stufen regelbar. Die erste Stufe läßt einen einschlafen. Die zweite verursacht Schmerzen. Ich zeigte ihm, wie ich Lillys Waffe auf die dritte Stufe einstellte. Dann drückte ich ihm die Mündung an die Schläfe.

»Eines meiner Mädchen befindet sich noch in der Maschine, Larry. Das sage ich jetzt zum dritten Mal.«

Er schaffte es, daß TOR zweimal auf das abstürzende Flugzeug zu richten, einmal zwei Sekunden lang, dann beinahe ganze fünf. Pinky kam nicht.

Verdammte Scheiße. Aber versuchen mußte ich es.

Ich hockte mich neben Larrys Konsole auf den Boden und sah ihm dabei zu, wie er das Schließmanöver überwachte. Ich fragte ihn, ob er etwas zu rauchen für mich hätte, und er warf mir eine Packung Lucky Strike zu. Ich zündete mir drei an.

Als das Manöver beendet war, sicherte ich den Paralysor und gab ihn Larry.

»Für mich?« fragte er. Er nahm die Waffe und wog sie in der Hand.

»Mach damit, was du willst«, sagte ich.

Er zielte auf meine Stirn. Ich inhalierte tief und wartete. Mit dem Lauf schob er mir eine Haarsträhne aus der Stirn, dann warf er mir die Waffe wieder zu.

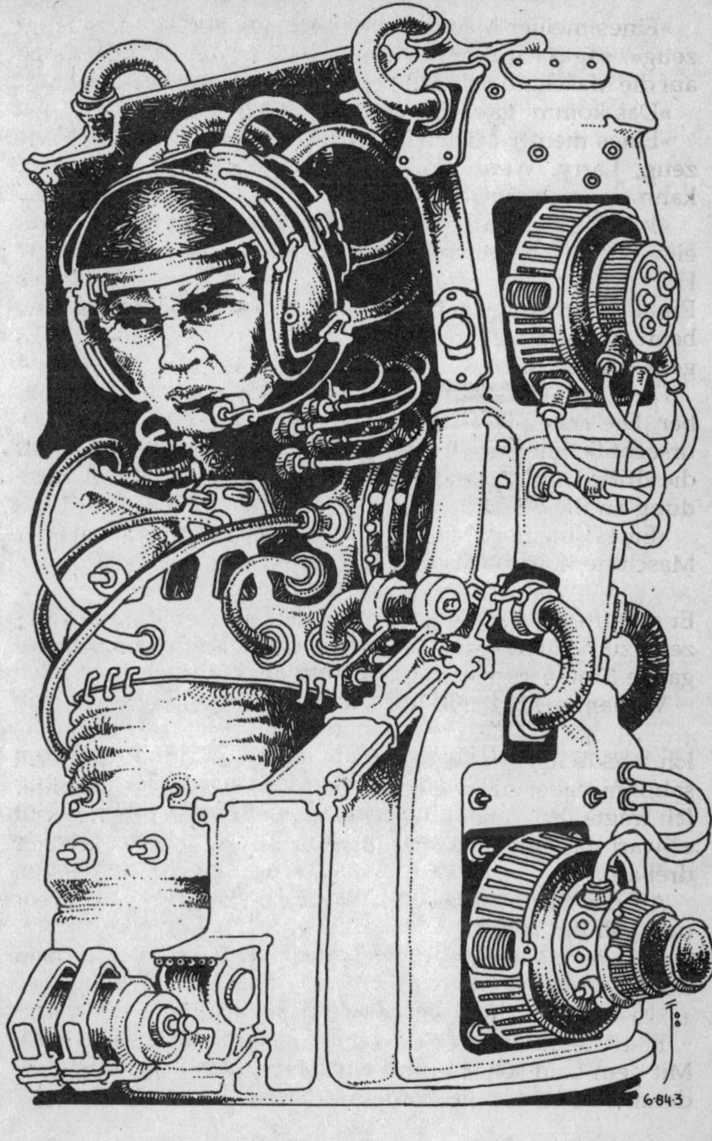
6·84·3

»Im Augenblick ist dir alles egal«, meinte er.
»Stimmt. Du hast recht.«
»Dann macht es keinen Spaß.« Er verschränkte die Arme und lehnte sich zurück. Na ja, nicht richtig. Er saß ja gar nicht auf einem Sessel; er war mehr oder weniger in einen eingebaut.
Seine Augen leuchteten auf.
»Ich warte, bis es dir wieder blendend geht. Das nächste Mal, wenn ich dich lächeln sehe, kriegst du eins zwischen die Hörner.«
Der gerissene Schuft. Ich lächelte, doch er bat mich nicht, ihm die Waffe zu geben.
»Larry, es tut mir leid.«
Er sah mich an. Er war mal mein Liebhaber gewesen, ehe er zu tatterich wurde, um sich noch aus eigener Kraft fortzubewegen. Er wußte, was ich von Entschuldigungen hielt.
»Okay. Es war auch mein Fehler. Während eines Einsatzes geht einem das Temperament schon mal durch.«
»Klar.«
»Alles vergessen?«
»Bis zum nächsten Mal«, erwiderte ich.
»Klar.«
Ich schaute ihn an und trauerte um das, was er einmal war. Nein, lassen Sie mich die brutale Wahrheit sagen. Ich empfand Mitleid mit mir, weil ich eines Tages so sein würde wie er. Und zwar schon bald.
Larry hatte sich entschlossen, seinen Zustand als Gnom voll zu akzeptieren. Die meisten Gnome an den anderen Konsolen sahen ganz normal aus, außer daß dicke Kabelbündel aus ihren Rücken sprossen. Die Kabel mündeten in ihren Stühlen und von dort aus liefen sie zu Hunderten von wuchtigen Maschinen im Untergeschoß.
Larry sah keinen Sinn darin, an einer Longe zu leben. Wozu brauchte er unechte Beine, wenn er das Gebäude ohnehin nicht verlassen konnte? Larrys Sessel war ein Teil von Larry selbst. Er besaß keine Rückenlehne. Er wuchs aus der Sitzfläche heraus, war in den Boden vor seiner Konsole eingewurzelt. Er glich einer grotesken Schachfigur.
Von der Taille aufwärts sah er aus wie ein ganz normales

menschliches Wesen. Ich wußte, daß das meiste an ihm falsch war. Selbst damals, als wir noch zusammen waren, besaß er nur einen richtigen Arm. Sein Gesicht, das ich nur ein einziges Mal ohne Derma-Anzug gesehen hatte, verdient den Namen nicht: keine Nase, die Lippen waren weggefressen, nur noch ein Ohr. Ich wußte nicht, an welchen Krankheiten er litt. Man fragt ja nicht. Ich hatte auch keine Ahnung, welche Teile von ihm noch organisch waren; außer dem Gehirn wahrscheinlich kaum welche. Sowas fragt man natürlich auch nicht.

Niemand außer mir, meinem Arzt und Sherman wissen, welche meiner Organe und Gliedmaßen meine eigenen sind, und so soll es auch bleiben. Ich lege Wert auf Intimsphäre, sonst würde ich nicht in diesem irreführenden Derma-Anzug herumlaufen und so tun, als wäre ich ein Filmstar aus dem Jahre 2034. Sie haben richtig verstanden, das, was jeder von mir kennt, ist bis auf das letzte Muttermal Kopie einer Leinwandkönigin, die wir uns bei einer Bombenexplosion, einem Terroristenanschlag, schnappten.

Wie ich so in einem seltenen Augenblick der Ruhe neben Larry saß, kam mir die Idee, ich täte gut daran, mir Larry eines Tages zum Vorbild zu nehmen. Wenn ich unter der Last meiner Prothesen zusammenbräche, war die Zeit für schöne Lügen vorbei. Dann mußte ich mich zu dem bekennen, was ich in Wirklichkeit bin, was wir alle hier in der strahlenden Zukunft darstellen.

Das Letzte Zeitalter.

Ich stand auf und verließ im Schlenderschritt die Einsatzzentrale. Ich suchte mir ein paar Kleidungsstücke zusammen und zog mich an, dann holte ich mir im Bereitschaftsraum des Greifkommandos ein Frühstück. Eine Zeitlang saß ich untätig da. Ich dachte daran, daß es noch früh am Tag war.

Bis jetzt hatte sich noch nichts Besonderes ereignet.

3 »Let's Go to Golgatha«

Aussage des Bill Smith

Der Chopper Pilot erzählte mir, Roger Keane habe bereits drei Stunden an der DC-10 Absturzstelle zugebracht.

Ich wußte nicht recht, was ich tun sollte. Wir hatten zwei große, zwanzig Meilen voneinander entfernte Flugzeuge und sieben Leute, um die Untersuchung einzuleiten. Was ich unter mir sah, war nicht vielversprechend. In Ermangelung einer besseren Idee wandte ich mich an mein Team und bat um Vorschläge.

»Ich möchte hier abgesetzt werden«, äußerte Eli. Er spähte hinunter auf etwas, das wie der Teil eines Triebwerks aussah, und ich sah ihm an, daß er darauf brannte, es in die Finger zu bekommen. »Ich meine, im Grunde ist es doch egal. Wir besichtigen ohnehin beide Absturzstellen, dann kann ich also genausogut hier anfangen.«

»Ich steige auch aus«, sagte Carole. »Die Farmhäuser dort drüben liegen so nah, daß ich vielleicht ein paar nützliche Augenzeugenberichte bekomme. Liegt die andere Maschine nicht auf einer Bergkuppe?«

»Ja, Ma'am«, bestätigte der Pilot. »Auf dem Mount Dibalo. Ich kann mir nicht vorstellen, daß jemand den Absturz beobachtet hat.«

Craig und Jerry fanden auch, sie könnten hier mit ihrer Arbeit anfangen, folglich blieben nur noch ich und Tom Stanley übrig.

»Haltet Ausschau nach den Recordern«, riet ich Craig, als er ausstieg. Der Pilot hörte es.«

»Meinen Sie die schwarzen Kästen?« vergewisserte er sich. »Die hat man schon gefunden. Vor einer Stunde brachte ich sie nach Oakland.«

Ich nickte ihm zu und hob den Daumen. Wieso der Flugdatenschreiber und das Cockpit Stimmenaufzeichnungsgerät schwarze Kästen genannt wurden, war mir immer schleierhaft. Erstens sind sie meistens rot. Für mich ist ein »schwarzer Kasten« immer mit einer Aura des Esoterischen behaftet, die irgend etwas Mysteriöses verbirgt. Cockpit-Recorder und Flugdatenschreiber sind im Grunde ganz simple Geräte. Jeder, der nur ein bißchen Ahnung von einer Autostereoanlage hat, kann ihre Funktionsweise verstehen.

Es sah aus, als sei die 747 nach der Kollision noch eine kurze Strecke geflogen. Die Maschine hatte eine lange Furche in die Bergflanke gerissen.

Tom und ich rekonstruierten das von der Luft aus. Der Hubschrauber schwebte über einer Stelle, an der es nicht annähernd so von Menschen wimmelte wie bei der anderen, und die viel aufschlußreicher war.

Die Maschine war auf der Rumpfunterseite gelandet. Der Aufprall hatte den Bug zerschmettert und vermutlich den Rumpf beschädigt. Die Maschine war noch einmal hochgekommen, dann wieder auf dem Bauch gelandet, wobei der Rumpf in vier Teile zerbrach. Jedes Teil hatte sich mehrmals überschlagen. Man sah große Stücke von den Tragflächen. Die Triebwerke waren abgerissen und aus der Luft nicht zu erkennen. Das Cockpit schien weitgehend intakt geblieben zu sein, obwohl es vom Feuer geschwärzt war. Das macht die 747 unter den Verkehrsmaschinen ja so einmalig; anstatt vorn im Bug zu sitzen – »und die ersten am Unfallort zu sein« wie die Piloten gern sagen –, befindet sich die Flugzeugbesatzung einer 747 ganz oben in der Maschine und ein gutes Stück von der Nase entfernt.

Das nächste große Stück, das wir entdeckten, war der abgebrochene Vertikalstabilisator, der noch am Heck des Rumpfes hing. Für die Flugschreiber sah das gut aus. Es hatte den Anschein, als mache sich eine Gruppe von Leuten am Heck zu schaffen, und ich fragte den Piloten, ob er uns dort absetzen könne. Er hielt es für zu riskant und flog uns zur Sammelstelle, wo bereits ein Dutzend Feuerwehrwagen und Polizeiautos und ein paar Krankenwagen standen.

Es ist nicht so, daß der Mount Diablo sich in einer wirklich abgeschiedenen Gegend befindet. Wenn lediglich eine einzige Maschine abgestürzt wäre, hätte es dort schon von Bergungskräften gewimmelt. Doch das andere Flugzeug war in der Nähe der Straße heruntergekommen, und dort hatte sich sehr schnell der größte Teil der zur Verfügung stehenden Rettungsmannschaften versammelt. Sobald feststand, daß niemand den Absturz der 747 überlebt hatte – also keine Eile geboten war –, hatte Roger Keane angeordnet, die Bergungsarbeiten auf die leichter zugängliche Stelle zu konzentrieren.

Wir hatten den Umkreis des Helikopterrotors noch nicht verlassen, als ein großer Bursche in einem gelben Regenmantel schon mit ausgestreckter Hand auf uns zukam.

»Bill Smith?« fragte er und schüttelte mir die Hand. »Chuck Willis von der CHP. Mr. Keane steht da drüben am Heck. Er sagte mir, ich solle Sie sofort zu ihm bringen.«

Ich hatte gerade noch Zeit, mich zu erinnern, daß CHP California Highway Patro bedeutete, und einen Anlauf zu machen, Tom Stanley vorzustellen, doch dann war der Kerl schon wieder weg. Wir folgten ihm. Als ich mich einmal umdrehte, sah ich, wie man gelbe Leichensäcke in den Helikopter lud. Ich beneidete unseren Piloten nicht um den Rückflug. In der Luft hing ein Gestank von Treibstoff und verbranntem Fleisch.

Auf halbem Weg zum Heck sagte Tom auf einmal: »Entschuldigung«, wandte sich ab und übergab sich.

Ich blieb stehen, um auf ihn zu warten. Als Willis von der CHP merkte, daß keiner mehr hinter ihm war, blieb er ebenfalls stehen und warf uns ungeduldige Blicke zu.

Komisch, aber mir wurde erst flau, als Tom sich übergeben mußte. Ich kann nicht zusehen, wenn sich jemand erbricht. Ich hatte ganz vergessen, was mit Tom los war. Mit ihm zusammen hatte ich ein paar schlimme Unfälle gesehen – kleine Flugzeuge, aber mit schrecklich zugerichteten Leichen. Meistens hatte er sich gut gehalten, aber ein paarmal überkam es ihn eben doch.

Was soll ich dazu sagen? Wir waren über aufgewühlten Boden marschiert, den Hauptteil des Wracks noch vor uns, aber wir hatten viele Leichen gesehen, oder besser gesagt Leichenteile. Das heißt, ich hatte sie gar nicht wahrgenommen. Ich war um sie herumgegangen. Jetzt entsann ich mich, daß ich über eine tatsächlich einen großen Schritt gemacht hatte. Doch in jenem Augenblick hatte sie für mich nicht existiert. Diese Fähigkeit hatte sich im Laufe der Zeit entwickelt. Wir waren hier, um uns das Wrack anzusehen und Drähte, Metallteile und so weiter zu begutachten. Mein Geist nahm das menschliche Elend einfach nicht wahr.

»Wieder in Ordnung?« fragte ich.

»Na klar«, antwortete er und richtete sich auf. Von früher her wußte ich, daß das stimmte. Was macht es schon, wenn einer mal kotzen muß. Mich störte das nicht.

Ich sah Willis an, daß er nicht so dachte. Ich nahm mir vor, ihm eins in die Fresse zu hauen, wenn er gleich sagte, auf den kalifornischen Autobahnen hätte er Schlimmeres gesehen.

Er hielt jedoch den Mund. Gleich darauf merkte ich, warum.

An der Stelle wimmelte es von Leuten in verschiedenen Uniformen. Meistens waren es Feuerwehrleute, Polizisten und Sanitäter aus den umliegenden Ortschaften, Männer, die glaubten, sie seien an den Anblick von übel zugerichteten Leichen gewöhnt. Jetzt merkten sie, wie sehr sie sich geirrt hatten. Einige würden sich einer jahrelangen psychiatrischen Behandlung unterziehen müssen, wegen der Dinge, die sie in dieser Nacht sahen. Es gibt ein regelrechtes Syndrom. das sich entwickelt, wenn man am Ort eines Flugzeugabsturzes arbeitet und Anblicke ertragen muß, mit denen man innerlich nicht fertig wird. Besonders hart trifft es manchmal Leute, die beruflich mit Unfällen zu tun haben, die glauben, sie könnten alles verkraften und die sich selbst für seelisch robust und abgestumpft halten. Es ist das *Ausmaß* der Katastrophe, das sie umhaut.

Ich sah Feuerwehrmänner, die durch die Gegend taumelten wie Schlafwandler. Ein Polizist hockte auf dem Boden und weinte wie ein kleines Kind. Er würde das Erlebnis wahrscheinlich verarbeiten. Die Männer, die sich beherrschten, die bis zum Schluß keine Schwäche zeigten, brauchten dann später irgendwann einmal Hilfe.

Aber wenigstens geisterten hier keine Zombies herum. Ich sah mal welche in San Diego, wo ein Flugzeug mitten in ein Wohnviertel stürzte. Anfangs war es unmöglich, die Leute zurückzuhalten, und ehe die Polizei die Unfallstelle absperren konnte, hatte sie schon ein paar echt perverse Fälle angelockt.

Ob Sie es glauben oder nicht, aber diese Menschen nahmen sich Leichenteile als Souvenirs mit. Ich konnte es auch nicht fassen, doch ein Bursche von der PSA schwor mir, es sei die Wahrheit. Er erzählte, um ein Haar hätte ein Polizist einen dieser Aasgeier erschossen, der sich mit einem abgetrennten Bein davonmachen wollte.

Im Grunde genommen ist das gar nicht so erstaunlich. Nichts zieht eine Menge mehr an als eine Katastrophe. Wenn ein Autounfall schon unterhaltsam ist, dann muß ein Flugzeugabsturz ja wohl hundertmal so interessant sein.

Ein Absturz ist wie ein Tornado. Sie spielen einem makabre Streiche. Ich habe schon abgerissene, aber ansonsten unversehrte Köpfe gesehen, die in Augenhöhe an Baumästen hingen. Manchmal entdeckt man zwei ineinanderverschlungene Hände, die eines Mannes und einer Frau, oder die einer Frau und eines Kindes. Nur die Hände, die noch einander halten, auch wenn der Rest der Körper irgendwoanders hingeschleudert wurde.

Ich schaute in die Richtung, in die Tom geblickt hatte, als er schließlich grün im Gesicht wurde. Dort lag der Arm einer Frau, sauber vom Rumpf abgetrennt. Das Groteske daran war die Stellung, in der der Arm auf dem Boden liegengeblieben war. Die Handfläche wies nach oben, die Finger krümmten sich, wie um jemand herbeizuwinken. An einem Finger befand sich ein Trauring. In einer anderen Situation wäre es eine verführerische Geste gewesen, und ich vermute, daß das Tom den Rest gegeben hatte.

Hätte ich nicht gleich weggeschaut, wäre ich auch soweit gewesen, deshalb wandte ich den Blick ab.

Roger Keane ist genau der richtige Mann, um das Büro der NVSB in Los Angeles zu leiten. Er ähnelt ein bißchen dem jungen Gary Grant, sein Haar ist leicht angegraut, und seine Anzüge kauft er in Beverly Hills. Er gehört nicht zu denen, die sich die Hände schmutzig machen, deshalb wunderte ich mich nicht, ihn hinten beim Scheinwerferlicht zu finden. Von dort aus überwachte er die Leute vom Bergungstrupp, die mit Taschenlampen den steilen Hang zum Heck heraufgeklettert waren, um nach den Flugrecordern zu suchen. Seine Hände steckten tief in den Taschen seines Trenchcoats, der Mantelkragen war hochgeschlagen, und zwischen den Zähnen klemmte eine kalte Zigarre. Ich gewann den Eindruck, daß ihn inmitten dieses Bildes der Verwüstung am meisten die Tatsache ärgerte, daß er es wegen der noch in der Luft hängenden Benzindämpfe nicht riskieren konnte, seine Zigarre anzuzünden.

Er begrüßte mich und Tom, und wir tauschten ein paar Höflichkeitsfloskeln aus. Sie würden sich wundern, wenn Sie wüßten, wie gut das für das seelische Gleichgewicht ist. Ich glaube, ich könnte noch mitten auf einem Schlachtfeld höfliche Konversation machen.

Danach nahm er uns auf eine Inspektionstour mit. Ihm haftete etwas Autoritäres an. Das hier war seine Unfallstelle gewesen und blieb es im gewissen Sinne, bis er uns mit dem, was er gefunden hatte, vertraut gemacht hatte. Er machte ein grimmiges Gesicht wie wir alle, vermutlich traf es ihn um so härter, weil er an solche Katastrophen nicht so gewöhnt war wie wir.

Wie ernste Touristen trotteten wir über das Feld der Zerstörung, hin und wieder stehenbleibend, um herumzurätseln, was irgendeines der größten Trümmerstücke wohl darstellen könne.

Für mich waren die einzigen wirklich wichtigen Gegenstände der Cockpit-Recorder und der Flugdatenschreiber. Die berühmten schwarzen Kästen. Schließlich kehrten wir zum Heckteil zurück. Gerade rechtzeitig, um mitzubekommen, wie der Cockpit-Recorder aus der Verankerung gelöst und vorsichtig an jemanden, der unten am Boden stand, weitergereicht wurde. Roger sah glücklich aus.

Ich war auch froh, doch der andere Recorder ist wichtiger.

Der Flugdatenschreiber einer modernen Maschine ist schon eine tolle Sache. Die alten Flugschreiber zeichneten bloß sechs verschiedene Meßdaten auf wie Geschwindigkeit, Kurs und Flughöhe. Diese Angaben wurden mit Nadeln auf Rollen aus Metallfolie geritzt. Diese 747 war mit einem dieser modernen Flugdatenrecorder ausgerüstet, die vierzig verschiedene Meßdaten auf Magnetband speichern. Das Gerät verriet uns alles, angefangen von der Klappenstellung bis zu den Drehzahlen und Abgastemperaturen der Triebwerke. Die neuen FDRs waren in jeder Hinsicht besser, außer in einer. Sie waren nicht annähernd so unverwüstlich wie die alten Recorder, die noch mit Metallfolie arbeiteten.

Tom und ich lungerten herum, bis die Bergungsarbeiter mit dem zweiten Flugschreiber herankamen. Wir lösten sie selbst aus den Druckbehältern. Roger erbot sich nicht, uns zu helfen, aber das hatte ich auch nicht von ihm erwartet. Der Chopper kehrte zurück und brachte uns zur anderen Unfallstelle. Die Sonne ging auf, als wir zum Flughafen zurückflogen.

Dieses Mal benutzten wir die hintere Tür, und die Flughafenpolizei schirmte uns vor der Presse ab. Man führte uns in die Räume, die die Flughafenverwaltung für uns bereitgestellt hatte. Ein kleines Zimmer war für die ganz hohen Tiere bestimmt – für mich und meine Leute –, in einem Raum mittlerer Größe sollten die abendlichen Konferenzen stattfinden, bei denen alle Leute, die an der Aufklärung des Unfallhergangs beteiligt waren, zusammenkamen, um Ergebnisse auszutauschen und Notizen zu vergleichen. Ein großer Raum war für Pressekonferenzen bestimmt. Letzteres interessierte mich einen Dreck. Über kurz oder lang mußte C. Gordon Petcher hier eintreffen, und sich mit den Medien herumzuschlagen, gehörte zu seinem Job. In den Sechs-Uhr-Nachrichten im Fernsehen wäre dann seine fotogene Schnauze zu sehen und nicht ich, übermüdet und unrasiert wie ich war.

Ich begutachtete die Einrichtungen, wurde mit Verbindungsleuten von United, Pan Am und der Flughafenverwaltung bekanntgemacht und begegnete wieder Kevin Briley. Er wirkte nicht mehr so unglücklich wie das letzte Mal, als ich ihn sah. Er drückte mir ein paar Schlüssel in die Hand.

»Der eine ist für Ihren Wagen, der andere für Ihr Hotelzimmer«, erklärte er. »Das Auto steht auf dem Hertz Parkplatz, und für Sie habe ich ein Zimmer im Holiday Inn gebucht. Ungefähr eine Meile von hier. Sie nehmen die Zufahrtstraße zum Flughafen ...«

»Verdammt nochmal, ich werde doch wohl das Holiday Inn finden«, schnitt ich ihm das Wort ab. »Die Kästen sind ja nicht zu übersehen. Sie haben Ihre Sache gut gemacht, Briley. Tut mir leid, wenn ich Sie heute nacht so anschnauzte.«

Er blickte auf seine Uhr.

»Jetzt haben wir 7.15 Uhr. Ich sagte den Reportern, Sie würden um zwölf mit ihnen sprechen.«

»Ich? Verdammt, das ist doch gar nicht meine Aufgabe. Wo steckt Gordy?«

Offenbar wußte er nicht, wen ich meinte.

»C. Gordon Petcher.« Ihm ging immer noch kein Licht auf. »Ein Mitglied der Behörde. Sie kennen doch die Nationale Verkehrssicherheits ...«

»Ach ja, ja, natürlich.« Er rieb sich die Stirn, und ich bildete mir ein, daß er leicht schwankte. Ich dachte daran, daß der Knabe mindestens genauso müde sein mußte wie ich. Wahrscheinlich war seine Erschöpfung noch größer. Ich hatte zu Hause ein paar Stunden geschlafen und dann noch mal im Flugzeug. Der Unfall war um 21.11 Uhr Ortszeit passiert, so daß er in der vergangenen Nacht aller Wahrscheinlichkeit nach überhaupt kein Auge zugetan hatte.

»Er rief an«, sagte Briley. »Er kommt erst gegen Abend. Er sagte, Sie sollten die Pressekonferenz um zwölf übernehmen.«

»Er sagte ... Einen Scheiß werde ich tun. Ich muß hier arbeiten, verdammt nochmal. Ich habe keine Zeit, um für irgendwelche Arschlöcher in Kameras zu lächeln.« Ich merkte, daß ich den armen Kerl schon wieder anschrie, obwohl ich Petcher meinte. »Entschuldigung. Passen Sie mal auf, Sie hängen sich ans Telefon und sagen ihm, er soll machen, daß er hierherkommt. Wenn nämlich die Vernehmungen beginnen, ist er dran. Praktisch trägt er die Verantwortung für die ganze Scheiße, aber er versteht nichts von Flugzeugen, und er weiß, daß er keine Ahnung hat. Und außerdem weiß er verdammt gut, daß er ohne mich und meine Leute, die ihm die Informationen einfüttern, verdammt dumm dasteht ... Aus diesem Grund habe ich in den nächsten Wochen zu bestimmen, was hier läuft. Und ich will, daß er das macht, wozu er da ist, nämlich den Herren von der gottverdammten Presse den Bauch pinseln. Zu mehr ist er ohnehin nichts nütze.«

Briley sah mich lange an, vielleicht befürchtete er, ich könnte gewalttätig werden.

»Möchten Sie ihm das nicht lieber selbst sagen?«

Ich grinste. »Ich würd's ja gern tun«, entgegnete ich, »aber leider muß ich mir diesen Wunsch verkneifen. Ich habe in Washington jeden Tag mit ihm zu tun, aber Sie sitzen sicher hier draußen an der Küste. Aber jetzt was anderes. Wo stapeln Sie denn das Altmetall?«

»Der United gehört ein Hangar an der Nordseite des Rollfeldes. Da bringen sie alles hin.«

»Und die Pan Am?«

»Die hat sich Raum von der United gemietet. Beide Flugzeuge werden in den Hangar gebracht.«

»Gut. Das ist praktisch. Und die Leichen?«

»Wie bitte?«

»Die Toten. Was geschieht mit den Toten?«

Meine Frage schien ihn aus der Fassung zu bringen. Jedenfalls wirkte er nervös.

»Äh, ich galube, die werden irgendwohin gebracht ... aber ich ...«

»Schon gut. Sie können sich nicht um alles kümmern. Ich werde schon herausfinden, wo die Leichen sind.« Ich klopfte ihm auf die Schulter und riet ihm, sich schlafenzulegen, dann ging ich Tom suchen. Er unterhielt sich mit jemand, der mir bekannt vorkam. Ich stellte mich zu ihnen.

Tom schickte sich an, uns miteinander bekanntzumachen, als mir plötzlich der Name des Burschen wieder einfiel.

»Ian Carpenter, stimmt's? Fluglotsengewerkschaft?«

Bei den Wort »Gewerkschaft« verzog er das Gesicht. Die Vereinigung existiert noch nicht lange, und man reagiert noch ein bißchen empfindlich. Die Angehörigen dieser Gruppierung sind sich dessen bewußt, daß sie in der öffentlichen Meinung noch unter Senatoren und Kongreßabgeordneten rangieren. Ich halte das für eine Schande. Ich finde, Fluglotsen leisten noch ein bißchen mehr als Piloten – die eine fast genauso eingeschworene Gemeinschaft bilden wie Polizisten und Ärzte –, und sie sind mir verdammt lieber als Präsidenten, die Gewerkschaften zerschlagen.

»Fluglotsenverband bitte«, korrigierte er mich, indem er so tat, als wollte er es ins Lächerliche ziehen. »Und Sie sind Bill Smith. Ich habe schon von Ihnen gehört.«

»Ach wirklich? Wer betreute die beiden Maschinen, als sie zusammenstießen?«

Er zog eine Grimasse. »Wollen Sie wissen, was man mir über Sie sagte? Daß Sie immer gleich zur Sache kommen. Na schön. Er heißt Donald Janz. Und ehe Sie mich danach fragen, er ist kein Trainee, aber auch nicht das, das ich einen Veteranen nennen würde.«

Wir tauschten einen langen Blick aus. Vielleicht wußte er, was ich dachte; ich konnte mir jedenfalls gut vorstellen, was ihm jetzt durch den Kopf ging. Er wollte nicht, daß man diesen Unfall der Flugsicherung anlastete, und er befürchtete, ich könnte der FS die Sache in die Schuhe schieben. Es ist kein Geheimnis, daß die Behörde schon seit längerem über die Zustände bei der Flugsicherung unglücklich ist. Die Massenentlassungen liegen schon ein paar Jahre zurück, aber die Situation war immer noch nicht normal zu nennen. Ganz gleich, was Sie auch gehört haben mögen, Tatsache bleibt, daß wir immer noch Leute ausbilden, die die Lücken füllen sollen, die durch den Fluglotsenstreik entstanden sind. Aber es gibt keine FS Universität. Die Leute lernen ihr Fach an Ort und Stelle, und heutzutage werden sie schneller an die Front geschickt als früher.

»Wo ist Janz?«

»Zu Hause, und er steht unter Beruhigungsmitteln. Natürlich ist er fix und fertig. Ich glaube, er sprach davon, er wolle sich einen Anwalt nehmen.«

»Ist doch klar. Können Sie dafür sorgen, daß er in zwei Stunden hier ist?«

»Soll das ein Befehl sein?«

»Ich bin nicht berechtigt, Ihnen Befehle zu erteilen, Carpenter. Ich bitte Sie darum. Wenn er will, kann er ja seinen Anwalt mitbringen. Aber Sie wissen doch, daß ich früher oder später mit ihm sprechen muß. Und Sie wissen auch, wie schnell Gerüchte in die Welt gesetzt werden. Wenn den Jungen keine Schuld trifft – und wenn ich Sie ansehe, habe ich das Gefühl, daß Sie von seiner Unschuld überzeugt sind –, dann ist es sicher besser, wenn ich mir jetzt gleich anhöre, was er zu sagen hat.«

Tom machte mir ein Zeichen, und ich sah zu ihm hinüber. Er schlug sofort in die gleiche Kerbe.

»Ian, wir sind zu neunundneunzig Prozent davon überzeugt, daß die Unfallursache nicht bei den Flugzeugen zu suchen ist. Die Wetterbedingungen scheiden aus. Sie haben doch gehört, was hier geredet wird. Der Fehler lag entweder bei einem der Piloten, beim Fluglotsen ... oder beim Computer. Wenn Sie den Mann hierherholen, kann uns das vielleicht schneller auf die richtige Spur bringen.«

Als Tom von einem Computerfehler sprach, hatte Carpenter merklich gestutzt; irgend etwas gärte in diesem Mann, doch ich wußte nicht, was. Immer noch unentschlossen, blickte er angelegentlich auf seine Schuhe.

»Die Presse wird ein paar Antworten verlangen, Carpenter. Wenn man den Leuten nicht wenigstens einen Brocken hinwirft, fangen sie bald an zu spekulieren. Wozu das führen kann, wissen Sie ja.«

Er funkelte mich wütend an, doch ich glaube nicht, daß sein Zorn in Wirklichkeit mir galt.

»In Ordnung. In zwei Stunden ist er hier.«

Er drehte sich auf dem Absatz herum und entfernte sich. Ich sah Tom an.

»Was hatte das zu bedeuten?«

»Er erzählte mir, der Flugsicherungscomputer sei ausgefallen, als die Kollision stattfand. An diesem Tag war das der dritte Ausfall wegen Überlastung.«

»Ach du Scheiße!«

Es war zu früh, um zu entscheiden, ob das ein echter Hinweis war, doch es war das erste Interessante, das ich bis jetzt gehört hatte.

»Wie spät ist es eigentlich?« fragte ich Tom.

»Punkt sieben.«

»Pazifikzeit oder Atlantikzeit? Sollen wir mal rüber zum Hangar gehen und nachschauen, was sich da tut?«

Tom schien mich zu kennen. Mag sein, daß ich leicht zu durchschauen bin.

»Was hältst du davon, wenn wir uns erst mal eine Bar suchen?«

In großen Flughäfen fällt es nicht schwer, eine Bar zu finden, und in Kalifornien nehmen sie es mit den Öffnungszeiten ohnehin nicht so genau. Es war überhaupt kein Problem, um sieben Uhr früh etwas zu trinken zu bekommen.

Ich bestellte mir einen doppelten Scotch auf Eis, und Tom wollte Perrier oder Sarsaparilla, oder wie das Zeug heißt, das Antialkoholiker trinken. Was es auch war, es perlte wie verrückt, und ich bekam allein schon vom Hinsehen Kopfschmerzen.

»Was hast du sonst noch erfahren, während ich mit Mr. Briley konferierte?«

»Nicht viel. Hauptsächlich, daß Carpenter vorbringen will, seine Leute arbeiteten zu lange und die Computer seien veraltet.«

»Das haben wir doch schon mal gehört.«

»Die Behörde steht auf dem Standpunkt, die Arbeitszeit sei nicht zu lang gewesen.«

»Ich bezog mich nicht auf die gegenwärtige Untersuchung. Ich habe den Bericht gelesen.«

Tom erwiderte nichts darauf. Er wußte, wie ich über diesen Bericht dachte. Ich glaube, er teilte meine Meinung, obwohl ich ihn nie dazu befragt habe. Ich kann es mir leisten, gelegentlich das Maul aufzureißen, wenn ich finde, daß jemand Blödsinn verzapft. Ich erwarte nicht von Tom, daß er sich meinen subversiven Ansichten anschließt, jedenfalls nicht in der Öffentlichkeit.

»Na schön. Wann fiel der Computer aus?«

»Im ungünstigsten Augenblick, wenn man Carpenter Glauben schenken darf. Janz betreute ungefähr neunzehn Maschinen. Der Computer gibt den Geist auf, und er hat cirka zehn Sekunden Zeit, um Blip A mit Blip A Strich zu koordinieren. Zwei dieser Echozeichen waren Jets, die er gerade an die Oakland Anflugkontrolle weitergeben wollte. Er verwechselte die beiden Maschinen und sagte jedem Piloten genau das Verkehrte. Er dachte, er sei dabei, eine Kollision zu verhindern. Doch er tat genau das Gegenteil.«

Im Geist sah ich alles vor mir. Es ist nicht einfach, jemandem zu erklären, was passiert, wenn in einem Luftfahrtkontrollzentrum der Computer zusammenbricht, man muß es einmal gesehen haben. Leider habe ich diese Situation schon oft miterlebt.

Nichts Böses ahnend, schaut man auf einen runden, klar ausgeleuchteten Radarschirm, auf dem sich eine Menge Linien und eine Menge Punkte befinden. Jeder Punkt ist mit mehreren Reihen von Leuchtziffern gekennzeichnet. Es verwirrt einen, wenn man so etwas noch nie gesehen hat, aber ein geschulter Fluglotse kann anhand der Ziffern jedes Flugzeug identifizieren und viel darüber aussagen. Zum Beispiel Höhe, Geschwindigkeit und die Transponder-Identifikationsnummer.

Das Radarbild wird durch einen Computer erzeugt, der die Daten alle zwei Sekunden aktualisiert. Man kann damit spielen und ihn so einstellen, daß jedes Flugzeug eine Reihe schwächer werdender Lichtpunkte hinterläßt, so daß man mit einem Blick weiß, aus welcher Richtung das Flugzeug kam und welchen Kurs es vermutlich einschlagen wird. Man kann den Computer so programmieren, daß er überflüssige Angaben löscht und sich nur mit einer kritischen Situation befaßt. Es gibt einen kleinen Schieber, den man über dem Schirm bewegen und auf ein bestimmtes Flugzeug richten kann, wodurch eine Sprechfunkverbindung mit dem Piloten hergestellt wird. Geraten zwei Maschinen in eine kritische Situation, bemerkt es der Computer zuerst. Ein Klingelsignal macht den Fluglotsen darauf aufmerksam, daß er die Flugzeuge voneinander weg dirigieren muß.

Und dann bricht der Computer plötzlich zusammen. Überlastung.

Können Sie sich vorstellen, was dann passiert?«

Der Bildschirm fällt von einer vertikalen in eine horizontale Position. Dafür gibt es einen guten Grund: Die Lichtpunkte sind nicht mehr gekennzeichnet. Man muß kleine Plastikchips oder auch »Schiffchen« hervorholen, mit Fettstift beschriften und neben jedes einzelne Echozeichen legen. Wenn das Zeichen sich bewegt, bewegt man das Schiffchen mit. Das Bild, auf das man jetzt schaut, hat mit dem vorherigen kaum noch eine Ähnlichkeit. Es ist, als sei man aus dem Computerzeitalter zurück in die Anfänge des Radars versetzt worden, wie man es im Zweiten Weltkrieg kannte.

Außerdem befinden sich die Blips dieses neuen, langweiligen Radarbildes nicht unbedingt in derselben Position wie zuvor. Das unkorrigierte Radarbild ist mit der computergekoppelten Darstellung nicht zu vergleichen. Wo früher hübsche kleine Markierungen Wolken andeuteten – mit präzisen Höhenangaben –, hat man jetzt nur noch störendes, weißes Rauschen, dessen Quelle sich überhaupt nicht ausmachen läßt.

Wenn so etwas in einer relativ ruhigen Zeit vorkommt, stöhnen die Fluglotsen nur und holen die Schiffchen heraus. Fällt der Computer aber zu einem Zeitpunkt aus, an dem es hektisch zugeht – und in einem Flugsicherungskontrollzentrum wie Oakland – San Franzisco, das drei zivile, drei militärische und Gott weiß wieviele private Flugplätze betreut, geht es ständig hektisch zu –, herrscht erst einmal minutenlanges gespanntes Schweigen, wenn die Fluglotsen feststellen, wer wer ist, sich an die einzelnen Positionen zu erinnern versuchen, und ob sich etwas abzeichnete, was zu einem sogenannten »Zwischenfall« führen könnte.

Ich bin kein Freund von Euphemismen, doch der Ausdruck »Zwischenfall« gefällt mir. Was wir hier haben,

Leute, ist ein Zwischenfall, bei dem sechshundert Menschen gegen einen Berg geklatscht wurden wie eine große Dose Tomatenmark.

»Was glaubst du?« fragte ich Tom.

»Für eine Meinung ist es noch zu früh. Das weißt du.« Er sah mich jedoch weiterhin an, und er wußte, daß ich ihn nach einer inoffiziellen Stellungnahme gefragt hatte. Er gab sie mir.

»Ich glaube, es wird nicht ganz einfach. Wir haben hier einen jungen Mann, der fast noch ein Trainee ist und einen Computer Baujahr 1968. Für heutige Begriffe stammt er praktisch aus der Steinzeit. Aber ein paar Leute werden sagen, Janz hätte die Situation meistern müssen. Andere schaffen's ja auch.«

»Richtig. Laß uns mal zum Hangar hinausfahren.«

Die Bar hatte getönte Fensterscheiben, deshalb merkte ich erst draußen, welch herrliches Wetter herrschte. An einem so schönen Tag juckte es mich in den Fingern, den Steuerknüppel meiner Stearman zu halten und aufzusteigen in das strahlende Blau. Die Luft war frisch und klar, und es wehte kaum ein Wind. Schon zu dieser frühen Stunde glitten ein paar Segelboote über die Bucht. Gegen den blauen Himmel sah sogar die häßliche alte Brücke, die die Bucht von San Franzisko überspannt, schön aus. Wenn ich in die andere Richtung schaute, konnte ich die Hügel von Oakland und Berkeley sehen.

Wir stiegen in Toms Wagen und brausten über den Platz. Der Hangar war unschwer zu finden. Man mußte nur dem Strom von LKWs folgen, die hinten die Leichensäcke geladen hatten.

Die übrigen vom Team waren schon da, außer Eli Seibel, der das linke Triebwerk der DC-10 untersuchen wollte, das ungefähr fünf Meilen vom Rumpf entfernt niedergegangen war. Als wir den Hangar betraten, staunte ich über die Menge der Trümmer, die man bereits von der Livermore Absturzstelle herangeschafft hatte.

»United hat es mit dem Aufräumen verdammt eilig«, erzählte mir Jerry. »Wir mußten sie beinahe mit Gewalt daran hindern, die größten Stücke fortzukarren, ehe wir ihre Lage dokumentieren konnten.« Er zeigte mir eine grobe Skizze, die er angefertigt hatte und in der gewissenhaft der Fundort jedes einzelnen Stückes eingetragen war, das mindestens die Größe eines Koffers besaß.

Ich begriff, wie den Leuten von der United zumute sein mußte. Die Livermore Absturzstelle war für die Öffentlichkeit verdammt zugänglich. Keine Fluggesellschaft mag es, wenn Scharen von Neugierigen herumlungern und ihr Versagen begutachten. Man hatte Hunderte von Straßenreinigungsmaschinen geordert, und mittlerweile mußte die Unfallstelle buchstäblich wie leergefegt sein.

Im Innern des Hangars herrschte ein Chaos. Die größeren Trümmerstücke hatte man auf eine Seite geräumt, auf der anderen stapelten sich tonnenweise Plastiksäcke mit kleinerem Zeug, das meiste davon dreckverschmiert. Nun wurden auch Wrackteile der 747 herangefahren, für die man schon Platz freigemacht hatte.

Das alles mußte sortiert und untersucht werden.

Meine Aufgabe war es nicht, doch allein vom Hinsehen bekam ich schon Kopfschmerzen. Mich beschlich der Eindruck, daß zwei doppelte Scotch um sieben Uhr morgens auf nüchternen Magen doch nicht das Richtige waren. In der Manteltasche trug ich eine Schachtel Kopfschmerztabletten mit mir herum. Während ich mich nach einem Wasserhahn umsah, entdeckte ich eine junge Frau mit einem Tablett voller Kaffeetassen. Sie wirkte ein bißchen verloren, wie sie langsam an den Bergen von Müllsäcken vorbeiging. Ständig schaute sie auf ihre Uhr, als ob sie es eilig hätte irgendwohinzukommen.

»Ich könnte jetzt eine Tasse Kaffee gebrauchen«, sagte ich.

Sie drehte sich um und lächelte. Besser gesagt, sie wollte lächeln. Sie machte Anstalten, die Mundwinkel nach oben zu ziehen, als ihre Miene plötzlich gefror.

Es war ein unheimlicher Augenblick. Er konnte nicht länger als eine halbe Sekunde gedauert haben, trotzdem kam er mir vor wie eine Stunde. In dieser kurzen Zeit spiegelten ihre Züge so viele Emotionen wider, daß ich anfangs dachte, ich müsse es mir eingebildet haben. Später war ich mir nicht mehr so sicher.

Sie war eine ausgesprochen schöne Frau. Von hinten sah sie jünger aus. Als sie sich umdrehte und ich ihr in die Augen blickte, glaubte ich einen Moment lang, sie sei hundert Jahre alt. Aber das war ja albern. Sie konnte nicht älter als dreißig sein. Sie besaß jene bestürzende Schönheit, die einem den Atem raubt, wenn man sechzehn und noch ungeküßt ist. Ich war mehr als ein paar Jahre älter, trotzdem ging es mir genauso.

Dann machte sie kehrt und schickte sich an weiterzugehen.

»He«, rief ich ihr hinterher, »was ist mit meinem Kaffee?«

Sie beschleunigte ihren Schritt. Rennend erreichte sie das Hangartor.

»Wirkst du immer so auf Frauen?«

Ich schwenkte herum und bemerkte Tom.

»Und ob. Verrat mir dein Geheimnis. Riechst du wie ein Iltis oder steht dein Hosenladen offen?«

Ich stimmte in sein Lachen ein, doch mir war alles andere als komisch zumute.

Nicht, daß ich mich beleidigt gefühlt hätte; daß sie vor mir davongelaufen war, machte mir wirklich nichts aus. Aber ihre Reaktion war so übertrieben, so lächerlich, daß ich mich wunderte. Ich weiß, ich sehe nicht aus wie Robert Redfort, aber ich habe auch kein Gesicht, das kleinen Mädchen Angst macht, und ich stinke auch nicht schlimmer als all die anderen, die die ganze Nacht lang durch den Schlamm getrampelt sind.

Was mich stutzig machte, war der Eindruck, daß die junge Frau alles andere als verloren war, im Gegenteil, sie *suchte* nach etwas ganz Bestimmten.

Und sie hatte es gefunden.

4 »The Time Machine«

Aussage der Louise Baltimore

Bis jetzt hatte ich es aufgeschoben, zum Postamt zu gehen und einen Blick in meine Zeitkapsel zu werfen. Doch ich wußte, wenn ich noch länger wartete, würde der GC mich daran erinnern. Deshalb rauchte ich das Päckchen Luckies zu Ende und nahm die U-Bahn zum »Bundesgebäude«.

Das Bundesgebäude ist das älteste Bauwerk in der Stadt. Es stammt noch aus dem fünfundvierzigsten Jahrhundert und hat mehr Atombombenexplosionen aushalten müssen als der Honduras Kanal. Zivilisationen steigen auf und erlöschen, Kriege toben in seiner häßlichen Nachbarschaft und verpesten die Luft, doch massiv und stur behauptet das Bundesgebäude seinen Platz. Es ist geformt wie eine Pyramide und erinnert stark an die, die Cheops sich erbauen ließ. Das Grabmal dieses Pharao hätte man jedoch als einzelnen Baustein benutzen können, hätte man ein zweites Bundesgebäude errichtet.

Obwohl das heutzutage ohnehin niemand mehr gekonnt hätte. Der Bau besteht aus einem Material, von dem man gar nicht mehr weiß, ob Menschen die Erfinder dieses Werkstoffs waren.

In dem Bundesgebäude befindet sich das Gewölbe, dem jemand vor vielen Jahren den Spitznamen »Postamt« verlieh, aus dem einleuchtenden Grund, weil sich dort Päckchen stapeln, die jahre- oder Jahrhunderte lang nicht ausgeliefert werden.

Das Postamt gehört zu diesen unheimlichen Nebeneffekten, die das Reisen in die Zeit mit sich bringt. Es beweist einmal mehr, daß Paradoxien möglich sind, wenn auch in streng begrenztem Maße. Eine Frau mußte heute sterben, um alle erdenklichen Paradoxien zu verhindern, doch die Widersinnigkeiten, die das Universum zuläßt, werden buchstäblich an uns herangetragen.

Kurz vor meiner Geburt erfuhr meine Mutter, daß im Postamt drei Botschaften für mich bereitlagen. Für sie muß es ein Trost gewesen sein, denn auf diese Weise wußte sie, saß ich lange genug leben würde, um sie öffnen zu können. Jedenfalls hoffe ich, daß der Gedanke sie tröstete. Sie starb, als sie mich zur Welt brachte.

Mir tat die Vorstellung jedenfalls gut. Das Datum der ersten Nachricht beruhigte mich mehr als eine Lebensversicherungspolice. Auf jeden Fall lebte ich lange genug, um die erste und auch die zweite Botschaft zu öffnen. Vor ungefähr dreihundert Jahren hatte man alle auf einmal gefunden, alle ganz dicht beisammen.

Eine Zeitkapsel ist ein Block aus einem sehr widerstandsfähigem Metall und hat ungefähr das Aussehen eines Ziegelsteins. Wenn man die Kapsel schüttelt, klappert es drinnen; sie ist nämlich hohl und enthält ein weiteres Metallstück. Dieses Stück ist dünn und flach. Auf der Kapsel stehen ein Name und ein Datum: »Für ... Nicht öffnen vor dem ...«

Von Zeit zu Zeit finden wir diese Kapseln. Im allgemeinen werden sie aus den Tiefen des Ozeans an den Strand gespült. Mit Hilfe bestimmter Meßtechniken läßt sich feststellen, wie lange sie auf dem Meeresboden gelegen haben – die meisten ungefähr hunderttausend Jahre. Wenn wir die Zeitkapsel finden, lagern wir sie in dem Gewölbe des Bundesgebäudes, wo sie unter den strengsten Sicherheitsvorkehrungen, die sich der GC nur ausdenken kann, bewacht werden. Noch nie wurde eine vor dem angegebenen Datum geöffnet. Ich weiß nicht genau, was passieren würde, wenn man es täte, und ich will es auch gar nicht feststellen. Das Reisen durch die Zeit ist so gefährlich, daß einem dagegen eine Wasserstoffbombe wie ein Kinderspielzeug vorkommt. Ich meine, was ist das schlimmste Unheil, das eine Kernwaffe anrichten kann? Ein paar Millionen Menschen sterben: eine Bagatelle. Mit dem Zeitreisen können wir das gesamte Universum zerstören, jedenfalls besagt das eine Theorie. Keiner ist erpicht darauf, es nachzuprüfen.

Wenn man die Zeitkapsel öffnet, findet man eine Bot-

6·84·3

schaft. Eine oft sehr seltsam anmutende Botschaft. Auf meiner ersten Kapsel standen das heutige Datum und bis auf die Sekunde genau die Uhrzeit, wann ich sie öffnen durfte. Und bis zum Aufmachen der zweiten Kapsel brauchte ich nicht lange zu warten. Die dritte jedoch ...

Der Umstand, daß *drei* Botschaften auf mich warteten, hatte mir eine gewisse Berühmtheit eingebracht. Noch nie zuvor hatte jemand drei Nachrichten erhalten. Es ist auch nichts für jemanden, der leicht nervös wird. Meine dritte Zeitkapsel hatte drei Jahrhunderte lang für Aufregung gesorgt. Kein Wunder. Es war die einzige, die man je entdeckt hatte, die kein genaues Datum trug.

Auf der Außenseite stand lediglich:

FÜR LOUISE BALTIMORE,
ERST AM LETZTEN TAG ÖFFNEN.

Was, zum Teufel, ist der Letzte Tag? Das klang sehr präzise und sehr geheimnisvoll zugleich.

Ich mußte mich darauf verlassen, daß ich es wissen würde, wenn der Letzte Tag gekommen war.

»Hör mir zu, Nuttenficker.«

»Klar höre ich dir zu. Pünktlich, pünktlich. Du bekommst sie natürlich erst zur angegebenen Zeit, keine Sekunde früher.«

»Natürlich«, erwiderte ich. »Dann verrate mir mal, wie lange ich noch warten muß, aber eine präzise Antwort bitte.«

»Zwei bis drei Minuten.«

Ich bin davon überzeugt, daß der GC mir diese »präzise« Antwort bloß gab, um mich zu ärgern. Ich habe schon genug Ärger in meinem Leben, muß ich es mir auch noch gefallen lassen, daß eine Maschine mich auf den Arm nimmt?

Offensichtlich. Ich hatte schon versucht, dem Großen Computer einen Dämpfer zu verpassen und ihn danach um so mehr gehaßt.

Ich bin einfach kein Freund von Maschinen.

Der Metallquader lag auf einem transparenten Tisch. Es

sah aus, als könnte ich einfach hingehen und ihn anfassen, doch das täuschte. Ehe ich mich dem Tisch auf zwanzig Meter nähern konnte, hätte man mich dreimal gelähmt, und näher als fünf Meter kam man ohnehin nicht ohne zu sterben. Wenn der GC sagt, keine Sekunde eher, dann meint er es auch.

Außer mir hielten sich noch ein paar andere Leute im Postamt auf. Einige von ihnen kannte ich. Ich nehme an, sie wollten mir Gesellschaft leisten. Ich sah Hildy Johnstown, den »Reporter« mit seinem Filzhut, in dessen Krempe sein zerfledderter Presseausweis steckte. Die Zeitung, die er herausgibt, hat eine Auflage von ungefähr tausend Stück. Er kleistert die Artikel selbst zusammen und druckt sie dann mit Tinte auf Papier. Das Todesröcheln eines ehemals hochangesehenen Berufes. Wen interessiert heute schon eine Zeitung? Nachrichten sind definitionsgemäß schlechte Nachrichten.

Ich fragte mich, ob er seine Story bekommen würde. Manchmal steht in den Botschaften, daß man sie anderen ruhig weitererzählen darf. Mitunter hieß es aber auch, man solle alles schön für sich behalten. Gelegentlich bekommt man überhaupt keinen Hinweis, und man muß selbst entscheiden. Mir blieb nichts anderes übrig, als abzuwarten.

Pünktlich zur vorgeschriebenen Zeit sorgte der GC dafür, daß der Metallziegel geöffnet wurde. Es ging nicht ohne Lärm ab. Ich gestehe, daß ich ein bißchen nervös war, als ich den Raum durchquerte und mich auf einen Stuhl setzte. Ich nahm das Täfelchen und sah die Botschaft.

Sie war in meiner eigenen Handschrift geschrieben. Damit hatte ich gerechnet, das ist fast immer so.

Die Nachricht lautete:

Am Jack London Square gibt es gute Restaurants. Nimm die Straße, die nach Norden führt und folge den Schildern. Der Rat wird nachgeben, wenn Du nicht zu sehr drängst. Sage ihnen, die Mission sei von lebenswichtiger Bedeutung. Ich weiß nicht, ob das stimmt, behaupte es aber trotzdem.

Laß Dich nur von ihm ficken, wenn Du es auch willst.

Erzähle ihm von dem Kind. Es ist nur eine Attrappe.

Die Sprache war das Amerenglisch des zwanzigsten Jahrhunderts. Ich las die Botschaft viermal, um sicherzugehen, daß ich alles mitbekam, und mit jeder Sekunde wurden meine Lippen schmaler. Schließlich stand ich auf und rüstete mich zum Gehen.

»Verbrennen«, schimpfte ich.

»Du hast es erfaßt«, entgegnete der GC. Das Metall glühte weiß, weißer, am weißesten und begann zu verdunsten. Ich wandte mich ab, ehe es sich ganz aufgelöst hatte, und verließ den Raum. Ich spürte, daß man mir hinterherstarrte, doch keiner sagte etwas, nicht einmal Hildy.

Ich hielt mich aufrecht, bis die Tür meines Appartements hinter mir ins Schloß fiel. Dann sank ich zu Boden. Ich weiß nicht, was danach passierte. Was immer passiert sein mochte, mein Gesicht wurde naß, und ich fühlte mich erschöpft. Sherman trug mich zu meinem Bett und streichelte mich eine Weile, dann ließ er mich allein. Diese Fickmaschine ist der beste Freund, den ich je hatte.

Ich würde *niemanden* von dem Kind erzählen. Und wenn das Universum deshalb in die Luft flog.

Sherman half mir über das Stimmungstief hinweg.

Er ist die einzige Maschine, für die ich je eine Verwendung fand. Es gab eine Zeit, in der ich mich über Roboter wie Sherman lustig machte. Ich dachte, sie seien nur gut für abgetakelte weibliche Drohnen, die sich einmal durchrütteln lassen wollten. Wenn ich von ihnen sprach, dann nur in der unpersönlichen Form. Ich nannte sie wandelnde Vibratoren oder Massagestäbe mit Anhang.

Nachdem ich Sherman bekam, änderte ich meine Meinung. Er ist ganz eindeutig ein männlicher Roboter. Ein Blick zwischen seine Beine läßt keinen Zweifel aufkommen.

Er ließ mich ... weinen. *Das* ist der Ausdruck, nach dem ich suchte. Ich hatte früher schon mal geweint, doch meistens vor Wut, und ich bewahrte eine straffe Haltung, während mir die Tränen die Wangen herunterrannen. So hilflos wie jetzt war ich noch nie. Nicht mal an dem Tag, an dem sie starb.

Falls Sherman sich wunderte, ließ er es sich nicht anmer-

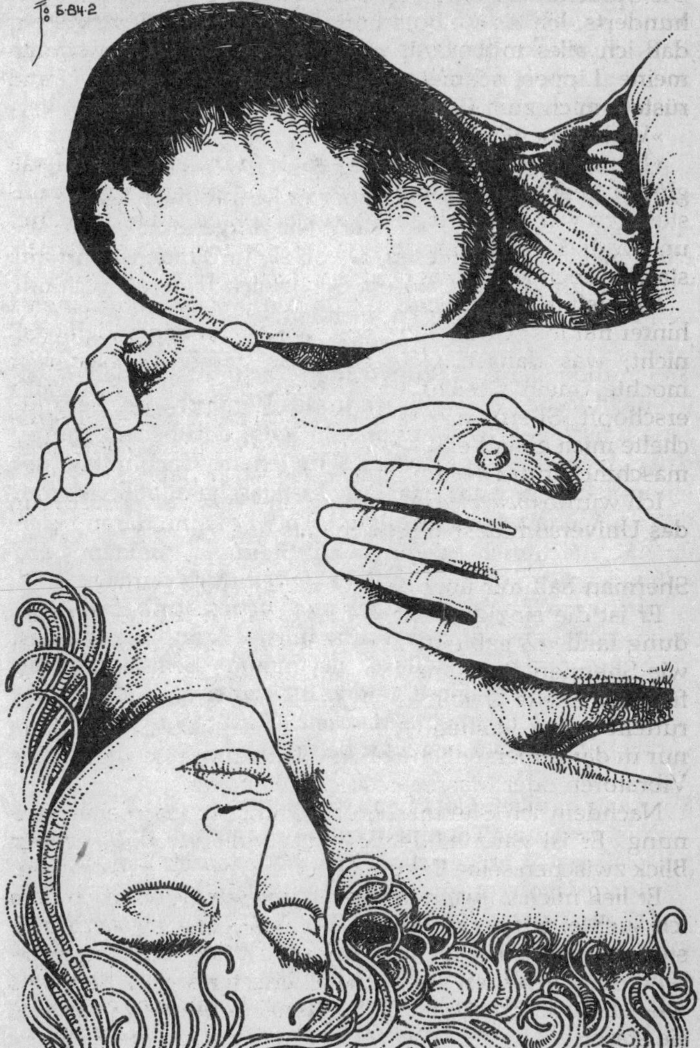

ken. Er nahm mich in den Arm und streichelte mich. Meinem Nachholbedarf an mütterlicher Fürsorge konnte er nicht abhelfen, das wußten wir beide, aber, verdammt nochmal, er bot mir das Nächstbeste. Einen richtigen Mann wollte ich nicht mehr haben. Seit Jahren hatte ich mit keinem mehr geschlafen.

Shermans Zärtlichkeiten wurden eindeutiger. Eigentlich wollte ich gar nicht ficken, aber er kannte mich wohl besser. Seine Fingerspitzen sind wie Lügendetektoren. Er kann meine Gefühle lesen, als ob sie in Blindenschrift auf meine Haut gestanzt wären. Schließlich legte er mich auf den Rücken und drang in mich ein.

Ich fiel in einen traumartigen Zustand. Er bumste mich drei Stunden lang, bis zum frühen Nachmittag. (Liebe? Daß ich nicht lache. Ich weiß, wann das Komische ins Neurotische umschlägt. Ich bin mir sehr wohl darüber im klaren, daß ich, technisch gesehen, an jenem Nachmittag mit einem lebensgroßen, qualitativ erstklassigen, aufblasbaren Gummiliebhaber masturbierte.) Ich war kaum daran beteiligt. So mache ich es immer mit Sherman, meinem Lord Latex; ich liege bloß da, und er nudelt mich durch.

Was, zum Teufel, sollte ich auch schon tun? Er fühlt ja doch nichts. Er setzt sich aus äußerst komplexen Serien vorprogrammierter Reflexe zusammen. Seine Sensoren spüren, wie ich reagiere, und er tut immer das Richtige zur richtigen Zeit. Er ist eine *Maschine*. Genausogut könnte ich versuchen, einen Toaster zu befriedigen.

Sherman hat kein Gesicht.

Er ist ein guter Therapeut, und er sagte mir rundheraus, was das in psychologischer Hinsicht bedeutet. Viele Frauen träumen davon, ausgiebig und mit allem Drum und Dran von einem gesichtslosen Fremden gebumst zu werden. Man könnte meinen, es sei der unbewußte Wunsch nach einer Vergewaltigung. Doch das ist es ganz entschieden nicht. Eine Vergewaltigung ist für eine Frau kein Sex, und auch bei einem Mann hat es sehr wenig mit Sex zu tun.

Sherman fragt mich nicht nach meinen Wünschen. Er

fragt mich nie, wann ich bumsen will; er weiß es. Er nimmt mich einfach.

Und ich habe den Vorgang so unter Kontrolle, daß ich ihm nicht einmal zu sagen brauche, was er tun soll. Alles, was er unternimmt, steht in völligem Einklang mit den Signalen, die mein Leib ihm gibt.

Er verkörpert den perfekten Liebhaber.

Anfangs, als ich ihn bekam, besaß er noch ein Gesicht. Ich fand es abscheulich. Ich entscheide selbst, wann und wobei ich mich belüge, und die Lüge, die mir sein Gesicht erzählte – ich bin ein richtiger Mann mit richtigen Gefühlen –, wollte ich nicht hören. Deshalb ließ ich ihm einen neuen Kopf aufsetzen, der rund und glatt war wie ein Ei. Wie seine übrige Haut fühlt er sich echt an. Mit meiner eigenen »Haut« ist es ja genauso.

Manchmal klebt er sich Bilder von Gesichtern auf die Vorderseite seines Kopfs, und wir tun so, als wäre er irgendeine berühmte Gestalt aus der Vergangenheit. Auf diese Weise vögelte ich mich durch mehrere Geschichtsbücher.

Absurd? Richtig. Aber es kommt immer darauf an, in welcher Umgebung man lebt. Ich behaupte nicht, es sei genauso schön, als ob man sich mit einem richtigen Mann liebt. Ich möchte aber auch nicht sagen, es sei schlechter. Es fehlte halt die emotionale Komponente. Manchmal vermißte ich das; dann dachte ich an Lawrence, ging mit Sherman ins Bett und trieb es mit ihm bis zur totalen Erschöpfung. Sherman war *viel* sicherer.

Die Gründe, weshalb ich Sherman den Vorzug gab, waren vielschichtig und auch mir nur zum Teil bewußt. Ein Motiv war ganz leicht zu verstehen; man wurde auch so schon oft genug verletzt, ohne daß man sich auf die Suche nach Liebe machte.

Andere Motive lagen tief in meiner Seele vergraben, und Sherman, der Therapeut, mußte sie in vielen Sitzungen ins Bewußtsein holen. Ich hatte Angst vor einem richtigen Penis. Er konnte mich schwanger machen. Und wenn ich schwanger war, bekam ich wieder ein Kind und mußte das ganze Leid noch einmal erleben.

Zum Teil verschanzte ich mich hinter Lügen. Hinter welchen, die ich mir selbst erzählte und hinter solchen, die andere mir einredeten.

In dem Nest, in dem ich lebe, kann man unmöglich sagen, ob der Bursche, von dem du dich aufs Kreuz legen läßt, noch seine richtigen Klamotten hat oder eine geschickte Imitation. Das ist die brutale Wahrheit. Die Chancen standen ausgezeichnet, daß sein Pimmel nicht echter war als der von Sherman. Doch man konnte nie wissen, vielleicht besaß er noch die Genitalien, mit denen er auf die Welt gekommen war.

Der Sinn der Derma-Anzüge ist es ja, daß man das Echte von Unechten nicht unterscheiden kann. Und fragen kann man natürlich nicht.

Aber ich wollte auf Nummer Sicher gehen.

Mißverstehen Sie mich jetzt bitte nicht. Ich wollte nicht das echte Ding, ich wollte eine Prothese. Ohne Risiko. Deshalb beglückte ich mich mit Sherman.

Kalt, kalt.
Ich weiß, daß es kalt ist. Aber ich habe nie behauptet, es wäre schön. Mir hat keiner je etwas anderes gesagt, als daß mein Leben ekelhaft, brutal und sehr kurz sein würde. Und etwas anderes hatte ich auch nie erwartet.

Nimm mit, was du bekommen kannst, und behalte es für dich.

Wie in diesem Fall:

Als Sherman mich dahin gebracht hatte, wo er es an diesem Nachmittag für richtig hielt, hörte er auf, mich zu bumsen. Er bereitete einen leichten Imbiß zu und brachte ihn mir ans Bett. Ich zog meinen Derma-Anzug aus, und er massierte mich, während ich aß.

Wir unterhielten uns über dies und das. Bei der Massage untersuchte er mich nach neuen medizinischen »Ersatzteilen«. Ungefähr alle vierzehn Tage findet er etwas. Heute jedoch nicht.

Vielleicht habe ich den Eindruck erweckt, als sähe ich ohne meinen Derma-Anzug aus wie etwas, was drei Monate lang in einer Kloake gelegen hat.

So schlimm ist es aber nicht. Ich rieche nicht unangenehm. Meine Haut ist leichenblaß, aber unversehrt. Die Genitalien sind meine eigenen.

Die harmloseste Beschreibung für mein Gesicht wäre wohl »ausgemergelt«, aber ich konnte noch in einen Spiegel schauen, ohne daß dieser gleich in tausend Stücke zersprang. Das falsche Bein ist nicht die Folge einer Krankheit, sondern eines Unfalls. Es stört mich nicht. Die Prothese funktioniert viel besser als mein eigenes Bein und fühlt sich echt an.

Das schlimmste an mir sind die Hände. Und das, was von dem einen Fuß noch übriggeblieben ist. Man nennt es Para-Lepra. Ansteckend ist es nicht. Die Krankheit vererbt sich von der Mutter auf das Kind. Nicht mehr lange, und ich werde meine Hände auch verlieren.

Die Haare fielen mir aus, als ich neun war. Ich kann mich kaum noch daran erinnern.

Die wirklich kritischen Punkte sind alle in meinem Innern. Verschiedene Organe befinden sich in einem fortgeschrittenen Zustand des Verfalls. Mehrere waren bereits durch künstliche ersetzt worden. Ich wußte nie, welches als nächstes herausoperiert werden mußte. Manche Organe können wir durch selbsttätig arbeitende Imitationen von natürlicher Größe ersetzen. Andere wiederum erfordern einen ganzen Raum voller Maschinen, wenn man deren Funktionsweise simulieren will.

Was wollen Sie eigentlich, Sie Arschloch? Für eine siebenundzwanzigjährige Frau meiner Epoche stellte ich das Abbild robuster Gesundheit dar.

Sie glauben doch wohl nicht, daß wir diese Greifzüge aus reinem Spaß organisieren, nicht wahr? Mittlerweile müßten Sie kapiert haben, daß sie aus Verzweiflung geschahen, um ein lebenswichtiges Problem zu lösen. Wenn Sie mich mal ohne meinen Derma-Anzug sehen würden, verstünden Sie sofort, was ich meine.

Aber außer Sherman wird mich niemand ohne meinen Anzug sehen.

Nach der Massage bedeckte ich meinen jämmerlichen

Körper wieder mit der Kunsthaut. Hier sollte ich eigentlich ein kleines Lob einschieben für die freundlichen Leute, die uns die Derma-Anzüge bescherten. Wenn man sie mit dem Messer einritzt, blutet die Hülle. Wenn man sie streichelt, reagiert sie wie echte Haut. Man merkt gar nicht, daß man einen Anzug trägt. Man spürt nichts, außer den Reizen, die auch die normale Haut aufgenommen hätte. Das Material lebt und geht mit dem, was vom richtigen Körper noch übrig ist, eine Art Symbiose ein.

Das Praktische an dem Material ist, daß man es verformen kann. Notfalls kann man sich ein neues Gesicht verpassen. Bei unseren Greifzügen kommt uns das oft äußerst gelegen.

Ich zog mir ein paar Kleidungsstücke über den Derma-Anzug und verließ das Appartement.

Ich wohne irgendwo zwischen dem achtzigsten oder neunzigsten Stockwerk eines Appartementkomplexes. Ich habe die Etagen nie gezählt. Der Lift sorgt schon dafür, daß ich immer richtig ankomme. Das Gebäude ist nur zur Hälfte bewohnt.

Auf dem Balkon blieb ich stehen und blickte hinunter auf die Scharen von Drohnen, die sich drunten im Atrium tummelten.

Ach mein Volk. So schön und so nutzlos.

Nennen Sie mich Morlock.

Zu Beginn des zwanzigsten Jahrhunderts schrieb ein Mann namens Herbert George Wells ein Buch. Er wußte nichts über die Zeitreise, von dem TOR hatte er nie etwas gehört. Sein Buch stellte im großen und ganzen einen sozialkritischen Kommentar dar.

Aber der Held seiner Geschichte reiste in die Zukunft. Dort traf er zwei Gesellschaften an: die Schicht der Eloi und die Schicht der Morlocks.

Bei uns heißen sie Drohnen und ... ja, wie nennen wir sie? Diejenigen von uns, die arbeiteten, betitelten sich gegenseitig mit Ausdrücken wie Zombies, Ärsche oder Idioten. Von mir aus konnte man mich ruhig Morlock nennen. In Wells' Roman sind die Eloi hübsch und nutzlos, aber sie haben eine Menge Spaß. Die Morlocks sind brutal und grobschlächtig und arbeiten tief unten in den Kellergewölben der Gesellschaft.

Man kann nicht alles haben. In unserem Fall stimmt die Redewendung nicht mehr. Bei uns haben sowohl die Drohnen als auch die Arbeiter ein schönes Äußeres und einen verrotteten Kern. Aber wir Zombies arbeiteten, und die Drohnen taten nichts.

Ich mache ihnen keinen Vorwurf daraus. Wirklich nicht.

Es gibt mehrere Reaktionen auf eine hoffnungslose Situation:

Verzweiflung und Lethargie.

Eßt-trinkt-und-seid-fröhlich.

Selbstmord.

Und meine Einstellung, die darin bestand, sich an das letzte bißchen Hoffnung zu klammern, die die Zeitreise versprach. Unter tausend Mitbürgern gab es vielleicht einen, der meine Ansicht teilte.

Selbstmord war beliebt. Im Frühling traute man sich kaum auf die Straße zu gehen, aus Angst, von einem niederstürzenden Körper zerquetscht zu werden. Man sprang einzeln, paarweise und in großen, kichernden Gruppen. Ein Volkssport am Ende der Zeit.

Doch als das beste Narkotikum galt immer noch, seiner Zeit gemäß zu leben. Warum auch nicht? Obwohl diese Einstellung nichts für mich war. Wenn ich mich ihr angeschlossen hätte, wäre ich schon längst als Fettfleck unten auf dem Pflaster gelandet.

Aber ein Fettfleck trug nicht dazu bei, die Welt zu ändern, die mein Kind umgebracht hatte. Ich hatte keinen Beweis dafür, daß meine Arbeit tatsächlich sinnvoll war, aber es bestand zumindest eine Chance.

Keiner zwingt einen anderen zum Arbeiten. Für Leute, die nicht bereit sind, etwas zu tun, hätten wie ohnehin keine Verwendung. Ich kann mir nicht vorstellen, mit einem Drückeberger an meiner Seite durch das TOR und mitten in eine längst vergangene Katastophe zu treten.

Wer arbeitet, bekommt außerdem ein paar Vergünstigungen. Extrarationen an Drogen und Nahrungsmitteln, eigene Robotdiener, Schwarzmarktzigaretten ... Ich glaube, das wär's dann auch. Ach ja! Als Arbeiterin besitze ich die Erlaubnis, während eines Einsatzes am TOR jeden zu töten, der mir hinderlich ist. Der GC billigt den Drohnen Bürgerrechte nur in Verbindung mit anderen Drohnen zu. Ich darf sie ungestraft umlegen; wenn ich will, darf ich Amok laufen und Tausenden von ihnen das Lebenslicht ausblasen, der GC würde mich nie dafür zur Rechenschaft ziehen.

Im allgemeinen mache ich von diesem Privileg keinen Gebrauch. Aber manchmal, morgens früh auf den Gleitwegen ...

Ohne guten Grund ist es mir nicht gestattet, einen anderen Arbeiter zu töten. Obwohl sich irgendein überzeugender Grund immer finden läßt.

Das ist vielleicht der größte Unterschied zwischen meiner Welt und den vorhergegangenen Zivilisationen. Wir besitzen keine nennenswerte Regierung. Der GC kümmert sich um die laufenden Angelegenheiten. Wir verkörpern die Anarchie am Ende der Zeit. Dies ausgesprochen von jemandem, der sich Leiter des Greifkommandos nennt, hört sich wahrscheinlich seltsam an. Aber ich übernahm den Job einfach, als der Platz frei wurde. Wenn jemand ihn mir unbedingt abnehmen will, kann er ihn haben.

Eines Tages wird keiner mehr den Posten übernehmen wollen, und wir können das TOR schließen.

Für den Nachmittag war noch ein Greifzug vorgesehen. Seit drei Tagen stand er auf dem Dienstplan. Während dieser Zeit hatten die Gnome vom Einsatz die Details festgelegt, die Teams zusammengestellt und eine Strategie ausgearbeitet. Normalerweise haben wir zum Planen nicht so viel Zeit. Ich habe schon Greifzüge mitgemacht, bei denen innerhalb von zwanzig Minuten alles passiert sein mußte.

Bei diesem Einsatz sollte ich persönlich die Führung übernehmen. Der Vorschlag stammte nicht von mir. Der GC hatte es so bestimmt, mit der Begründung, ich besäße die meiste Ähnlichkeit mit einer Stewardess, die sich in der Nacht vor dem Unglücksflug bis kurz vor dem Betreten des

Flugzeugs allein in ihrem Hotelzimmer aufhielt. Das kann ein günstiger Anfang für eine Aktion sein. So etwas nennen wir ein Jokerrennen, und in diesem Fall sollte ich der Joker sein.

Der Name der Stewardess (oder besser gesagt Flugbegleiterin, denn der geplante Greifzug fand nicht 1955, sondern in den aufgeklärten achtziger Jahren statt) lautete Mary Sondergard. Sie arbeitete bei Pan American World Airways.

Das bedeutete, daß ich ganz allein eine Nacht in New York verbringen mußte. Ich hatte nichts dagegen. Das New York der achtziger Jahre ist kein übler Ort. Wenn man es dort nicht aushält, dann nirgendwo.

Für den Greifzug war ein großes Team zusammengestellt worden. Zwei Flugzeuge würden in der Luft zusammenstoßen. Wie immer bestand unsere Aufgabe darin, die Passagiere zu kapern, ehe sie auf dem Boden zerschmetterten.

Ich ließ alle im Bereitschaftsraum zusammenkommen und prüfte die Masken. Jedes Teammitglied war als Flugbegleiter zurechgemacht, trug also die Uniform einer der beiden Gesellschaften. Mit dabei waren Lilly Rangoon und ihre Schwester Adelaide, Mandy Djakarta, Ralph Boston, Charity Capetown, William Paris-Frankfurt und Cristabel Parkersburg. Außerdem mehrere andere, die ich nicht so gut kannte. Es schien ein gutes Team zu sein.

Es war eine Wohltat, sich nicht beeilen zu müssen. Christabel machte mich darauf aufmerksam, daß meine Sprechweise ziemlich verworren und voller Ausdrücke war, die im Amerika von 1980 als antiquiert galten. Das kann schon mal passieren. Wenn wir unter uns sind, verständigen wir uns in einem Polyglot, das so unterschiedliche Elemente wie Chinesisch des dreizehnten Jahrhunderts und Gab des vierzigsten Jahrhunderts enthält. Vor einem Greifzug bemühen wir uns, uns auf die Zielsprache zu beschränken, aber da kann es schon mal ein Durcheinander geben. In meinem Kopf schwirrten die Fragmente von mindestens einem Dutzend Sprachen. Manchmal verfalle ich ein schreckliches Kauderwelsch.

Also ließ ich mir eine hohe Dosis Amerenglisch des

zwanzigsten Jahrhunderts injizieren und hoffte das Beste. In Nullkomma nichts brummte mir der Schädel vor lauter Vokabeln und Redewendungen. Es geht nicht immer so glatt. Einmal fing ich mir durch eine falsch dosierte Sprachpille einen Alliterationsvirus ein. Wochenlang wurmten mich wirre Wortspiele, mit denen ich meinen Mitmenschen auf die Nerven ging.

Ich ... trat durch das TOR. Sofort sah ich, daß wir einen Fehler gemacht hatten.

Wir wollten Miß Sondergard im Badezimmer erwischen, am besten dann, wenn sie gerade in der Wanne saß. Nie ist man hilfloser, als wenn man nackt und bis zum Hals im Wasser sitzt. Sie befand sich im Bad, das war schon richtig, doch ich hatte mich *vor* der Badezimmertür materialisiert.

Ich bin davon überzeugt, daß der GC dafür eine lange, komplizierte Erklärung parat hätte, ich sage lediglich, der vedammte Hurensohn hat auf irgendeinen falschen Knopf gedrückt.

Ich stand vor keinem geringen Problem. Obwohl ich die Sondergard in der Wanne sitzen sah, konnte ich nicht zu ihr, denn dann wäre ich wieder durch das TOR und in die Zukunft zurückgeschritten. Das TOR besitzt nur eine Seite (eine der Eigenschaften, die noch zu den kleineren Merkwürdigkeiten zählt). Von ihrem Platz aus konnte Mary Sondergard das TOR nicht sehen, obwohl sie direkt hindurchschaute. Von ihrer Seite aus gesehen, existierte das TOR ja auch gar nicht. Wenn sie hindurchschritt, würde sie nicht weiter als bis in das Schlafzimmer reisen.

Ich wartete, bis sie mich ansah, dann winkte ich ihr zu, grinste und trat zur Seite. Jetzt konnte sie mich nicht mehr sehen.

Ich hörte ein gurgelndes Geräusch, als ob sie das Wasser aus der Wanne ließe. Sie hatte etwas gesehen ... oder sie bildete sich zumindest ein, etwas gesehen zu haben ...

»Was ist das?« Ihre Stimme klang unangenehm, sie hatte Angst. »Verdammt nochmal ... ist da jemand ... he!« Im Geist machte ich mir Notizen. Es ist sehr kompliziert, eine Stimme nachzuahmen, und ich mußte eine Zeitlang für

Mary Sondergard durchgehen. Hoffentlich begann sie nicht hysterisch zu kreischen.

Ich nahm an, daß sie ins Zimmer gestürzt käme, um nachzusehen, was sich da abspielte, egal, ob sie Angst hatte oder nicht. Ich behielt recht. Sie kam aus dem Bad gerannt, wobei sie das TOR durchschritt, als ob es nicht da wäre – was von ihrer Seite aus gesehen ja auch der Fall war. Sie hatte sich ein Handtuch um den Körper gewickelt.

»Lieber Himmel! Was tun Sie hier in meinem ...« In einer Situation wie dieser fehlen einem die Worte. Alles, was sie jetzt sagen wollte, klänge albern. Zum Beispiel: *Entschuldigung, habe ich Sie nicht schon mal im Spiegel gesehen?*

Ich setzte mein strahlendstes Pan American-Lächeln auf und streckte ihr die Hand entgegen.

»Entschuldigen Sie mein Eindringen. Ich kann Ihnen alles erklären. Wissen Sie, ich bin ...« Ich verpaßte ihr einen Schlag gegen die Schläfe. Sie taumelte und stürzte zu Boden. Das Handtuch löste sich von ihrem Körper.

» ...dabei, mir das Geld für mein Studium zu verdienen.« Sie wollte aufstehen, deshalb rammte ich ihr mein Knie unters Kinn.

Ich ging in die Hocke, prüfte ihren Puls und rieb mir die Fingerknöchel am Teppich. Schädel sind überraschend hart. Wenn man zuschlägt, kann man sich selbst verletzen. Ihr war nichts passiert, außer daß ich ihr mit dem Knie ein paar Schneidezähne gelockert hatte.

Eigentlich mußte ich sie sofort durch das TOR schieben, aber ich ließ mir ein bißchen Zeit. Himmel, wie konnte man ohne Derma-Anzug, ohne Prothesen nur so aussehen. Es zerriß mir beinahe das Herz.

Ich faßte sie unter die Kniekehlen und schleifte sie zum TOR. Es kam mir vor, als schleppte ich einen Sack Nudeln. Jemand streckte die Arme aus, packte sie bei den Füßen und zog. *Tschüs, mein Schatz! Hast du Lust, auf eine lange Reise zu gehen?*

Dann gab es für mich nicht mehr viel zu tun. Eine Zeitlang hockte ich auf der Bettkante und wartete darauf, daß die Nervosität abklang. Danach zog ich mir die Schuhe aus und nahm ihre Handtasche, die auf dem Nachttisch stand.

Ich stöberte darin herum. Ich fand eine angebrochene Schachtel Virginia Slims und eine zweite, die noch in der Zellophanhülle steckte. Ich zündete mir vier Zigaretten an, inhalierte tief und lehnte mich auf dem Bett zurück.

Auf einem Greifzug findet man nur selten Muße. Doch jetzt war es erst acht Uhr abends. Mary Sondergards Maschine flog erst am nächsten Abend ab. Plötzlich kamen mir sehr unprofessionelle Gedanken. Direkt vor meinem Zimmer befand sich der *Big Apple*, und ich war zu Unternehmungen aufgelegt.

Ich zog die Fenstervorhänge zur Seite und schaute nach draußen. Allem Anschein nach lag das Zimmer auf der dritten Etage eines dieser langen, neuen (für die achtziger Jahre modernen) Flughafenhotels, die ihren Namen in Neonschrift tragen. Thunderhilton Regency Inn. Den Flugplatz selbst konnte ich nicht ausmachen, ich war nicht einmal sicher, ob ich mich am La Guardia oder Idlewild (Entschuldigung, John F. Kennedy) Flughafen befand. Unter mir breitete sich eine Art Einkaufszentrum aus. Auf dem Parkplatz wimmelte es von Leuten, die im Begriff waren, ihre Weihnachtseinkäufe zu tätigen. Auf der gegenüberliegenden Straßenseite erspähte ich eine Discothek.

Ich sah die Pärchen kommen und gehen und kämpfte gegen meinen aufkommenden Weltschmerz an. Am liebsten wäre ich hinübergegangen und hätte die ganze verdammte Nacht durchgetanzt. Verflucht nochmal, ich wäre ja schon froh gewesen, wenn ich einen Einkaufswagen durch die Gänge des Supermarkts hätte schieben können.

Noch vor ein paar Jahren hätte ich es getan. Als Leiterin des Greifkommandos kam das für mich jedoch nicht mehr in Frage. Es gab strenge Sicherheitsvorkehrungen zu beachten. Das Risiko mußte so gering wie möglich gehalten werden, und eine einbeinige, von Para-Lepra heimgesuchte Frau, die zu den Klängen der Bee Gees herumhüpfte, stellte nun mal ein unnötiges Risiko dar; mich konnte ein Auto anfahren, während ich den Parkplatz überquerte, die Weihnachtslieder, die sie im Einkaufszentrum spielten, konnten mich in den Wahnsinn treiben. Ob ich lebte, starb oder geistig normal blieb, war für das TOR-

Projekt letzten Endes nicht wichtig, aber wenn irgendein Arzt aus den achtziger Jahren einen Blick auf mein bionisches Bein warf, konnte unter Umständen die Hölle los sein.

Also zog ich den Vorhang wieder zu.

Telefonisch bestellte ich mir beim Zimmerservice eine umfangreiche Mahlzeit, dann entdeckte ich, daß Mary Sondergard so gut wie gar kein Bargeld bei sich hatte. Sie besaß eine Menge Plastikkärtchen, aber ich war nicht dafür gerüstet, ihren Namen unter einen Scheck zu setzen. Deshalb ging ich an meine eigene Handtasche und holte das mitgebrachte Banknotenbündel heraus. Stichprobenartig überprüfte ich die Jahreszahlen – übervorsichtig, ich geb's zu, aber sicher ist sicher – und ging sogar soweit, einen Geldschein zwischen den Fingern zu reiben, um mich davon zu überzeugen, daß die Tinte trocken war.

Ich hegte keine Zweifel daran, daß sogar das Finanzministerium auf diese Blüten hereinfallen würde.

Auf dem Bett sitzend, las ich in der Gideon Bibel, bis das Essen kam. Dieser Gideon besaß einen merkwürdigen Sinn für Humor. Lesen Sie versuchsweise mal »Das Buch der Genesis«.

Ich war gerade bei den Stammvätern angelangt, als der Zimmerkellner kam. Ich hatte mir ein halb durchgebratenes Steak, sechs Flaschen Budweiser und eine Schachtel Camel bestellt. Ich zündete mir zwei Zigaretten an, schaltete das Fernsehgerät ein und verzehrte das Steak. Das Fleisch schmeckte fade wie sämtliche Nahrungsmittel im zwanzigsten Jahrhundert. Ich stöberte im Kleiderschrank herum, aber Mottenkugeln wurden in Hotels nicht mehr gebraucht, deshalb schlang ich das Steak so herunter wie es war.

Nach einem heißen Bad streckte ich mich auf dem Bett aus und wackelte mit den nackten Zehen vor dem Fernsehschirm herum.

Ich brauchte keine Disco. Ich stellte fest, daß es mir wunderbar ging. Es war schön, einmal ganz allein zu sein. Ich sah mir die Nachrichten an und die Johnny Carson Show. Später lief der Film *The Candidate* mit Robert Redfort. Diesen Burschen hätte ich mit Haut und Haaren auffressen können. Ich war in ihn verknallt, seit ich auf einem der Flüge, die wir kaperten, *Butch Cassidy and the Sundance Kid* gesehen hatte.

Ich kann ihm nur raten, sich die Flugzeuge genau anzusehen, in die er einsteigt. Sollte ich ihn jemals zu fassen kriegen, landet Sherman auf dem Müll.

Ich schlief lange. Das kommt bei mir selten vor.

Zu meiner Unterhaltung diente mir das Fernsehgerät, bis es Zeit wurde, daß ich mich anzog, ein Taxi rief und zum Flughafen fuhr. Es war ein herrlicher Tag. Über der Straße lag eine dichte Decke aus Kohlenwasserstoff. Die Luft war so mit Abgasen angereichert, daß es genügte, wenn ich die Camel einzeln rauchte.

Vermutlich war ich an diesem Tag der einzige Mensch in New York, der die Luft angenehm fand, aber das trug nur zu meinem Wohlbefinden bei. *Leidet ruhig, ihr gesunden Fettärsche!*

Absichtlich richtete ich es so ein, daß ich möglichst spät ankam. Als ich auf dem Flughafen eintraf, bestiegen die anderen Flugbegleiter bereits die Maschine. Es gelang mir, nur das Notwendigste zu sprechen. Da ein paar vom Flugpersonal Mary Sondergard kannten, mußte ich vorsichtig sein. Ich schützte einen Kater vor, was man mir ohne weiteres abnahm. Offensichtlich was das nicht atypisch für die junge Dame.

Zu Anfang des Fluges hielt ich mich von meinen Kollegen und Kolleginnen fern, indem ich mir beinahe den Schwanz ausriß, so emsig kümmerte ich mich um die Passagiere. Das trug mir ein paar argwöhnische Blicke ein – anscheinend war Mary Sondergard nicht der ganze Stolz der Pan Am gewesen –, doch ich kümmerte mich nicht darum. Im Laufe des Fluges erschien dann das TOR, und ich verschwand in den Toiletten im mittleren Flugzeugteil.

Das ist ein ganz simpler Trick. An meiner Armbanduhr befindet sich ein Indikator. Er zeigt mir an, wann das TOR auftaucht. Wenn es an meinem Handgelenk kitzelt, gehe ich einfach zu den Toiletten, öffne die Tür und rufe eine der Flugbegleiterinnen herbei.

»Sieh dir das mal an«, sage ich dann mit angewiderter Miene. Mit absoluter Sicherheit kam sie dann herbeigeeilt, um nachzusehen, welche neue Schweinerei die Passagiere ihr beschert hatten. (Die Flugbegleiterinnen hegen für die ihnen anvertrauten Passagiere beinahe genausoviel Verachtung wie ich.) Befand sie sich dann in der richtigen Position, trat ich ihr in den Hintern, und ehe sie es sich versah, landete sie drüben. Mit der nächsten ging es genauso schnell.

Wir begannen mit der bewährten Ausdünntaktik, nachdem wir die Tabletts vom Abendessen eingesammelt hatten.

Es gibt viele Möglichkeiten, einen Greifzug durchzuführen. Wenn es irgend geht, beginnen wir mit dem Ausdünnen. Dabei sind uns die an Bord gezeigten Filme oft eine große Hilfe. In einer verdunkelten Kabine bemerken die Leute nicht viel. Wir konnte uns alle möglichen Passagiere herauspicken, ohne daß jemand sie vermißte. Von dem Augenblick an, in dem es losging, stand ein Mitglied des Teams in dem Gang, der zu den Toiletten führte. Wenn die Umstände es erlaubten, sorgten wir dafür, daß ein Passagier, der aufstand und pissen ging, sich erst in fünfzigtausend Jahren erleichtern konnte.

Jeder Greifzug ist auf seine Art einmalig, bei jedem kämpft man mit unterschiedlichen Problemen.

Bei diesem Einsatz räumten wir zwei Jumbojets gleichzeitig aus. Was einerseits günstig war – wir nahmen viel Material mit –, andererseits schlecht, weil das TOR nie an zwei Stellen zugleich sein kann. Das bedeutete, es mußte zwischen zwei Flugzeugen hin und her schwenken.

Beides waren transkontinentale Flüge. Das hört sich gut an, ist es aber nicht. Wir können die Leute nicht während der ersten Flugstunde aus der Maschine holen und dann das leere Flugzeug weiterfliegen lassen, in der Hoffnung, der Pilot verläßt niemals das Cockpit.

In diesem Fall blieb die 747 nach der Kollosion bis zu einem gewissen Grad lufttüchtig. Das bedeutete, daß der echte Pilot bis zum Schluß in der Maschine bleiben mußte. Es wäre zu riskant gewesen, ihn mitzunehmen und ihn durch einen von uns zu ersetzen – selbst wenn sich ein Kamikaze-Flieger gefunden hätte –, denn dann ließ sich das Risiko nicht ausschließen, daß das Flugzeug an einem Ort abstürzen würde, an dem es, wie der Verlauf der Geschichte gezeigt hatte, *nicht* niedergehen durfte.

Bei der DC-10 hatten wir wesentlich mehr Spielraum. Notfalls konnten wir die Cockpitbesatzung entführen und dann einfach den Anweisungen der Flugsicherung folgen, weil sie ja die Ursache für diesen Absturz waren.

Das Ausdünnen klappte reibungslos. Die Maschine konnte noch zwei Stunden fliegen, und wir hatten bereits vierzig oder fünfzig Leute aus der 747 herausgenommen. Beim Abflug war die Maschine bis beinahe auf den letzten Platz besetzt gewesen. Man sollte meinen, die Leute müßten die vielen leeren Sitze bemerken, doch in Wirklichkeit dauert es sehr lange, bis jemand überhaupt stutzig wird. Erstens suchen wir unsere Kandidaten sehr sorgfältig aus. Zum Beispiel entführen wir kein Kind, ohne gleichzeitig die Mutter mitzunehmen: denn Mommy würde bereits nach kurzer Zeit anfangen, ihren Sprößling zu suchen. Aber eine Mutter mit ihrem schreienden Baby wegzudeponieren ist geradezu ideal. Die anderen Passagiere merken zwar, daß das Gebrüll aufgehört hat, geben sich aber niemals die Mühe festzustellen, warum. Ein solches Glück nimmt man eben als gegeben hin.

Dann hielten wir nach Leuten Ausschau, die unzufrieden mit ihrem Sitzplatz waren, wie jemand, der sich durch eine korpulente Person eingezwängt fühlte, odere drei einander vollkommen fremde Männer, die in einer Reihe saßen und womöglich noch zu arbeiten versuchten. Wenn der Bursche in der Mitte aufstand, um sich einen Drink zu genehmigen oder den Ruheraum aufzusuchen, kehrte er höchstwahrscheinlich nicht mehr an seinen Platz zurück. Ich habe noch nie gehört, daß sich dann jemand über dessen Verschwinden gewundert hätte.

Doch was uns am meisten zugute kam, war das Unvorstellbare unseres Tuns. Hin und wieder sah man jemand, der mit verwunderter Miene den Gang entlangschritt. Vielleicht machte er sich Gedanken über die vielen leeren Sitze, die noch bei Abflug der Maschine besetzt gewesen waren. Doch das hatte nichts zu bedeuten. Die Logik ist auf unserer Seite. Der Mann *weiß* ja, daß keiner mal eben an die frische Luft gegangen ist, um eine Zigarette zu rauchen. Logischerweise müssen sämtliche Passagiere also noch an Bord sein. Folglich befinden sie sich bloß in einem anderen Teil der Maschine. Weiter denkt keiner, auch dann nicht, wenn wir schon die Hälfte der Passagiere mitgenommen haben.

Ich nahm an, daß alles weiterhin reibungslos laufen würde, und beschloß, einen Blick in die andere Maschine zu werfen, die DC-10. Als das TOR wieder erschien ... trat ich hindurch und in die Zukunft hinein, zog mir eine Uniform der United an, während die Einsatzzentrale es auf das andere Flugzeug richtete und ... begab mich mitten in den United Flug 35.

Noch einen Vorteil haben diese Jumbojets: eine neue Flugbegleiterin fällt keinem auf.

Da dieser Flug nicht so risikobehaftet war, verhielt sich das Team noch aggressiver. Unter irgendeinem Vorwand forderte man die Passagiere auf, in das Heck des Flugzeugs zu gehen, aus dem sie dann nie wieder zurückkehrten. Beifällig beobachtete ich die Situation, dann gab ich Ralph Boston ein Zeichen. Er folgte mir in die Bordküche.

»Wie läuft's?« fragte ich ihn.

»Glatt. In wenigen Minuten beginnen wir mit dem Finish.«

»Wie spät ist es nach Ortszeit?«

»Wir haben noch zwanzig Minuten.«

So etwas kann verwirrend sein. Als ich die 747 verließ, sollte sie noch drei Stunden fliegen, das bedeutete, daß sie sich irgendwo über dem Mittleren Westen befand. Diese Maschine hier flog bereits über Kalifornien, und es war zweieinhalb Stunden später. Das genügt, um einem Kopfschmerzen zu bereiten.

Aber warum sollte man nicht so vorgehen? Warum zum Beispiel sollten die Leute zeitaufwärts vierundzwanzig

Stunden warten, während ich in dieser Zeit in einem New Yorker Motelzimmer fernsehe?

Natürlich hatten sie nicht gewartet. Sobald das TOR aus meinem Motelzimmer verschwand, hatten die Leute vom Einsatz es auf die Toilette der 747 gerichtet, zeitlich gesehen einen Tag später. Von Lawrence aus gesehen, stellte sich die Situation so dar: Ich war durch das TOR getreten, die Sondergard war herausgekommen, und nachdem das TOR kurz geflimmert hatte, erschien bei ihm in der Zukunft die erste Flugbegleiterin, die ich – von mir aus gesehen tagsdarauf – in den Toilettengang schob.

An so etwas muß man sich natürlich erst gewöhnen.

»Stimmt was nicht?« fragte Ralph. Ich sah ihn an. Auf diesem Trip verkörperte Ralph keinen männlichen Flugbegleiter. In seinem Derma-Anzug gab er die täuschend echte Imitation einer sehr dunkelhäutigen, sehr weiblichen Person ab, deren Namen er vermutlich nicht einmal kannte. Ralph hat eine zierliche Statur und arbeitet schon sehr lange in meinem Team mit. Über ein Jahr.

»Alles klar. Wir können weitermachen. Soll ich hierbleiben, oder kann ich in die andere Maschine zurück?«

»Lilly ist in der Ersten Klasse alleine. Vielleicht könntest du ihr ein bißchen helfen.«

Warum nicht? Technisch gesehen habe ich das Kommando, doch in der DC-10 war Ralph Teamführer, und Cristabel leitete die Aktion in der 747. Auf solchen Greifzügen halte ich es für das beste, meinem Teamführer auch die Führung zu überlassen.

In der Ersten Klasse gab es keine Probleme. Wir benutzten unseren Standardtrick »Tee – Kaffee – Kakao«, wobei wir uns auf unsere Schnelligkeit und die Trägheit der Passagiere verließen. Mit strahlendem Lächeln beugte ich mich über die ersten beiden Sitze.

»Genießen Sie den Flug?«

Pop, pop. Zweimal auf den Abzug gedrückt, und die anderen Böcke merken nicht das geringste.

Nächste Reihe.

»Hallo Leute. Ich bin Louise. Leckt mich am Arsch.«

Pop, Pop.

Auf diese Weise hatten wir uns bis zum hinteren Teil der Kabine vorgearbeitet, ehe jemandem überhaupt etwas auffiel. Schließlich standen ein paar Leute auf und warfen uns neugierige Blicke zu. Ich sah Lilly an, sie nickte, und die restlichen Böcke nieteten wir im Schnellverfahren um. Sämtliche Passagiere der Ersten Klasse lagen nun in friedlichem Schlummer, was jedoch bedeutete, daß uns keiner helfen konnte, die Schlafenden durch das TOR zu schleifen. Natürlich ist das ungerecht, aber es geht nun mal nicht anders. Noch ein Grund, um Erster Klasse zu reisen.

Wir hasteten in die Touristenklasse zurück, die immer das größere Problem darstellt. Sie hatten noch nicht damit angefangen, die Leute ins Bettchen zu schicken. Ralph wendete noch die Ausdünntechnik an. Ich sah, wie er sich zu einem Mann hinunterbeugte, der gleich am Gang saß, und ihn fragte, ob er bitte einmal mit ihr (ihm) kommen würde.

Der Kerl stand auf, und Ralphs Rücken explodierte. Etwas traf mich schwer an der rechten Schulter. Ich drehte eine Pirouette und krümmte mich zusammen.

Auf meinen Händen und Armen breitete sich ein dünner roter Film aus.

Ich dachte: Ein Terrorist, der Kerl will das Flugzeug entführen.

Weiter dachte ich: Wieso hat er so lange gewartet?

Und dann: Flugzeugentführungen waren in den achtziger Jahren des zwanzigsten Jahrhunderts selten geworden.

Und: War das eine Kugel, die meine Schulter traf? Ist Ralph tot?

Und: Der verdammte Nuttenficker ist tatsächlich ein *Terrorist!*

Auf einmal hatte ich unheimlich viel Zeit.

Tatsächlich, eine Kugel hatte meine Schulter getroffen. Mühsam hob ich den linken Arm und drückte mit dem Daumen die Löschtaste nieder. Dann richtete ich mich halb auf, zielte sorgfältig und pustete den Mann um.

Sein Kopf mit dem oberen Teil der Brust trennten sich vom übrigen Körper. Das Gehirn landete ungefähr sechs Reihen weiter im Gang. Der linke Arm flog einem Passagier in den Schoß, der rechte, dessen Hand noch die Pistole hielt, fiel einfach zu Boden. Die Beine mit den Hüften kippten nach hinten.

Okay. Genausogut hätte ich ihn lähmen können.

Doch für ihn war es besser, daß ich es nicht tat. Wenn ich ihn lebend mit mir durch das TOR genommen hätte, hätte ich seine Eier gegrillt zum Frühstück gegessen.

Es hat wenig Sinn, das Tohuwabohu zu beschreiben, das daraufhin folgte. Es würde mir schwerfallen, auch wenn es sich lohnte, es zu schildern. Die meiste Zeit über kauerte ich im Gang und sah nichts als Blut.

Das Team mußte beinahe jeden Passagier lähmen. Der einzige Lichtblick war, daß wir während der Ausdünnphase schon eine große Anzahl durch das TOR geschafft hatten. Die restlichen Passagiere mußten wir auf unserem Rücken hinübertragen.

Als Lilly neben mir in die Knie ging, glaubte sie, ich sei schlimmer verletzt, als es der Fall war. Sie gebärdete sich, als könnte ich entzweibrechen, wenn sie mich anfaßte.

»Das meiste Blut stammt von Ralph«, sagte ich, in der Hoffnung, daß es stimmte. »Ein Glück, daß ich mit dem Körper die Kugel auffing. Sie hätte die Bordwand durchschlagen können.«

»So kann man es auch sehen. Wir mußten die Cockpitbesatzung betäuben, Louise. Sie hörten den Zirkus.«

»Schon gut. Wir sind noch nicht fertig. Fangen wir an, die Leute rüberzuschaffen.«

Innerlich rüstete ich mich zum Aufstehen. Bei drei wollte ich mich erheben: eins, zwei und drei ...

Unmöglich.

»Im Augenblick können wir noch nichts machen«, fuhr Lilly fort. Die erschrockene Miene, mit der sie meine Bemühungen, mich aufzurichten, verfolgte, ging mir auf die Nerven. Ich wollte es ihr zeigen. »Wir stapeln sie in der Nähe der Toilette«, erzählte sie. »Aber zur Zeit haben wir das Tor auf die 747 gerichtet.«

»Wo ist Ralph?«

»Tot.«

»Laßt ihn nicht zurück. Wir müssen ihn unbedingt mitnehmen.«

»Na klar. Er besteht ja fast nur aus Prothesen.«

Ich schaffte es, mich hochzurappeln, und danach fühlte ich mich ein bißchen besser. Die Situation brauchte nicht in eine Katastrophe auszuarten, hielt ich mir ständig vor Augen. Ein Toter, eine Verwundete; im Grunde war das kein Handicap. Doch ich begann einzusehen, welche Nachteile es hatte, zwei Flugzeuge gleichzeitig auszuräumen. Ich wollte das TOR *hier* haben, wo wir es jederzeit benutzen konnten.

Doch das ging nicht. Das größte Problem bei der Benutzung des TORS stellt das Zeitgesetz dar, das besagt, daß es zu einer bestimmten Zeit nur einmal auftauchen kann. Einmal und dann nie wieder.

Wenn wir das TOR beispielsweise am 7. Dezember 1941 von sechs bis neun Uhr morgens auf die Südseeinsel Oahu richten, können wir den größten Teil der Besatzung des Kriegsschiffs *Arizona* einkassieren, doch diese drei Stunden sind dann für uns für immer verschlossen. Wenn während dieser Zeit etwas Interessantes in China oder in Amsterdam oder meinetwegen sogar auf dem Mars passiert, haben wir verdammtes Pech gehabt. Die Ereignisse, die sich innerhalb dieser Zeitspanne abspielen, können wir dann nicht mal in den Zeitdetektoren sehen.

Das führt zu einem weiteren Paradoxon. Der Zeitstrom ist übersät mit diesen blinden Flecken. Die meisten Flecken rühren von Greifzügen her, die wir durchgeführt haben, oder Zeitreisen, die unsere Vorfahren unternahmen. Doch einige dieser blinden Flecken stammen von Ausflügen, die noch stattfinden sollen. Anders ausgedrückt: In ein paar Jahren oder ein paar Tagen wird jemand auf die Idee kommen, in diese bestimmte Zeit, an einen bestimmten Ort zurückzugehen, wobei wir weder Zeitpunkt noch Lokalität kennen. Weil wir diese Ausflüge noch unternehmen *werden*, bleiben diese Zeitabschnitte unseren Blicken auf ewig verborgen.

Für dieses Phänomen hatte man den Begriff »Temporale Zensur« geprägt. Wir konnten nicht in die Vergangenheit schauen, uns selbst beobachten und somit feststellen, was wir eines Tages tun würden. Wir wußten lediglich, daß ein blinder Fleck existierte und daß noch niemand in diese Zeit zurückgereist war, aber wir konnten nicht einmal erahnen, *warum* jemand den Entschluß fassen würde, ausgerechnet an diesen Punkt der Zeit zurückzugehen.

Wenn Sie glauben, ich verstünde das alles, trauen Sie mir zuviel zu. Ich gebe nur das wieder, was man mir beigebracht hat, und mache mir weiter keine Gedanken.

Mein rechter Arm war nicht zu gebrauchen. Große Schmerzen verspürte ich jedoch noch nicht. Ich tat so, als sei er gar nicht da, und zog die Böcke durch den Gang, indem ich die Finger meiner linken Hand in ihre Haare krallte. In der Branche ist dieser Trick als Vandalium 400 v. Chr. bekannt. Endlich erschien das TOR, und wir schaufelten die Böcke buchstäblich hindurch. Das Ganze dauerte höchstens drei Minuten. Sobald wir fertig waren, verschwand das TOR wieder. Im Nu kehrte es zurück, und die ersten Doubletten strömten scharenweise herein.

Nicht mehr als fünf Prozent der Attrappen hatten Gesichter. Flug 35 endete in einem solchen Desaster, daß es wenig Sinn hatte, uns viel Mühe mit den Attrappen zu geben. Ein Teil kam in Säcken herüber; Haufen verschmorter Leichenteile, die wir im ganzen Flugzeug verstreuten.

Irgendwann muß ich ohnmächtig geworden sein. Ich weiß nur noch, daß mich jemand durch das TOR schob, und zum erstenmal in meiner Laufbahn kann ich mich an den Übergang nicht erinnern. Ich hockte auf dem Boden, und ein Sanitäterteam wollte mich auf eine Bahre heben, doch ich verscheuchte sie. Da war doch noch etwas zu erledigen. Ich sah, wie Lilly hindurchkam.

»Wer hat Ralphs Paralysor?« schrie ich.

Lilly sah mich ganz merkwürdig an, dann drehte sie sich um. Doch sie kam nicht weit. Hinter ihr purzelte der Rest des Teams durch das TOR, und sie landete unweit von mir auf dem Boden.

»Ich dachte, du hättest ihn mitgenommen«, sagte sie.

»Ich habe ihn aber nicht«, versetzte ich.

»Was hast du nicht?«

»Ralph? Hat hier jemand Ralph gesagt? Er ist tot.«

»Wo ist sein Paralysor, verdammt noch mal?«

Ich hatte mich schon hochgerappelt und rannte zum TOR. Ich hatte keine Ahnung, wie lange es auf der anderen Seite noch bis zum Absturz dauern würde, doch das spielte jetzt keine Rolle. Selbst wenn es sich nur noch um Sekunden handelte, ich mußte zurück.

Ein Warnton blökte. Als ich hochblickte, sah ich wie Lawrence oben in der verglasten Einsatzzentrale wild mit den Armen herumfuchtelte. Ich drehte mich um und brüllte irgend etwas, doch zu spät; Lilly war schon durch.

Das heißt, sie war zur Hälfte auf der anderen Seite.

Mit ihr passierte etwas ganz Eigenartiges. Mit Kopf und Schultern steckte sie in der Vergangenheit, als sich das TOR schloß.

Wir hatten oft Mutmaßungen darüber angestellt, was in einem solchen Fall wohl geschah, aber wir wußten nichts Bestimmtes, weil es noch nie jemand ausprobiert hatte. Eine eindeutige Theorie darüber existierte nicht. Als gesichert galt, daß ein Körper, der halb im TOR steckte, nicht einfach in zwei Teile zerschnitten wurde. Der Prozeß, der dann eintrat, war wesentlich komplexer. Jemand, der durch das TOR schreitet, wird niemals in zwei Teile getrennt. Eine Dimension, von der wir keine Ahnung haben, gewährleistet, daß der Körper intakt bleibt.

Lilly wurde nicht mitten durchgeschnitten. Sie verschwand einfach. Dabei bebte das Gebäude wie bei einer Explosion. Alarmsirenen jaulten.

Ich wurde hochgehoben und auf eine Bahre gelegt. In der Einsatzzentrale brach eine hektische Aktivität aus. Dann war mir, als fiele ich in ein schwarzes Loch.

Als die Ärzte meine Schulter versorgten, erfuhr ich, was passiert war.

Die Explosion war ausgelöst worden, weil Lillys Körper das System kurzschloß, das das TOR mit einer ungeheuren Menge an Energie versorgt. Die Reparaturen würden zwei Tage in Anspruch nehmen, und solange blieb das TOR inaktiv.

Was war mit Lilly geschehen?

Ich mag nicht einmal daran denken. Wenn wir das TOR durchschreiten, betreten wir eine Region, die in vielerlei Hinsicht das Begriffsvermögen des Menschen übersteigt, gleichzeitig jedoch eine unauslöschliche Wirkung auf unsere Sinne ausübt. Manche Leute kommen von einer Zeitreise als schreiende Tiere zurück und werden nie wieder gesund. Auf diesem Weg verlieren wir fünf Prozent der Böcke und eine erhebliche Anzahl von neuen Teammitgliedern.

Ganz gleich in welchen Gefilden sich Lilly jetzt befinden mochte, zurück käme sie nie mehr.

5 »Famous Last Words«

Aussage des Bill Smith

Ich erfuhr nie, wer für die improvisierte Leichenhalle gesorgt hatte. Briley bestimmt nicht, dazu besaß er nicht die Nerven, doch Rog Keane schien jemanden an der Hand zu haben, der sich mit diesem Problem schon einmal befaßt hatte. Als wir dort eintrafen, lief bereits alles wie am Schnürchen.

Ich persönlich finde, es wäre pietätvoller und einfacher für alle Beteiligten, wenn man am Absturzort der Maschine einfach ein großes Loch schaufelte, alles, was von den Passagieren noch übriggeblieben war, darin vergrub, und einen Stein mit sämtlichen Namen darauf setzte. Aber für diesen Vorschlag würde sich ohnehin niemand erwärmen. Die nächsten Angehörigen verlangen, daß ein ganz bestimmter Körper in ein ganz bestimmtes eigenes Grab kommt.

In manchen Fällen können wir ihnen damit dienen. Bei wirklich schweren Abstürzen führt oft kein Weg daran vorbei, die Leute selbst feststellen zu lassen, zu wem was gehört. Was von Onkel Charlie mitunter übrigbleibt, paßt bequem in einen Butterbrotbeutel.

Was macht man dann? Soll man den Leuten eine abgetrennte Hand zeigen und sie fragen, ob ihnen der Trauring irgendwie bekannt vorkommt? Die meisten Leichen haben ja gar keine Gesichter mehr.

Man hatte die Turnhalle einer Schule als Leichenschauhaus hergerichtet. Der Parkplatz stand voller Autos von Angehörigen, und ich entdeckte den Kleinbus einer hiesigen Fernsehstation.

»Ruhig Blut, Bill«, redete Tom auf mich ein und führte mich behutsam vom Kamerateam weg. »Du wirst denen für die Sechs-Uhr-Nachrichten doch kein Schauspiel bieten, oder? Jedenfalls nicht *so.*«

»Ich hoffe, es gibt eine Hölle, Tom, und wenn diese Arschlöcher da landen, hält ihnen hoffentlich irgendein Teufel eine Kamera vor die Schnauze und fragt sie, wie sie sich fühlen.«

»Sicher, Bill, sicher.«

Es war eine Erleichterung, die Turnhalle mit den Toten zu betreten.

Dort lagen ungefähr siebzig oder achtzig Leichen. Genauer gesagt, man sah soviele lange schmale Säcke, die fein säuberlich aufgereiht dalagen. Hinten an der Wand befanden sich weitere Säcke, die jedoch keinerlei bestimmte Form aufwiesen. Aus Washington war ein FBI-Team eingetroffen. Von den halbwegs intaktgebliebenen Körpern hatten sie bereits Fingerabdrücke genommen, und nun beschäftigten sie sich mit den Fingern, die sie noch irgendwo finden konnten. Später würde man Kieferuntersuchungen vornehmen, und Sie würden sich wundern, wieviele Menschen man auf diese Weise identifizieren kann.

Wir wurden dem Sonderbeauftragten aus Oakland vorgestellt. Die Jungen, die die Fingerabdrücke nahmen, kannten wir schon. Das FBI bekam diese ekelhafte Aufgabe aus dem einfachen Grund zugeschanzt, weil sie die größte Fingerabdruckkartei haben, die man sich überhaupt vorstellen kann. Wenn man ihre Dossiers liest, könnte man glauben, daß sie neunundneunzig Prozent aller Leichen anhand von Fingerabdrücken identifizieren können. Doch Tatsache ist, daß nach ein paar Wochen eine ganze Reihe von Hinterbliebenen erfahren würde, daß von ihren toten Anverwandten kein Stück mehr zu finden gewesen sei. In vielen Kirchen würden Gedenkgottesdienste stattfinden. Viel verbranntes Fleisch würde da landen, wo derlei Dinge nun mal landen, um diskret beseitigt zu werden. Ich habe mich nie darum gekümmert. Ärzte und Leichenbestatter müssen auch ihre Geheimnisse haben.

Wir lernten die Untersuchungsrichter der Bezirke Contra Costa und Alaneda kennen, die Hauptleute der Bergungsteams und Feuerwehrmannschaften und eine Menge Ärzte. In der Turnhalle war einiges los.

Ich habe Abstürze erlebt, bei denen man die Angehörigen einfach an den Reihen der Toten vorbeimarschieren und unter die Leichentücher schauen ließ. Das ist und bleibt eine schlimme Angelegenheit, die man keinem leichter oder angenehmer machen kann, doch für alles gibt es Grenzen. In diesem Fall mußten die Toten fast ausschließlich anhand gewöhnlicher Habseligkeiten identifiziert werden. In einem separaten Zimmer standen Tische voller verbrannter Kleidung und Schmuck. Jeder Gegenstand war gekennzeichnet, damit man später wußte, zu welcher Leiche er gehört. Eine Schar von Leuten suchte in diesem Zeug nach Vertrautem herum.

Tom und ich suchten Freddie Powers, der uns zur Leichenhalle bestellt hatte. Wir erspähten ihn am hinteren Ende des Raumes, in dem diese Habseligkeiten besichtigt werden konnten. Er sieht aus, wie man sich den typischen, texanischen G-Man vorstellt: blond, jovial, groß, konservativ gekleidet.

»Hallo Bill, hallo Tom. Ich habe hier etwas, was euch vielleicht interessiert.« Noch vor kurzem hätte er uns etwas salopper begrüßt. Es heißt immer, Texaner bleibt Texaner, aber Freddie arbeitete stark an seinem Akzent. Der näselnde texanische Slang war kaum noch herauszuhören.

»Bill Smith, Tom Stanley, das ist Jeff Brindle.« Brindle war ein Assistenzarzt von ungefähr Ende zwanzig. Klein, krauses Haar, und wenn er lächelte, was er oft tat, sah man, daß er leicht vorstehende Zähne hatte. Der Kittel, den er trug, wies Blutflecken auf.

»Jeff hat das alles hier zusammengetragen und mir gezeigt«, fuhr Freddie fort. Ich fand, er sehe ein bißchen unsicher aus. Strenggenommen war er hier, um die Identität der Leichen festzustellen; vielleicht hatte er Angst, er könnte seine Befugnisse überschreiten und sich in Dinge einmischen, die ihn nichts angingen. Es konnte auch etwas anderes sein.

»Eigentlich weiß ich gar nicht, ob es etwas zu bedeuten hat, aber komisch ist es schon«, äußerte Brindle. Er warf Freddie einen Blick zu. »Soll ich es Ihnen mal zeigen?«

»Ich bitte darum«, sagte ich.

Freddie nickte und nahm die Armbanduhr eines Mannes in die Hand. Es handelte sich um eine Timex mit elastischem Band. Am Band klebte angetrocknetes Blut, und das Uhrglas war gesprungen, doch man sah, daß sich der Sekundenzeiger noch bewegte.

»Die Uhr, die mehr verträgt als Sie«, näselte Freddie. Ich stutzte. Wenn Freddie anfängt zu näseln, hat er was auf dem Herzen. Ich sah mir die Uhr genauer an. Sie stand auf 10.45 Uhr und ein paar Sekunden. Ich verglich sie mit meiner eigenen, die genau zwei Sekunden vor zehn anzeigte.

»Ich habe zehn Uhr und achtzehn Sekunden«, sagte Tom.

Freddie führte mich den Tisch entlang, wo er ungefähr zwanzig Uhren aufgereiht hatte. Ich beugte mich darüber.

Verschiedene Dinge erkannte man auf den ersten Blick. Alle gingen noch, obwohl bei einigen das Glasgehäuse vollkommen abgesprungen war. Alle zeigten dieselbe Zeit an – 10.45 Uhr. Irgend etwas fiel mir noch auf, doch auf Anhieb konnte ich nicht genau sagen, was es war.

»Es sind alles automatische Uhren«, warf Tom ein. Na klar, das war's.

Freddie schwieg. Er zeigte mir bloß eine zweite Reihe von Uhren.

Davon gab's jede Menge, und ich sah, daß der größte Teil dieser makabren Ausstellung erst noch kam. Seufzend nahm ich die Uhren in Augenschein.

Keine einzige funktionierte. Einige waren so zusammengeschmolzen, daß sie aussahen, als hätte man sie von einem Dali Gemälde abgekratzt. Doch von denen, die noch ein Zifferblatt besaßen, zeigte keine später als 10.00 Uhr an. Die meisten waren bei 9.56 Uhr stehengeblieben.

»Um elf Minuten nach neun schlug die Maschine auf dem Boden auf«, sagte Freddie.

»Und elf plus fünfundvierzig ergibt sechsundfünfzig. Sie zeigen eine Dreiviertelstunde zuviel an, wie die anderen. Haben Sie sonst noch etwas?«

Er schien zu merken, daß ich ungeduldig wurde, denn hastig fuhr er fort:

»Diese vier hier, alle mechanisch, zeigen 1.45 Uhr an. Sie

funktionieren noch. Und hier liegen ein Dutzend stehengebliebener Uhren, die man mit der Hand aufziehen muß. Bei allen stehen die Zeiger auf 12.56 Uhr.«

»Die Leute hatten ihre Uhren noch nicht auf Pazifikzeit umgestellt«, murmelte Tom.

»Das scheint mir auch so.«

Ich dachte darüber nach. Mir fiel nichts Intelligentes ein, was ich dazu hätte sagen können, deshalb fragte ich lediglich:

»Stammen die Uhren aus einem Flugzeug oder aus beiden?«

»Aus beiden. Die meisten sind jedoch von den Passagieren der 747 ... Ich glaube nicht, daß wir alle Uhren aus der DC-10 finden werden. Aber die, die wir aus der DC-10 rausgeholt haben, stimmen mit den übrigen überein.«

Tom sprach aus, worüber wir alle uns im geheimen den Kopf zerbrachen.

»Wer hat die Uhren um fünfundvierzig Minuten vorgestellt?«

Darauf fiel mir natürlich keine passende Antwort ein, und noch viel weniger konnte ich erklären, wieso annähernd sechshundert Leute, die auf zwei verschiedene Flugzeuge aufgeteilt waren, gleichzeitig auf diese glänzende Idee kamen.

»Danke, Freddie«, sagte ich und rüstete mich zum Gehen.

»Was das zu bedeuten hat, weiß ich nicht, aber wir werden der Sache natürlich nachgehen.«

Freddie machte ein verlegenes Gesicht.

»Das ist noch nicht alles, Bill«, sagte er. Das hätte ich mir gleich denken können. Er führte mich ein Stückchen weiter den Tisch entlang, wo eine große Anzahl von Digitaluhren aufgereiht lag. Die Gehäuse waren zerborsten oder geschmolzen.

»Das altmodische Zeug ist vielleicht immer noch am besten«, meinte Freddie. »Die Uhren, die man richtig nach Altvätersitte aufziehen muß, haben den Absturz besser überstanden als diese hier. Aber ein paar funktionieren noch. Die zum Beispiel.«

Er hielt mir eine heilgebliebene Seiko unter die Nase, und ich sah sie mir an. Sie zeigte Uhrzeit und Datum an, und auch die Sekunden wurden digital angegeben. Nach dieser Uhr wäre es 3.14 Uhr gewesen, und wir hätten den 11. Dezember gehabt.

»Die hier spielt ja total verrückt«, sagte ich. »Die geht völlig nach dem Mond.«

»Die Uhr funktioniert«, korrigierte mich Freddie. »Sie glauben nur, sie sei kaputt, weil sie, gelinde gesagt, etwas merkwürdig geht. Sehen Sie noch einmal genau hin.«

Ich sah genau hin, und dieses Mal konzentrierte ich mich auf die Sekundenanzeige.

40, 39, 38, 37 ...

Ich warf sie auf den Tisch.

»Verdammt noch mal, Freddie, jeder Flugzeugabsturz, den ich bis jetzt untersucht habe, spielt einem die verrücktesten Streiche. Na schön, daß alle Uhren fünfundvierzig Minuten vorgehen, kann ja noch irgendwie zur Aufklärung des Unfalls beitragen. *Vielleicht*. Aber was soll dann dieser Quatsch mit einer Uhr, die rückwärts läuft ... Mit diesem Scheiß kann ich doch nichts anfangen.«

Freddie stieß einen Seufzer aus.

»Sie haben ja recht, Bill, trotzdem wäre da noch etwas zu bedenken. Ich bin zum Beispiel in Elektronik ausgebildet, aber ich finde keine Erklärung dafür, warum diese Uhren rückwärts gehen. Ich meine, eine Erschütterung, die so stark ist, daß sie diese Wirkung hervorruft, müßte doch den ganzen Chip zerstören, verstehen Sie mich?«

Ich verstand ihn zwar nicht, aber heutzutage wagt ja keiner zuzugeben, daß er irgend etwas, was mit Computertechnik zu tun hat, nicht kapiert. Schließlich will man ja nicht dastehen wie ein alter Doppeldeckerfan. Deshalb zuckte ich bloß mit den Schultern.

»Sie sprachen von mehreren Uhren. Wo sind die anderen?«

Er streckte nur den Finger aus. Drei weitere Digitaluhren zeigten 3.13 Uhr an, und alle liefen rückwärts.

Donald Janz befand sich in einem erschreckenden Zustand. Er sah aus, als hätte er in seinen Adern mehr Valium als Blut. Er war im Grunde noch ein Kind – nicht älter als fünfundzwanzig, also jünger als Tom Stanley. Das weiße Hemd, das er trug, war zerknittert, und die Krawatte saß schief. Unentwegt zupfte er an seinem Oberlippenbart herum, kratzte sich die Nase und fuhr sich mit den Händen über das Gesicht. Er saß zwischen Ian Carpenter von der Fluglotsengewerkschaft – Entschuldigung, vom Fluglotsenverband – und einem Mann, den ich im ersten Moment für Melvin Belli hielt, der sich dann jedoch bloß als ein hoffnungsvoller Imitator entpuppte. Er sah aus, wie man sich den typischen Anwalt vorstellt.

Wir saßen in dem kleinen Konferenzzimmer, und es ging auf zwei Uhr nachmittags zu. Alles, was ich an diesem Tag gegessen hatte, waren ein Schmalzkringel und ein Schinkensandwich, deshalb befand sich mein Magen nicht in bestem Zustand. Aber endlich war das Cockpitband der DC-10 abspielbereit, und ich wollte es mir im Beisein von Janz anhören.

Strenggenommen ist es nicht korrekt, den Cockpit-Recorder an der Unfallstelle abspielen zu lassen. Das Originalband war schon unterwegs nach Washington. Dort stehen der Behörde komplizierte Maschinen zur Verfügung, die die im allgemeinen ganz miserablen Aufnahmen von Nebengeräuschen befreien und die wichtigen Aufzeichnungen verstärken und analysieren. Es dauert zwei Wochen, bis die Bänder so sind, wie man sie haben will. Deshalb lasse ich manchmal ein Band überspielen, ehe das Original weggeschickt wird. Und diese Kopie wollten wir uns jetzt anhören.

Die Reporter hatten den Raum verlassen müssen. Anfangs, als man das Band abzuspielen begann, beobachtete ich Janz, doch bald nahm mich das, was ich hörte, gefangen.

Jemand sagte: »United 35, hier ist Oakland. Sie fliegen in einer Höhe von 23000 Fuß und gehen auf 15000 herunter. Unter ihnen befinden sich Flugzeuge. Kurs ...« und so weiter. Ich sah, wie Janz zusammenzuckte, als er seine eigene

Stimme erkannte. Ich hatte ihn zwar noch nicht reden hören, doch ich nahm an, daß der Funkspruch von ihm stammte. Die Qualität der Wiedergabe war nicht schlecht.

Ein paar Funksprüche gingen hin und her, alles Routinemeldungen, und wir hörten das übliche Cockpitgerede, obwohl sich die beiden in der DC-10 im großen und ganzen nicht viel zu sagen hatten. Einmal kam eine Stewardess herein, und wir hörten, wie sie die Tür hinter sich schloß.

In diesem Stile ging es zehn oder fünfzehn Minuten lang weiter. Es war angebracht, die Stimmen mit den dazugehörigen Namen in Verbindung zu bringen. Mit uns im Zimmer saßen die Chefpiloten der Pan Am und United, um uns dabei zu helfen, und als es anfing interessant zu werden, wußte ich, wer wann sprach.

Im Cockpit der DC-10 saßen Flugkapitän Vern Rockwell, der Erste Offizier Harold Davis und der Flugingenieur Thomas Abayta. Ich hätte gern gewußt, welcher Nationalität er war. Ab und zu hörten wir die Stimme von Flugkapitän Gilbert Crain, den Piloten der Pan Am 747, der Anfragen von Janz beantwortete. In dem Gebiet befanden sich noch viele andere Maschinen, und wir bekamen teilweise ihre Funksprüche mit, die ins Cockpit der DC-10 gelangten.

United 35 befand sich im Sinkflug. Von Nordosten kommend, schwebte sie durch Wolkenschichten, und Janz ließ die Maschine eine Reihe von Schleifen ziehen, die sie annähernd in westliche Richtung führten, um sie dann zum Landeanflug an die Anflugkontrollstelle in Oakland zu übergeben. Davis machte eine Bemerkung über die Wolken, und Rockwell nörgelte über das Wetter in Oakland. Anscheinend hatte er für die Stadt nicht viel übrig. Abayta sagte etwas über eine Verabredung, die er noch am Abend hätte, und es hörte sich an, als ob die beiden anderen darüber lachten. Dann gerieten die Dinge ins Rollen.

Janz sagte: »United 35, Sie kommen zu weit nach Süden ab. Auf Ihrem Kurs befindet sich ein anderes Flugzeug. Erhöhen Sie die Geschwindigkeit und leiten Sie eine Linkskurve ein.«

Rockwell erwiderte: »Verstanden, Oakland, aber ...« Weiter kam er nicht, denn Janz schnitt ihm das Wort ab.

»Pan Am 880 drehen Sie nach links ab und gehen Sie sofort mit der Geschwindigkeit herunter. Ich welcher Höhe fliegen Sie, 880?«

Wieder streifte ich Janz mit einem Blick. Diese Frage hätte er nicht zu stellen brauchen, wenn der Computer nicht ausgefallen wäre: denn dann hätte er die Höhe gleich neben dem Echozeichen der 880 ablesen können. Janz reagierte nicht. Ich hatte den Eindruck, daß er gar nicht mehr zuhörte.

Jemand – ich bin mir ziemlich sicher, daß es Davis war, der Copilot – sagte: »Teufel noch mal, was soll das?«

»Keine Ahnung«, versetzte Rockwell. »Ich werde wohl tun müssen, was er sagt. Ruf ihn noch mal.«

»Oakland, hier United 35, wir drehen ab ...«

Doch wieder ließ ihn Janz nicht aussprechen. »United 35, können Sie aus Ihrem rechten Fenster etwas sehen?«

Eine Pause trat ein. Ich konnte mir vorstellen, wie Davis aus dem Fenster schaute. Dazu mußte er mit dem Gesicht ganz nah an die Scheibe herangehen, denn wenn sich die Maschine bereits in einer Linkskurve befand, war die Seite, auf der er saß, stark gekippt.

»Nichts zu sehen«, antwortete Davis. »Wir durchfliegen eine Wolkenschicht. Sollen wir ...«

»Großer Gott! Da drüben ...«

Das war wieder Rockwells Stimme, aber mehr konnte er nicht sagen. Undeutlich und wie aus weiter Ferne vernahmen wir das Kreischen von Metall und beinahe gleichzeitig einsetzende Alarmsignale. Ungefähr fünf Sekunden lang hörten wir nichts anderes. Dann meldete sich Rockwell wieder.

»Äh ... Oakland, wir haben ... ach ... äh, ja, mach, mach!«

Irgendwo im Hintergrund schrie Abayta, der Flugzeugingenieur, etwas. Vielleicht ließen sich seine Worte später im Labor entschlüsseln. Wir würden sie uns immer und immer wieder anhören und zum Schluß ziemlich genau wissen, was er sagte. Doch im Augenblick lauschten wir Vern Rockwells letzten Worten, die er mit ruhiger, beinahe gelangweilt klingender Stimme von sich gab.

»Oakland, hier United 35 ... äh, wir sind mit irgend etwas zusammengestoßen, und die ... äh, die Maschine ... äh, spricht nicht mehr auf die Steuerung an. Keine Ruderfunktion. Äh ... die Höhenruder lassen sich nicht bewegen. Wir haben den größten Teil der linken Tragfläche verloren, und die Maschine brennt. Ich wiederhole: die Maschine brennt.«

»Wir sind aus den Wolken heraus«, unterbrach Davis ihn. »Los, los, zieh die Maschine hoch, hochziehen, hochziehen, hoch, hoch.«

Dann wieder Rockwell: »Die Maschine kippt stark nach links.«

Abayta: »1500 Fuß.«

Rockwell: »Wir versuchen ... das rechte Querruder ... das Steuerhorn rüttelt.«

Davis: »Zieh sie hoch ... wir verlieren Höhe, Vern.«

Rockwell: »Scheint so.«

Abayta: »Kein hydraulischer Druck mehr. Versuch mal, ob du die Hydraulik ...«

Rockwell: »Ich versuche jetzt ... ich werde jetzt versuchen ... geht nicht. Na schön, äh, noch mal ... Scheiße.«

Ich habe noch nie einen Piloten während eines Absturzes schreien hören. Einige gebärden sich aufgeregter als Rockwell, aber niemals klingt auch nur so etwas wie Panik an. Diese Männer haben gelernt, daß man immer irgend etwas unternehmen kann, und wenn man dieses zu tun unterläßt, steht man ganz schön dumm da. Also versuchen sie alles mögliche, und das so lange, bis der Boden noch fünf Zentimeter von der Cockpitscheibe entfernt ist. Und ich glaube, selbst in diesem Augenblick noch kommen sie sich in erster Linie ziemlich dumm vor. Sie merken, daß sie keine Zeit mehr haben, etwas zu unternehmen. Sie haben versagt. Sie haben Mist gebaut. Sie ärgern sich schwarz, weil sie das Problem nicht gelöst haben, und innerlich fluchen sie: *verdammte Scheiße!*

Natürlich, denn man hat Angst. Ich habe mit Piloten gesprochen, die es nur mit knapper Müh und Not geschafft hatten, ihre Maschine halbwegs heil aufzusetzen, und sie geben zu, daß das, was sie empfanden, verdammt nahe an Angst herankommt. Aber Aufgabe des Piloten ist es, das Ding in der Luft zu halten, und diese Aufgabe versucht er zu erfüllen, bis er mit seiner Maschine unten aufschlägt.

Heldentum kann man so oder so definieren, aber in meinen Augen ist es heldenhaft, was diese Männer machen. Durchhalten bis zum Schluß. Das gilt nicht nur für Piloten. Ich finde es egal, ob ein Flugkapitän die letzte Meile nach unten mit seiner Maschine kämpft, ob Funker, Ärzte und Krankenschwestern auf ihren Posten verharren, während sich über London der Blitzkrieg austobt, oder ob das Tanzorchester auf der *Titanic* spielt, während das Schiff untergeht ...

Das nennt man Pflichterfüllung.

Eine Zeitlang herrschte Stille im Raum. Keiner wußte, was er sagen sollte. Rockwell hatte zwar keine Bemerkung von sich gegeben, die sich gelohnt hätte, für die Nachwelt festzuhalten oder zu zitieren, trotzdem traute sich keiner, das Schweigen zu brechen.

Pietätvolle Stimmungen zu zerstören, bleibt mir überlassen.

»Lassen Sie uns das andere Band hören«, sagte ich, und gleichzeitig begannen alle zu murmeln. Ich schaute nach links, wo eine Stenografin von der United mit ihrem Stenoblock auf dem Schoß saß. Sie war blaß, und ihre Augen glänzten. Ich lächelte ihr zu, um ihr damit anzudeuten, *alles klar, ich verstehe Sie,* doch nach dem Blick zu urteilen, den sie mir zuwarf, schien sie anzunehmen, ich wolle mit ihr flirten. Meine Mimik wird leider des öfteren mißverstanden. Man behauptet von mir, ich sähe immer ein bißchen gemein oder ein bißchen aufgeregt aus.

»Sie sind mit dem Überspielen des anderen noch nicht fertig«, gab Eli zurück. Bedeutungsvoll sah er zu Janz hinüber, der, flankiert von seinen Beschützern, auf seinem Stuhl hockte. Seufzend stand ich auf und ging zu ihm.

Ich zog mir einen Stuhl heran und setzte mich so hin, daß ich ihm ins Gesicht sehen konnte. Sein Anwalt wurde mir vorgestellt, doch den Namen habe ich glatt vergessen.

Keine Untersuchung ohne Anwälte. Bald würden sie hier herumschwärmen wie Maden in einer acht Tage alten Leiche.

»Ich hatte sowohl die 35 als auch die 880 da, wo ich sie haben wollte«, sagte Janz stumpf. Er starrte seine Hände an, die er im Schoß gefaltet hielt. Er sah aus, als würde er jede Minute vornüberkippen. Ständig fielen ihm die Augenlider zu, dann öffnete er sie mit einem Ruck und stierte aufs neue seine Hände an. Er kannte nur zwei Sprechweisen: zu schnell oder zu langsam. Manchmal schnatterte er hektisch drauflos, dann wieder hockte er wie stumpfsinnig da, wirkte unsicher und murmelte irgendein unverständliches Zeug.

»Und wo genau, Don?« munterte ich ihn zum Weitersprechen auf.

»Hä?«

»In welcher Reihenfolge zum Beispiel? Beide Maschinen befanden sich im Landeanflug auf Oakland, nicht wahr? Welche wollten Sie zuerst der Anflugkontrollstelle übergeben?«

»Äh ...« Sein Blick wurde leer.

Ich hätte es wissen müssen. Wieder räusperte sich der Anwalt. Einen Vortrag hatte er uns bereits gehalten, indem er uns erklärte, dieses ganze Gespräch fände gegen seinen ausdrücklichen Rat statt, und verschiedene Male hatte er mich unterbrochen und mich beschuldigt, ich würde seinen Klienten grob behandeln. Grob behandeln! Dieser Fatzke in seinem konservativen Anzug hatte ja keine Ahnung. Verdammt noch mal, mir stand weiß Gott nicht der Sinn danach, diesen Jungen grob zu behandeln. Meine größte Sorge war, er könne plötzlich anfangen zu weinen.

»Okay, Herr Anwalt.« Beschwichtigend hob ich die Hände. »Keine weiteren Fragen mehr, okay? Ich halte jetzt den Mund und höre zu.« Vielleicht war das wirklich das einzig Richtige. Fragen schienen Janz nur zu verwirren.

»Sprechen Sie weiter, Don.«

Er brauchte ein paar Minuten, um den Faden wieder aufzunehmen.

»Ach so, ja. Sie möchten wissen, welche Maschine ich zuerst weitergeben wollte. Ich ... ich ... ich kann mich nicht erinnern.«

»Ist auch nicht wichtig. Weiter.«

»Wie? Ach so, ja, okay.«

Eine Zeitlang machte er jedoch keine Anstalten weiterzusprechen, aber als er dann zu reden anfing, klang es wie ein Schnellfeuergewehr.

»Ich glaube, ich betreute fünfzehn Verkehrsmaschinen. Wieviele private Flugzeuge weiß ich nicht mehr. Ein paar Militärflugzeuge ... in dieser Nacht ging es ziemlich hektisch zu, aber es war zu schaffen. Ich hatte alles wunderbar unter Kontrolle. Ich holte die Maschinen rein, und ich sah auch, daß sie sich ziemlich nahe kamen, aber mir blieb Zeit genug, um sie umzudirigieren.

Die Maschinen befanden sich nicht auf Kollisionskurs. Absolut nicht. Selbst dann, wenn ich mich nie wieder bei ihnen gemeldet hätte, hätten sie mit einem Abstand von ungefähr vier, fünf Meilen aneinander vorbeifliegen müssen. Deshalb ließ ich die 35 eine ... ja, eine Rechtskurve fliegen. Das gab mir ein besseres Gefühl, denn dadurch wurde hinter der 35 Platz für eine andere Maschine frei, ich glaube, es war eine ... äh, ja, eine PSA, die Nummer weiß ich nicht mehr, aus ... äh, Bakersfield. Jetzt fällt mir die Nummer wieder ein, 1101, ja, das war die Nummer.«

Er deutete ein Lächeln an, als er daran dachte, wie gut er das Problem gelöst hatte. Dann sackten seine Züge wieder nach unten.

»In diesem Moment fiel der Computer aus.

Ich bekam alle Hände voll zu tun. Die 35 und die 880 schob ich irgendwie in mein Unterbewußtsein. Ich hatte die beiden Maschinen gerade betreut, und ich wußte, daß nichts passieren konnte. Ich mußte mit einer anderen kritischen ... zwei andere Flugzeuge näherten sich ... äh, ich hatte da zwei Maschinen, die ich unbedingt im Auge behalten mußte.« Janz sah Carpenter an. »Wie lange fiel der Computer aus?«

»Neun Minuten«, antwortete Carpenter ruhig.

»Neun Minuten.« Janz zuckte mit den Schultern. »In solchen Augenblicken verliert man das Gefühl für die Zeit. Ich hatte sämtliche Maschinen gekennzeichnet ...« Verstört blickte er mich an. »Haben Sie eine Ahnung, was los ist, wenn ein Computer ausfällt? Wissen Sie, was wir dann ...«

»Ich weiß Bescheid«, antwortete ich. »Sie markieren die Maschinen mit der Hand.«

»Richtig. Mit der Hand.« Er stieß ein unfrohes Lachen aus. »Wie kompliziert das wäre, hatte mir keiner gesagt. Ich hatte die Sache ganz gut in den Griff bekommen ... und auf einmal funktionierte der Computer wieder. Ein paar Maschinen waren sogar gekennzeichnet, aber die Höhenangaben waren unvollständig. Das passiert schon mal, wenn das Ding wieder anfängt zu arbeiten. Einige Daten werden gelöscht und andere ...«

»Ich weiß«, sagte ich. Ich stellte ihn mir vor, wie er, ausgerüstet mit unzureichendem Datenmaterial, versuchte, von einem System auf das andere umzustellen.

»Tja, der Computer arbeitete noch langsam. Die Angaben waren noch nicht synchron.«

»Das sind sie ja fast nie«, warf Carpenter ein, wobei er mich mit gerunzelter Stirn ansah.

Der Anwalt machte ein verdutztes Gesicht, und ich wartete darauf, daß er sich einmischte. Er war offensichtlich ins Schwimmmen geraten und wußte nicht recht, ob er es zulassen sollte, daß sein Klient über Dinge sprach, bei denen er ihm nicht beraten konnte. Carpenter bemerkte es auch und schüttelte den Kopf.

»Keine Sorge«, sagte er. »Don will damit nur sagen, daß der Computer hinterherhinkte. In diesem Fall ungefähr fünfzehn Sekunden, was bei einem solchen Betrieb einen Durchschnittswert darstellt.« Der Anwalt blickte immer noch verwirrt drein, worauf Carpenter gereizt fortfuhr: »Das heißt, das das Bild, das Don auf seinem Radarschirm sah, fünfzehn Sekunden alt war. Aber danach muß er seine Anweisungen geben. Manchmal hinkt der Computer sogar anderthalb Minuten hinterher. Don kann nichts dafür, daß der Computer veraltet ist.«

Ich sah Carpenter an, daß für *ihn* feststand, wer für diesen Zustand verantwortlich war, doch vorläufig wollte er sich noch auch nicht darüber äußern. Der Anwalt gab sich mit dieser Auskunft zufrieden.

Janz schien von dem Wortwechsel gar nichts mitbekommen zu haben. Im Geist befand er sich noch im Flugsicherungskontrollzentrum und kämpfte mit einer neuen Situation.

»Ich sah sofort, daß die 35 und die 880 ein Problem darstellten. Noch waren sie sich nicht so nahe gekommen, um den Alarm auszulösen, aber sie näherten sich den kritischen Punkt. In Anbetracht dessen, daß der Computer ja verzögerte, schätzte ich die Situation noch nicht so gefährlich ein. Aber die Maschinen waren nicht da, wo sie sein sollten.

Sie hatten die Plätze vertauscht, Verdammt noch mal, ich hatte keine Ahnung, wie den Arschlöchern so etwas passieren konnte. Obwohl es nicht so aussah, als ob sie keine Zeit mehr für ein Ausweichmanöver hätten, egal wie übel der Kurs aussah. Aber die 35 hätte sich nördlich von der 880 befinden müssen, und es war genau umgekehrt. Die Maschinen bewegten sich aufeinander zu.«

Er preßte sich die Hände gegen die Schläfen und schüttelte langsam den Kopf.

»Mir blieb nicht viel Zeit zum Überlegen. Ich schätzte, daß noch drei Minuten Zeit war. Aber das verdammte Alarmsignal ging nicht los, und das begriff ich auch nicht. So schnell wie möglich dirigierte ich die beiden Maschinen voneinander weg. Später wollte ich mich darum kümmern, wie so etwas überhaupt passieren konnte.

Und auf einmal vertauschten sie wieder die Plätze.«

Ich hob den Kopf und sah Carpenter an. Er nickte mit grimmiger Miene.

»Wollen Sie damit sagen, Don, daß der Computer die beiden Flugzeuge verwechselt hat?«

Er nickte.

»Aber nur ganz kurz. Warum, weiß ich auch nicht ... Transponderschwierigkeiten, simultan eingehende Signale ... weiß der Teufel. Ganz gleich was passierte, eine Minute lang erzählte mir der Computer, die Pan Am sei die United und die United sei die Pan Am.« Zum erstenmal sah er mich an, und in seinen Augen lag eine entsetzliche Leere.

»Und ... wissen Sie, ich mußte ja annehmen ... ich verließ mich ja auf den Computer ...« Seine Stimme brach ab, doch er setzte von neuem an. »Sehen Sie, das war so, ich versuchte, die Maschinen voneinander wegzudirigieren. Aber da mein Sichtschirm genau die umgekehrten Positionen anzeigte, steuerte ich sie geradewegs aufeinander zu.«

Eine kurze Stille trat ein. Ein paar meiner Leute machten skeptische Gesichter – Herrgott nochmal, in gewisser Weise war ich ja selbst mißtrauisch. Aber wenn man Don Janz so ansah, konnte man sich nur schwer vorstellen, daß er log. Immer noch ruhig fuhr er fort:

»Und als der Computer dann schließlich die Angaben korrigiert hatte, ging auch schon gleich der Alarm los. Ich sah hin und konnte die Echozeichen nicht mehr auseinanderhalten. Da war nur noch ein Punkt.

Und dann fiel der Punkt einfach nach unten.«

6 »As Never Was«

Aussage der Louise Baltimore

Als ich endlich nach Hause kam, nahm Sherman mich an die Hand. Er fragte nichts, und er sagte nichts. Sherman ist eine sehr ruhige Maschine. Wahrscheinlich liegt es daran, daß er sich beinahe vollständig mit mir identifiziert, beinahe immer imstande ist, meine Stimmungen zu lesen und fast immer weiß, wie er mich am besten behandeln muß. Wenn ich nicht eine so zynische Hexe wäre, hätte ich ihn glatt sensibel genannt.

Aber das wußte er natürlich auch.

»Ich rede mit dir, wenn du ein Gespräch brauchst, Louise«, sagte er. »Und in diesem Fall ist Zynismus vermutlich ein notwendiger Panzer.«

Vielleicht brauchte ich jetzt ein Gespräch, dachte ich. Der Gedanke kam mir, nachdem ich eine Stunde lang in der Badewanne gesessen hatte und Sherman immer noch das Blut von meiner Haut abschrubbte. Natürlich war ich längst sauber, doch ich hatte immer noch das Gefühl, beschmutzt zu sein. Raus mit euch, ihr verdammten Flecken.

»Vielleicht brauchst du jetzt *doch* ein Gespräch«, sagte er.

»Ah *ha!* Du *kannst* Gedanken lesen, du heimtückischer Android.«

»Ich verstehe die Körpersprache. Sie ist viel deutlicher. Aber ich kenne deine Gedankengänge und deine Bildung. Du dachtest gerade an *Macbeth*.«

»Lady Macbeth«, korrigierte ich ihn. »Erklär mir, warum.«

»Das weißt du selbst, für dich ist es nur bequemer, wenn ich es dir sage.«

»Dann halt den Mund. Schrubb mich weiter ab, während ich rede. Vielleicht kriegst du die Schuld heraus.«

»Du bist wehleidig. Aber von mir aus kannst du dich

noch eine Weile suhlen. Wer bin ich, daß ich dich daran hindern könnte? Ich, ein heimtückischer Android.«

»Ich suhle mich in Wehleidigkeit? Halt dich bloß geschlossen.«

»Ich meinte das Badewasser.«

Ich wußte genau, was er meinte, trotzdem mußte ich jetzt reden.

»Es war Ralphs Paralysor. Jetzt, wo er tot ist, kann ihn natürlich keiner mehr zur Rechenschaft ziehen, aber wen soll ich für die Geschichte verantwortlich machen? Lilly war stellvertretende Teamführerin. Es hat wohl kaum einen Zweck, sie zu suchen, um sie vor ein Standgericht zu stellen und exekutieren zu lassen. Somit bleibe nur noch ich übrig. Ich hatte das Kommando. Ich hätte den Paralysor mit zurückbringen sollen. An einem Tag zwei Waffen dazulassen!«

Sherman schrubbte emsig weiter. Ich sah in sein ausdrucksloses Gesicht. Ausnahmsweise wünschte ich mir, es besäße eine Mimik, in der ich lesen könnte.

»Nach dem Ehrenkodex«, äußerte er sich schließlich, »mußt du jetzt Harakiri begehen. Soll ich das Messer holen?«

»Mach dich nicht über mich lustig.«

»Was soll ich denn sonst tun? Wenn du darauf bestehst, daß irgendwer sterben muß, weil euch allen in einer chaotischen Situation ein Fehler unterlief, dann bist du doch logischerweise diejenige, die den Kopf hinhalten muß.«

»Das habe ich den anderen auch schon gesagt.«

»Und was meinten die dazu?«

Ich gab keine Antwort. Ich war immer noch ganz durcheinander. Sie sagten, schön, Louise, aber dann müssen wir alle auch sterben. Jeder einzelne von ihnen vertrat die Meinung, alle vom Team seien Schuld daran, daß der Paralysor zurückblieb. Außerdem wiesen sie mich darauf hin, daß Ralph und Lilly tot waren, und es sei unvernünftig, noch jemanden sterben zu lassen.

Ich wußte nicht, was ich von dieser Ansicht halten sollte, aber eines wußte ich: Wenn jemand von meinen Leuten sagte, er brauche meine Haut, um sich einen Fußabtreter daraus zu machen, würde ich mir mit Freuden eigenhändig das Fell abziehen. Es bringt tatsächlich Vorteile mit sich, wenn man Teamführer ist. Verdammt noch mal!

»Schrubbst du an dieser Stelle nicht ein bißchen zu lange herum?« fragte ich.

»Ich lenke dich doch nicht ab, oder?«

»Ich will jetzt nicht. Ich bin nicht in Stimmung.«

Wie immer hatte ich mich geirrt.

Und so trat William Archibald »Bill« Smith in mein Leben.

Natürlich begegneten wir uns nicht, als ich in der Badewanne saß, sondern später am TOR, in den ersten bangen Stunden, die wir mit angstvollem Warten verbrachten, während die Zeittechniker den Puls des Zeitstroms maßen und nach irgendwelchen Störungen suchten.

Martin Coventry erklärte uns die Vorgänge, das heißt mir, Lawrence, einigen meiner Elitekräften und den Lawrence unterstellten Gnomen. Er gruppierte uns um einen Zeitschirm, den er neben Lawrences Konsole aufgestellt hatte, und umriß die Situation.

Zugegeben, ich mochte Coventry. Er besaß noch Beine, gehörte zu der arbeitenden Schicht, war aber kein Greifer. Sein Spezialgebiet war Zeitforschung, und er gehörte zu der Handvoll Leute, die von sich behaupten konnten, sie verstünden wenigstens ansatzweise, was es mit dem Zeitreisen überhaupt auf sich hatte.

In erster Linie mochte ich ihn wegen seines Derma-Anzugs. Ich bin mir nicht sicher, wie alt er war; er muß Anfang oder Mitte zwanzig gewesen sein. Man munkelte, er litte unter jeder Krankheit, die man überhaupt haben konnte, ohne schwachsinnig zu werden, aber so etwas erzählt man sich von vielen Leuten. Ich vermute, daß er näher daran war, ein Gnom zu werden als ich, obwohl ich die ältere war. Trotzdem trug er einen Derma-Anzug, der ihn aussehen ließ wie einen Mann von Anfang sechzig.

So etwas hat man selten. Sogar ich unterwerfe mich dem kulturellen Terror unserer Tage, der einem gebietet: Wenn man schon sein wahres Aussehen vertuscht, dann aber gründlich. Mein Gesicht konnte Titelblätter von Magazinen schmücken – was im übrigen auch geschehen war. Und ich besaß eine Figur, von der eine Frau normalerweise nur träumen konnte.

Doch Martin Coventry präsentierte sich der Welt mit einem Gesicht, das nur seine eigene Mutter schön finden konnte, und gab vor, älter zu sein, als man in Tausenden von Jahren überhaupt werden konnte.

Doch eine klügere Wahl hätte er gar nicht treffen können. Wahrscheinlich prallen die Drohnen bei seinem Anblick entsetzt zurück, doch mit ihnen hat er genausowenig zu tun wie ich. Die Leute, mit denen er zusammenarbeitet, beschäftigen sich alle irgendwie mit Zeitreisen. Wir *wissen*, welches Antlitz das Alter trägt. Und in den geheimsten Winkeln unseres Unterbewußtseins gibt es einen Instinkt, der immer noch die Weisheit des Alters respektiert. Diesen Zustand macht sich Coventry zunutze. Mit seinem Gesicht und seiner Haltung konnte er vor uns stehen und uns schulmeistern, als wären wir eine Schar dummer Kinder. Mir fällt keine andere Person ein, von der ich mir so etwas hätte gefallen lassen.

»Wir beginnen mit dem ersten Twonky«, sagte er. »Der Paralysor, der im Jahre 1955 in Arizona verlorenging.

Im Jahre 1955 war die Untersuchung von Flugunfällen Aufgabe der Federal Aviation Administration. Die Absturzstelle besuchten außer den Mitarbeitern der FAA Beamte der Verwaltungsbezirke Coconino und Navajo. Beide Bezirke befinden sich im Staate Arizona. Aus Utah, präziser ausgedrückt, aus den Bezirken Kane und San Juan wurden ebenfalls Beamte in offizieller Eigenschaft an den Unfallort entsandt. Sechs bis zwölf Stunden nach dem Flugzeugunglück trafen Einheiten der Polizei und der Freiwilligen Feuerwehr von Red Lake, Cow Springs, Tonolea, Desert View und noch verschiedenen anderen kleineren Ortschaften ein. An den Bergungsarbeiten beteiligten sich außerdem Einheiten aus Flagstaff. Vom in der Nähe gelegenen Grand Canyon Nationalpark trafen Angehörige des Aufsichtspersonals ein, im Glauben, sie seinen die ersten, die von dem Absturz erfuhren, doch in Wirklichkeit hatten bereits Hopi und Navajo Indianer die Unfallstelle gesehen.

Es handelte sich um ethnische Randgruppen, die in der Wildnis lebten.

Im Laufe der darauffolgenden Tage wurde die Unfallstelle von Angehörigen des FBI – eine Art Elitepolizei, die über ein immenses Fingerabdruckmaterial verfügte –, der Lockheed Aircraft Company, Trans World Airlines und der Allison Corporation, die Triebwerke herstellte, besichtigt. Mehrere Speditionen waren damit beauftragt, größere oder wichtige Wrackteile zu transportieren, doch eine Menge Material ließ man einfach zurück, da sich eine Mitnahme nicht zu lohnen schien. Sieben Bestattungsunternehmen beschäftigten sich damit, die organischen Bestandteile zu transportieren, die dann später in fünfzehn Bundesstaaten der USA und zwei fremden Nationen beigesetzt wurden.

Alles in allem betraten in den sieben auf den Absturz folgenden Tagen fünfhundertundzwölf Menschen die Unfallstelle. Innerhalb der nächsten Woche besichtigten weitere zweiundzwanzig Leute den Unfallort, wobei es sich meistens um sensationslüsterne Perverse handelte. Von diesem Zeitpunkt an lassen sich keine präzisen Angaben mehr machen.

Wir haben die folgenden drei Jahrhunderte sorgfältig überprüft. Wir haben Tausende von Navajos und Hopis beobachtet. Hunderte von Wanderern und Zehntausende von Kojoten. Der Große Computer verfolgt jeden möglichen Kontakt. Aber wie euch gewiß bekannt ist, würde das vollständige Durchchecken des Lebens einer jeden Person von dem Zeitpunkt an, da sie die Unfallstelle betrat, länger dauern als die Realzeit der Ereignisse selbst. Wir müssen uns mit einem Überblick zufriedengeben.

Hinzu kommt, daß man selbst heute noch Wrackteile findet, wenn man an der Unfallstellte bis zu zwanzig Meter tief gräbt. Wir haben es getan. Es wird einen weiteren Tag in Anspruch nehmen, die Umgebung in einem Radius von drei Meilen zu untersuchen, aber die Chancen, den Paralysor zu finden, stehen äußerst schlecht. Ich werde euch über die Ergebnisse auf dem laufenden halten.

Am wahrscheinlichsten wäre der Paralysor bei einem Ermittlungsbeamten der FAA zu finden. Wir überprüfen jeden einzelnen von ihnen eingehend. Es besteht die Möglichkeit, daß jemand den Paralysor an der Unfallstelle fand und ihn mitnahm. Und von dieser Tatsache müssen wir ausgehen, wenn wir bei unseren Grabungsarbeiten die Waffe nicht finden. Das Problem ist nur, daß die Wrackteile seit fünfzigtausend Jahren an der Stelle liegen, und in jeder der seit dem Absturz vergangenen sechsundzwanzig Milliarden Minuten hätte das Ding weggetragen werden können.«

Ich fragte mich, wieso ich den Kerl überhaupt leiden mochte. Das Arschloch gab an. Er schmiß mit Fakten um sich, um uns zu zeigen, hier, das haben wir geleistet, die Untersuchung liegt in guten Händen ... Diese Art der Berichterstattung hätte ich keinem meiner Leute auch nicht während einer einzigen der verstrichenen sechundzwanzig Milliarden Minuten erlaubt. Aber da ich hier nichts zu sagen hatte, schluckte ich bloß meinen Groll hinunter und wünschte mir, er würde endlich zum Kern der Sache kommen.

»Das allerwichtigste«, sagte er, als hätte er meine Gedanken gelesen, »ist der Zeitstrom selbst. Bis jetzt haben sämtliche von uns durchgeführten Messungen ergeben, daß der Zeitstrom dieses Twonky ohne irgendwelche Störungen absorbiert hat.«

Ich lehnte mich zurück und atmete ein wenig freier. Einfach ausgedrückt, lautete das, was er uns weitschweifig vorgeschwafelt hatte, so:

Zwei Waffen waren zurückgelassen worden. Soweit wir es jetzt beurteilen konnten, würde eine davon vermutlich nie gefunden werden. Wenn sie nicht wieder auftauchte, reichte ihre bloße Existenz in der Vergangenheit nicht aus, um das Gleichgewicht der Ereignisse, das so leicht aus dem Lot gebracht werden konnte, zu zerstören. Wir hatten noch mal Glück gehabt.

Und selbst wenn jemand die Waffe fand, bedeutete das noch lange keine Katastrophe. Vielleicht funktionierte sie durch den Aufprall nicht mehr. Dann war sie nichts weiter als ein seltsam aussehendes Kunststoffteil in einem Haufen anderer Kunststoffteile. Mehr als ein paar hochgezogene

Augenbrauen würde sie nicht bewirken. Und mit hochgezogenen Brauen konnten wir leben.

Wir sprechen immer vom starren Ablauf der Ereignisse, doch in Wirklichkeit gibt es einen gewissen Spielraum. Offenbar *neigen* Geschehnisse dazu, sich so abzuspulen, wie sie eintreffen *sollen,* so als richteten sie sich nach einem Plan, den der, wer immer es auch sein mag, entworfen hat, dem dieses beschissene Universum untersteht. Geringfügige Änderungen korrigieren sich selbst. Wie, versteht kein Mensch, aber von einem freien Willen kann dann natürlich keine Rede mehr sein.

Stellen Sie sich einen Indianer vor, der viele Jahre später die Stelle passiert, an der 1955 die Maschine abstürzte. Er stolpert über Pinkys vergessene Waffe – zerborsten, nutzlos, aber ein störender Fremdkörper. Er hebt sie auf, kratzt sich am Kopf und wirft sie wieder weg.

Wenn das Universum eine absolut starre Gesetzmäßigkeit besäße, wären wir verloren. Die Zeit, die er damit verbracht hat, die Waffe aufzuheben und wieder fortzuwerfen, würde sein Leben geringfügig ändern, doch diese winzige Änderung würde mit der Zeit anschwellen und mit jedem verstreichenden Jahr größer werden.

Jetzt kann man sich alle möglichen Ereignisketten ausdenken.

Der Indianer kehrt fünf Sekunden später in sein Tipi zurück, als es normalerweise der Fall gewesen wäre. Das Telefon klingelt, doch ehe er den Hörer abnehmen kann, hat der Anrufer schon eingehängt. Auf diese Weise verpaßt er einen Anruf, den er bekommen hätte, hätte er sich nicht nach der Waffe gebückt. (Gab es in Tipis eigentlich Telefon? Lebten Indianer 1955 überhaupt noch in Zelten? Egal.) Wenn er den Anruf entgegengenommen hätte, wäre er auf sein Pferd gesprungen und in die Stadt geritten. Dort wäre er von einem Auto überfahren worden, an dessen Steuer ein Kerl saß, der unterwegs war, um jemand zu ermorden, sich jetzt aber um den toten Indianer kümmern mußte. Der Bursche, der hätte sterben sollen, lebte weiter, mit dem Ergebnis, daß er ein paar Jahre später ein Heilmittel gegen eine bestimmte Krebsart entdeckte, an der im Jahre 1996 ein

Präsident der Vereinigten Staaten litt. Als Folge davon genas der Präsident, anstatt zu sterben, was er eigentlich hätte tun sollen – und zettelte einen Krieg an, der gar nicht hätte stattfinden dürfen. Wenn es tatsächlich so abliefe, könnten wir keine Greifzüge unternehmen.

Aber die Realität läßt uns Schlupflöcher. Man muß nur zwei wichtige Dinge beachten:

Erstens: Dinge können aus der Vergangenheit herausgenommen werden, wenn man sie durch etwas Entsprechendes ersetzt.

Zweitens: Ereignisse entwickeln sich nach vorbestimmten Mustern.

Ölknappheit? Warum nicht mit Hilfe des TORs ins Jahr 5000 v. Ch. zurückreisen und eine Trillion Barrel Rohöl aus Saudi Arabien mitgehen lassen, ehe ein eingebildeter Ölscheich auf den Gedanken kommt, seine Macht auszuspielen?

Schön und gut. Das ginge alles in Ordnung. Aber nur, solange man das Erdöl durch eine Trillion Barrel irgendeiner Flüssigkeit ersetzt, die von dem gestohlenen Öl nicht zu unterscheiden ist.

Wir können nur Dinge mitnehmen, die nicht vermißt werden oder aus plausiblen Gründen verschwinden können. (Wer weiß schon, wieviele Büroklammern sich in einer Schachtel befinden? Wer regt sich auf, wenn eine Schachtel Zigaretten aus einer Fracht von zehntausend verschwindet? Jeder muß doch annehmen, sie sei von irgendwem stibitzt worden, falls solch ein Diebstahl überhaupt bemerkt wird. Was glauben Sie, wieviele Päckchen Zigaretten ich schon geklaut habe.)

Aber es handelt sich um eine sehr strenge Regel. Sie besagt, daß wir nur Dinge aus engbegrenzten Zeiträumen und Lokalitäten mitnehmen können, und wenn wir größere Objekte mitgehen lassen, müssen wir sie durch gute Kopien ersetzen.

Wenn also jemand sterben soll, aber kein Mensch ihn je wieder lebend sehen wird, kann man ihn ohne weiteres kidnappen, solange er noch lebt, und an seine Stelle eine

Attrappe placieren, die von der künftigen Leiche nicht zu unterscheiden ist.

Regel zwei läßt diese Möglichkeit zu. Die Kopie muß nicht exakt sein, nicht präzise bis ins Gen-Muster hinein, nicht identisch mit der subatomaren Struktur. Die Doublette darf ruhig ein paar hundert Gramm mehr oder weniger wiegen als das Original. Feine Unterschiede gibt es immer, doch bis zu einer gewissen kritischen Grenze gleicht das Universum diese Differenzen aus.

Auf dieser Basis unternehmen wir Greifzüge.

Doch wenn wir uns nicht an diese Regeln halten, kann es unter Unständen sehr kritisch werden.

Das Problem, vor dem wir uns am meisten fürchteten, ist allgemein unter dem Begriff »Das-Großvater-Paradox« bekannt. Lassen sie es mich kurz erklären. Ich reise in die Vergangenheit zurück, begehe irgendeine Dummheit, und als Folge davon stirbt mein Großvater in dem zarten Alter von acht Jahren. Das bedeutet, daß er meine Großmutter nie kennenlernt, mein Vater nie geboren wird, und ich nie geboren werde. Paradox daran ist: Wenn ich nie geboren wurde, wie konnte ich dann in die Vergangenheit reisen und meinen Großvater umbringen?

Dazu kann keiner etwas Gescheites sagen. Theorien über das TOR gibt es in Hülle und Fülle, manche widersprechen einander, doch generell nimmt man an, daß das Universum ganz einfach den Gang der Ereignisse selbst korrigiert. Es bewegt sich durch irgendwelche Dimensionen, und wenn dieser Korrekturvorgang vorüber ist, hat es nie eine Zeitmaschine gegeben. Mein Großvater blieb am Leben, und mein Vater wurde geboren, weil ich nicht in die Vergangenheit reiste, um die Kausalität zu manipulieren.

Was das für mich persönlich bedeutete, weiß ich nicht. Vielleicht wäre ich dann eine ewig kichernde Drohne geworden, hätte mich großartig amüsiert und mein Leben irgendwann als Fleck auf dem Pflaster beendet. Mein ganzes Leben drehte sich um das TOR. Eine Existenz ohne diesen Mechanismus kann ich mir gar nicht vorstellen.

Andererseits ...

(Wenn man anfängt, über das Zeitreisen nachzudenken, gibt es immer ein 'andererseits' ...)

Mein Volk hat das TOR nicht erfunden. Es existiert seit Tausenden von Jahren, und in seinem Umkreis blühten und versanken Zivilisationen.

Wir nehmen an, daß seine Schöpfer Menschen waren, doch in die Zeit seiner Entstehung können wir nicht hineinschauen, da das TOR damals aktiv war.

Irgend etwas passierte mit diesem Volk.

Ich wüßte gerne, was mit ihnen geschah. Wahrscheinlich fürchteten sie sich plötzlich vor den Konsequenzen, die das Zeitreisen mit sich bringen kann, schalteten das TOR einfach ab und ließen es aus Angst oder Unfähigkeit, es zu zerstören, an seinem Platz stehen. Vielleicht zogen sie dann ab in die Wüste. Mit Bestimmtheit wissen wir lediglich, daß das Ende der ersten Zivilisation, die das TOR kannte, zeitlich zusammenfiel mit einem großen Krieg und einem darauffolgenden dunklen Zeitalter. Die Überlebenden kannten keine Geschichtsschreibung. Diese Spanne stellt die größte Lücke dar, seit die Menschheit angefangen hat, ihre Geschichte für die Nachwelt festzuhalten.

Viele meiner Zeitgenossen sind in diese Ära zurückgereist. So viele, daß es sinnlos wäre, sie mit den Detektoren aufzuspüren. Diese Periode ist durchsetzt mit einer Unzahl blinder Flecken der Zeitzensur.

Und keiner von ihnen kehrte zurück.

Vielleicht hängt das mit der Kausalität und dem Großvaterparadox zusammen, aber das übersteigt meinen Horizont.

Wichtig ist, daß ich in einer gänzlich anderen Welt leben würde, wenn es das TOR nicht gäbe. Vielleicht in einer besseren, aber sehr wahrscheinlich in einer schlechteren Welt. Wie könnte sie noch schlechter sein? Ganz einfach. Das Letzte Zeitalter hätte schon vor drei – oder viertausend Jahren anstatt jetzt stattfinden können. Dann wäre die menschliche Rasse bereits ausgestorben und nicht erst im Begriff, ausgelöscht zu werden. Es ist ein Wunder, daß es überhaupt noch welche von uns gibt.

Das ist nur eine Theorie. Die optimistischste. Die pessimistischste hingegen ...

Es könnte sehr gut sein, daß das Großvaterparadox tatsächlich gewisse Vorgänge ins Rollen bringt und das Universum von dem Zeitpunkt an, als das Twonky entdeckt wurde, in ein Chaos stürzt ...

...dann würde alles schlagartig nicht mehr existieren. Nicht nur Sie und ich würden verschwinden, sondern auch die Sonne, Jupiter, Alpha Centauri und die Andromeda Galaxis.

Und so weiter.

Dafür hat man den Begriff »Kosmische-Überdruß-Theorie« geprägt. Oder: *Wenn ihr solche Spielchen treibt, dann mache ich nicht mehr mit. Unterschrift: Gott.*

Coventry salbaderte weiter über die herkulischen Anstrengungen, die seine Abteilung unternahm. Seine Leute überwachten die intimsten Augenblicke von ungefähr sechstausend Menschen, die schon seit Ewigkeiten nicht mehr lebten. Ich fand, das sei die richtige Zeit, um mir ein kleines Nickerchen zu gönnnen. Zugegeben, ich an Coventrys Stelle wäre auch stolz gewesen; in nur zehn Stunden hatten er und sein Team Erstaunliches geleistet, und bis jetzt schien nichts darauf hinzudeuten, daß der Vorfall von 1955 Ursache für irgendeine Störung hätte sein können. Ich fühlte mich sehr erleichtert.

Dann kam er auf das zweite Twonky zu sprechen.

»In diesem Fall«, verkündete er, »scheint die Situation hoffnungslos zu sein.«

Kennen Sie das Gefühl, wenn sich Ihre Nackenhaare aufrichten? Meine sträubten sich. In meinen Ohren dröhnte es. Es klang wie ein Donnergrollen, wie ein Erdbeben, das an Stärke zunimmt oder wie ein heftiger Sturm, der durch die Ruinen der Zeit faucht. Ich hörte, wie Gott sich räusperte: *Seht ihr, Leute, ich hatte euch gewarnt ...*

»Ralphs Paralysor befand sich in der DC-10, die auf einer Weide nördlich der Straße 580 unweit des Ortes Livermore in Kalifornien abstürzte. Ein Bergungsarbeiter hob ihn auf, und er gelangte zusammen mit den anderen Wrackteilen in einen Hangar auf dem Flugplatzgelände in Oakland. An diesem Ort befand sich die Waffe achtundvierzig Stunden lang. Danach scheint sie in den Besitz eines Mr. William Archibald »Bill« Smith geraten zu sein, der für die Nationale Verkehrssicherheitsbehörde arbeitete. Etwas Schlimmeres hätte gar nicht passieren können. Dieser Mann hat eine technische Ausbildung genossen und ist von Natur aus neugierig.

Wir wissen nicht, welche Schlüsse er zog, nachdem er die Waffe untersucht hatte. Wir wissen lediglich, daß er am 13. Dezember um elf Uhr nachts den Hangar betrat, in dem die Waffe lag. Im Hangar können wir ihn nur für eine sehr kurze Zeitspanne sehen, dann taucht ein blinder Fleck auf, der zwei Stunden lang dauert. Nachdem er den Hangar wieder verläßt, können wir seine weiteren Aktionen nur vage abschätzen.

Jemand stöhnte – vielleicht war ich es sogar selbst. Es gab Aufregung, viele besorgte Blicke, und in der Luft hing der vertraute Geruch von Angstschweiß. Man konnte uns keinen Vorwurf daraus machen. Wenn es heißt, daß wir Ereignisse in der unveränderlichen Vergangenheit nur vage abschätzen können, bedeutet das nichts Gutes. Die Scheiße ist schon aufgeführt, wir riechen sie nur noch nicht, weil der Gestank uns noch nicht erreicht hat.

Ich verzichte darauf, Martin weiter zu zitieren. Das wäre ihm gegenüber nicht fair. Er war genauso erschrocken wie wir, nur daß seine Furcht sich in Pedanterie äußerte. Er wurde noch unerträglicher, schlug uns mit trockenem Zahlenmaterial tot und gebärdete sich wie ein Schulmeister, als er uns die Geschichter erzählte, die darin gipfelte, daß er Bill Smith als den WICHTIGSTEN MANN IM UNIVERSUM nannte. Den Zeitschirm benutzte er bei seinen Ausführungen als visuelles Hilfsmittel.

Mein erster Gedanke, als ich Bill Smith auf dem Zeitdetektor sah, war: *Du gehst zurück und bringst ihn um.*

Nicht die optimale Art, eine Beziehung anzufangen. Aber wenn sein Tod unsere Rettung bedeutet hätte, hätte ich ihn ohne mit der Wimper zu zucken umgelegt.

Natürlich wäre das das Schlimmste gewesen, was ich

hätte tun können. Martins Überprüfungen ergaben, daß Smith noch viele Jahre zu leben hatte. Er sollte erst 1996 durch Ertrinken sterben, und wenn ich jetzt nach Oakland zurückginge und ihn umbrächte, mußte das den Zeitstrom unbedingt beeinflussen.

Nach Coventrys Abgang saß ich da und lauschte den aufgeregten Gesprächen, ohne mich einzumischen. In meinem Kopf begann sich eine Idee einzunisten, und ich wollte sie in Ruhe heranreifen lassen.

Schließlich, immer noch unschlüssig, wie ich mich verhalten sollte, verließ ich die anderen und ging zu einem Terminal.

»Hör mir mal zu ... begann ich, dann fiel mir ein, daß ich jetzt nicht in Stimmung für irgendwelche Scherze war.

»GC, bitte Sprechverbindung herstellen«, sagte ich.

»Verbindung hergestellt«, gab er zurück. »Spreche ich mit Louise Baltimore?«

»Ja, und tu nicht so schockiert. Ich will eine klare Antwort.«

»In Ordnung. Wie lautet die Frage?«

»Was weißt du über den Jack London Square?«

»Der Jack London Square ist/ war ein Bezirk unweit des Strandes von Oakland, Kalifornien. Er wurde nach einem berühmten Schriftsteller benannt. Mitte des zwanzigsten Jahrhunderts wurde er im Rahmen eines Stadtsanierungsprojektes angelegt und den paar Leutchen, die Oakland aus touristischen Gründen besuchten, als so etwas wie eine Sehenswürdigkeit präsentiert. Willst du noch mehr wissen?«

»Nein, ich glaube, das genügt.«

Ich fand Martin Coventry auf dem Balkon des Gebäudes, das an das TOR angeschlossen ist. Er saß da und überblickte den Müllplatz oder, wie wir Greifer sagen, das Bermuda-Dreieck. In einem anderen Zeitalter hätte dieser Ort als Museum gegolten. Für uns war es lediglich ein historischer Abfallhaufen. Ich stellte mich neben Coventry und betrachtete zusammen mit ihm das Gerümpel, das sich im

Laufe von fünfhundert Jahren TOR-Aktionen angesammelt hatte.

Wie würden Sie vorgehen, wenn Sie ein einsitziges Flugzeug einfangen wollten? Was machen Sie mit einer Maschine, die über dem Ozean einen Motorschaden hat und spurlos verschwindet? Oder einer spanischen Gallione, die in einem Hurrikan untergeht? Oder mit einem Raumschiff, das in die Sonne stürzt, wobei die gesamte Besatzung umkommt?

Bei dieser Art von Katastophen ist es am besten, man bugsiert das komplette Schiff, Raumschiff oder Flugzeug durch das TOR. Wenn es sich um einen Düsenjet des Militärs handelt, visieren wir ihn mit den Retarderringen an. Die Maschine verlangsamt sich bis zum Stillstand, dann entführen wir den Piloten – der im allgemeinen vollkommen verwirrt ist – und danach, je nachdem wo die Maschine abstürzen sollte, katapultieren wir sie, mit einer Attrappe versehen, binnen einer tausendstel Sekunde zurück oder lassen sie einfach auf unsere Müllkippe fallen. Warum auch nicht? Es kostet eine Menge Energie, einen Ozeanriesen wieder durch das TOR in die Vergangenheit zu schleusen. Nicht ohne Grund hat man das Wrack der *Titanic* niemals gefunden: Sie liegt bei uns auf der Kippe und rostet vor sich hin.

Gleich neben den »Stolz der Cunard Linie«, befindet sich ein interstellares Raumschiff aus dem achtundzwanzigsten Jahrhundert.

Die Müllhalde besitzt annähernd die Form eines Dreiecks. Jede Seite ist fünf Meilen lang und dicht an dicht bestückt mit jedem Land-, Wasser-, Luft- und Raumfahrzeug, das man sich vorstellen kann. Direkt unter mir befanden sich vier Propellerflugzeuge, die, wenn ich mich recht erinnere, tatsächlich als im Bermuda-Dreieck verschollen galten.

Sie befanden sich in einem erbärmlichen Zustand. Vor ungefähr fünfzig Jahren hatten wir sie entführt, und unsere chemisch angereicherte Luft hatte das Metall angegriffen. Einen Regenschauer in der STRAHLENDEN ZUKUNFT sollte man nicht unterschätzen.

»Ich bin der geborene Historiker«, sagte Coventry unvermittelt. Ich sah ihn an. Ich hätte nicht überraschter sein können, wenn er mir erzählt hätte, er wolle, daß der Weihnachtsmann ihm ein Geschenk brächte.

»Tatsächlich?« hakte ich nach, um ihn zum Weitersprechen zu animieren.

»Ja. Im Letzten Zeitalter gibt es keinen wichtigeren Beruf als den des Historikers.«

Und keinen sinnloseren, dachte ich, behielt es jedoch für mich. Ein Historiker, jedenfalls was ich unter einem verstand, hat die Aufgabe, Wissen und Tradition an künftige Generationen weiterzugeben. Ohne die Existenz der Nachkommen erschien mir das Anhäufen von historischem Material sinnlos zu sein. Doch er war mir gedanklich um Längen voraus.

»Ich weiß, daß ich in eine falsche Zeit hineingeboren wurde«, fuhr er fort, wobei er mich zum erstenmal ansah. »Trotzdem, wenn ich mir das hier anschaue, zerreißt es mir das Herz. Welch eine Gedenkstätte könnte dies sein. Welch ein Appell an den menschlichen Willen, nicht aufzugeben. Sieh dir das an.«

Er deutete auf die kümmerlichen Reste eines Wikingerschiffs. Ein halbes Jahr zuvor hatte ich dabei geholfen, es herüberzuholen. Die dicke Brühe, die wir Luft zu nennen belieben, hatte tiefe Löcher hineingefressen. Hier draußen kann man anstatt aus Holz genausogut etwas aus Käse bauen.

»Kannst du dir vorstellen, in diesem Ding über den Atlantik zu rudern ...«

»Ja, ja, ich weiß schon, was du meinst«, warf ich ein. »Aber eins sage ich dir, das war wirklich ein richtiges Narrenschiff. Du brauchtest nicht mit einem Berserker wie diesem Kapitän zu kämpfen. Lars, der Kopfabhacker, wurde er genannt. Er sagte mir, Thor habe ihn dazu berufen, nach Grönland zu segeln. Mit Navigation hatte er sich nicht abgegeben – obwohl er mehr davon verstand, als du ahnst –, weil er in göttlichem Auftrag segelte. Ich griff ihn und seine Mannschaft auf, als sie in den Roßbreiten in eine Flaute gerieten. Sie ruderten, um aus der Windstille herauszukommen. Noch zwei Tage, und sie wären verhungert. Bald hätten sie ihre Kameraden aufgefressen, die bereits die Grenze zu Walhalla überschritten hatten. Ich sage dir, der Gestank ...«

»Du hast nicht viel Sinn für Romantik, Louise.«

Ich dachte darüber nach.

»Romantik kann ich mir nicht leisten«, erwiderte ich schließlich. »Dazu bin ich viel zu beschäftigt.«

»Das meine ich ja. Du hast viel mit Lars gemeinsam, ob du das einsiehst oder nicht.«

»Ich hoffe nur, daß ich nicht so stinke wie er.«

Einige meiner besten Bonmots gehen über die Köpfe der Leute hinweg. Er tat einfach so, als hätte er meinen Einwand nicht gehört.

»Dein Überlebenswille ist ungeheuer stark ausgeprägt. Neue Grenzen zu erobern gibt es nicht. Das einzige, was man tun kann, ist, den Zeitpunkt des totalen Erlöschens um einen Tag oder eine Woche hinauszuschieben – aber du kämpfst!«

Mir wurde unbehaglich zumute. In gewisser Weise hatte er ja recht. Ich habe nicht viel übrig für romantisches Gesäusel, über das Geschick der Menschheit oder Gott oder daß das Gute am Ende siegt. Ich habe das Schicksal agieren sehen, und ich sage Ihnen, schön ist es nicht.

»Welche Meinung vertritt man drinnen?« wollte er wissen. »Wie haben sie meine Analyse der Situation aufgenommen?«

»Glücklich ist keiner darüber. Du sagtest, es sei hoffnungslos. Wahrscheinlich stimmen alle mit dir überein. Wenn es ums TOR und um den Zeitstrom geht, hört man auf dich. Auf diesem Gebiet bist du die Autorität.«

»Hat niemand einen Vorschlag? Keinen Plan?

»Natürlich nicht. Alle warten darauf, daß du ihnen einen Ausweg zeigst. Du sagtest, es gäbe keinen Ausweg. Wenn sie jemanden hätten, dem sie etwas vermachen könnten, würden sie jetzt ihr Testament aufsetzen.«

Lächelnd blickte er mich an.

»Stimmt. Was hast du vor?«

7 »Guardians of Time«

Im Rat sitzen neun Leute. Warum, weiß ich nicht, obwohl der GC mir diese Frage beantworten könnte, denn er nominiert und wählt die Ratsmitglieder aus. Ich glaube, der Computer stellt deshalb einen Rat zusammen, damit wir das Team ins Nieundnimmerland entsenden können, falls das Universum eines Tages aus den Fugen kracht und wir, wenn überhaupt, im gleichzeitigen Überall existieren.

Die genaue Bezeichnung für dieses Gremium lautet »Rat der Programmierer«. Das ist jedoch euphemistisch ausgedrückt. Von Programmieren kann gar keine Rede sein. Schon seit langem sind die Computer viel zu komplex und zu präzise geworden, als daß ein bloßes menschliches Geschöpf imstande wäre, an deren Programmen herumzumurksen.

Es gibt jedoch Eigenschaften, die noch niemand in die Gedächtnisspeicher hat einpflanzen können.

Fragen Sie mich jetzt nicht, welche Eigenschaften das sind.

Es könnte Phantasie sein oder Empfindsamkeit. Vielleicht unterstelle ich aber auch nur der menschlichen Rasse mehr positive Eigenschaften, als sie besitzt. Womöglich hat der GC die Institution des Rates nur eingerichtet, um sich selbst eine Kontrollfunktion zu geben. Der Rat soll verhindern, daß der Große Computer zu einem Gott wird; denn diese Gefahr besteht tatsächlich. Wahrscheinlich braucht der GC gewisse Elemente wie Dummheit, Voreingenommenheit, Gemeinheit und Egoismus, um zu richtigen Perspektiven zu gelangen. Vielleicht braucht er aber auch nur, wie wir alle, etwas, worüber er sich hin und wieder lustig machen kann.

Jedenfalls verkörpert der Rat eine Institution, die einer Regierung am nächsten kommt. Um Ratsmitglied zu werden, muß man unwahrscheinlich alt sein – sechsunddreißig oder siebenunddreißig –, also die durchschnittliche Lebenserwartung bei weitem überschritten haben.

Daß es sich um Gnome handelt, braucht wohl nicht extra erwähnt zu werden. Die meisten bestehen aus nicht viel mehr als einem Gehirn und dem zentralen Nervensystem. Manchmal ist nur noch das Cerebrum übriggeblieben, und in mehr als einem Fall hege ich den Verdacht, daß auch das nicht mehr vorhanden ist.

Außer dem Alter spielen noch andere Eigenschaften eine Rolle, doch welche das so sind, habe ich nie herausbekommen. Intelligenz ist von Vorteil, das gleiche gilt für Exzentrizität. Wenn man ein achtunddreißig Jahre altes Supergenie ist und dazu ausgeflippt bis zum Gehtnichtmehr, stehen die Chancen, im Rat zu enden, ausgezeichnet.

Es ist schon ein komischer Haufen. Die meisten kümmern sich überhaupt nicht um ihr Aussehen. Einige haben sich dazu entschlossen, ihr Gehirn in einer Vollprothese, die einem menschlichen Körper nachempfunden ist, unterzubringen, doch nicht selten sehen sie genauso unecht aus wie Sherman. Ali Teheran kann man mit Larry vergleichen: er besteht aus einem Torso auf einem Sockel. Marybeth Brest ist nichts weiter als ein sprechender Kopf, der auf einem Pfosten ruht. Sie könnte einem billigen Horrorfilm entsprungen sein. Nancy Yokohama liegt als Gehirn in einem Bassin, und der Namenlose läßt sich durch einen Lautsprecher verkörpern, der auf einem Pult steht. Nur der GC weiß, wer, wo oder was er ist.

Wer kennt ihre wahre Bedeutung? Die Frage könnten sie wahrscheinlich selbst nicht mal beantworten. Tatsache ist jedoch, daß ich keinen einzigen Fall kenne, in dem der GC die Entscheidung des Rats übergangen hätte. Und das TOR-Projekt, die letzte schwache Hoffnung der menschlichen Rasse, wurde im Ratszimmer geboren, nicht in den hypergekühlten Synapsen der GC.

Sie werden verstehen, daß mich die Aussicht, in diesem hehren Kreis zu erscheinen, ein bißchen nervös machte. Ich hatte gewußte, daß es so käme, die Zeitkapsel hatte mich darauf vorbereitet. Mir war lediglich nicht bekannt gewesen, daß ich um eine Audienz bitten würde – ich hatte

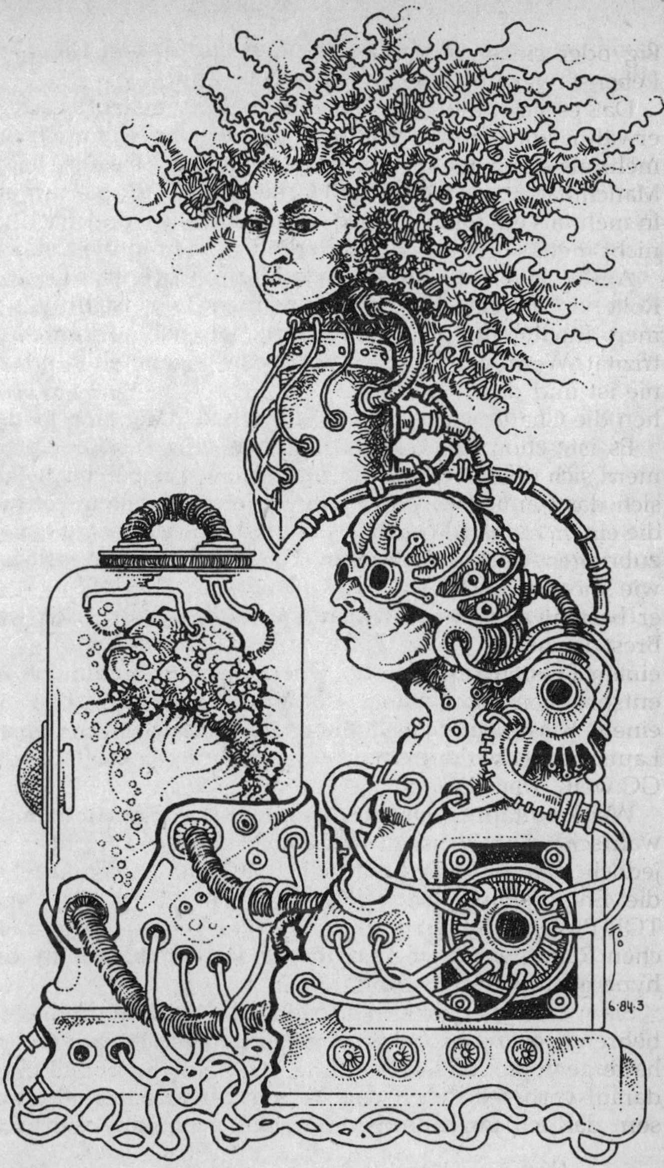
6·84·3

damit gerechnet, vor den Rat zitiert zu werden. Glücklich über meinen Auftritt war ich jedoch nicht.

Ich hätte gern Martin Coventry bei mir gehabt, doch er hatte es abgelehnt, mich zu begleiten. Und wenn ich mir den Rat ansah, wußte ich, warum. Er haßte sie alle, haßte sie mit einer unbezähmbaren Leidenschaft, die ich nur allzugut kannte. Mein Schicksal war es, nach und nach zu verrotten, bis ich zu den anderen Gnomen in die Einsatzzentrale installiert würde. Doch Martin Coventrys Endstadion war der Rat. Seit seinem neunten Lebensjahr galt er als Kandidat für dieses Gremium. Ich nehme ihm nicht übel, daß er keine Lust hatte, seine eigene Zukunft zu sehen.

Ein Kulissendesigner aus Hollywood hätte sich in das Ratszimmer verliebt. Futuristischer ging's schon nicht mehr. Die Wände entdeckte man erst, wenn man buchstäblich dagegenrannte. Man stand wie in einer weiten, konturlosen Ebene, alles Weiß in Weiß, und hinter oder auf einem hufeisenförmigen schwarzen Tisch saßen neun seltsam anmutende Geschöpfe.

Na schön, wenn es jemanden freut zu hören, ich war beeindruckt.

Peter Phoenix schien das Oberhaupt des Gremiums zu sein, denn er saß genau in der Mitte. Er sah menschlicher aus als alle anderen zusammen, wenn er auch ein wenig an einen alttestamentarischen Gott gemahnte. Er eröffnete die Feierlichkeiten.

»Wie verlautet, hat es ein Twonky gegeben, und du weißt, wie man die Situation korrigieren kann.«.

»Zwei Twonkys«, wandte ich ein und hoffte, die korrekte Pluralform gebraucht zu haben.

»Stimmt es, daß du ein Twonky verschuldet hast?« Phoenix hob eine buschige Augenbraue. Ich bildete mir ein, die Mechanik quietschen zu hören.

»Vielleicht. Ich bin bereit, euer Urteil in dieser Sache zu akzeptieren und meine Strafe entgegenzunehmen.«

»Berichte.«

Ich schilderte ihnen den katastrophenreichen Tag, an dem Pinky, Ralph und vermutlich auch Lilly den Tod gefunden hatten. So kurz wie möglich, ohne jedoch etwas Wichtiges auszulassen, erzählte ich von dem Flugzeugentführer. Seit Pinkys Tod waren achtundvierzig Stunden Linearzeit vergangen. Davon hatte ich die letzten vierundzwanzig nach meinem Gespräch mit Coventry damit zugebracht, angestrengt in ein Zeitdetektorgerät zu schauen. Dadurch lernte ich Mr. Bill Smith besser kennen, als ihn vermutlich sogar seine Exfrau gekannt hatte. Über diesen Mann wollte ich mit dem Rat sprechen, doch ich hielt es für das beste, schrittweise vorzugehen.

Deshalb gab ich Coventrys Vortrag, den er uns am Tag zuvor gehalten hatte, in geraffter Form wieder und erzählte die Geschichte des ersten Twonky, an dessen Verschwinden ich keine Schuld trug. Ich hatte lediglich das Kommando über jemand, der einen Fehler machte. Ich sagte, wie hätten keine Spur der Waffe gefunden, doch mit nahezu hundertprozentiger Wahrscheinlichkeit ließe sich ausschließen, daß derjenige, der die Waffe in den letzten fünfzigtausend Jahren vielleicht gefunden hatte, eine Änderung im Verlauf der Geschichte bewirkte.

»Das ist zur Abwechslung mal eine gute Nachricht«, meinte Nancy Yokohama.

Willst du noch eine gute Nachricht hören, du altes Ekel? Ich habe gerade einen Schwarm Piranhas in das Aquarium gekippt, in dem deine kleinen grauen Zellen schwimmen ...

Ich war jedoch nicht so dumm, diese Bemerkung laut auszusprechen. Selbst für meine Schnodderigkeit gibt es Grenzen.

»Ja, nicht wahr?« strahlte ich. »Nun kommt der klassische Einwand. Die *schlechte* Nachricht lautet, daß wir die andere Waffe lokalisieren konnten. Es wird verdammt schwierig, sie zurückzuholen. Kann ich mal bitte den Zeitdetektor haben?«

Neben mir erhob sich aus dem Fußboden ein Zeitdetektor. In rascher Folge spulte vor uns ab, was ungefähr tausend Leute während einer Beobachtungszeit von dreißig Stunden entdeckt hatten.

Die erste Szene zeigte die Absturzstelle der DC-10. Der Schirm war beinahe schwarz, nur an manchen Stellen flakkerten kleine, unwahrscheinlich hübsche Flammen. Die Perspektive verdichtete sich, bis fast der gesamte Schirm ausgefüllt wurde von einem Bergungsarbeiter, der einen benommenen Eindruck machte und der einen Plastiksack hinter sich herzog. Er bückte sich nach etwas und schickte sich an, es in den Sack zu stecken. Das Bild erstarrte, und wir verdichteten die Perspektive noch mehr, um den Gegenstand in seiner Hand zu sehen. Es war Ralphs Paralysor, der ziemlich mitgenommen aussah; tief im Innern der Waffe glühte ein rotes Licht.

»Das ist der erste menschliche Kontakt mit dem Twonky. Wie man sehen kann, ist er im Grunde bedeutungslos. Der Mann hat keine Ahnung, was er in seiner Hand hält. Sein Handeln ändert sich nicht in einer Weise, die den Zeitstrom beeinflussen könnte. Das Twonky wird in dieses Gebäude gebracht, das für die Aufnahme der durch den Absturz entstandenen anorganischen Trümmer bestimmt wurde.«

Eine Weile ließ ich sie das Innere des Gebäudes in Augenschein nehmen. Sorgfältig wischte ich mir die Hände an den Hüften ab. »Anorganische Trümmer ...«

Allmählich setzte mir das Ganze zu. Ich war zu lange mit Martin Coventry zusammen gewesen. Schlimmer noch: Viele der Zeitfenster, durch die wir in die Vergangenheit schauten, um Bill Smith zu studieren, waren ausgefüllt gewesen mit endlosen Konferenzen. Plötzlich quasselte ich fließend technisch, dieses universale, menschliche, aufgeblasene Patois, das von »Experten« benutzt wurde, um die Uneingeweihten einzuschüchtern. Die Wurzeln des technischen Gequatsches reichen vielleicht bis in die Zeit der Steinaxt zurück und es wurde seitdem immer verworrener und esoterischer.

Ich konnte mich nicht dagegen wehren. Vierundzwanzig Stunden lang hatte ich Meistern der Rhetorik zugehört, die sich in endlosen Zusammenkünften, Anhörungen und Pressekonferenzen, die auf das Flugzeugunglück folgten, einander zu übertreffen versuchten.

Trotzdem, ich mußte mich damit befassen. Ehe ich wußte, wie mir geschah, würde ich auch noch bürokratisch sprechen, und von dem Punkt an ging es steil bergab zum

Nadir der Sprache, der im zwanzigsten Jahrhundert unter dem Begriff DAS RECHT bekannt war.

»In diesem Gebäude läßt sich die Waffe nicht aufspüren«, fuhr ich fort. »Behindert werden wir durch den Umstand, daß von dem Zeitpunkt an, als das TOR am Ende des Greifzugs geschlossen wurde, bis zu der kritischen Situation achtundvierzig Stunden später, wenn das Paradox auftaucht, vier blinde Flecken existieren. Natürlich können wir nicht wissen, zu welchen Zwecken das TOR bei diesen vier Gelegenheiten benutzt wurde. Wir wissen jedoch, daß kein Fleck von Aktionen herrührt, die wir vor diesem Zeitpunkt durchgeführt hatten.«

Ali Teheran ergriff das Wort. »Das bedeutet also, daß sie von Exkursionen in die Vergangenheit stammen, die erst noch unternommen werden müssen.«

Wieso gebe ich mir eigentlich die Mühe, den Rat zu beeindrucken, wenn dann diese brillanten Bemerkungen kommen? Egal. Ich nickte und fuhr fort.

»Später gehen wir darauf noch näher ein. Wichtig ist, daß wir von dem Zeitpunkt an, wo wir das Twonky wieder aufspüren, nur noch vage Vermutungen anstellen können.«

Diese Feststellung bewirkte im Rat ungefähr die gleiche Reaktion wie bei uns, als Martin Coventry sie traf. Ich hörte sogar jemanden stöhnen, obwohl ich in diesem Fall wußte, daß ich es nicht wahr. Ich glaube, es war der Namenlose, der stöhnte.

»Jetzt scheint alles weitere von diesem Mann abzuhängen. Ich spreche von William »Bill« Smith, vierzig und ein paar Jahre alt, Leiter der Unfalluntersuchungskommission, die der Behörde angeschlossen ist, die sich mit der Untersuchung von Flugunfällen befaßt.«

Im Zeitdetektor tauchte das Bild eines ungekämmten, etwas triefäugigen, großen, braunhaarigen Mannes auf, den ich in den vergangenen Stunden sehr gut kennengelernt hatte. Ich ließ ihn eine Zeitlang auf dem Schirm, damit der Rat den Mann in Augenschein nehmen konnte, der so plötzlich zum Angelpunkt der uns bekannten Historie geworden war. Ich sah ihn mir selbst noch einmal an. Er war nicht der Typ, den ich mir vom Zentralservice als »Mann für alle Gelegenheiten« hätte anfertigen lassen.

Merkwürdigerweise glich er ein bißchen Robert Redfort, meinem Hollywoodschwarm. Wenn Redfort Alkoholiker gewesen wäre, ein Mann, der fünfzehn Jahre lang die Last einer stillen Verzweiflung mit sich herumtrug, behaftet mit einer unglücklichen Angewohnheit, den Mund zu verziehen und einem Paar leicht schielender Augen, sowie einer Nase, die ein bißchen schief war ... wenn Redford ein Trinker und ein ewiger Verlierer gewesen wäre, hätte er wahrscheinlich ausgesehen wie Bill Smith. Es war, als hätten zwei Leute aus gleichen Einzelteilen ein Modell gebaut. Doch der eine hatte sich an die Konstruktionsanweisungen gehalten, der andere indes die Teile lieblos zusammengepappt, wobei der Leim aus sämtlichen Ritzen herausquoll.

Ich resümierte.

»Entscheidend ist, wie Smith sich nach dem letzten blinden Fleck verhält. Wir wissen, daß er achtundvierzig Stunden nach dem Flugzeugabsturz den Hangar mit den Wrackteilen betrat. Wenn er ihn wieder verläßt, befindet er sich außerhalb des Zeitstroms.« Ich spielte diese Szene in dem Detektorgerät ab. Ich hatte keine Lust mehr zum Reden.

Wir sahen, wie er aus dem Hangar trat, doch das Bild war verschwommen. Seine Konturen zerflossen an den Rändern. Die Szene erinnerte an einen Film, der mit einer schlechten Kamera aufgenommen wurde, an ein Dia, das von einem unscharf eingestellten Projektor an die Wand gestrahlt wird oder, noch treffender ausgedrückt, an eine zu stark vergrößerte Fotografie.

»Von diesem wichtigen Punkt an haben wir fünf unterschiedliche Handlungsketten freigelegt. In zwei Fällen verläßt er den Hangar mit der Waffe – jedenfalls vermuten wir das. Dabei ist er kaum zu erkennen. In einem dieser beiden Fälle wird sein Leben durch das Twonky nicht radikal verändert. Er kehrt in seine vorgezeichnete Lebenslinie zurück. In dem anderen Fall wird durch den Fund der Waffe sein Leben für immer verändert. Die Konsequenzen, die das für uns hat, brauche ich wohl nicht näher auszuführen.

»Die Beobachtung der drei anderen Ereignisketten ergeben, daß er beim Verlassen des Hangars die Waffe *nicht* bei sich trägt. In zwei Fällen integriert er sich wieder in den Pfad der Geschichte. Doch im fünften und letzten Fall verschwindet er völlig.«

»Obwohl er die Waffe nicht bei sich hat?« warf Peter Phoenix ein.

»Richtig. Warum das so ist, wissen wir nicht.«

»Drinnen im Hangar muß ihm etwas zugestoßen sein«, bemerkte Yokohama.

»Ja. Natürlich versuchten wir festzustellen, was dort mit ihm passierte, aber da dieser Vorfall mit einer Phase temporaler Zensur zusammenfällt, werden wir den wahren Sachverhalt nie erfahren.« Ich nahm an, daß sie mit diesem Phänomen vertraut waren, doch da mein Plan, mit dem ich sie überzeugen wollte, von den Gesetzen der zeitlichen Zensur abhing, waren ein paar zusätzliche Bemerkungen vielleicht ganz angebracht.

Es gibt die absolute temporale Zensur und die Zensur der Näherung. Anhand der Konsequenzen, die das Benutzen des TORs mit sich bringt, kann man die absolute Zensur am besten erklären. Wenn das TOR einmal zu einem bestimmten Zeitpunkt irgendwo aufgetaucht ist, können wir ein zweites Mal an diese Stelle zur selben Zeit nicht mehr zurückgehen und sie auch nicht mit unseren Detektoren erfassen.

Der Näherungseffekt wirkt sich ein bißchen anders aus. Mein kürzlich unternommener Ausflug in das New York im Jahre 1983 ist dafür ein gutes Beispiel. Das TOR erschien, ich schaufelte Mary Sondergard hindurch, und es verschwand wieder. Erst einen Tag später tauchte es wieder auf. Doch beinahe vierundzwanzig Stunden lang hatte ich in der Vergangenheit gelebt. *Ich* war zu einer Art Twonky geworden. Wenn ich versuchte, etwas zu sehen, was während dieser vierundzwanzig Stunden in New York passierte, würde ich nur statische Störungen erblicken. Der

Fremdkörper im Zeitstrom war *ich*. Ein unbelebtes Twonky übte eine ähnliche Wirkung aus, nur nicht so stark.

Man kann sich selbst nicht begegnen. Soweit wir wissen, ist das ein allgemeingültiges, unbeugsames Gesetz bei Zeitreisen. Es erstreckt sich sogar darauf, daß man sich selbst nicht sehen kann. Es ist auch nicht möglich, daß jemand anders einen beobachtet und einem dann Bericht erstattet. Deshalb konnte Martin Coventry nicht in das Hotelzimmer hineinspähen, in dem ich die Nacht verbracht hatte. Dieser Zeitraum war für uns verschlossen.

Darüber hinaus hatte meine Anwesenheit in diesem Raum eine Störzone geschaffen, die den größten Teil der Ostküste mit einbezog. Wir konnten immer noch sehen, was im Laufe der Nacht in Kalifornien geschah, aber wir würden nie erfahren, was sich in Baltimore ereignete.

Aus dem gleichen Grund konnten wir Smith' Aktionen nicht mehr präzise verfolgen, nachdem er in Kalifornien mit der Untersuchung begann – und damit wollte ich mein Argument gegenüber dem Rat stützen. Außer den blinden Flecken der absoluten Zensur, die uns verrieten, wann das TOR benutzt worden war – benutzt würde –, konnten wir eine Menge Näherungseffekte beobachten.

Das bedeutete wahrscheinlich, daß einer von uns in die Ereignisse, die im Hangar stattfanden, verwickelt war. Für mich und Coventry bedeutete das ohnehin, daß jemand aus unserer Zeit in das Jahr 1983 reisen würde, mit dem Ergebnis, daß die temporale Zensur uns daran hinderte, etwas zu erfahren, was uns für unsere künftigen Pläne nützen konnte, weil diese ja bereits durchgeführt worden waren.

Wenn Sie das nicht verstanden haben, dann schlucken Sie fünfzig Aspirin und rufen mich morgen früh an.

»Deinen Worten entnehme ich, daß du etwas in die Wege leiten möchtest, um diese Situation zu korrigieren«, kam Phoenix mir zuvor.

»Ja, das stimmt. Aus zwei Gründen. Wenn wir nichts unternehmen, kumulieren sich die Effekte, die die Waffe im Zeitstrom auslöst. Wenn ich mich richtig erinnere, nähert sich uns dieses ... einer der Ingenieure nannte es ein ›Zeitbeben‹ mit einer Geschwindigkeit von zweihundert Jahren pro Stunde. Ich weiß nicht, ob ihr euch unter dieser Angabe etwas vorstellen könnt. Ich ...«

»Die Theorie ist uns vertraut«, schnitt Teheran mir das Wort ab. »Wenn das Zeitbeben bei uns ankommt, also den Ort, der für seine Entstehung verantwortlich ist, erreicht hat, wird die gesamte Zeitlinie sich neu einjustieren.«

»Und uns aus der Existenz hinauskatapultieren«, ergänzte ich ihn. »Mitsamt den Ergebnissen unserer Arbeit. Hunderttausend geretteter Menschen werden zurückversetzt in abstürzende Flugzeuge, sinkende Schiffe, explodierende Fabriken. Auf Schlachtfeldern und in Grubenschächten werden sie wieder auftauchen. Es wird kein TOR-Projekt mehr geben. Uns kann das gleichgültig sein, da wir ja nicht Zeuge seiner Auslöschung sein werden. Wir werden nie geboren werden.«

»Es gibt andere Hypothesen«, wandte der Namenlose ein.

»Das weiß ich. Aber seit fünfhundert Jahren führen wir Greifoperationen durch, und es hat noch keiner vorgeschlagen, daß wir uns auf eine der anderen Theorien verlassen. Vor ein paar Stunden ließ ich ein Mädchen sterben, weil man mir eingeprägt hat, daß ich diese Theorie behandeln muß, als sei sie eine bewiesene Tatsache. Willst du mir jetzt sagen, daß sich an deiner Meinung etwas geändert hat?« Wage es, »ja« zu sagen, du verdammtes Miststück, und ich finde schon einen Weg, um dich auseinanderzunehmen.

»Nein«, sagte die Stimme. »Sprich weiter. Du sagtest, es gebe einen zweiten Grund, weshalb man die Mission unternehmen sollte.«

»Eine Mission, die meiner Ansicht nach«, warf Teheran ein, »genau die Zeitkatastrophe verursachen könnte, die wir bestrebt sind zu vermeiden.«

»Das kann sehr gut möglich sein«, entgegnete ich. »Ich habe ja selbst diese Bedenken. Trotzdem. Der zweite Grund hat mit der Zeitkapselbotschaft zu tun, die ich vor zwei Tagen erhielt.«

Das wirkte. Wer behauptet da, unsere hochentwickelte

Spezies sei nicht abergläubisch? Die Botschaft war in meiner Handschrift geschrieben. Das hieß, ich würde sie selbst schreiben, wenn ich ein bißchen älter und vermutlich ein bißchen weiser war.

Doch ich würde noch genauso zynisch sein. Die Botschaft hatte gelautet: »Ich weiß nicht, ob das stimmt (daß die Mission von lebenswichtiger Bedeutung ist), behaupte es aber trotzdem.« Der Zusatz »Laß niemanden diese Botschaft sehen« war nicht nötig gewesen. Er hätte der ganzen Sache nur den Pfiff genommen.

Deshalb sagte ich: »In der Botschaft steht, daß die Mission für das TOR-Projekt von lebenswichtiger Bedeutung ist.« Dann hielt ich mich zurück. Ich drängte nicht.

Natürlich bekam ich in zwanzig Minuten die Erlaubnis, die ich brauchte.

8 »Me, Myself, and I«

Man mußte vier Tage berücksichtigen: den zehnten, elften, zwölften und dreizehnten Dezember. Innerhalb dieser vier Tage war / würde das TOR sechs verschiedene Male aufgetaucht / auftauchen.

Das erste Mal wurde es am 10. Dezember aktiviert, als ich in dem New Yorker Motelzimmer in Erscheinung trat.

Beim zweiten Mal hatte viele, räumlich sorgfältig voneinander getrennte Ausflüge stattgefunden. Diese Phase begann am Nachmittag des 11. Dezember und dauerte bis zum späten Abend. Sie umspannte die Flugzeit der beiden Maschinen. Beide Perioden waren uns nicht mehr zugänglich. Doch das spielte keine Rolle, denn der Paralysor ging erst später verloren.

Um 21.11 Uhr Pazifikzeit fand die Kollosion der beiden Flugzeuge statt. Am darauffolgenden Tag, dem 12. Dezember, klaffte von acht bis neun Uhr morgens die erste Zeitlücke. Wir einigten uns darauf, sie Fenster A zu nennen, denn sie stellte die erste Phase dar, während der wir das TOR noch nicht aktiviert hatten – was bedeutete, daß wir es seines Tages tun würden.

Das zweite Fenster, daß wir aus Mangel an Phantasie mit B kennzeichneten – es entstand am selben Tag, nur etwas später – überlagerte den Zeitraum von zwei bis vier Uhr nachmittags.

Fenster C war von langer Dauer. Es begann am 12. Dezember um neun Uhr abends und endete erst am kommenden Tag um zehn Uhr morgens.

Und Fenster D war das paradoxe Fenster. Es fiel zusammen mit Smith' Auftauchen im Hangar in der Nacht des 13. Dezember.

Jedes dieser Fenster besaß Vor- und Nachteile.

A befand sich weit genug zeitabwärts vom Paradox entfernt, daß Smith höchstwahrscheinlich nichts von einer Störung bemerkte. Unsere Suche ergab, daß zu dem Zeitpunkt, an dem das Fenster A offenstand, die Trümmerteile beider Maschinen zum größten Teil bereits im Hangar lagerten. Wenn wir dieses Fenster benutzten, dann in dem Versuch, den Paralysor in den unsortierten Trümmerteilen zu finden und ihn zurückzubringen. Wenn uns das gelang, war unser Problem gelöst.

Von B versprachen wir uns am wenigsten. Vermutlich wurde während dieser Spanne das Band aus dem Cockpit Recorder der 747 zum erstenmal abgespielt. Ich nahm mir vor, auf dieses Fenster zurückzukommen, falls mein erster Anlauf fehlschlug, denn es erforderte von mir den geringstmöglichen Einsatz.

Und Fenster C ...

Ich hatte als einzige die Botschaft aus der Zeitkapsel gelesen, und selbst in diesem frühen Stadium der Planung hatte ich eine Furcht vor C entwickelt. Warum, kann ich Ihnen nicht sagen. Ich weiß nur, daß ich mich allein bei dem Gedanken, zurückzugehen und eine Nacht in Oakland zu verbringen, sehr elend fühlte. *Erzähle ihm von dem Kind. Es ist nur eine Attrappe.*

Nein, danke.

Coventry plädierte für D. Er fand, man müsse den Stier bei den Hörnern packen. Ich fragte mich, ob er anfing, sich mit Lars dem Kopfabhacker zu identifizieren, einem typischen Mann der Tat. Und ich fragte mich, wie ihm wohl zumute wäre, wenn *er* an den Ort eines Paradox hätte zurückgehen müssen.

Nochmal nein, danke.

Ich stimmte für A, und mit Hartnäckigkeit und Ausdauer setzte ich mich durch. Weiterhin beschloß ich, die Expedition müsse so klein wie möglich gehalten werden, das hieß, sie beschränkte sich auf eine Person. Coventry mußte zugeben, daß ich recht hatte. Wenn man am Zeitstrom herummanipuliert, muß man so behutsam wie möglich zu Werke gehen.

Und wenn man sicher sein will, daß etwas richtig getan wird, gibt es immer nur einen Menschen, dem man losschicken kann.

Da sich die Störung mit einer Geschwindigkeit von zweihundert Jahren pro Stunde fortpflanzte, blieben uns acht Tage Zeit, das Problem zu lösen. Viel Zeit war das nicht. Andererseits brauchte man auch nichts zu überstürzen. Deshalb hüpfte ich nicht gleich durch das TOR und in den Morgen des 12. Dezembers zurück, um systemlos in dem Gerümpel herumzuwühlen, sondern nahm mir die Zeit, mich zu bilden.

Es waren zehn sinnvoll verbrachte Stunden.

Ich ließ mir ein breitgefächertes Datenmaterial in die drei kybernetischen Gedächtnisspeicher pumpen, die in mein Gehirn implantiert waren. Der GC holte alles hervor, was er bezüglich des zwanzigsten Jahrhunderts mit Schwerpunkt auf die frühen achtziger Jahre auf Lager hatte und entlud es in meine cerebralen Mikroprozessoren.

Ich sollte mich nicht über die geistige Kapazität der Menschen des zwanzigsten Jahrhunderts lustig machen. Sie machten das Beste aus dem, was sie besaßen. Im Laufe von fünfzigtausend Jahren hatte das menschliche Gehirn sich weiter entwickelt. Binnen zwei Tagen konnte ich auf konventionellem Wege eine Fremdsprache erlernen, aber qualitativ hatte sich am Gehirn nicht viel geändert. Man kann den Vorgang ganz gut damit vergleichen, in welcher Zeit eine Meile gelaufen wird. Es gab einmal eine Periode, in der es unmöglich schien, eine Meile in vier Minuten zurückzulegen. Später galt dies als Routine, und Athleten strebten die Zeit von dreieinhalb Minuten an. Aber kein Mensch wäre auf die Idee gekommen, darauf zu trainieren, die Meile in zwei Sekunden zu laufen.

Trotzdem ist es kein Problem, eine Meile in *einer* Sekunde zurückzulegen, wenn man sich in einen Düsenjet setzt.

Auf die gleiche Weise kann man lernen, binnen einer Minute fließend Suaheli zu sprechen. Es ist auch kein besonderer Trick dabei, innerhalb einer Stunde den Inhalt einer ganzen Bibliothek in sich aufzunehmen. Man muß sich lediglich den richtigen Datenspeicher sowie einen Selektiv– und Anzapfmechanismus in den Kopf einpflanzen lassen.

Es ist eine immense Hilfe. Man lernt Fremdsprachen zu

sprechen wie seine Muttersprache und bekommt gleichzeitig eine Menge kulturellen Hintergrund mitgeliefert.

Unterschiedslos nahmen die drei winzigen kristallinen Gedächtnisspeicher Enzykopädien, Nachrichten, Filme, Fernsehshows, Witze, Phantasien und kulturelle Torheiten in sich auf. Nach der Behandlung stand mir das Wissen eines gesamten Jahrhunderts zur Verfügung. Ich konnte mich in den achtziger Jahren wie zu Hause fühlen.

Wie jede Maschine hat auch die Kybernetische Intelligenz ihre Nachteile. Sie war spezialisiert auf Sprachen und Fakten und nicht auf das Erkennen von optischen Mustern. Ich konnte mir nicht ein Kleid ansehen und *wissen*, ob es 1968 oder 1978 modern gewesen war. Ich vermochte, mich einigermaßen ohne Anzuecken durch das zwanzigste Jahrhundert zu bewegen. Wenn ich allerdings lange blieb, mußte mir irgendwann einmal ein anachronischer Fauxpas unterlaufen.

Es war ein schrecklicher Tag. Die ganze Nacht lang hatte es geregnet. Das einzig Gute am Tag war, daß der Regen schließlich aufhörte. Doch gleichzeitig riß die Wolkendecke auf, und, schlimmer noch, der anhaltende Niederschlag hatte die Luft gereinigt. Der Himmel war von einem erdrückenden, fremdartigen *Blau* und kam mir unheimlich weit entfernt vor. Die Sonne blendete mich so, daß ich mich nicht traute, in deren Richtung zu schauen, aus Angst, es könnte meinen Netzhäuten schaden. Nicht nur, daß das verdammte Ding mich mit gesundheitsschädlicher Strahlung bombardierte, ich begriff nicht, wie diese Menschen mit dem ständigen Anblick dieser Kugel über ihren Köpfen leben konnten. Das Gewicht mußte sie doch niederdrükken. Die Luft war so staubfrei, so klar, daß ich sogar Marin County sehen konnte.

Worte sind schon etwas Merkwürdiges. Gerade fällt mir auf, daß ich etwas beschrieben habe, was im zwanzigsten Jahrhundert als wunderschöner Morgen gelten mußte. Frische, kühle, saubere Luft, strahlender Sonnenschein, ausgezeichnete Fernsicht.

Nach Luft schnappend, stand ich da und fühlte mich entblößt unter diesem schrecklichen Himmel.

Meine Kurzatmigkeit rührte zu neunzig Prozent von meiner Angst her. Nachdem ich jedoch ein paarmal an dem mitgebrachten Vick Inhalator geschnuppert hatte, ging es mir schon viel besser. Wenn ein anderer daran schnüffelte, würde er eine höchst unangenehme Überraschung erleben. Die darin enthaltenen Chemikalien töteten Küchenschaben und griffen nichtrostenden Stahl an.

Das TOR hatte mich in der Nähe der Ostfront des gigantischen Hangars abgesetzt, der dazu diente, die Trümmer der beiden abgestürzten Maschinen aufzunehmen. Jedenfalls hatten wir das angenommen. Als ich zum vorderen Eingang marschierte, standen die Türflügel offen. Im Hangar entdeckte ich zwei PSA 727 und eine Schar von Mechanikern.

Das gefiel mir überhaupt nicht. Es bedeutete, daß der Zeitstrom irgendwo unterbrochen war. Mich umblickend, orientierte ich mich. Der richtige Hangar stand ungefähr eine Viertelmeile von mir entfernt.

Wäre ich eine Viertelmeile zu weit in der anderen Richtung aufgetaucht, wäre ich glatt in der Bucht gelandet. Und dann gab es natürlich noch die *ganz andere* Richtung. Genausogut hätte ich eine Viertelmeile *über* dem Flugplatz auftauchen können ...

Es wurde eine lange Viertelmeile. Ich fühlte mich wie eine Fliege auf einem Teller. Vor mir erstreckten sich der endlose Beton, noch feucht von den nächtlichen Regenschauern, und dieser grauenhafte grenzenlose Himmel. Nach fünfzigtausend Jahren Zivilisation hatten wir immer noch keine Pille gegen Agoraphobie entwickelt.

So ziemlich das erste, was ich nach dem Betreten des Hangars sah, waren zwei Frauen, die die gleiche Uniform trugen wie ich. Das flößte mir Mut ein. Ich fühlte mich auf vertrautem Boden. Ich kann gar nicht sagen, wieviel Zeit meines Lebens ich damit verbracht habe, mich unter andere uniformierte Frauen zu mischen. Ich beobachtete ihr Tun und stellte fest, wie herrlich prosaisch es war. Die Bergungsarbeiter waren die ganze Nacht lang im Einsatz gewesen, und die meisten von ihnen hatten sich nicht mal die Zeit genommen, eine Kleinigkeit zu essen. Deshalb hatte die United ein paar Frauen geschickt, die Kaffee und in Fett gebackene Kringel servierten. In diesen Dingen hatte ich Erfahrung. Ein Greifzug in einer modernen Verkehrsmaschine besteht zu neunundneunzig Prozent aus Kaffeeservieren und einem Prozent aus Greifen.

Ich erspähte den Tisch, auf dem die Kaffeemaschine stand, und tauschte mit der Frau, die sie bediente, ein paar Höflichkeitsfloskeln aus. Sie schöpfte keinen Verdacht. Ich nahm mir ein Tablett, stellte ein Dutzend Plastiktassen darauf, schnappte mir eine Handvoll dieser Päckchen mit Zukker und Milchweißer und zog los, um den Kaffee zu servieren.

Jedenfalls sollte es so aussehen, als ob ich den Kaffee herumtrug. Mit einem Blick stellte ich fest, daß eine einzige Frau ausgereicht hätte, um die Arbeit mit links zu erledigen, für die die United drei Kräfte bereitgestellt hatte. Nicht, daß ich mich gewundert hätte – seit es Lehmhütten gibt, gibt es die Regel, daß man immer mindestens drei Menschen braucht, wenn man etwas leisten will: eine Person, die arbeitet, eine Person, die diese Person beaufsichtigt, und eine dritte, die hilfreiche Vorschläge unterbreitet. Ich habe es auf Mammutjagden vierzigtausend Jahre v. Chr. erlebt sowie in interstellaren Raumschiffen. Noch ein allgemeiner menschlicher Wesenszug kam mir zugute. Wenn man einen geschäftigen Eindruck macht und so tut, als wüßte man, was man tut, wird einen niemand belästigen.

Also hielt ich mich ständig in Bewegung und blickte sehr beschäftigt drein. In den ersten zwanzig Minuten verteilte ich eine Tasse Kaffee und beinahe einen Schmalzkringel, doch der Mann besann sich im nächsten Moment anders und lehnte das Gebäck ab. Nach allem, was er in den vergangenen Stunden gesehen hatte, fragte er sich vielleicht, ob er jemals überhaupt wieder würde essen können.

Bei Gelegenheit blickte ich verstohlen auf meine Armbanduhr. Dieses Mal trug ich eine Seiko Digitaluhr, die genauso unecht war wie die Dollarnoten in meiner Handtasche. Sie enthielt ein Anzeigegerät, dessen Peilvorrichtung auf das Energieleck geeicht war, das wir bei dem beschädigten Paralysor entdeckt hatten.

Zwischen den Trümmerhaufen befanden sich Durchgänge, einige von ihnen so breit, daß man sie mit einem Lastwagen hätte befahren können. Und die ganze Zeit über, während ich mich in dem Hangar aufhielt, trafen LKWs von Livermore ein. Fünfzig bis sechzig Männer waren ständig damit beschäftigt, sie zu entladen. Zwei oder drei Männer organisierten das Verteilen des Gerümpels, das nach bestimmten Kategorien sortiert wurde: Rumpfstücke, Triebwerke, Elektronik, Hydraulik und so weiter. Es gab einen Bereich für Innenausstattung, wo sich zum größten Teil die ausgebrannten Rahmen der Flugzeugsitze stapelten.

Ich sah viel buntes Papier und Goldfolie, das meiste davon war an den Rändern verkohlt. Ich mußte mein kybernetisches Gedächtnis befragen, um zu erfahren, worum es sich handelte. Dann wußte ich Bescheid; es waren die Reste von Weihnachtsgeschenken. Ich sah neue Kleidungsstücke, von denen einige noch in Plastikhüllen steckten, und andere Dinge, die ich mit ziemlicher Sicherheit als Geschenke einstufte. Auf einem Haufen lag etwas, was nur Kinderspielzeug sein konnte. Alles war stark versengt. An einer Stelle des Hangars hatte man Platz geschaffen für Wrackteile, die man am besten mit »?« kennzeichnete. Es war die bei weitem größte abgeteilte Fläche, und meine Seiko verriet mir, daß der Paralysor sich irgendwo an dieser Stelle befand.

Das Zeug steckte in großen Säcken aus starkem Plastik. Ein paar Säcke warem umgekippt und hatten ihren Inhalt ausgestreut. Was dieser Müll früher einmal gewesen war, wußte ich selbst nicht. Es war sehr gut möglich, daß sogar Stücke von Passagieren mit darin steckten. Vermutlich hatten die Bergungsmannschaften die Absturzstelle durchgekämmt und alles aufgehoben, was nicht auf eine Kuhweide zu gehören schien. Alles, was nicht identifiziert werden konnte, wurde für eine spätere Inspektion hier gesammelt.

Ich zählte ungefähr vierhundert Säcke.

Ich überlegte mir, was ich als plausiblen Grund angeben sollte, wenn ich jetzt plötzlich mitten in diese Müllkippe schritt, Säcke aufriß, ihren Inhalt auf den Boden kippte und dann anfing, darin herumzustöbern. Mir fiel beim besten Willen kein vernünftiger Grund ein. Dieses Vorhaben wäre ohnehin sinnlos gewesen. Wenn ich mit zehn meiner Leute fünf bis sechs Stunden lang hätte suchen können, hätte ich den Paralysor wahrscheinlich gefunden. Doch was mir zur Verfügung standen, waren dreißig Minuten, meine eigene Wenigkeit, dafür aber einhundertfünfzig Leute, die ein interessiertes Publikum abgegeben hätten. (»Was suchst du da, Schätzchen?« Souveniers? Finger mit Diamantringen daran? Den wichtigsten Gegenstand im Universum?)

»Ich könnte jetzt eine Tasse Kaffee gebrauchen.«

Kaffee? Ach ja, richtig, ich war ja hier, um Kaffee zu servieren, nicht wahr? Ich drehte mich um, setzte ein charmantes Lächeln auf und sah ihn an.

Bill Smith. Der Star der Show.

Die Zeit ist mein Metier. Mittlerweile dürfte mich nichts mehr überraschen. Doch dieser Augenblick glich dem, den ich erst kurz zuvor durchlebt hatte, als die Kugel eines Terroristen meine Schulter durchschlug. Die Zeit verzögerte sich, und eine Sekunde dehnte sich zur Ewigkeit.

Ich erinnere mich, daß ich Angst hatte. Ich war eine Schauspielerin, die vor einem wichtigen Publikum auf einer Bühne eine Rolle spielte, und ich hatte meinen Text vergessen. Ich war eine Hochstaplerin. Jeder konnte mich durchschauen, eine Enttarnung war unausweichlich. Ich war nichts weiter als ein mitleiderregendes Geschöpf, das sich unter der gnädigen Hülle eines Derma-Anzuges verbarg, ein Monster aus einer unvorstellbaren Zukunft. Das ganze Universum drehte sich jetzt um diesen einen Mann und um mich. Von dem, was ich jetzt sagte oder tat, hing unsere Zukunft ab. Ich mußte mit ihm sprechen, ihm eine Tasse Kaffee anbieten und dabei so natürlich klingen, als sei er ein ganz gewöhnlicher Sterblicher.

Aber ich wußte ja, wer er war. Ich kannte Bill Smith: Scheidung, beginnendes Magengeschwür, Probleme mit Alkohol und so fort. Ich hatte seine Biographie gelesen. Ich hatte seinen Lebensweg verfolgt: Kindheit in Ohio, Marineflugschule, Ausbildung auf einem Flugzeugträger, Übergang zur zivilen Luftfahrt, Anstellung bei der Firma Boeing, Karriere bei der Sicherheitsbehörde. Dann kam die frühe Versetzung in den Ruhestand und das Bootsunglück, bei dem er ertrank.

Das war es, was schmerzte. Ich wußte, wie dieser Mann sterben würde. Wenn meine Mission erfolgreich verlief, wenn ich den Lauf der Ereignisse bis auf das Maß eindämmen konnte, das der Zeitstrom tolerierte, herrschte wieder das Prinzip der Vorherbestimmung, und er würde mit seiner langsamen Selbstzerstörung fortfahren. Am Ende wäre der Tod eine Erlösung für ihn.

Es passierte mir zum erstenmal, daß ich einen der Böcke mit einem Namen und einer Geschichte verband. Und mit einem schiefen müden Grinsen.

Ich sah ihn höchstens eine Sekunde lang an, dann drehte ich mich um und ging fort.

»He, was ist mit meinem Kaffee?«

Ich beschleunigte meine Schritte. Ich fing beinahe an zu rennen.

Während meiner Arbeit beim TOR-Projekt sind mir schon häufiger Fehler unterlaufen. Ich habe andere Aufgaben schlecht erfüllt. Nachdem ich den Spitzenjob übernahm, war ich in gewissem Sinne für sämtliche Fehler verantwortlich, die die anderen machten. Zum Beispiel fällt mir die Hauptlast für Pinkys Versagen zu. Letztlich bedeutete das, daß ich sie nicht gut genug ausgebildet hatte.

Doch mein Versagen an jenem Tag, an dem ich die erste Reise in die Vergangenheit unternahm, um das Paradox zu korrigieren, wog besonders schwer. Am schlimmsten war, daß ich nicht einmal wußte, warum ich mich so verhielt.

Ich rannte aus dem Hangar und die Viertelmeile zu dem Ort zurück, an dem das TOR mich abgesetzt hatte. Unter dem verhaßten Himmel kauerte ich nieder und wartete darauf, daß das TOR wieder erschien, damit ich hindurchkriechen konnte.

Prädestination ist das häßlichste Wort, das es gibt.

Nur bei meiner ersten Begegnung mit Bill Smith hatte ich die Chance, den Knoten des Paradoxes gleich an seiner Quelle mit einem glatten, sauberen Schnitt zu lösen, und diese Gelegenheit hatte ich gründlich verpatzt. Rede ich jetzt von Prädestination, um damit mein Verhalten zu entschuldigen, oder lenkte irgendein unerforschliches Schicksal meine Schritte und zwang mich dazu, bei irgendeinem kosmischen Ritual mitzuspielen?

Manchmal wünsche ich mir, ich wäre nie geboren worden.

Aber wiederum muß man geboren worden sein, um sich so etwas überhaupt wünschen zu können. Und wenn mir der gleiche Flop wie beim erstenmal noch einmal passierte, ich würde mich trotzdem für das Leben entscheiden. Wer nicht geboren wird, kann nicht leben, wird niemals Erfolg oder Mißerfolg auskosten. So beschissen wie mein Leben ist, es gehört mir, und ich akzeptiere es ohne Vorbehalte.

Mit der richtigen Einstellung zum Schicksal kehrte ich in die Zukunft zurück. Von dem ersten Ausflug hatten wir uns ohnehin nicht viel versprochen. Es war nur der direkte Versuch, das Problem zu lösen, und der einzige Weg, das Paradox zu einem totalen Stillstand zu bringen. Nun mußten wir uns feinsinnigere Methoden ausdenken. Jetzt mußten wir zu einem Eindämmungskrieg übergehen. Unser Ziel war es, das Paradox innerhalb bestimmter Grenzen zu halten, die das Universum tolerieren konnte. Wir mußten das Paradox versiegeln, es einkapseln und versuchen, die Ereignisse behutsam auf ihre determinierten Ursprünge zurückzulenken. Und wenn dann die acht Milliarden Jahre lange Zeitlinie zu vibrieren begann wie eine gezupfte Gitarrensaite, konnten wir nur noch beten, daß die ihr eigene Elastizität der Beanspruchung standhielt.

»Man kann den Vorgang damit vergleichen, als versuche man, Neutronen in eine kritische Masse Uran zurückzustopfen«, meinte Martin Coventry.

»Schön«, erwiderte ich. »Du hast doch eine Maschine, die das kann, oder? Dann laß uns mal anfangen zu stopfen.«

»Ich glaube, Martin benutzte lediglich den Slang des zwanzigsten Jahrhunderts«, mischte sich Sherman ein.

Du hast recht, Sherman.

Wütend funkelte ich ihn an. Als ob ich nicht schon genug Probleme in meinem Leben hätte. Jetzt fing auch noch mein Roboter an durchzudrehen.

Er hatte beim TOR gestanden, als ich zurückkam. Lächelnd und ein bißchen schuldbewußt dreinblickend. Ohne Gesicht geht beides schlecht, deshalb hatte er sich für diese Gelegenheit eines wachsen lassen. Seine Anwesenheit störte mich nicht unbeträchtlich. Ich konnte mich nicht erinnern, daß er das Appartement jemals verlassen hätte, seit ich ihn aus der Versandkiste packte. Und sein Gesicht war einfach unmöglich.

Wir drei saßen in einem Raum nahe der Einsatzzentrale und diskutierten über das Fiasko der ersten Reise. Über Teledoppelkanal nahm auch Lawrence an der Besprechung teil. Ich vermute, daß jemand vom Rat mit Hilfe des GC gleichfalls zwischengeschaltet war.

Wir *drei!* Das beweist, wie sehr Shermans Auftreten mich erschüttert hatte. Früher hätte ich Sherman in einer Gruppe genausowenig mitgezählt wie einen Tisch oder einen Stuhl.

»Ich finde, Louise hat recht«, sagte Lawrence. Ich blickte auf den Videoschirm, wo sich sein Gesicht zeigte. »Wir sollten nicht so viel Aufhebens darum machen. Das wichtigste ist jetzt, daß wir zur nächsten Phase schreiten.«

»Ich fürchte, es ist schon zuviel Schaden angerichtet worden«, hielt Martin ihm entgegen. Er sah regelrecht verängstigt aus. Sein Mann-der-Tat-Image hatte er abgelegt, jetzt war er wieder der vorsichtige Historiker – noch schlimmer: ein *praktizierender* Historiker mit der entsetzlichen Fähigkeit, seine eigene Geschichte schreiben zu können.

»Von welchem Schaden redest du?« wollte ich wissen. »Okay, ich habe nichts erreicht. Aber meine Chancen für einen Erfolg schätzten wir ja von Anfang an nicht hoch ein.«

»Ich gebe ihr recht«, äußerte Sherman. Ich wartete darauf, daß Martin oder Lawrence dagegen protestierten, daß ein wandelnder Vibrator sich in diese Diskussion einmischte, doch keiner von beiden zuckte auch nur mit der Wimper. Sie wandten Sherman ihre Aufmerksamkeit zu, und ich tat das gleiche.

»Zusammenfassend läßt sich das Ganze so sagen«, fuhr er fort. »Smith sah sie, sie sah ihn und lief fort. Ist das so richtig wiedergegeben, Louise? Fletsche nicht so deine Zähne, das steht dir nicht.«

»Warte, bis wir zu Hause sind und ich mit einem Schraubenzieher und Lötkolben komme.«

»Mach, was du willst. Im Augenblick sind wir noch dabei, über dein Versagen zu sprechen. Habe ich dein Versagen so richtig wiedergegeben?«

»Ich ziehe dir gleich dein dämlich grinsendes Gesicht vom Kopf, du ...«

»Möchtest du mir keine Antwort auf meine Frage geben, ob dein ...«

»Wage es nicht, dieses Wort noch einmal auszusprechen!«

»... Versagen so richtig wiedergegeben ist. Setz dich, Louise. Atme tief durch. Der Schwächeanfall geht gleich vorbei.«

Ich tat wie geheißen, und der Anflug von Schwäche ebbte tatsächlich ab.

Sherman beugte sich zu mir und sprach so leise, daß die anderen ihn nicht hörten:

»Ich habe gewisse Maßnahmen getroffen, die mir angemessen erschienen. Dazu gehört die Aneignung dieses neuen Gesichtspunkts, und deine Katharsis war bewußt herbeigeführt. Wenn du dich wieder so weit beruhigt hast, daß du an der Diskussion teilnehmen kannst und mir mein Recht, hier anwesend zu sein, nicht streitig machst, können wir mit dem Gespräch fortfahren. Deine privaten Probleme behandeln wir, wenn wir allein sind.«

Ich schluckte krampfhaft und nickte. Meiner Stimme traute ich noch nicht.

»Er sah dich also, und du liefst fort. Stimmt das?«

Ich nickte wieder.

»Dann kann ich mir nicht vorstellen, daß ein großer Schaden angerichtet wurde. Deine Verkleidung hat er mit Sicherheit nicht erkannt.«

»Richtig«, stärkte Lawrence ihm den Rücken. »Ihr müßt das mal von seinem Standpunkt aus betrachten. Er sah eine Frau, die eine Uniform der United Airlines trug und die vor ihm davonrannte.«

»Was er sich mit Bestimmtheit nicht erklären kann«, wandte Martin ein.

»Mag sein. Aber sie kann es ihm erklären, wenn sie ihm das nächste Mal begegnet. Wir denken uns eine Geschichte aus ...«

»Moment mal. Was heißt das: wenn ich ihm das nächste Mal begegne?«

»Es war meine Idee«, gestand Sherman ein.

Ich blickte von einem zum anderen, wobei ich mir Zeit ließ.

»Davon weiß ich nichts«, sagte ich schließlich. »Während ich fort war, habt ihr drei euch also beraten.«

»Ja«, gab Lawrence zu. »Sherman traf gerade hier ein, als wir die neue Information erhielten.«

»Welche neue Information?«

»Lawrence hat sich etwas unglücklich ausgedrückt«, mischte sich Sherman ein. »Ich kam hierher, und nachdem ich es mit viel Mühe und Not geschafft hatte, überhaupt vorgelassen zu werden, teilte ich dem Einsatzteam mit, daß ich wüßte, welche Entdeckung ihnen bevorstünde. Meine Vorhersage traf ein.«

»Über die Zeitfolge besteht immer noch keine Sicherheit«, meinte Lawrence einschränkend.

»Ich kenne die Zeitfolge«, verteidigte sich Sherman.

»Möchte mich jemand vielleicht mal aufklären, worum es hier geht?« fragte ich unwirsch. »Ich will von Anfang bis Ende hören, was hier läuft. Und zwar in der Abfolge der Realzeit.«

Die drei tauschten Blicke miteinander, und ich könnte schwören, daß Martin und Lawrence unsicher wurden, während Sherman unerschütterlich blieb wie ein Fels.

»Ich glaube, es kann nicht schaden, wenn er es dir erzählt«, sagte Lawrence schließlich.

»Sehr schön«, begann Sherman. »Dreißig Sekunden, ehe du durch das TOR schrittst, fand ich mich im Postamt ein, wohin der Große Computer mich beordert hatte. In dem Moment, in dem du das TOR passiertest, las ich die für mich bestimmte Botschaft. Auf deren Anweisung hin kam ich hierher.«

Ich hatte nicht gewußt, daß auf Sherman eine Botschaft wartete. Mir war nicht einmal bekannt, daß je ein *Roboter* eine Zeitkapsel erhalten hätte.

Dafür gab es einen triftigen Grund. Es mußte sich um eine höchst ungewöhnliche Botschaft handeln. Kein Mensch durfte etwas über die Identität des Empfängers erfahren, noch den Zeitpunkt der Überlieferung der Nachricht kennen. Wie ich bereits sagte, befolgt der GC die Instruktionen, die die Zeitkapseln betreffen, bis in die kleinste Einzelheit hinein. Der Rat der Programmierer hat dem GC *angewiesen*, sehr präziese zu handeln, aber ich frage mich, wie der GC reagieren würde, sollte der Rat diese Direktive je widerrufen.

Nun ja, ›reagieren würde‹ ist grammatisch gesehen eine Möglichkeitsform. Und praktisch gesehen eine sehr irreale.

Die Botschaft lautete, Sherman solle – unter anderem, aber dazu kommen wir später – zur Einsatzzentrale des TORS gehen und Lawrence Bescheid geben, daß ich Bill Smith von Angesicht zu Angesicht gegenüberstehen würde. Und daß ich, wenn es darauf ankäme, versagte. Verdammt noch mal, schon wieder dieses Wort.

Das tat Sherman, das heißt, er versuchte es zu tun. Für ihn war es nicht leicht, sich Gehör zu verschaffen, und das aus zweierlei Gründen: Erstens durchkämmte das Einsatzteam das in Frage kommende Gebiet immer noch mit den Zeitdetektoren, und die Bilder klärten sich ein wenig, und zweitens … na ja, er war ein Roboter. Die Leute wunderten sich über seine Anwesenheit. Ebensogut hätte mein Kühlschrank in die Einsatzzentrale tänzeln und das Ende der Welt verkünden können.

Doch er schaffte es, sich durchzusetzen. Gleichzeitig oder auch ein paar Sekunden später, es kommt darauf an, wem man glaubt, erspähte jemand Bill Smith in einem Helicopter, der von der Unfallstelle der 747 zurückkehrte. Jemand anders entdeckte denselben Hubschrauber auf dem betonierten Vorfeld vor dem Hangar, in dem ich mich befand. Ergo konnten Smith und ich uns in dem Hangar begegnen.

In dem Moment begannen sie auf Sherman zu hören. Es dauerte nur Sekunden, bis die Bestätigung eintraf, daß er tatsächlich eine Zeitkapsel erhalten hatte, und von da an stieg er gewaltig in der Achtung. Das gleiche hatte ich ja erst kürzlich erlebt. Mein Volk neigt halt dazu, auf jemanden zu hören, der gerade eine Botschaft aus der Zukunft bekommen hat.

Natürlich nutzte er die Situation aus.

»Der Text der Botschaft läßt keinen Zweifel zu«, sagte er. »Gewisse Dinge darf ich weitererzählen, andere wiederum muß ich für mich behalten.«

»Na komm schon«, warf ich ein. »Diesen Quatsch kannst du mir doch nicht weism ...« Ich unterbrach mich und hätte mir am liebsten die Zunge abgebissen. Im letzten Moment meldete sich mein Verdacht wieder, der Rat könnte mithören. Ich dachte an meine durch die Zeitkapsel inspirierte Vorstellung, die ich ihnen gegeben hatte, um die Erlaubnis für diese Mission zu erlangen.

»Etwas mehr darf ich noch sagen«, fuhr Sherman fort. »Meine Botschaft bestätigte deine, Louise. Diese Mission ist tatsächlich von ausschlaggebender Bedeutung für den Erfolg des TOR-Projekts.« Er sah mich an, und ich wünschte mir, ich hätte mehr Erfahrung darin, in seinen Augen zu lesen, doch man kann nichts lesen, wenn nichts existiert. Die Augen, die er sich zugelegt hatte, waren selbstverständlich nicht echt, wirkten aber sehr natürlich. Sein Mund war nur skizzenhaft angedeutet. Gemütsbewegungen konnte er nach der Art eines Strichmännchens ausdrücken. Auf eine Nase hatte er ganz verzichtet.

»Außerdem behandelte der Text die nächste Aktionsphase, denn wir sind uns ja alle darüber einig, daß der Ausflug durch das Fenster A mißglückt ist.«

Wir waren also wieder beim Thema Fenster angelangt. Uns blieben noch die Fenster B, C und D. D hielt ich für zu gefährlich. B ergab wahrscheinlich überhaupt kein Resultat, und C ...

Erzähle ihm von dem Kind. Es ist nur eine Attrappe.

Außer mir wußte es keiner, aber durch das Fenster C wollte ich auf gar keinen Fall zurückgehen. Ich holte tief Luft und rüstete mich, etwas ganz Feiges zu tun, nämlich mit aller mir zur Verfügung stehenden Überredungskunst für Fenster B zu plädieren. Ich rechnete ziemlich fest mit Martins Unterstützung, und ich traute mir zu, Lawrence auf meine Seite zu ziehen. Für D würde niemand stimmen, davon war ich fest überzeugt. D war der Ort des Paradoxes, und eine Reise dorthin wäre viel zu gefährlich.

»Weiterhin darf ich erzählen«, fuhr Sherman fort, »daß der nächste Ausflug in die Vergangenheit um dreiundzwanzig Uhr Pazifikzeit in der Nacht des 13. Dezember stattfinden muß. Zu diesem Zeitpunkt steht das Fenster offen, das ihr mit dem Buchstaben D gekennzeichnet habt. Und Loiuse leitet die Aktion.«

9 »The Shadow Girl«

Aussage des Bill Smith

Nicht weit von unserem Konferenzzimmer entfernt gab es eine dieser Stehimbißstuben. Aus Zeitmangel gingen wir dorthin. Diese Schnellimbißstuben habe ich in sämtlichen Flughäfen gesehen, von Los Angeles bis Orly, und mich immer gewundert, was Leute dazu treibt, im Stehen fade, heiße Würstchen zu essen. Die Antwort war klar: Sie hatten genausowenig Zeit wie wir.

Ich bekam etwas, was angeblich Roastbeef sein sollte, dann vergeudete ich eine Menge Zeit damit, diese kleinen Päckchen zu öffnen und auszudrücken, die Senf, Ketchup und irgendeine unidentifizierbare weiße Sauce enthielten, damit ich den teigigen Geschmack des Fleisches nicht mehr bemerkte. Tom bestellte sich eine Wurst mit Chilisauce, die er mit einer Plastikgabel essen mußte.

»Hast du so etwas schon mal gehört?« fragte ich ihn.

»Etwas Ähnliches ja. Ich dachte mir gleich, daß er das sagen würde.«

»Und was hältst du davon?«

Tom nahm sich Zeit mit der Antwort. Ich war neugierig, denn Bodenkontrolle und Einsatz waren seine Spezialgebiete, und er versteht viel von Elektronik – einem Bereich, der zugegebenermaßen nicht meine Stärke ist. Tom hatte an einer technischen Hochschule Computerwisschenschaften studiert, ich hingegen stamme aus der vorhergehenden Generation, die noch wußte, wie ein Rechenschieber aussieht. In meinem Beruf muß man etwas Ahnung von Computern haben, und ein bißchen kenne ich mich auch mit ihnen aus, aber trotzdem habe ich mich nie mit ihnen anfreunden können.

»So etwas kann passieren«, äußerte er sich schließlich.

»Glaubst du denn, daß es passiert ist?«

»Ich glaube ihm, wenn du das wissen willst. Vielleicht

bekommen wir vom Computer sogar eine Bestätigung, daß es sich tatsächlich so abgespielt hat. Es kostet nur etwas Arbeit.«

Ich dachte darüber nach.

»Okay. Mal angenommen, das, was er sagt, stimmt. Wessen Kopf soll dann rollen?«

»Soll ich jetzt raten, oder was verlangst du von mir?«

»Rate ruhig.«

»Teufel noch mal, ich weiß nicht, ob wir überhaupt jemanden finden, den wir köpfen könnten. Für eine solche Aussage ist es noch zu früh. Vielleicht taucht noch irgendein Aspekt auf, den wir bis jetzt ...«

»Deine private Meinung, Tom.«

Er nickte. »Schön. Trotzdem bleibe ich dabei, es kann sein, daß es überhaupt keinen Schuldigen gibt.«

»Hör mir mal zu, Tom. Wenn sich aus heiterem Himmel ein Tornado zusammenbraut und ein Flugzeug zum Abstürzen bringt, ist das natürlich niemandes Schuld. Wenn ein Meteor auf ein Flugzeug fällt, kann keiner etwas dafür. Wenn ...«

»Erspar mir den Vortrag«, unterbrach er mich. »Ich weiß, was du meinst. Vielleicht stellt sich heraus, daß wir die Schuldigen sind. Du, ich, die Behörde.«

»Ich *bin* es schon gewesen. Ich kann es wieder sein.« Ich sprach nicht weiter, denn er wußte, wovon ich redete. Manchmal können wir die genaue Unfallursache nicht feststellen, und man weiß nie, ob es vielleicht nur daran liegt, daß wir nicht gründlich genug nachgeforscht haben. Dann gibt es wiederum Fälle, wo man den Grund findet, einen Bericht darüber schreibt, den Verantwortlichen klarmacht, daß sie etwas unternehmen müssen, damit sich die Geschichte nicht wiederholt, und es passiert überhaupt nichts. Man sitzt ihnen im Nacken und bedrängt sie, irgend etwas zu ändern, aber man weiß nie, ob man ihnen auch kräftig genug in den Hintern getreten hat. Hat man wirklich alles Menschenmögliche getan, hat man vielleicht aus Angst, den Job zu verlieren, nicht genug Theater gemacht ... und so weiter und so fort. Bis jetzt war noch keine einzige Maschine verunglückt, weil ich irgend etwas übersehen, geschweige denn zu tun unterlassen hätte. Aber es gab eine Reihe von Abstürzen, bei denen ich mich insgeheim fragte, ob sie auch passiert wären, wenn ich nur ein *bißchen* mehr Druck auf gewisse Leute ausgeübt hätte …

»Eli sagt, er hätte so etwas schon einmal erlebt«, meinte Tom.

»Hat er den Vorfall gemeldet?« Ich betrachtete Eli als meinen Freund, doch auch Freundschaft kennt Grenzen.

»Er behauptet, ja. Er erlebte so etwas nur einmal, hat aber zwei-, dreimal von ähnlichen Vorfällen gehört. Das Problem war bis jetzt so geringfügig, daß keiner auf die Idee kam, etwas dagegen zu unternehmen. Du weißt doch, ganz allgemein gesehen ist das Problem mit den veralteten Computern so groß, daß man auf einzelne Fehlerfunktionen gar nicht mehr eingeht. In Washington gibt es eine Akte darüber.«

»Hast du mal reingeschaut?«

»O ja. Ich habe sogar nach einer Lösung gesucht, aber genützt hat das Ganze auch nichts. Das Problem läßt sich praktisch nur dadurch lösen, daß man neue Computer anschafft.«

»Erklär mir das bitte genauer.«

»So etwas kommt einmal in einer Million Fällen vor. Es kann passieren, wenn sich zwei Flugzeuge im selben Sektor des Himmels befinden und dieselbe Entfernung von der Radarantenne haben. Die Bodenstation nimmt mit dem Bordtranspondern Kontakt auf. Die Transponder antworten, und die Signale erreichen gleichzeitig den Boden. Sie müssen wirklich verdammt nahe beieinander liegen, es geht hierbei um tausendstel Sekunden. Manchmal schafft der Computer es nicht, die Signale richtig einzuordnen. Er vertauscht sie, und auf dem Sichtschirm tauchen dann die verkehrten Nummern auf. So ist das eben; Scheiße rein, Scheiße raus.«

Ich wußte, was er meinte, war mir aber nicht sicher, ob er recht hatte. Im Gegensatz zu dem, was Sie vielleicht gelesen haben, sind Computer nicht intelligent. Sie arbeiten nur ungeheuer schnell. Man kann sie darauf programmieren, intelligent zu handeln, aber dann ist in Wirklichkeit der Programmierer klug, nicht der Computer. Wenn man einem Computer lange genug Zeit läßt, sich mit einem Problem zu befassen, wird er es im allgemeinen lösen. Und da für einen Computer schon eine millionstel Sekunde eine lange Zeit bedeutet, erwecken sie den Anschein, sie seien intelligent.

»Okay«, gab ich zurück. »Dann war also die Information, die der Computer erhielt, Scheiße oder zumindest irreführend. Aber ein Computer in einem Luftfahrtkontrollzentrum darf keine Informationen annehmen, die *offensichtlich* Scheiße sind.«

»Aber wie offensichtlich war es? Und vergiß nicht, er war kurz zuvor ausgefallen. Vielleicht hatte er noch nicht genügend Ausgangsdatenmaterial. Vielleicht befand er sich noch in der Aufwärmphase. Warum sollten zwei Flugzeuge nicht plötzlich ihre Positionen gewechselt haben?«

»Der Computer hätte es wissen müssen.«

»Sicher«, seufzte er, »einer der neuen Computer *hätte* es gewußt, aber ein Computer dieser Generation wäre erst gar nicht ausgefallen.«

Ich sah ihn eine Weile an, und während ich ihn anschaute, kaute er an dem Würstchen herum, das verdammt zäh zu sein schien.

»Soll das heißen, daß ein neuer Computer die Situation gemeistert hätte?«

»Selbstverständlich. Es wäre eine Routinesache gewesen. Menschenskind, schon vor sieben oder acht Jahren gab es Computer, die diesen Murks nicht mehr gemacht hätten.«

»Wir hätten doch mehr Druck dahintersetzen sollen.«

»Was hätten wir denn noch tun können?«

Er sprach von einer Konferenz, die vor einem halben Jahr stattgefunden hatte. Wegen eines überlasteten Computers in Boston hatte es einen Beinahezusammenstoß gegeben, den wir untersuchen mußten. In diesem Fall wären die Maschinen um ein Haar miteinander kollidiert, wenn nicht ein Pilot im letztem Moment sein Flugzeug hochgezogen hätte. Und wieder einmal brachten wir das Thema zur Sprache, die alten Computer müßten durch neue ersetzt werden.

Die meisten Computer der FAA stammten aus dem Jahre 1968. Damals schien es jemand für eine gute Idee gehalten zu haben, die Computer zu kaufen, anstatt sie zu leasen. Bald besaß die Regierung der Vereinigten Staaten Computer im Werte von vielen Millionen Dollar, die sie mit eigenen Kräften bediente und wartete.

Jahre vergingen.

Wenn Sie etwas von Computern verstehen, dann wissen Sie, daß ein zehn Jahre alter Computer genausogut aus der Steinzeit stammen könnte. Es spielt keine Rolle, ob das Ding gut gewartet wurde und ob es wunderbar die Aufgaben erfüllt, für die es konzipiert wurde. Der Computer taugt einfach nichts mehr. Man hat noch Glück, wenn man ihn als Alteisen verkaufen kann, denn wer schafft sich schon für viel Geld einen riesigen Computer an, der nur halb soviel Aufgaben erledigt wie ein modernes Gerät von einem Hundertstel der Größe?

Die FAA Computer konnte man jetzt mit weißen Elefanten vergleichen. Sie funktionierten – obwohl sie ständig die Grenzen der Belastbarkeit erreichten und als Folge davon häufig ausfielen. Wir waren dabei, sie durch neue zu ersetzen, aber ein Computer ist teuer, und die Budgets sind knapp bemessen. Es würde noch eine Weile dauern, bis jeder Tower mit einem modernen Gerät ausgestattet war.

Und was dann? Kaum hat man sich so ein neues Ding angeschafft, die Schutzhülle davon entfernt und es eingeschaltet, da bringt schon eine andere Firma einen neuen Computer auf den Markt, der doppelt so gut und dafür nur halb so teuer ist. Ständig halten wir Ausschau nach Geräten, die vielleicht noch besser sind, und fragen uns, ob es sich nicht lohnte, *noch* ein Jahr länger mit der Anschaffung zu warten.

Dieses langsame Vorgehen paßte mir nicht. Ich wollte sämtliche Computer innerhalb eines Jahres durch neue ersetzt haben, ohne zu berücksichtigen, daß ein Jahr später vielleicht ein verbessertes Modell auf dem Markt auftauchen könnte. Aber wenn ich das hätte ernsthaft durchsetzen wollen, hätte ich meinen Job riskiert. Und das war mir die Sache nicht wert.

Man muß nur genau hinsehen, dann findet man auch den Schuldigen.

Als wir zurückkamen, konnte das Band aus dem Cockpit-Recorder der 747 abgespielt werden.

Wir versammelten uns wieder um das Abspielgerät – wobei wir dieses Mal mehr Leute waren. Ich weiß nicht, woher das kommt, aber eine Unfalluntersuchung zieht Menschen an wie ein Hund Flöhe. Das Band begann zu laufen. Ein lautes Zischen schwoll an und ebbte ab, doch wir konnten das meiste, was gesagt wurde, verstehen.

In diesem Cockpit saßen vier Leute. Sie unterhielten sich prächtig miteinander. Bemerkungen flogen hin und her, Witze wurden erzählt.

Die Stimme des Piloten Gil Crain war für mich am leichtesten zu erkennen. Ich hatte ihn persönlich gekannt, und außerdem sprach er mit einem starken Südstaatlerakzent. Ein Akzent, der ihm im übrigen zu recht zustand. Die Hälfte der Piloten, die Verkehrsmaschinen fliegen, eignet sich ein affektiertes West-Virginia-Näseln an, wenn sie über Funk sprechen, und tun so, als seien sie Chuck Yeager, der in den fünfziger Jahren damit begann. Die andere Hälfte benutzt ein gelangweiltes Sing-Song-Patois, das ich als Vietnam-Jet-Jockey-Slang bezeichne. Manchmal glaubt man, man hört zu, wie sich eine Gruppe Fernfahrer über ihre CB-Funkgeräte unterhalten. Gil Crain jedoch war auf der Dixie-Scholle geboren worden und aufgewachsen. Und bald würde er in ihr begraben werden.

Er redete viel über seine Kinder. Es tat richtig weh, sich das anzuhören, wenn man daran dachte, was ihm bald passierte. Ich entsinne mich noch an das Band, das wir nach dem Absturz in San Diego abspielten. Im Cockpit unterhielt man sich über Lebensversicherungen, nicht ahnend, daß der Fall der Fälle in wenigen Minuten eintreten würde.

Der Bursche, der andauernd kicherte, war Lloyd Whitmore, der Ingenieur. John Sianis, der Copilot, hatte einen leichten ausländischen Akzent – ich nahm an, er stammte aus dem Mittleren Osten – und eine resolute, präzise Sprechweise.

Der letzte Knabe da oben war Wayne DeLisle. Angeblich nahm er den Posten eines Beobachters ein, doch korrekter ausgedrückt hätte man ihn einen »Schwarzfahrer« nennen müssen. Er war Pilot bei der Pan Am und schmarotzte sich einen Freiflug im Cockpit. Am nächsten Tag sollte er eine Maschine von San Franzisco nach Hongkong fliegen. Er saß ziemlich weit weg von Mikrophon, und seine Stimme klang undeutlich, aber er redete so viel, daß es mir bald nicht schwerfiel, seine Stimme von den anderen zu unterscheiden.

Es begann ähnlich wie bei der anderen Maschine. Captain Crain wollte gegen Janz' Anweisung protestieren, da sie ihm sinnlos erschien, aber ich wußte, er würde nicht lange zögern, sie auszuführen. Er mußte ja davon ausgehen, daß der Fluglotse, der seinen Radarschirm vor sich hatte, mehr sah als er, der Pilot, der durch eine Wolkendecke flog.

Schlagartig wurde es im Cockpit ruhig und unpersönlich.

Crain sagte: »Ich verstehe nicht, worauf er hinauswill.« Er wollte weitersprechen, hielt jedoch inne. Lärm erklang, als die beiden Maschinen zusammenstießen. Offenbar erhaschte die Cockpit-Besatzung nicht mal einen Blick auf das andere Flugzeug, jedenfalls war nie die Rede davon, daß jemand eine Maschine sichtete.

Irgendwer brüllte etwas, dann beschäftigte man sich ausschließlich damit, die beschädigte Maschine in der Luft zu halten.

Wir hörten, wie die drei Männer der Besatzung vorgingen. Es war lehrbuchmäßig. Crain führte Tests durch, um zu überprüfen, was noch funktionierte, kommentierte jeden seiner Handgriffe und klang schließlich richtig optimistisch. Die Maschine befand sich immer noch im Sinkflug, doch er bemühte sich, den Bug hochzuziehen, im Glauben, es seien noch genügend Steuermechanismen intakt. Ich hingegen wußte, daß er überhaupt kein Seitenruder mehr hatte und daß unten ein Berg auf ihn wartete, den er nicht umfliegen konnte. Dann hörte ich DeLisle.

»Die Stelle noch mal«, bat ich. »Was hat er gesagt?«

»Klang wie ›geh mal zu den Passagieren‹«, mutmaßte

jemand. Das Band wurde zurückgespult und begann von neuem. Wir hörten, wie Gil über die Ruderfunktion sprach. Ich beugte mich vor, um besser hören zu können, denn gleich darauf mußte DeLisles Stimme kommen. Plötzlich sagte jemand dicht vor meinem Ohr:

»Möchten Sie eine Tasse Kaffee, Mr. Smith?«

Ich hatte schon wieder nichts verstanden. Wütend drehte ich mich um, im Begriff zu brüllen, die Nutte solle machen, daß sie hier herauskäme ... und starrte in das Gesicht der bildschönen Stewardess aus dem Hangar. Sie strahlte mich an, und ihr Lächeln war so arglos und unschuldig wie das einer Heiligen. Ich fand es ein bißchen merkwürdig für eine Frau, die noch wenige Stunden zuvor vor mir davongelaufen war wie eine Diebin.

»Was machen Sie denn ...«

»Er sagt, ›ich gehe mal zu den Passagieren‹«, unterbrach mich Jerry. »Warum hat er das wohl ... Bill? Hörst du mir überhaupt zu?«

Ich hatte zwar mitbekommen, was er sagte, doch meine Aufmerksamkeit galt der Frau. Ich war hin und her gerissen. Ich sah Jerry an, dann schaute ich wieder zu der Frau hin. Sie ging bereits mit ihrem Kaffeetablett fort.

»Warum hat er das wohl gesagt?« wiederholte Jerry. Im Cockpit muß es doch ziemlich wild zugegangen sein.«

»Man sollte meinen, er hätte sich nicht getraut, sich loszuschnallen«, ergänzte jemand anders.

Ich widmete mich wieder dem Problem.

»Es hat wenig Sinn zu fragen, warum er das Cockpit verließ«, meinte ich. »Pflichten zu erfüllen hatte er dort nicht, also können wir ihn deshalb nicht tadeln. Er übte keinerlei Funktion aus, aber vielleicht hoffte er, den Flugbegleitern helfen zu können.«

»Ich wundere mich nur, daß er so rasch auf die Idee kam«, äußerte Craig.

»Ich nicht«, mischte sich Carole ein. »Denk doch mal nach. Im Cockpit sitzt ein Pilot, dem in seiner Notsituation die Hände gebunden sind. Er ist darauf trainiert, irgend etwas zu tun. Aktiv eingreifen und mithelfen, die Maschine in der Luft zu halten, kann er nicht, das ist Aufgabe des Flugkapitäns. Aber vielleicht kann er sich bei den Passagieren irgendwie nützlich machen. Also verläßt er das Cockpit und geht in die Kabine, wo man ihn möglicherweise braucht.«

Ich nickte ihr zu. Es klang vernünftig. Tom fand das auch ...

»So könnte es gewesen sein«, sagte er. »Es ließe sich höchstens einwenden, daß er nicht Mitglied der Besatzung ist und auf eine Anordnung des Flugkapitäns hätte warten müssen. Er hätte nicht aus eigenem Antrieb das Cockpit verlassen dürfen. Er hätte abwarten müssen, was Crain ihm sagte.«

»Crain hatte anderes zu tun.«

In diesem Stil ging es eine Weile hin und her, bis ich abwinkte.

»Weitermachen.«

Dieses Band lief länger als das andere. Und auf eine Weise war es schlimmer anzuhören. Man merkte Gil ganz deutlich an, daß er glaubte, er hätte es geschafft. Er las die Höhenmessungen ab und mußte annehmen, die Situation habe sich verbessert. Der Anstellwinkel wurde günstiger. Er ließ seinen Copiloten über Funk fragen, wo es geeignete Stellen für eine Notlandung gebe. Er überlegte, ob sie die Sandbänke in der Bucht erreichen könnten oder den Sacramento oder sonst was. Sie sprachen über Äcker und Landstraßen ... bis ihm plötzlich der Hornton der Überziehwarnanlage entgegenblökte. Dann kam auch schon der Berg.

Selbst mit intaktem Ruder hätte er ihm wohl kaum ausweichen können. Er probierte alle Mechanismen aus, die die Maschine besaß, sämtliche Steuerflächen, Spoiler, Querruder, Klappen, Höhenruder und versuchte, das riesige Ding in eine Kurve zu zwingen. Das Gespräch im Cockpit wurde hektischer, es ging jedoch immer noch geordnet zu.

Crain versuchte, die Maschine hochzuziehen und irgendwo auf dem Berghang notzulanden. Er hoffte, die Maschine würde nicht zu weit abrutschen. Doch dann verließ ihn sein Optimismus, und er dachte nur noch daran, die Katastrophe so gering wie möglich zu halten.

Und plötzlich hörten wir etwas vollkommen Überraschendes. Im Cockpit schrie jemand. Ich war mir ziemlich sicher, daß es ein Mann war, und es klang hysterisch.

Er sprudelte die Worte so schnell hervor, daß man kaum etwas verstehen konnte. Ich hockte auf der äußersten Stuhlkante und lauschte angestrengt mit geschlossenen Augen. Die Stimme gehörte DeLisle. Er war zurückgekommen.

Warum? Und was schrie er?

In diesem Moment kam das Band abrupt zum Stehen, und irgend etwas Schweres stieß gegen meine Rippen. Ich zuckte zusammen, riß die Augen auf und stierte in meinen Schoß. Auf meinen Oberschenkeln lag eine umgekippte Kaffeetasse. Die warme braune Flüssigkeit durchtränkte meine Hose.

»*Entschuldigen* Sie. Ach, das tut mir ja so schrecklich leid. Warten Sie, ich helfe Ihnen. Ich bin ja solch ein Tolpatsch, kein Wunder, daß sie mich nicht als Stewardess haben wollen.«

Lamentierend ging sie neben mir in die Hocke und begann mit einem winzigen Taschentüchlein meinen Schoß abzutupfen.

Eine Zeitlang war ich vollkommen verwirrt. Ich war jählings aus meiner Konzentration gerissen worden, die den toten Jungs im Cockpit galt, und dann fiel mir dies plötzlich im wahrsten Sinne des Wortes in den Schoß. Sie befand sich nur Zentimeter von mir entfernt, sah mich mit seltsamem Ausdruck an und streichelte mit einem nassen Taschentuch meine Schenkel. Zu mehr, als sie lediglich anzustarren, war ich nicht in der Lage.

»Macht ja nichts«, sagte ich schließlich. »Das kann schon mal passieren.«

»Aber warum immer *mir*«, entgegnete sie wehleidig.

Sie konnte wirklich nichts dafür.

Sie war über das am Boden liegende Kabel gestolpert, weshalb das Abspielgerät so plötzlich stoppte. Ihr Kaffeetablett flog in eine Richtung und sie, eine Tasse in der Hand, in die andere. Die Frau war neben meinem Stuhl auf dem Fußboden gelandet, und der Inhalt der Tassen, die auf dem Tablett standen, ergoß sich über das Gerät.

Ich ging hin, um den Schaden abzuschätzen.

»Ich brauche eine andere Maschine«, sagte der Mann, der sie bediente. »Dusselige Kuh. Das Gerät hier kostet fünftausend Dollar, und durch Kaffee wird es auch nicht ...«

»Was ist mit dem Band?« Mir lief es eiskalt über den Rükken. Einmal hatte ich das Originalband aus einem Cockpit Recorder abspielen lassen, ehe ich es in das Labor nach Washington schickte. Ich hatte nochmal verdammt Glück gehabt, daß es sich hier nur um eine Kopie handelte. Bei der Behörde wäre man nicht begeistert, wenn ein Band einen Absturz heil überstand und dann durch verschütteten Kaffee unbrauchbar wurde.

»Dem dürfte nichts passiert sein. Ich spule es ab und trockne es mit der Hand.«

Er blickte auf seine Uhr. »Geben Sie mir eine halbe Stunde Zeit.«

Ich nickte ihm zu und drehte mich um, um das Mädchen zu suchen. Doch sie war schon fort.

10 »The Man Who Came Early«

Aussage der Louise Baltimore

Ich konnte nachempfinden, wie dem Rat zumute gewesen sein mußte. Ich hatte diesen neun tragischen Gestalten erzählt, wie wichtig meine Mission für den Erfolg des TOR-Projektes sei, und sie waren umgekippt wie Kegel. Nun tat Sherman das gleiche mit mir. Ich argwöhnte, daß seine Behauptung auf genauso wackeligen Beinen stand wie meine damals vor dem Rat, sprach meinen Verdacht jedoch nicht aus. Immerhin ... er hätte ja recht haben können. Ich hatte dieselbe abergläubische Angst, eine Nachricht aus der Zukunft zu mißachten.

Ein gesunder Egoismus – man könnte es auch Furcht nennen – trieb mich jedoch dazu, gegen den Vorschlag zu stimmen. Lawrence und Martin besaßen nicht mal diesen Selbsterhaltungstrieb. Den brauchten sie auch nicht zu haben. Sie konnten gut dafür plädieren, daß, falls überhaupt eine Mission stattfinden sollte, ich diejenige sein müsse, die in jener schicksalhaften Nacht einen Kommandoüberfall auf den schicksalhaften Hangar anführte. Sie saßen ja zeitaufwärts in Sicherheit und konnten sich ein Vergnügen daraus machen, mich, wenn ich wieder versagte, mit Vorwürfen zu überhäufen.

In mir nistete sich eine dumpfe Vorahnung ein. Ich würde ein zweites Mal versagen. Und ich glaube, Sherman wußte es auch.

Dann ging alles ganz schnell. Verschiedene Unstimmigkeiten mußten ausgebügelt werden.

Lawrence war entsetzt, als er erfuhr, wie weit entfernt von meinem Ziel er mich abgesetzt hatte. Er ließ seine Leute an dem Problem arbeiten und konnte mir bald darauf versichern, daß er in der Lage sei, mich mit einer Abweichung von höchstens fünf Zentimetern zu meinem Ziel zu bringen. Ich glaubte ihm nicht, aber ich brauchte es ihm ja nicht zu sagen.

Die Probleme, mit denen ich mich konfrontiert sah, waren nicht so leicht zu lösen. Es handelte sich tatsächlich um einen Kommandoüberfall. Meine drei besten Leute sollten mich begleiten: Mandy Djakarta, Tony Louisville und Minoru Hanoi. Dieses Mal brauchten wir uns nicht zu maskieren. Wir würden uns als Diebe in der Nacht zurückschleichen. Unser Ziel war es, in den Hangar zu gelangen, den Paralysor zu finden und ungesehen zu entkommen.

Ich betraute Tony mit der Aufgabe, die Ausrüstung auszuwählen und einen Plan zu entwerfen.

Vermutlich hatte sich Tony der gleichen Impfung mit Datenmaterial unterzogen wie ich. Auf jeden Fall hatten wir dieselben Filme gesehen. Die Uniformen, die er für uns aussuchte, hätten aus einem Film über den Zweiten Weltkrieg stammen können. Wir waren ganz in Schwarz gekleidet und trugen schwarze Handschuhe und Schuhe aus weichem schwarzen Leder. Er hatte sogar Ruß besorgt, den wir uns ins Gesicht schmierten – außer Mandy natürlich, die das nicht nötig hatte.

Wir waren mit Waffengürteln ausgerüstet, bestückten sie jedoch lediglich mit Spürgeräten, die uns helfen sollten, den Paralysor zu finden. Auf diese Reise wurden keine Waffen mitgenommen. Wenn wir jemanden lähmten oder verletzten, hätte das unser Problem nur vergrößert.

Martin Coventry umflatterte uns wie eine nervöse Henne, als wir uns vor dem TOR aufreihten. Er überhäufte uns mit allerletzten Ratschlägen.

»Ihr werdet von dreiundzwanzig Uhr bis Mitternacht da sein«, sagte er. »Wir haben gesehen, daß Smith um halb zwölf auftaucht und eine Stunde später wieder geht. Dreißig Minuten lang befindet ihr euch also zusammen mit ihm in dem Hangar und ...«

»Wir schleichen auf Zehenspitzen«, schnitt Minoru ihm das Wort ab. »Das haben wir doch alle schon mal gehört, Martin. Willst du mitkommen und unser Händchen halten?«

»Es kann nie schaden, wenn man so etwas noch einmal durchgeht.«

»Wir sind für alles gerüstet, Martin«, beruhigte ich ihn. »Der Hangar ist groß. Es gibt eine Million Plätze, an denen wir uns verstecken können, und die Beleuchtung ist schlecht.«

»Ich mache mir mehr Sorgen um das, was bei euch passiert«, mischte sich Tony ein. »Wenn wir aus dem Hangar geholt werden, während er noch darin herumpirscht, müßt ihr verdammt gut aufpassen, daß er das TOR nicht bemerkt.«

»Das gefällt mir nicht«, stärkte Mandy ihm den Rücken. »Warum setzt uns das TOR nicht vor dem Hangar ab, und wir brechen dann ein?«

Martin verzog schmerzlich das Gesicht. »Weil der Hangar in jener Nacht bewacht wird.«

»Das paßt mir nun wieder nicht«, versetzte Tony mit finsterer Miene.

»Wir können aber nichts daran ändern. Ihr müßt uns vertrauen. Lawrence und ich lassen sämtliche Suppressoren auf Hochtouren laufen. Das TOR wird an der vorgesehenen Stelle erscheinen, und sein Auftauchen wird keinerlei Geräusch verursachen.

Er konnte uns viel erzählen. Das Erscheinen des TORS ging nicht ohne Geräuschentwicklung ab.

Ich hörte die Echos in dem leeren Hangar widerhallen, als wir hinaustraten. Sorgen machte ich mir nicht, denn ich wußte, daß wir in dem Gebäude allein waren, und der Lärm drang bestimmt nicht bis nach draußen. Doch ich dachte an den Rückweg und daß Lawrence sich wohl etwas mehr Mühe geben mußte.

»Punktlandung«, wisperte Mandy und deutete auf den Betonboden.

Sie hatte recht. Mein kurzer Ausflug vor ein paar Stunden – oder vor ungefähr neununddreißig Stunden, je nachdem von welcher Seite aus man es sieht – hatte den Vorteil gehabt, daß wir uns nun die günstigste Stelle für das Auftauchen des TORS aussuchen konnten. Wir hatten

6·84·3

uns für die nordwestliche Ecke entschieden, hinter dem, was vom Heck der 747 herangekarrt worden war und den größeren Trümmern des Boingrumpfes. Dort herrschte eine solche Finsternis, daß wir kurz unsere Stiftstrahler einschalten mußten, um nicht versehentlich über etwas zu stolpern.

Nachdem ich mich orientiert hatte, bedeutete ich dem Team mit Gesten, auszuschwärmen und mit der Suche zu beginnen. Ich aktivierte meinen Detektor und strebte auf die Stelle zu, wo ich den Paralysor bei meinem ersten Ausflug in den Hangar gesehen hatte.

Die Müllsäcke standen jetzt woanders. Natürlich. Sie hatten fast zwei Tage lang Zeit gehabt, das Gerümpel zu sichten. Ich begann mit meiner Suche. Geräuschlos wie eine Katze schlich ich mich durch die gespenstischen Trümmerberge.

Eine Viertelstunde später kroch ich immer noch durch diese alptraumhafte Landschaft, aber der Zeiger auf der kleinen Sichtscheibe war um keinen Millimeter weitergerückt.

Ich stieß einen leisen Pfiff aus, und im Dunkeln versammelten sich meine Kameraden um mich. Wir steckten die Köpfe zusammen.

»Ich kann überhaupt nichts entdecken«, sagte ich.

»Ich auch nicht«, erwiderte Tony.

»Rein gar nichts.«

Minora zuckte lediglich mit den Schultern und schüttelte den Kopf.

»Vorschläge?«

»Die Detektoren peilen die Energiequelle an. Vielleicht hat das Ding keinen Saft mehr.«

»Oder jemand hat den Paralysor aus dem Hangar gebracht.«

»Sehr unwahrscheinlich.« Ich merkte, daß ich an meinem Daumennagel kaute. »In fünfzehn Minuten wird er hier sein. Zehn Minuten Zeit nehmen wir uns noch, fünf Minuten lassen wir uns als Sicherheitsspielraum. Macht Licht, sucht überall, bemüht euch nicht, leise zu sein. Wenn wir nichts finden, verstecken wir uns unter dem Heck und warten auf das TOR.«

»Das wird verdammt knapp, nicht wahr?« meinte Mandy.

»Sei nicht so pessimistisch.«

»Alle Zeitreisenden sind Pessimisten.«

Das war Minorus Beitrag zum Gespräch. Ich weiß selbst nicht, ob Pessimismus bei mir eine angeborene oder anerzogene Eigenschaft ist. Ich weiß nur, daß ich Grund genug gehabt hätte, mir diese Lebenseinstellung zueigen zu machen. Plötzlich:

Ich wühlte gerade zwischen kleineren Trümmerstücken herum, als ich Tony den vorher vereinbarten Ruf ausstoßen hörte. Wir hatten ihn aus einem Indianerfilm geklaut, und er bedeutete: »Ich habe etwas gefunden!«

Es stimmte. Wir schlichen auf ihn zu. Mein Herz klopfte wie wild. Wir hatten es tatsächlich geschafft. Dann sah ich, wie Tony Mandy zuwinkte und ihr bedeutete stehenzubleiben. Sie duckte sich und verharrte ungefähr zwanzig Meter von ihm entfernt. Ich tat das gleiche und beobachtete, wie Tony ihr dann bedeutete, langsam näher zu kommen. Wie aus dem Nichts tauchte Minoru neben meinem Ellenbogen auf, und die letzten dreißig Meter legten wir im Schnekkentempo zurück.

Die Beleuchtung war äußerst schlecht. Es dauerte eine Weile, bis wir überhaupt etwas sahen. Als erstes erkannte ich den Paralysor. Er lag auf dem Boden, ungefähr drei Meter von einer Reihe von Klapptischen entfernt, auf denen sich Gegenstände häuften. Unmittelbar vor den Tischen, im Schatten, ungefähr einen Meter von dem Paralysor entfernt, lag ein langer Gegenstand. Nachdem sich meine Augen an das trübe Licht gewöhnt hatten, bestätigte sich mein erster Eindruck. Es handelte sich um einen menschlichen Körper.

»Wer ist das?« flüsterte Mandy.

»Was glaubst du?« fragte ich erbittert zurück.

Wir schritten näher. Ich schaltete meinen Stiftstrahler ein. Es war Bill Smith.

»Atmet er?«

»Mit Sicherheit weiß ich es nicht.«

»Doch, er atmet. Er ist nur gelähmt.«

»Dann kann er uns wahrscheinlich hören.«

Mandy und Tony zogen sich zurück.

»Scheiße, Mist!« brüllte ich. Mit gedämpfter Stimme fuhr ich fort: »Wenn er uns hören kann, dann ist die Scheiße bereits am dampfen.«

»Aber es nützt nichts, wenn wir die Situation noch schlimmer machen«, meinte Mandy. Sie hatte bestimmt recht. Wir zogen uns alle zurück und gingen in die Hocke.

»Sind seine Augen offen oder geschlossen?« fragte ich.

»Offen«, antwortete Tony. »Ich bin sicher, daß er mich gesehen hat.«

»Was kann denn hier passiert sein?«

Wir betrachteten das Stilleben mit dem Titel »Katastrophe«, und bald wußten wir, was vorgefallen sein mußte.

Er lag auf dem Rücken, die Beine ausgestreckt, eines leicht angewinkelt unter dem anderen. Das untere Bein würde vermutlich bald einschlafen, und wenn er es dann wieder bewegte, wie verrückt schmerzen. Der Paralysor befand sich ungefähr einen halben Meter von seiner linken Hand entfernt. Direkt neben der rechten Hand lag ein Schweizer Armeemesser mit geöffneter Klinge.

Minoru sprach aus, was wir alle dachten.

»Er war schon im Hangar, ehe wir eintrafen. Er fand den Paralysor. Auf den Zeitschirmen sahen wir, daß der Paralysor ein rotes Licht abstrahlte. Das deutet auf ein Energieleck hin. Vermutlich zog das rote Licht seine Aufmerksamkeit auf sich. Als er anfing, mit dem Messer in der Waffe herumzustochern, schloß er irgend etwas kurz.«

»Der Paralysor war so beschädigt, daß der Strahl nicht mehr gebündelt herauskam.«

»Gott sei Dank. Sonst läge hier ein Toter.«

»Von dem, was hätte sein können, will ich jetzt nichts mehr hören«, fuhr ich dazwischen. »Er sollte doch erst um halb zwölf Uhr nachts in den Hangar kommen. Was, zum

Teufel, hat er um diese Zeit hier zu suchen? Wieso war er schon vor uns hier?«

»Das müssen wir feststellen, wenn wir zurückkommen.«

»Und was tun wir jetzt? Sollen wir den Paralysor mitnehmen?«

Ich zerbrach mir den Kopf. Ich wußte, das Unheil war angerichtet, aber wir waren gekommen, um den Paralysor zu holen, deshalb hob ich ihn auf. Ich öffnete ihn und überzeugte mich davon, daß seine Energie verbraucht war. Jetzt wußte ich auch, warum unsere Spürgeräte nichts angezeigt hatten.

»Wir nehmen ihn mit.« Ich blickte auf meine Uhr. »Verdammte Scheiße. Wir stehen jetzt seit einer Viertelstunde hier herum und quatschen. In zwanzig Minuten kommt das TOR. Weg hier.«

»Er schwitzt sehr stark.«

Ich ließ das Licht meines Strahlers über ihn wandern. Tony hatte recht. Bald würde Mr. Smith in einer Schweißlache liegen. Ich versuchte mir auszumalen, was er wohl denken mochte. Mehr als ein paar Blicke auf uns hatte er bestimmt nicht erhascht, doch es mußte genügen, um ihm eine Wahnsinnsangst einzujagen. Ein paar Sätze hatte er auch gehört. Was wir gesprochen hatten, wußte ich jedoch nicht mehr genau.

Wir mußten ihm einen Höllenschreck eingejagt haben.

Konnte ich etwas daran ändern? Nein. Ich scheuchte mein Team in die Nordwestecke des Hangars zurück.

Ungefähr zwanzig Meter weit folgte ich ihnen sogar.

Plötzlich stand ich wie angewurzelt da. Ich konnte mich nicht erinnern, stehengeblieben zu sein. Es war, als wäre ich gegen eine unsichtbare Wand gelaufen. Ich wollte weitergehen, doch ich konnte nicht. Also drehte ich mich um und hetzte zu ihm zurück.

Er hatte sich nicht vom Fleck gerührt. Ich kniete neben ihm nieder und beugte mich über ihn, damit er mich sehen konnte. Ich dachte an mein rußgeschwärztes Gesicht. Wiedererkennen würde er mich bestimmt nicht.

»Smith«, sagte ich. »Sie kennen mich nicht. Wer ich bin, darf ich Ihnen nicht verraten. Ihnen geschieht kein Leid.

Sie sind nur vorübergehend gelähmt. Ihnen fiel etwas in die Hände, was ...« Halt, Louise, ermahnte ich mich. Du sagst schon zuviel. Aber wieviel reichte aus, und warum sprach ich überhaupt mit ihm?

Mittlerweile war ich genauso in Schweiß gebadet wie er.

»Ich wollte ... Smith, Sie gefährden ein Projekt, das wichtiger ist als Sie sich vorstellen können. *Vergessen Sie dies alles.*«

Jesus Christus! Wie würde er so etwas vergessen können? Hätte ich es vergessen können? Oder Sie etwa?

»Es wird ein Paradox geben, wenn Sie sich weiterhin einmischen.«

Plötzlich fror ich. Ich *wußte,* was er dachte.

»O nein. Wir sind nicht schuld daran. Sie glauben, wir hätten die Flugzeugabstürze verursacht, aber das stimmt nicht. Ich schwöre es Ihnen, die beiden Maschinen wären ohnehin ...«

Scheiße! Ich hatte schon wieder zuviel gequatscht. Um einen seiner Mundwinkel zuckte es, doch vielleicht bildete ich es mir auch nur ein. Seine Brust hob und senkte sich langsam, und der Schweiß perlte ihm immer noch von der Stirn.

Egal, was ich anfing, ich machte nur Mist. Ob Sie es glauben oder nicht, aber bis vor kurzem gehörte ich noch zur Elite unseres Greifkommandos.

Ich sprang auf und rannte meinem Team hinterher.

Zur festgesetzten Zeit erschien das TOR, und wir vier traten hindurch.

Es gab ein Nachspiel. Ich verschwendete viel Zeit damit, Lawrence und Martin wegen ihrer idiotischen Vorhersagen anzubrüllen. Ich erinnerte mich, daß ich Dinge sagte wie: Mit einer Kristallkugel und Teeblättern hätte ich mehr anfangen können. Ich konnte mich gut auf das hohe Roß setzen, denn dieses Mal hatte ich nicht versagt. Man hatte uns erzählt, Smith würde erst um 23.30 Uhr auftauchen. Ich verriet nichts von meiner kurzen Ansprache an Smith, und auch mein Team hielt dicht. Sie wußten zwar nicht, was ich ihm gesagt hatte, aber ihnen konnte nicht entgangen sein, daß ich zurückgelaufen war und mit ihm sprach.

Etwas Nützliches kam bei diesem Geschrei natürlich nicht heraus, es sei denn, man bezeichnet das unedle Gefühl, sich gerächt zu haben, als etwas Sinnvolles. Dabei wußte ich genausogut wie sie, daß die Meßergebnisse, die sie vor unserem Aufbruch erhalten hatten, durch den chaotischen Zustand des Zeitstroms zur Ungenauigkeit neigten. Wir alle hätten uns darüber im klaren sein müssen, daß die Zeitschirme keine zuverlässigen Aussagen mehr lieferten.

Außerdem hatte es während meiner kurzen Abwesenheit schon wieder Änderungen gegeben.

Sobald unser Team das TOR passiert hatte, waren viele Ereignisse auf den Zeitschirmen deutlicher geworden. In manchen Fällen lockerte sich die Zensur, und Dinge zeigten sich, die vorher verschwommen gewesen waren. Mit das erste, was sie sahen, war Smith, wie er um 22.30 Uhr den Hangar betrat. Sie beobachteten sogar, wie er den Paralysor fand, ihn in die Hand nahm und wie ein Idiot darin herumzustochern begann. Es hatte sich ziemlich genauso abgespielt, wie Minoru es vermutete. Aber als man Bescheid wußte, war es natürlich schon zu spät, um uns zurückzuholen.

Martin stand kurz vor einem Anfall, als er versuchte herauszufinden, warum die zeitliche Zensur sich plötzlich lockerte. Zu seinen Mutmaßungen hatte ich nichts beizutragen. Eine Theoretikerin war ich noch nie gewesen. Wenn man mich nach meiner Meinung gefragt hätte, hätte ich nur gesagt: Gott spielte uns bloß einen kleinen Schabernack. Freier Wille? Daß ich nicht lache!

Die nächste bedeutende Änderung betraf Sherman. Sein Mund wirkte jetzt viel realistischer. Außerdem trug er jetzt eine Nase im Gesicht. Selbst im Dunkeln hätte man ihn immer noch nicht mit einem Menschen verwechselt, doch nun sah er zumindest menschenähnlich aus.

Ständig starrte ich auf seinen Mund. Schließlich redete ich mir ein, es bestünde nicht die geringste Ähnlichkeit. Nur ein zu Tode erschrockener, besessener, aggressiver und gefühlsmäßig ausgelaugter Zombie konnte auf diesem Plastikgesicht ein schiefes Grinsen entdecken.

Ich war die einzige, die Fenster B überhaupt nur in Betracht zog. Ich hatte immer noch niemandem erzählt, daß Fenster C für mich überhaupt nicht in Frage kam, deshalb fiel es mir schwer, meine Position zu verteidigen. Jeder wartete darauf, daß Sherman die Führung übernahm. Er schwieg.

Dann hörten wir, daß ich wieder vor den Rat treten mußte, und die Entscheidung wurde aufgeschoben. Martin und Lawrence gestanden ein, daß sie sich über die Atempause freuten, denn sie wollten die Mechanik, die mit der Zeitreise zusammenhing, noch einmal überprüfen.

Sie planten, ein statistisches Universum zu schaffen, das mit dem »echten« Universum ein paar Eigenschaften gemeinsam hatte, was immer sie damit meinen mochten. Sie wußten, daß sie nicht mehr in die Vergangenheit sehen und entscheiden konnten, was Realität und was Möglichkeit war, aber sie hofften, gewisse Dinge prozentual ausdrücken zu können.

Das gefiel mir, vor allen Dingen, wenn ich daran dachte, daß sie mich wieder zurückschicken wollten. Bis jetzt hatten wir in der ersten Dimension eine Abweichung von einer Viertelmeile und in der zeitlichen Dimension eine Abweichung von einer Stunde gehabt. Martin erzählte mir einmal, daß zwölf Dimensionen daran beteiligt waren, das TOR zu aktivieren. Die Abweichungen der restlichen zehn wollte ich lieber nicht erleben.

Mein Auftreten vor dem Rat verlief nicht viel anders als beim ersten Mal. Zweimal bot ich meinen Rücktritt an, und ich glaubte, beim zweiten Mal hätten sie ihn fast angenommen. Ich wiederholte, die Mission sei von ungeheurer Wichtigkeit für den Erfolg des TOR-Projekts, doch dieses Argument nützte sich langsam ab.

Ich hatte Mühe, der anschließenden Diskussion zu folgen. Sie verlief in sehr technischen Bahnen und wurde über meinen Kopf hinweg geführt. Außerdem spielte die interne Politik des Rats auch noch eine Rolle. Der Rat spaltete sich in mindestens drei Fraktionen – nicht schlecht für eine so große Gruppe –, wobei eine mal diesen, mal jenen Standpunkt bezog. Am Ende erhielt ich die Genehmigung für noch eine Reise.

Martin hatte seine Abneigung gegen das Ratszimmer überwunden und blieb während der zweiten Konferenz bei mir. Er setzte die Ratsmitglieder davon in Kenntnis, daß mindestens zehn Stunden lang nichts unternommen werden könne. Ich dankte den Göttern mit einem stummen Gebet. Für mich bedeutete das die erste Ruhepause nach zwei Tagen beinahe ununterbrochener Aktivität.

Außerdem mußte ich mich unbedingt mit Sherman unterhalten.

11 »Behold the Man«

»Nenn mich Jesus«, sagte Sherman.

Ich warf meine Zigarette nach ihm, weil ich nichts Schwereres bei der Hand hatte. Die Kippe traf ihn jedoch nicht. In einer Ecke meines Zimmers befindet sich ein kleines Lasergerät, das mit einem kleinen Radar und einem kleinen Gehirn ausgerüstet ist. Es verfolgte den Weg der Kippe und verwandelte sie in Plasma, ehe sie einen halben Meter weit geflogen war. Ich frage mich auch, was sich die Wissenschaftler demnächst noch ausdenken werden, doch diese Anlage macht Aschenbecher überflüssig.

»Ich werd' dich gleich sonst was nennen, du Arschloch.«

»Es gibt ein paar Dinge, die ich dir wirklich nicht erzählen kann, Louise«, erwiderte er.

»Was kannst du mir denn erzählen?«

Er schien eine Weile nachzudenken.

»Stand in deiner Botschaft tatsächlich, daß du sie geheimhalten mußt?« bohrte ich nach.

»Ja. Mit gewissen Ausnahmen.«

»Zum Beispiel?«

»Dir darf ich bestimmte Dinge erzählen. Zu bestimmten Zeiten.«

»Um mich zu beeinflussen.«

»Ja.«

Ich funkelte ihn an, und er funkelte zurück. Aber er sah wenigstens nicht selbstgefällig aus.

»Es gibt so viel zu berücksichtigen ...«, sagte ich.

»Ja.«

»Ich meine, wenn du mir gegenüber zugibst, daß du mich beeinflussen sollst ... dann ist *das* doch schon Manipulation.«

»Ja.«

»Das bürdet mir eine Verantwortung auf. Ich weiß, daß du mich benutzt, und ich nehme an, daß es zu einem guten

Zweck geschieht, deshalb sollte ich auf dich hören. Aber ich will wissen, was du von mir verlangst.«

»Daß du dich ganz natürlich benimmst. Tue das, was du normalerweise getan hättest.«

»Aber das, was du gerade gesagt hast, ändert doch die Situation. Jetzt, wo ich weiß, daß du mich lenkst – auch wenn es noch so behutsam geschieht –, allein das Bewußtsein, manipuliert zu werden, macht mich schon befangen …« Ich verhaspelte mich und schwieg. Mit scheinheiliger Miene sah er mich an.

»Ich nehme an, daß die Verwirrung, in die ich gestürzt werde, Bestandteil deines Planes ist …« Das brachte mich auch nicht weiter.

»Ach leck mich doch am Arsch«, schimpfte ich.

»Prächtig.« Er klatschte in die Hände. »Du bist wieder ganz die alte.«

Unwillkürlich mußte ich lächeln.

»Ich werde dich zu einer Konservenbüchse einschmelzen und dann mit dir Fußball spielen.«

»Großartig, großartig, mach deinem Unmut nur Luft.«

»Deine Mutter war ein Verkaufsautomat und dein Vater eine rostige Schiffsschraube.«

»Meine Güte, du hast dich ja wirklich intensiv mit dem zwanzigsten Jahrhundert beschäftigt. Bewundernswert, wie gut du über die alltäglichen Dinge Bescheid weißt.«

Ich warf ihm noch ein paar halbherzige Beleidigungen an den Kopf, doch im Grunde war es sinnlos. Mit Sherman kann man sich nicht streiten. Selbst der Versuch, sich mit ihm anzulegen, ist frustrierend, und das war das letzte, was ich brauchte. Also bemühte ich mich um einen kühlen Kopf und begann noch einmal ganz von vorn.

»Na schön. Du bist Jesus. Kannst du mir bitte erklären, was das bedeuten soll?«

»Ja. Jesus Christus war die bekannteste mythologische Gestalt des zwanzigsten Jahrhunderts. Er galt als Sohn des höchsten Wesens und wurde von einer Sekte angebetet, deren Fetische ein Kreuz, ein Abendmahlskelch oder Gral und …«

»Schnauze, das weiß ich bereits. Ihr großer Spruch lautete: ›Er starb für unsere Sünden.‹« Ich schaute ihn hoffnungsvoll an. »Hattest du daran gedacht?«

»Nicht unbedingt. Ich dachte an seine Rolle als Retter der Menschheit.«

Ich zog die Stirn kraus. Vergessen Sie nicht, zu diesem Zeitpunkt sah sein Gesicht noch aus wie eine Karikatur, aber so diletantisch gezeichnet, daß Walt Disney sich in seinem Grab umgedreht hätte, hätte er ihn sehen können. Teile seines Körpers stammten aus dem Märchen *Der Zauberer von Oz.* Er klapperte zwar nicht gerade mit den Gliedmaßen, wenn er ging, aber wenn man ihn anschaute, gewann man den Eindruck, er stamme gereadewegs aus einem Kuriositätenkabinett. Und dieses Geschöpf präsentierte sich mir als Retter der Menschheit.

»Du gestattest, daß ich grinse«, antwortete ich.

»Es stimmt aber. Die Botschaft, die in meiner Zeitkapsel steckte, war sehr ausführlich. Sie beschrieb die Ereignisse der vergangenen Tage in allen Einzelheiten und schilderte dann die Vorkommnisse der nächsten ... sechs Tage. Nachdem ich die Nachricht gelesen hatte, wußte ich sofort, was ich wann unternehmen mußte, um die Menschheit vor dem Untergang zu bewahren. Mir fielen die Parallelen zu der biblischen Geschichte von Jesus Christus auf. Vielleicht ist es meinerseits Hybris, und ich will diesen Umstand auch nicht zu sehr betonen, aber wenn du den Großen Computer als Gott ansiehst, ist es nur logisch, mich – den einzigen Roboter, der je eine Zeitkapsel erhielt – als seinen einzigen Sohn zu betrachten.«

»Und *du* solltest *mich* psychoanalysieren?« staunte ich. »Weißt du, wie das klingt, was du sagst? Du bist nichts weiter als ein T-Modell. Ein Heiland mit einer Seriennummer.«

»›Großer Computer, der du bist im Himmel, geheiligt werde dein Name. O Herr, lasse diesen Kelch an mir vorübergehen. Aber wie dem auch sei, nicht mein, sondern dein Wille geschehe.‹«

Schade, daß ich keinen Aschenbecher zur Hand hatte. Ich hütete mich jedoch, meine Zigarette nach ihm zu werfen, denn sie war erst angeraucht, und es ist eine Sünde, guten Tabak zu verschwenden.

»Ich habe genausowenig wie du darum gebeten, eine Zeitkapsel zu erhalten, Louise. Du spielst die Karten aus, wie sie kommen. Ich muß genauso handeln.«

Eine Zeitlang rauchte ich schweigend weiter und strengte mich an, etwas aus dem Zerrbild, das sein Gesicht sein sollte, herauszulesen. Ich schwöre Ihnen, nach einer Weile erschien er mir beinahe menschlich. Irgendwie tat er mir leid. Wenn nur die Hälfte, von dem, was er sagte, stimmte, dann trug er eine viel schwerere Bürde als ich.

»Kannst du irgend etwas beweisen?« fragte ich.

»Selbstverständlich. Aber nicht alles. Dazu bist du viel zu mißtrauisch. Aber ich kann dir sagen, was in deiner Zeitkapsel stand.« Und er zitierte die Botschaft Wort für Wort. Ich ließ ihn aussprechen, sogar als die Stelle mit dem Kind und dem Ficken kam.

»Werde ich ...«

»Das gehört zu den Dingen, die ich dir nicht verraten darf.«

»Aber du weißt es.«

»Ja.«

Prüfend sah ich ihn an. Es wäre müßig, die Irrgärten aus Wahrscheinlichkeiten, Lügen und Phantasien zu schildern, durch die mein Geist hin und her huschte, denn am Ende gelangte ich wieder zu meinem Ausgangspunkt zurück.

»Der Große Computer könnte dir erzählt haben, was in meiner Zeitkapsel stand.«

»Glaubst du im Ernst, er würde das tun? Obwohl er strikte Anweisungen vom Rat hat zu schweigen?«

»Immerhin besteht die Möglichkeit.«

»Herrlich«, Sherman schien sich aufrichtig zu freuen. »Dein mißtrauisches Wesen wird dir in den nächsten Tagen zugute kommen. So wie früher auch.«

»Zugute kommen wird es mir nicht, aber es wird mich in Trab halten«, korrigierte ich ihn.

»Genau.« Er beugte sich vor und betrachtete mich mit der Andeutung einer Miene, die wohl Ernsthaftigkeit ausdrücken sollte. »Louise, ich verlange nicht von dir, daß dir diese Situation gefällt. Mir paßt sie ja auch nicht.«

»Dir? Oder dem Großen Computer?«

»Manchmal ist es sinnlos, eine Unterscheidung zu machen. Aber ich habe auch Gefühle. Mir gefällt oft nicht, was ich tun muß, trotzdem weiß ich, daß ich nicht anders handeln kann. Vor uns liegen schlechte Zeiten. Wir treiben unaufhaltsam und unvermeidlich auf eine Katastrophe zu. Trotzdem gibt es einen Ausweg. Wir finden nicht eher Ruhe, bis das ganze traurige Schauspiel abgelaufen ist, aber zum Schluß werde ich die Menschheit in das Gelobte Land führen.«

»Die Menschheit. Das ist ein sehr verschwommener Ausdruck. Ich war mein Leben lang damit beschäftigt, die Menschheit zu retten.« Ich drückte meine Zigarette aus. »Aber was wird aus mir?« Eigentlich wollte ich die Antwort gar nicht hören, trotzdem mußte ich die Frage stellen.

»Auf dich, Louise, kommen schlimme Zeiten zu. Deutlicher darf ich mich nicht ausdrücken. Aber auch für dich gibt es ein glückliches Ende.«

»Für mich?« Ich glaubte mich verhört zu haben. Das letzte, worauf ich hoffte, war ein glückliches Ende.

»Du wirst glücklicher sein, als du dir überhaupt vorstellen kannst. Genügt dir das?«

Einem eingefleischten, unverbesserlichen, waschechten Pessimisten wie mir mußte das wohl genügen. Jedenfalls ging es mir gleich sehr viel besser, obwohl ich keine Sekunde lang daran zweifelte, daß mein eigenes Ende höchstens bittersüß sein könnte. Aber das ist ja das Schöne an einem Pessimisten. Selbst bittersüß stellt eine Verbesserung dar.

»Okay«, sagte ich. »Aber bibelfest bist du auch nicht. Du sagtest, du wolltest uns in das Gelobte Land führen. Jesus tat so etwas nicht.«

Sherman blickte verdutzt drein wie ein unfehlbarer Papst, der bei einer Verlosung eine Niete gezogen hat. Die perverse Seite in mir frohlockte. Vielleicht enthielt die Geschichte der Zukunft diese Zeile nicht.

»Dann nenn mich Moses«, entgegnete er.

Also einigten wir uns auf Fenster B. Wie so viele Entscheidungen in unserer ziemlich informellen Organisation wurde auch diese durch Konsensus getroffen.

Im zwanzigsten Jahrhundert gab es eine Nation, die sich Volksrepublik China nannte. Die Regierungsform hieß ›Herrschaft des Proletariats‹. Entscheidungen wurden getroffen durch Gedankenprozesse wie Kritik/Selbstkritik, dialektische Analyse und ähnlichen Käse. Theoretisch sollte die Entscheidung den Willen der Massen ausdrükken. Seltsamerweise ging jedoch jede auf diesem Wege gefundene Entscheidung mit der politischen Meinung des jeweiligen Vorsitzenden konform.

Schon am Anfang meiner Laufbahn beim TOR-Projekt fiel mir auf, daß gewisse Dinge immer nach demselben Schema passieren. Ich stellte regelrechte Studien an. Mit Hilfe meiner Kenntnisse, die ich mir über das zwanzigste Jahrhundert angeeignet hatte, lernte ich, auf welchem Wege man einen Konsensus erreicht: Du trittst die Leute so lange in den Arsch, bis sie bereit sind, nach deiner Pfeife zu tanzen.

So mancher Hintern bekam einen Tritt mit. Ich brauchte gar nicht zu sagen, daß ich mich weigerte, durch Fenster C zurückzugehen. Als der Staub sich gelegt hatte, stand einfach fest, daß wir Fenster B benutzen würden.

Natürlich half es mir, daß Sherman gegen B keinen Einwand erhob. Und ich sah ein, daß uns nur noch eine Alternative blieb, wenn sich dieser Ausflug wieder als Fehlschlag erweisen sollte. Doch wie heißt es so schön in unserem Geschäft: Um die Zukunft kümmern wir uns, wenn sie da ist.

Internationaler Flughafen Oakland, Montag, 12. Dezember.

An diesem Tag war ich schon einmal zurückgereist, von acht bis neun Uhr morgens, doch aus meiner Sicht gesehen, lag dieser Ausflug achtundvierzig Stunden zurück. Ich durfte nicht vergessen, daß für Bill Smith nur fünf Stunden vergangen waren. Wenn er ein Gedächtnis für Gesichter hatte, mußte er mich wiedererkennen. Im übrigen besitze ich ein Gesicht und eine Figur, an die ein Mann sich gern erinnert.

Das TOR setzte mich an einem selten frequentierten Ort innerhalb des Terminal-Gebäudes ab. Über meine Ankunftsstelle hatten wir lange diskutiert, ich war mir nicht sicher, ob sie das TOR tatsächlich so fein einjustiert hatten, wie sie behaupteten. Doch zuletzt ließ ich Lawrence gewähren, denn schließlich war er der Experte. Manchmal muß man sich einfach auf eine Expertenmeinung verlassen. Das Problem erschien mir auch nicht wichtig genug, um einen ›Konsensus‹ zu bewirken.

Lawrence hatte sich nicht geirrt. Ich stand drei Zentimeter von der Stelle entfernt, die er angepeilt hatte. Und das TOR war genauso leise aufgetaucht, wie Lawrence es mir versprochen hatte. Ich sah mich rasch um, um sicherzugehen, daß niemand mich beobachtete und eilte dann den Gang hinunter auf den Raum zu, in dem die Nationale Verkehrssicherheitsbehörde ihre Konferenzen abhielt.

Der Weg führte mich fast durch das gesamte Abfertigungsgebäude, in dem es von Menschen wimmelte. In den kommenden Tagen würde es noch schlimmer werden. Wir befanden uns mitten in einer Reihe von Festtagen, die unter dem Namen »Weihnachten« liefen und offenbar den ganzen Monat Dezember über andauerten. In der Halle stand ein großer, kerzengeschmückter Baum, und an mehreren anderen Stellen im Gebäude hingen Dekorationen von den Wänden oder der Decke. Weihnachten nahm man zum Anlaß, um Geld auszugeben, zu reisen und sich zu besaufen. Ursprünglich sollte damit der Geburtstag von Jesus Christus gefeiert werden, doch in den achtziger Jahren des zwanzigsten Jahrhunderts hatte man den Ursprung des Festes schon fast vergessen. Jesus ersetzte man durch eine Totemfigur, die mit einem roten Mantel und einem falschen Bart auftrat.

Die Leute um mich herum machten ernste Gesichter. Besonders ernst blickten diejenigen drein, die sich um einen Stand drängten, an dem man Reiseversicherungen abschließen konnte. In der Abflughalle gab es bestimmt nur wenige Menschen, die nicht an das jüngste Flugzeugunglück dachten. Viele wollten eine Lebensversicherung abschließen – die natürlich keine Sicherheit gewährleistete, sondern im Grunde nichts weiter als eine Wette darstellte. Um die Wette zu gewinnen, mußte man sterben. Vielleicht hätte ich alles besser verstanden, wenn ich Nachkommen gehabt hätte.

Es war nicht schwer, in den Konferenzraum vorzudringen. Ich mußte durch mehrere Türen, die die Aufschrift ZUTRITT NUR FÜR BEFUGTE trugen, und einmal verhandelte ich mit einem Mann, den man vor einer Tür postiert hatte, um die Presse und andere Störenfriede draußen zu halten. Doch ich war reichlich mit Ausweisen bestückt, trug die richtige Kleidung und kannte die richtigen Namen. Wir hatten gründlich recherchiert und wußten, wessen Name Gewicht hatte. Ich brauchte dem Posten lediglich einen Ausweis und ungefähr achtzehn tadellose Zähne zu zeigen, den Namen Mr. Smith fallen zu lassen, und schon war ich drin.

Kurz darauf war ich wieder draußen.

Mein hübsches Kleid war mit Kaffee durchtränkt, aber ich konnte stolz auf mich sein. Dick und Doof hätten die Sache nicht besser gemacht. Das Tablett war genau da gelandet, wo ich wollte. Vorläufig war das Band aus dem Cockpit Recorder unbrauchbar geworden.

Das Hochgefühl dauerte jedoch nicht lange an.

Das war der verrückteste Tag von allen. Bei beiden Ausflügen zuvor hatte ich gehofft, das Twonky in die Zukunft zurückzuholen und somit das ganze Paradox zu lösen. Dieses Mal hatte ich nur auf eine Ablenkung abgezielt, die vermutlich gar keinen großen Nutzen brachte. Auf dem Band befanden sich Dinge, über die Mr. Smith lieber nicht nachdenken sollte. Wir rechneten uns aus, daß seine Aufmerksamkeit später am Tag nachließ und er den Bemerkungen auf dem Band dann nicht mehr so viel Bedeutung beimessen würde.

Daß unsere Rechnung aufging, glaubte ich im Grunde selbst nicht. Es bestand sogar die Möglichkeit, daß mein auffallendes Benehmen seine Aufmerksamkeit erst recht auf DeLisles Worte lenkte.

Ich tröstete mich damit, daß uns kaum eine andere Chance blieb, anders zu handeln. Als letzten Ausweg hatten wir nur noch Fenster C.

Und da war noch etwas, was mir nicht gefiel.

Als ich mich in dem Konferenzzimmer aufhielt, hatte ich die Fäden ganz deutlich gepürt: die Fäden, die in den Händen des Marionettenspielers ausliefen. Nennen wir ihn Mr. Prädestination, Professor Schicksal, Karma oder den großen Zauberer. Wer immer er sein mochte, ich fühlte mich von ihm herumgestoßen und gegängelt.

Einen Augenblick lang ...

Ich hockte neben seinem Stuhl auf dem Boden, und er sah mich verstört an ...

In diesem Moment hatte ich mich gefragt, was ich eigentlich in diesem Raum suchte. Und warum er mich so merkwürdig anschaute.

Irgendwer benutzte mich als Werkzeug. Alles lief darauf hinaus. Dieser Ausflug war nichts weiter als eine Vorbereitung auf meine Reise durch Fenster C. *Laß Dich nur von ihm ficken, wenn Du es auch willst. Erzähle ihm von dem Kind. Es ist nur eine Attrappe.*

Der Marionettenspieler zog kräftig an den Fäden. Es war Sherman.

Es überraschte mich nicht mehr zu sehen, daß Sherman sich verändert hatte. Als ich durch das TOR trat, wartete er schon auf mich. Sein Gesicht war nicht mehr karikaturhaft, doch noch längst nicht menschlich. Ich hatte schon halb damit gerechnet, daß er aussehen würde wie Bill Smith – in Shermans früheren Maskeraden hatte ich mir eingebildet, den Schatten einer Ähnlichkeit mit ihm zu entdecken –, aber dies war nicht der Fall. Er war bloß ein Android, doch jetzt sah er wie jemand aus, den man ernst nehmen konnte.

Jeder behandelte ihn mit Respekt. Man machte ihm

Platz, als er mich in ein Zimmer führte, wo wir uns ungestört unterhalten konnten.

»Wie lief es?« fragte er.

»Das weißt du doch besser als ich.«

»Na schön. Du hast es geschafft, ihn von DeLisles Worten abzulenken. Er sah dich an, und er erkannte dich. Dein Gesicht hat sich ihm ins Gedächtnis eingeprägt. Er wird es immer noch merkwürdig finden, was DeLisle sagte, als er ins Cockpit zurückkehrte, aber das ist nicht so wichtig. Er wird den Worten eine harmlose Bedeutung beimessen, weil jeder ihn dabei unterstützen wird. Tom Stanley wird am längsten darüber achgrübeln, sich letztlich aber der Meinung der anderen anschließen, nämlich daß DeLisle einfach verrückt wurde.«

»Ich werde es nicht tun, Sherman.«

Er tat so, als hätte er mich nicht gehört.

»Das neue Mitglied der Behörde, Mr. Petcher – oder Gordy, wie er sich gern nennen läßt – kommt in der Nacht des 12. Dezember nicht nach Kalifornien. Ob Bill Smith will oder nicht, er wird die Pressekonferenz abhalten müssen. Es wird sein wie immer: Smith hat den Reportern nichts zu berichten, und sie bedrängen ihn mit Spekulationen. Er wird die ganze Konferenz über sagen: ›Kein Kommentar‹.«

»Ich tu's nicht, Sherman.«

»Auf dieser Pressekonferenz lernt Smith Mr. Arnold Mayer kennen, den Physiker, der sich mit Grenzwissenschaften beschäftigt und der allgemein als Spinner verschrien ist. Seine Fragen werden Smith idiotisch vorkommen, doch den Namen und das Gesicht wird er nicht vergessen. Es kann nicht schaden, wenn er in derselben Nacht mit einer Person zusammentrifft, die ihn noch weitaus mehr beeindruckt. Wir machen Fortschritte, Louise, aber wir sind noch lange nicht aus dem Schlamassel heraus.«

»Ich tu's nicht.«

Eine geraume Zeitlang sah er mich schweigend an. Dann verschränkte er seine Finger in einer sehr menschlich anmutenden Geste und legte sie an sein Kinn. Versonnen wiegte er den Oberkörper hin und her. Ob Sie es glauben oder nicht, aber er seufzte.

»Erzähle ihm von dem Kind, Louise«, sagte er. »Es ist nur eine Attrappe.«

Ich erhob mich, in der Absicht, ihn zu demontieren, doch das Aufstehen war ein Fehler. Ich fiel in Ohnmacht.

12 »The Productions of Time«

Aussage des Bill Smith

Es hörte sich ähnlich an wie:

... tot! Sie sind alle tot, alle! Sie sind *verbrannt*, Gil. Sie sind tot, verbrannt und in Stücke gerissen, alle tot ...«

Dann prallte die Maschine gegen den Berg, und Wayne DeLisle hatte nichts mehr zu sagen.

Erst am späten Abend hatten wir das Band so weit von Nebengeräuschen gesäubert, daß wir die Worte deutlich verstehen konnten. Als die Maschine stoppte, saßen wir alle eine Weile ratlos da.

Das blanke Entsetzen in der Stimme des Mannes läßt sich nicht beschreiben. Sogar bei dieser schlechten Wiedergabequalität hörte man es heraus.

Zu sagen, wir seien schockiert gewesen, wäre eine Untertreibung. Keiner von uns hatte je so etwas vom Band eines Cockpit-Recorders gehört. Angst, Spannung ... sicher. Piloten sind keine Roboter. In einer kritischen Situation bemühen sie sich um Selbstbeherrschung – vermutlich aus einem Reflex heraus –, aber was sie empfinden, klingt trotzdem durch.

Nein. Dafür gab es keine Erklärung. Heldenhaftes oder zumindest stoisches Verhalten war ich gewöhnt, selbst Panik hätte mich nicht überrascht. Piloten sind Menschen wie Sie und ich. Sie haben auch ihre Probleme; mit Alkohol, mit ihren Ehen, mit den Kindern. Sie können genauso durchdrehen wie jeder andere, doch das geschieht selten während eines Unglücks in der Luft.

Sie haben einfach keine Zeit zum Durchdrehen. Nicht mal Passagiere brechen so schnell zusammen. Im Gegensatz zu dem, was Sie in den Airport-Filmen gesehen haben, bricht so rasch keine Panik aus. In den ersten Augenblicken nach einem Unglück schreien ein paar Leute ein bißchen, springen vielleicht sogar vor Schreck auf, doch im allgemeinen beruhigen sie sich ziemlich schnell wieder. Dann sitzen die allermeisten wie erstarrt auf ihren Plätzen, und das für eine sehr lange Zeit. Sie wissen nicht, wie sie reagieren sollen. Also rühren sie sich überhaupt nicht. Sie lassen sich leicht lenken und tun bereitwillig alles, was die Flugbegleiter ihnen sagen. Erst wenn eine Notsituation sich über einen längeren Zeitraum hinweg erstreckt und sie Muße finden, sich das Schlimmste auszumalen, muß man auf sie aufpassen.

So schnell hätte Wayne DeLisle nicht die Nerven verlieren dürfen.

Innerhalb von dreiundzwanzig Sekunden verwandelte sich der tüchtige Pilot, der bereit war, seinen sicheren Platz zu verlassen und durch ein Flugzeug zu laufen, das schlingerte und rollte wie ein an der Felswand herabpolternder Stein, in einen winselnden ... ja, *Feigling*, der kreischte, alle seien tot. Tot und verbrannt.

Wir unterhielten uns lange darüber.

Jerry: »Vielleicht *waren* alle tot. Es gibt Hinweise darauf, daß der Rumpf auseinanderbrach. Wir fanden Leichen und Trümmer ein gutes Stück von der Hauptabsturzstelle entfernt.«

Von dieser Meinung ging sogar Jerry sehr bald ab. Falls in der Kabine ein plötzlicher Druckverlust eintrat, hätte der Sog die Cockpittür herausgerissen und DeLisle wahrscheinlich mit ihr. Ein paar Passagiere wären aus dem Flugzeug gezerrt worden, doch den übrigen wäre nichts passiert. Die Maschine flog in einer Höhe von nur fünftausend Fuß, deshalb stellte weder Dekompression noch Sauerstoffmangel ein Problem dar.

Craig: »Er sagte auch, sie seien verbrannt. Vielleicht brach in der Kabine ein Feuer aus.«

Eli: »In der Ersten Klasse? Unmöglich. Alles deutet darauf hin, daß das Feuer sich auf die Triebwerke beschränkte ... vielleicht brannten auch noch die Tragflächen, aber mehr nicht. Erst nach dem Aufprall auf dem Boden kann die Maschine in Flammen aufgegangen sein. So schnell greift ein Tragflächenbrand nicht um sich.«

Craig: »Aber vielleicht brannte es im unteren Deck. Vielleicht ging er in die Touristenklasse.«

Tom: »In einer 747? Hör mal, wir müssen davon ausgehen, daß der Flugzeugrumpf nicht durchschlagen wurde, denn andernfalls hätten wir auf dem Band etwas gehört. Das gibt nämlich einen verdammten Lärm.«

Jerry: »Auf dem Band braucht nichts drauf zu sein, wenn sich das Loch im Heck befand.«

Tom: »Sicher, aber wie kommt er da hin? Wie soll er es schaffen, innerhalb von dreiundzwanzig Sekunden in die Erster Klasse Kabine, die Treppe runter in die Touristenklasse und dann wieder zurück ins Cockpit zu laufen? Nicht in dieser Maschine. Es wäre ein Wunder, wenn er es die Treppe runter geschafft hätte, ohne sich den verdammten Hals zu brechen.«

Ich gab ihm recht. Es wäre einfacher gewesen, sich auf einem Schiff zu bewegen, das sich durch einen Orkan kämpft.

»Also«, mischte ich mich ein, »scheint festzustehen, daß er nicht viel weiterkam als bis zur Treppe. Eigentlich hätte er nur einen Haufen verschreckter Leute sehen dürfen.«

Carole unterbrach uns, nachdem wir in diesem Stile eine Weile weiterdebattiert hatten.

»Was passiert ist, liegt doch auf der Hand. Ihr wollt es nur nicht einsehen«, sagte sie.

»Was denn?« wollte Jerry wissen.

»Daß er einfach verrückt wurde.«

»Ich dachte, ihr Psychologen mögt dieses Wort nicht.«

Sie zuckte mit den Schultern. »Ich habe nichts gegen diesen Ausdruck, wenn er am Platze ist. Ich weiß, ihr sträubt euch gegen die Einsicht, daß ein Pilot auf diese Weise durchdrehen kann, und ich gebe ja zu, daß so etwas selten vorkommt. Aber jeder von euch sagt doch, daß er nur erschrockene Passagiere gesehen haben *kann* und keine verbrannten Leichen.«

Tom protestierte. »Aber er sagte doch, er sah ...«

»Er sagte nichts davon, daß er etwas *gesehen* hat. Faßt das doch nicht als zuverlässigen Augenzeugenbericht auf. Es ist die letzte Wahrnehmung eines Mannes, dessen Belastbarkeitsgrenze überschritten war. Er sagte, alle seien tot und verbrannt. Der Mann war Pilot, aber in einer Notsituation konnte er nichts unternehmen, weil er die Maschine nicht selbst flog. Er wußte mehr als die Passagiere. Er hatte wirklich Grund zum Durchdrehen, denn er wußte ja, daß sie alle sterben mußten. Er sah deutlich die Realität, vor der sich Gil Crain und die anderen verschließen konnten, weil sie beschäftigt waren, ihr Leben und das der Passagiere zu retten. Die anderen hatten zu *tun,* DeLisle war nur Beobachter. Er schrie nur heraus, was passieren mußte – daß alle sterben würden. Und er hatte ja recht.«

Keiner von uns war mit der Lösung zufrieden, doch wir beendeten unsere Diskussion – wenn ich es mir überlegte, mußte ich zugeben, daß sie recht hatte. Ich weigerte mich, ihre Erklärung zu akzeptieren, weil ich einfach nicht glauben *wollte,* daß ein Pilot so schnell durchdrehen kann. Aber so mußte es wohl gewesen sein.

Kurz nach dem Durchlauf des Bandes aus der 747 hielten wir unsere nächtliche Besprechung ab, die erste von vielen.

Über hundert Leute, die alle das Recht hatten, anwesend zu sein, drängten sich in dem kleineren der beiden Räume, die uns zur Verfügung standen. Ich nickte gelegentlich ein, aber ich kann mit offenen Augen vor mich hin dösen, deshalb fiel es hoffentlich niemandem auf.

Nächtliche Besprechungen gehören zu jeder Untersuchung. Alle, die irgendwie an der Aufklärung der Absturzursache mitarbeiten, kommen zusammen und vergleichen Notizen. Entscheidungen werden getroffen.

Wir waren uns einig, daß der Computer in Fremont – der Sitz des Luftsicherheitskontrollzentrums – von einem Expertenteam untersucht werden müssen. Tom hatte da schon ein paar Leute im Sinn. Danach wurde die meiste Zeit über nur noch über Dinge geredet, die man bereits erledigt hatte, und darüber, was man noch tun wollte. Der organisatorische Teil einer Untersuchung nimmt oft sehr viel Zeit in Anspruch.

Die Besprechung hätte noch zehn Stunden weitergehen können. Wenn man will, kann man jede Konferenz bis ins

Endlose ausdehnen. Aber zu Anfang wird einfach nur viel Wind gemacht, weil eben noch keine konkreten Ergebnisse vorliegen. Später wären ausgedehnte Zusammenkünfte sinnvoller, und als ich auf meine Uhr schaute und feststellte, daß wir schon seit zwei Stunden zusammenhockten, machte ich kurzen Prozeß. Ich sagte, jeder, der nicht direkt im Hangar beschäftigt sei, solle nach Hause gehen und sich schlafen legen.

Ein paar Leuten paßte das nicht, aber sie konnten mir nicht widersprechen. Das hier war *meine* Untersuchung. Auf dem Papier leitete sie vielleicht C. Gordon Petcher, aber in Wirklichkeit hatte ich hier das Sagen. Und wenn wir schon mal vom guten alten Gordy sprechen ...

Briley kam zu mir, als die Leute aus dem Zimmer schlurften. Er machte ein Gesicht, als ob er schlechte Nachrichten hätte. Ich kam ihm zuvor.

»Ich kann mir schon denken, was los ist«, sagte ich. »Gordy kommt erst morgen früh. Ich hörte bereits, daß er in Washington eine Pressekonferenz abhielt.«

»Das sagte man mir auch.«

»Das muß ja eine sehr informative Konferenz gewesen sein. Mit mir hat er nicht gesprochen, ich frage mich also, was er den Leuten erzählt hat.«

»Daß die Ermittlungen gut voranschreiten. Was denn sonst. Dasselbe wirst du den Reportern in zwanzig Minuten sagen.«

Ich stöhnte, doch ich hatte mich bereits mit der Situation abgefunden. Die Pressekonferenz war angesagt. Im Grunde war es nichts weiter als ein »Fototermin«. Sie brauchten ein paar Bilder von meiner Visage, um sie dann in den Abendnachrichten zu zeigen. Denn zu erzählen hatte ich ihnen verdammt wenig.

Ich haßte Zeitverschwendung. Das beste Beispiel für Uneffektivität ist wohl eine Pressekonferenz.

Allein wenn ich mit ansehe, welcher Zirkus veranstaltet wird, kommen mir die Tränen. Ist es wirklich nötig, daß auch noch der kleinste Sender, der in irgendeinem Kuhdorf Abendnachrichten ausstrahlt, einen Kameramann schickt, der Aufnahmen von einem Flugzeugabsturz in Kalifornien machen soll?

Nicht nur das Fernsehen war da, auch die Presse. Reporter kamen aus Indien, Japan, England, und ich glaube sogar, aus Bali, von den Malediven und Kampuchea. Magazinreporter und Kolumnisten hatten sich eingefunden. Ungefähr hundert Journalisten berichteten allein für Flugjournale. Wissenschaftler von sämtlichen Universitäten des Bundesstaates waren anwesend. Außerdem Sachbuchautoren, die sich darauf spezialisiert hatten, Dokumentationen über aktuelle Ereignisse zu schreiben, und dann die Typen, die normalerweise um Patty Hearst oder Gary Gilmore herumschwärmen, um Stoff zu sammeln für rasch zusammengeschusterte Bücher und viertklassige Fernsehfilme. Das sind die Trittbrettfahrer bei Katastrophen. In wenigen Monaten würden die Erzeugnisse ihrer Bemühungen auf den Markt kommen: »Die letzten Sekunden vom Flug 35«, »Zusammenstoß in der Luft«, »Das Unglück vom Mount Diablo« und »Zusammenprall zweier Jumbos«.

Ich fragte mich, wer in diesen Filmchen Bill Smith spielen würde.

Ich hätte es noch verstanden, wenn sie sich damit zufriedengegeben hätten, mitten in der Nacht in knietiefem Matsch zu stehen, Mikrophone hochzuhalten und ernst dreinzublicken. Aber sie wollten unbedingt mit *mir* sprechen, und ich fragte mich, *warum*. Von mir konnten sie *nichts* erfahren. Im Grunde wußten sie das genausogut wie ich, aber offenbar brauchten sie dies ganze Theater drumherum.

Also stand ich vor einem Wald aus Mikrophonen, blinzelte in das grelle Scheinwerferlicht und verfluchte C. Gordon Petcher, der von Rechts wegen meinen Platz hätte einnehmen müssen.

Ich begann mit der üblichen Feststellung, daß ich mich über Ermittlungen, die noch liefen, nicht äußern dürfte. Dann erzählte ich ihnen ein paar Fakten, die jeder schon kannte. Woher die Flugzeuge kamen, welches Ziel sie hatten, die Zeit des Zusammenpralls, die Lage der Absturzstellen. Ich gab bekannt, wieviele Passagiere und Besatzungsmitglieder sich in jeder Maschine befunden hatten (insgesamt waren 637 Tote zu beklagen). Die Namen der Toten wurden noch nicht veröffentlicht. Die Unfallursache stand noch nicht fest.

Noch irgendwelche Fragen?

Ach du großer Gott, brüllt doch nicht alle gleichzeitig los.

»Mr. Smith, kam die gesamte Basketballmannschaft ums Leben?«

Ich hörte zum erstenmal von einer Basketballmannschaft. Ich ließ mich belehren, daß in der 747 ein Collegeteam gesessen hatte. Ich sagte dem Reporter, daß jeder der Mannschaft, der sich an Bord der Maschine befunden hatte, tot sein müsse, da es keine, ich wiederhole, keine Überlebenden gab. Verdammt noch mal, wie oft mußte ich das noch sagen?

»Und was ist mit Senator Gray passiert?«

»Saß er in einer der Maschinen?«

»Das wurde uns gesagt.«

»Das kann ich weder bestätigen noch abstreiten. Wenn er in einem der Flugzeuge saß, dann ist er jetzt tot.«

Man stellte mir Fragen über die Bodenkontrolle und ob ein Fehler des Piloten vorläge. Kein Kommentar. Jemand wollte etwas über die Radartransponder wissen. Kein Kommentar. Verhören Sie einen Mann namens Janz? Kein Kommentar. Lag es vielleicht am Computer? Wir wissen es nicht. Kein Kommentar. Dazu darf ich nichts sagen. Die Ermittlungen laufen noch. Wir untersuchen die Angelegenheit. Nicht daß ich wüßte. Die Ermittlungen werden fortgesetzt.

Ich verwandelte mich in einen dieser schwafelnden, unverbindlichen Gesprächspartner, die man in den Nachrichten oder irgendwelchen Magazinen sieht und die sich beispielsweise nicht festlegen wollen, daß man sich gerade im Monat Dezember befindet. Ich drückte mich genauso gewunden aus wie sie, und ich kann nicht sagen, daß ich mich dabei wohl fühlte. Aber wenn jemand sagt, er dürfe in ein schwebendes Verfahren nicht eingreifen, dann wendet er nicht immer eine Vernebelungstaktik an. Er *darf* nicht reden. Es wäre nicht korrekt. Alles, was ich auf dieser

Pressekonferenz sagte, konnte unter Umständen irgendwelchen Unbeteiligten schaden.

Ungefähr eine Stunde lang drehten wir uns im Kreis.

Für mich war von der gesamten Pressekonferenz nur ein Vorfall von Interesse. Es war bereits gegen Ende der Zusammenkunft, als die meisten Vertreter seriöser Presseorgane schon gegangen waren und nur noch die Spinner blieben. Die Kameraleute hatten sich entfernt, nachdem sie fünf Minuten Film im Kasten hatten. Ein distinguiert aussehender weißhaariger Herr stand auf. Er war von untersetzter, stämmiger Statur und ein wenig altmodisch gekleidet. Das zerzauste Haar war das einzige an ihm, was nicht ordentlich und adrett wirkte.

»Mr. Smith, mein Name ist Arnold Mayer. Meine Frage hat nichts mit überlasteten Computern oder nachlässigen Fluglotsen zu tun.«

»Das freut mich zu hören.«

»Gleich vielleicht nicht mehr. Ich möchte gern wissen, auf welche ungewöhnlichen Umstände Sie im Laufe der bisher durchgeführten Ermittlungen gestoßen sind.«

»Leider kann ich dazu keinen Kommentar ...« Ich unterbrach mich. Mir waren die Uhren eingefallen. Obwohl ich nicht die Absicht hatte, ihm etwas darüber zu erzählen.

»Das ist eine sehr unpräzise Frage, Mr. Mayer.«

Der alte Knabe schmunzelte. »Wenn Sie sich vielleicht etwas genauer ausdrücken könnten«, hakte ich nach.

Er zuckte mit den Schultern.

»Wenn ich die Umstände genau beschreiben könnte, wären sie nicht mehr ungewöhnlich. Haben Sie irgend etwas gefunden, was nicht in den üblichen Rahmen eines Flugzeugabsturzes paßt? Hat jemand etwas beobachtet, für das er keine Erklärung findet? Gibt es Hinweise darauf, daß der Absturz durch etwas weniger Einleuchtendes verursacht wurde als eine Überlastung des Computers?«

»Ohne damit bestätigen zu wollen, daß ein Computerausfall schuld an der Katastrophe war, kann ich sagen, nein, bis jetzt hat es keine unerklärlichen Vorkommnisse gegeben.« Lüg ruhig weiter, du gewissenhafter Diener des

Staates, die Allgemeinheit bezahlt dich ja dafür. »Natürlich ist dieser Absturz auf seine Art einmalig und ...«

»... trotzdem gibt es gewisse Dinge, die immer wieder auftauchen. Manches erwartet man, manches kommt vollkommen überraschend. Ich habe zum Beispiel gehört, daß das Band eines Cockpit-Recorders ein paar, sagen wir mal, ungewöhnliche Äußerungen enthält.«

Etwas war also durchgesickert. Es wunderte mich nicht. So etwas passiert immer. Ich staunte lediglich ein bißchen, daß dieser alte Knabe Bescheid wußte und nicht etwa ein Berichterstatter von CBS oder dem *Time Magazin*.

»Dazu kann ich mich erst äußern, wenn eine Analyse des Bandes vorliegt. Wie sie vielleicht wissen, dauert der Vorgang des Analysierens ungefähr zwei Wochen. Dann werden die wichtigen Passagen freigegeben, und Sie können sie sich selbst anhören.«

Er schnitt mir das Wort ab, ehe ich die Zeit fand, das Ende der Konferenz anzukündigen.

»Richtig, aber enthält das Band nicht ein paar eigenartige Bemerkungen? Etwas, was sich so ohne weiteres nicht deuten läßt? Gibt es Unstimmigkeiten, die den zeitlichen Ablauf der Katastrophe betreffen? Wurden rätselhafte Gegenstände in den Trümmern gefunden? Mich interessiert vor allen Dingen jede Unstimmigkeit, die mit der Zeit zu tun hat.«

Wieder dachte ich an die Uhren, doch ich wurde abgelenkt, als jemand hinten in dem großen Zimmer einen Hustenanfall bekam. Es war eine Frau, und sie kehrte mir den Rücken zu. Irgendwer erfaßte ihren Arm und beugte sich über sie, offensichtlich besorgt, sie könne ersticken. Sie schüttelte ihn ab.

»Ich weiß nicht, worauf Sie mit Ihren Fragen hinauswollen«, antwortete ich.

»Ich kann mich nicht präziser ausdrücken, ohne mich lächerlich zu machen«, gab er trocken zurück. »Ich suche nur nach allem, was irgendwie mysteriös erscheint. Und im allgemeinen finde ich auch etwas.«

»In diesem Fall aber nicht«, erwiderte ich. »In ein paar Tagen oder Wochen werde ich in der Lage sein, Ihnen haarklein zu schildern, was in der vergangenen Nacht geschah. Sehen Sie …«

Die Frau hatte aufgehört zu husten und richtete sich auf. Ich erkannte sie. Es war die, die mir in dem Hangar keinen Kaffee geben wollte und ihn mir dann vor ein paar Stunden in den Schoß kippte. Sie schickte sich an, den Raum zu verlassen.

»In meinem Beruf gibt es nichts Mysteriöses, Mr. Mayer. Ende der Pressekonferenz, meine Damen und Herren.«

Ich stieg vom Podest herunter und lief der Frau nach.

Draußen im Gang sah ich sie nicht. Ich eilte ein Stückchen den Korridor hinunter bis an die Stelle, wo er im rechten Winkel abbog, und schaute mich dort um. Ich entdeckte ein paar Reporter, doch die Frau war nicht bei ihnen. Am Ende des Ganges befand sich die Tür, die in den öffentlichen Teil der Abflughalle führte. Sie dort zu suchen, war zwecklos.

»Warum hast du es so eilig?«

Ich drehte mich um und erblickte Tom. Er sah so müde aus, wie ich mich fühlte. Wir blieben im Flur stehen, während die letzten Reporter an uns vorbeidefilierten. Auch Mayer schritt an uns vorbei, und ich bildete mir ein, daß er mir zublinzelte.

»Ich sah sie schon wieder. Ich dachte, sie wäre in diese Richtung gegangen.«

»Wen meinst du? Ach, deine geheimnisvolle Frau? Glaubst du, sie hat dir den Kaffee in den Schoß geschüttet, weil sie mit dir anbandeln will?«

»Verdammt noch mal, ist mir doch egal, was sie will. Ich wollte nur mal mit ihr sprechen.«

»Natürlich.« Verständnislos schüttelte er den Kopf. »Ich weiß nicht, wie du das aushältst. Ich kann mich kaum noch auf den Beinen halten, und du rennst Weibern hinterher.«

»Aber doch nicht aus *diesem* Grund. Ich will nur …« Ich merkte, daß ich selbst nicht wußte, was ich wollte. Ich verspürte nur den unbändigen Wunsch, mit ihr zu sprechen. Ich spielte mit dem Gedanken, die United anzurufen und zu versuchen, sie über die Fluggesellschaft aufzuspüren, doch dann verschob ich meinen Plan auf morgen.

»Ist das alles für heute, Chef?« fragte Tom.

Ich blickte auf meine Uhr. »Alles. Hat der Nachtdienst schon die Anweisungen bekommen?«

»Na klar. Hast du Hunger?«

»Nein. Ich habe jetzt nur das Verlangen, mich ins Bett zu legen.«

»Aber doch wohl nicht allein.«

13 »As Time Goes By«

Nichts ist so deprimierend, als wenn man sich allein in einer Menschenansammlung befindet und Weihnachtslieder hört.

Ich schlurfte durch das Abfertigungsgebäude und fühlte mich, als ob ich neunzig Jahre alt sei. Es war gegen halb zehn Uhr abends. Genau die richtige Zeit, um sich in der Hotelbar noch drei oder vier Drinks zu genehmigen und dann ins Bett zu fallen.

Ich scherte mich nicht um das, was Tom mir gesagt hatte. Selbst wenn er recht hatte, und die Dame wollte mit mir anbandeln, so hätte ich in meiner gegenwärtigen Verfassung mit meinem Glück gar nicht viel anfangen können. Das einzige, was mich an Tom stört, ist, daß er mir ein ausschweifendes Junggesellenleben unterstellt. Als ob so etwas in Kensington, Maryland überhaupt möglich wäre.

Ich gebe zu, ich hatte mit dem Gedanken geliebäugelt, mir eine Wohnung in der Stadt zu nehmen. In Washington wimmelt es von hübschen, jungen Regierungsangestellten. Nicht wenige von ihnen sind bereit, für ein paar Drinks und eine Runde über die Tanzfläche mit einem Mann ins Bett zu gehen. Am nächsten Morgen stehen sie auf, küssen einen auf die Wange, und man sieht sie nie wieder. Ein schnelles und bequemes Vergnügen ohne weitere Verpflichtungen. Ich weiß, wovon ich rede. Kurz nach meiner Scheidung hatte ich diese Geschichten ein paarmal praktiziert.

Die Nächte waren zwar schön, aber hinterher fühlte ich mich immer beschissen. Ich wollte ein Mädchen, mit dem ich schlief, besser kennenlernen. Ich wollte, um mal ein altmodisches Wort zu benutzen, eine feste Bindung. Ich dachte nicht unbedingt ans Heiraten. *So* rückständig bin ich nun auch wieder nicht. Aber ich finde, wenn zwei Menschen intim miteinander werden, sollten die Beziehungen länger dauern als nur eine Nacht.

Meine Frau würde mich auslachen, wenn sie mich so reden hörte.

Hin und wieder besuchte ich einen bestimmten Massagesalon in der Q Street. Mehr als einmal in zwei bis drei Wochen gehe ich allerdings nicht dorthin, mein Geschlechtstrieb ist auch nicht mehr das, was er einmal war. An diesem Etablissement gefiel mir die sachliche, nüchterne Atmosphäre. Man wurde schnell und ordentlich bedient, und obwohl ich mich immer elend fühlte, wenn ich ging, war es nicht so schlimm wie diese flüchtigen Affären, die nur eine Nacht dauerten.

So sah also das wilde und ungebundene Junggesellenleben aus, das der glücklich verheiratete Tom Stanley mir andichtete. Und das war aus dem schneidigen, draufgängerischen Flieger geworden, der zu jung war, um in Korea mitzukämpfen, und für Vietnam zu alt. Ehe er es sich versah, landete er hinter einem Schreibtisch, ertränkte die Einsamkeit im Alkohol und ging mit Nutten ins Bett.

Ich befand mich in einer solchen Gemütsverfassung, daß ich gar nicht auf meinen Weg achtete. Den Blick auf meine Füße geheftet, betrat ich eine abwärtslaufende Rolltreppe. Zwei elegante braune Schuhe stellten sich neben meine. Mein Blick wanderte die Beine hoch bis zum Rocksaum, dann rasch weiter zum Gesicht.

»Wir scheinen uns andauernd über den Weg zu laufen«, meinte die Frau und lächelte.

Während ich sie noch anstarrte, gab es plötzlich einen heftigen Ruck. Mit einer Hand hielt ich mich am Geländer fest, mit der anderen packte ich sie beim Arm. Einen verrückten Moment lang glaubte ich an ein *Erdbeben!* Als ich mich umschaute, merkte ich dann, daß lediglich die Rolltreppe stehengeblieben war.

»Vielleicht sollten wir uns miteinander bekanntmachen«, schlug sie vor. »Es kann sein, daß wir hier stundenlang festsitzen.«

Ich lachte. »Sie haben mir etwas voraus. Sie kennen meinen Namen, aber ich hatte noch nicht die Gelegenheit, Sie nach Ihrem zu fragen.«

»Ich heiße Louise Ba …« Sie hielt sich die Hand vor den Mund und hustete. In der anderen Hand hielt sie eine Zigarette. »Louise Ball.« Mit zaghaftem Lächeln sah sie mich an, als ob sie wissen wollte, ob es mir recht sei, daß sie Louise Ball hieß. Heutzutage trifft man nicht mehr viele Frauen, die so heißen, aber ich find's immer noch besser als Luci oder Lori oder irgendeinen anderen dieser neckischen Namen, die die Mütter ihren Mädchen heute geben.

Ich erwiderte das Lächeln, und sie strahlte. Erst jetzt merkte ich, daß ich immer noch ihren Ellenbogen festhielt. Ich ließ sie los.

»Sind Sie irgendwie mit der berühmten Rothaarigen verwandt?« fragte ich.

Sie schaute mich so verstört an, daß ich schon dachte, ich hätte mich irgendwie falsch ausgedrückt, doch dann ging ihr ein Licht auf.

»Nein. Es ist mir schrecklich peinlich. Aber so etwas passiert mir öfter.«

Ich glaubte, wir sprächen noch über Lucille Ball, dann begriff ich, daß sie vom Kaffee redete, den sie mir in den Schoß gekippt hatte.

»Halb so schlimm.«

Die Leute unter uns setzten sich in Bewegung, und wir schickten uns an, die unbequem hohen Stufen hinunterzusteigen.

Ich überlegte krampfhaft, was ich ihr sagen sollte. Es war schon lange her, seit ich mich das letzte Mal so stark zu einer Frau hingezogen gefühlt hatte. Ich wollte mich mit ihr unterhalten. Ich wollte die Nacht mit ihr durchtanzen, sie im Sturm erobern, mit ihr lachen, mit ihr weinen, ihr witzige, geistreiche Dinge ins Ohr flüstern. Okay, ich hätte auch nichts dagegen gehabt, mit ihr ins Bett zu gehen. Doch um überhaupt etwas mit ihr unternehmen zu können, mußte ich erst einmal mit ihr ins Gespräch kommen. Mir fiel jedoch keiner dieser pfiffigen Einstiege in eine Konversation ein, mit denen die Helden in Boulevardkomödien immer brillieren.

»Wohnen Sie hier in der Nähe?« fragte ich. Wie beginne

ich ein geistreiches Gespräch. Beispiel Nr. 192. Ich hätte eine Million ähnlich gearteter Beispiele herbeten können.

»Hmhm. Menlo Park.«

»Die Gegend kenne ich nicht. Ich war erst ein paarmal hier und bin nie weit über den Flughafen hinausgekommen.« *Hätten Sie nicht Lust, mir die Stadt zu zeigen?* Ich brachte einfach nicht den Mut auf, ihr diese Frage zu stellen. Menschenmassen strömten an uns vorbei. Wir mußten uns beinahe anschreien, um uns überhaupt verstehen zu können.

»Das liegt auf der anderen Seite der San Franzisco Bucht. Auf der Halbinsel. Ich fahre mit der U-Bahn zum Dienst.«

»Mit der BART?«

Wieder eine Pause. Sie blickte verständnislos drein, und plötzlich schien es erneut in ihrem Gehirn zu klickern.

»Ja, natürlich, mit der Bay Are Rapid Transit Bahn.«

Ein verlegenes Schweigen breitete sich aus. Mir schwante, daß sie in einer Sekunde weg sein würde, wenn mir nicht sofort etwas einfiel, um sie zu halten.

»Dann kennen Sie den östlichen Teil der Bucht wahrscheinlich nicht sehr gut.«

»Warum fragen Sie?«

»Ich hätte gern gewußt, ob Sie dort ein gutes Restaurant kennen. Ich kenne nur die Lokale in unmittelbarer Nähe des Flughafens.«

»Am Jack London Square muß es ein paar gute Restaurants geben.«

Sie stand vor mir und lächelte. Wieder zögerte ich – offengestanden benehme ich mich fremden Menschen gegenüber immer etwas linkisch, es sei denn, ich lerne sie auf beruflicher Ebene kennen. Aber sie machte keine Anstalten zu gehen, deshalb faßte ich mir ein Herz.

»Darf ich Sie denn zum Dinner einladen?«

»Na endlich. Auf diese Frage warte ich schon lange.«

Ihr Lächeln wirkte anregender als Amphetamine und war sicher gefährlicher als Heroin. Ich fühlte mich, als hätte mir ein Elefant auf den Kopf getreten, und mir war zumute, als sei ich wieder zwanzig Jahre alt und gerade aus einem tiefen, erholsamen Schlaf aufgewacht.

Allerdings dämmerte mir, daß ich nach dieser Frau süchtig werden könnte, und ich war vollkommen verwirrt. Wir überquerten bereits den öffentlichen Parkplatz – es nieselte, und ich faselte irgendein dummes Zeug vor mich hin –, als mir einfiel, daß ich ja einen eigenen Wagen hatte, der drüben bei Hertz stand. Ich sagte es ihr, und sie blickte gen Himmel. Der Regen fiel dichter.

»Wir können auch mit meinem Wagen fahren«, schlug sie vor. »Später setze ich Sie dann hier wieder ab.«

Ich fand die Idee gut, bis ich das Auto sah.

Es war kein Auto, es war eine Rakete. Ich blickte erst den Wagen an, dann sie. Sie schenkte mir ein süßes Lächeln, und ich betrachtete wieder den Wagen.

Es handelte sich um ein italienisches Fabrikat, und der Wagen sah aus, als sollte er erst in zwanzig oder dreißig Jahren gebaut werden. Die Karosserie war unwahrscheinlich niedrig, dafür um so länger, und man merkte, daß etwas unter der Haube steckte. Das Auto mußte ein kleines Vermögen gekostet haben.

Warum nicht. Vielleicht gehörte der Wagen ihrem Freund. Oder sie hatte ein lukratives Nebeneinkommen. Vielleicht war gerade ein reicher Erbonkel gestorben, oder ihre Eltern waren vermögend. Mit dem Gehalt, das sie verdiente, indem sie an irgendeinem Schalter Flugtickets verkaufte, hätte sie sich diesen Schlitten jedenfalls nicht leisten können.

In mir stiegen die ersten Zweifel auf. Schließlich kam mir manches an der Frau merkwürdig vor. Warum zu Beispiel fuhr sie mit der U-Bahn zum Dienst, wenn ihr dieser Flitzer zur Verfügung stand?

Und, um es mal ganz brutal auszudrücken, was konnte eine Frau, die so aussah wie sie, an einem Burschen wie mir finden?

Ich begann zu befürchten, sie könne zu den Menschen gehören, die sich aufgrund einer Abartigkeit für Katastrophen interessieren. Diese Menschen gibt es nämlich, obwohl es meistens Männer sind. Ich erinnerte mich an die

Situation im Hangar, als sie vor mir davongelaufen war. Sie hatte die Plastiksäcke voller Trümmer angestarrt. Besaß so etwas für sie einen besonderen Reiz?

Im Flughafengebäude hatte ich noch wie auf Wolken geschwebt. Als sie meine Einladung zum Abendesssen annahm, hatte ich mein Glück nicht in Frage gestellt. Aber was wollte sie eigentlich von mir? An meinem blendenden Aussehen und meiner witzigen Konversation konnte es nicht liegen, daß sie meine Gesellschaft suchte.

Ich klemmte mich in den Beifahrersitz, und im Rückwärtsgang fuhr sie aus der Parklücke. Der Motor schnurrte wie eine große Katze. Sie lenkte den Wagen auf die Parkplatzausfahrt zu.

»War es sehr schlimm heute?« wollte sie wissen.

Also doch. Die Dame wollte ein paar Schauergeschichten von mir erfahren.

»Grauenhaft.«

Dann versuchen Sie mal, ganz abzuschalten. Wir reden nicht über den Absturz und auch nicht über Flugzeuge und alles, was damit zusammenhängt.«

Meine schöne Theorie war im Eimer. Ich konnte die Frau immer weniger einschätzen. Als wir uns der Ausfahrt näherten, betrachtete ich sie im Schein der bläulichweißen Parkplatzbeleuchtung. Etwas anderes an ihr war mir noch aufgefallen.

Ihre Kleidung. Nicht, daß damit etwas nicht gestimmt hätte. Was sie trug, stand ihr. Aber sie war altmodisch angezogen. Sie trug jetzt ihre eigenen Sachen. Ich bin kein Modeexperte, aber die Bluse paßte nicht zum Rock, der wiederum viel zu kurz war. Der Stoff der Bluse war so dünn, daß ich ihren Büstenhalter sehen konnte.

Während ich mich noch über ihre Art, sich zu kleiden, wunderte, bezahlte sie die Parkgebühr. Sie drückte dem Parkplatzwächter einfach einen Haufen Münzen in die Hand und ließ ihn selbst den Betrag heraussuchen. Ich entsann mich, daß ich das gleiche auf dem Flugplatz von Kalkutta getan hatte.

Dann lenkte sie das schnittige Auto auf die Zufahrtsstraße, und wir hoben ab, ohne auf die Startfreigabe vom

Tower zu warten. Ich kam mir vor wie in einem dieser Werbespots für Autos, in denen man offenbar zeigen will, daß der Wagen eher zum Fliegen als zum Fahren geeignet ist. Als wir auf die Schnellstraße abbogen, drehte sie erst richtig auf. Sie fädelte den Wagen in Lücken und wieder heraus, die ich nicht mal sah. Im Vergleich zu uns schienen die anderen Autos stillzustehen.

Nachdem die erste Anwandlung von Panik abgeebbt war, gab ich es auf, nach der nicht vorhandenen Bremse zu tasten, lehnte mich zurück und bewunderte Louises Fahrkunst.

Verdammt noch mal, das Weib *konnte* Auto fahren.

Wir fuhren zum Jack London Square. Von dem Platz hatte ich gehört, war aber noch nie da gewesen.

Sie parkte, und ich löste meinen Klammergriff, mit dem ich mich an dem Sitz festgehalten hatte. Ich wunderte mich, daß ich überhaupt noch atmen konnte, und war froh, noch am Leben zu sein. Sie sah mich an, als ob sie nicht wüßte, was mit mir los sei. Auf einmal kam ich mir wie ein Greis vor. Wahrscheinlich war sie gar nicht so schnell gefahren, ich wurde nur langsam alt. Früher, in meiner Sturm- und Drangzeit, hatte ich bestimmt auch auf die Tube gedrückt, und wenn ich erst daran dachte, was ich mir als junger Militärflieger alles geleistet hatte ...

Wir gingen in ein Restaurant, das *Antoine's* hieß. Sämtliche Tische waren besetzt. Der Oberkellner sagte mir, wir würden ungefähr eine Dreiviertelstunde warten müssen. Ich faßte schon nach meiner Brieftasche, um ein bißchen nachzuhelfen, als etwas Merkwürdiges geschah. Er blickte Louise an.

Sie tat gar nichts. Ich meine damit, sie hypnotisierte ihn nicht oder so. Aber auf jeden Fall war plötzlich für uns ein Tisch frei, unmittelbar an einem Fenster mit Blick aufs Meer.

Viele kleine Boote lagen vor Anker. Sie schaukelten auf dem Wasser und glänzten vom Regen. Es war ein herrlicher Anblick. Ich bestellte einen doppelten Scotch auf Eis, und sie sagte, sie wolle das gleiche trinken. Das gefiel mir.

Ich kann nicht begreifen, daß Leute Getränke mögen, die nach Bonbon schmecken und mit einem Papierschirmchen verziert sind.

Die Speisekarte war in Französisch geschrieben. Soll ich Ihnen was sagen? Sie sprach französisch, als sei es ihre Muttersprache. Ich ließ sie bestellen und hoffte, sie würde mich nicht mit Schnecken, Froschschenkeln oder etwas Ähnlichem beglücken.

Unsere Drinks kamen mit annähernder Lichtgeschwindigkeit. Ich sah es dem Kellner an, daß Louise einen großen Eindruck auf ihn gemacht hatte.

Jemand spielte auf einem Klavier. Louise schwieg, und ich erkannte den nachdenklichen Blick. Sie kramte in ihrem Gedächtnis.

»›As Time Goes By‹«, sinnierte sie.

»Schau mir in die Augen, Kleines«, konterte ich und hob mein Glas.

Sie leerte ihres auf einen Zug. Offenbar starrte ich sie an, denn wie erklärend sagte sie:

»Das hatte ich nötig.«

Ich winkte den Kellner herbei, der im Nu mit einem zweiten doppelten Scotch da war.

»Das konnte man merken.« Ich hatte ebenfalls einen Drink nötig, doch ich nippte nur an meinem Glas. Sie saß lässig auf dem Stuhl, einen Arm über die Lehne gelegt, die Beine seitwärts ausgestreckt. Sie machte einen vollkommen entspannten Eindruck, und ich fand sie schöner denn je. Sie legte den Kopf schräg.

»Was ist los?« fragte sie.

»Nichts. Überhaupt nichts. Seien Sie bitte nicht böse, aber ich muß es Ihnen sagen. Sie sind sehr schön, und ich muß Sie immerzu anschauen.«

Sie zeigte ihre Grübchen und nickte.

»Ich kann mein Glück noch gar nicht fassen.«

Das Lächeln erlosch. »Wie soll ich das verstehen?«

»Ich meine, jeder der Augen im Kopf hat, versteht, warum ich Sie mag, aber ich begreife nicht, was Sie an mir finden.«

Sie setzte sich ein wenig gerader hin, und ihre Miene wurde noch ernster. »Selbst auf die Gefahr hin, daß Sie jetzt glauben, ich hätte nur Mitleid mit Ihnen, sage ich, was ich denke. Sie sahen so einsam und deprimiert aus. Sie sahen aus, als ob Sie einen Freund brauchten. Ich brauche auch Freunde, und ich habe niemand. Ich wollte mich von den Dingen ablenken, die ich heute gesehen habe, und ich dachte mir, ein bißchen Zerstreuung könnte Ihnen auch nicht schaden. Aber wenn Sie ...«

»Augenblick, entschuldigen Sie, aber ich meinte ...«

»Nein, lassen Sie mich aussprechen. Ich tue Ihnen keinen Gefallen. Und ich verlange nichts von Ihnen. Ich bin keine Journalistin, und ich bin nicht sensationslüstern. Erzählen Sie mir jetzt nicht, ich sei ›Ihr Glück‹. Ich bin ich, und ich nahm Ihre Einladung zum Essen an, weil mir imponiert, wie Sie mit diesen Idioten von der Presse umgehen und wie Sie sich ins Zeug legen, um Fehler aufzuklären, die andere Leute verbockt haben. Ich wollte Sie gern näher kennenlernen.«

Mit prüfendem Blick sah sie mich an.

»Aber vielleicht unterstelle ich Ihnen auch zuviel.«

Bis zu diesem Augenblick war ich gar nicht auf die Idee gekommen, sie könne eine Reporterin sein. Im Grunde glaubte ich es auch nicht. Aber ich lief Gefahr, daß ich mir einen schönen Abend durch mein eigenes Mißtrauen verdarb.

»Jetzt tut es mir leid, daß ich das gesagt habe«, erwiderte ich.

»Zurücknehmen können Sie's nicht.« Sie seufzte. »Aber ich bin auch nicht zartfühlend mit Ihnen umgesprungen.«

»Meine eigene Schuld.«

»Heute war ein schwerer Tag.« Sie schaute in ihr Glas. Dann hob sie es und trank es leer. Ich tat das gleiche und hoffte, sie würde das ganze Zeug vertragen. Es wäre nicht schön, wenn Sie sich hier in diesem Lokal besöffe.

»Wie alt sind Sie?« wollte sie wissen.

»Sie sind aber sehr direkt.«

»Das erspart Zeit.«

»Vierundvierzig.«

»Ach du lieber Gott«, sagte sie. »Hatten Sie Angst, ich sei zu jung für Sie? Wunderten Sie sich etwa deshalb, daß ich die Einladung annahm?«

»Zum Teil ja.«

»Ich bin dreiunddreißig. Beruhigt sie das?«

»O ja. Ich schätzte Sie auf sechsundzwanzig.« Das stimmte nicht ganz. Als ich sie das erste Mal sah, hielt ich sie für noch jünger und später für älter. Sechsundzwanzig lag ziemlich genau in der Mitte.

»Ich wünsche mir, wir könnten die letzten Minuten vergessen und noch einmal ganz von vorn anfangen«, sinnierte ich.

»Von mir aus können wir's versuchen.« An der Kippe ihrer Zigarette zündete sie sich eine neue an. Die Kettenraucherei war das einzige, was mir an ihr nicht gefiel, aber man kann nicht alles haben.

»Was Sie über mich sagten, stimmt übrigens«, erwiderte ich. Es fiel mir gar nicht so schwer, es auszusprechen. »Ich bin einsam, und ich war deprimiert. Doch als ich Sie traf, ging es mir gleich besser.«

»Obwohl ich Ihnen den Kaffee in den Schoß schüttete?«

»Ich meine später, auf der Rolltreppe ...«

Sie faßte über den Tisch und streichelte meine Hand.

»Ich kann nachempfinden, wie Sie sich fühlen. Ich hasse Flughäfen in fremden Städten. Man kommt sich so anonym vor. Trotz der vielen Leute fühlt man sich allein.«

»Besonders um diese Jahreszeit.«

»Ich weiß. Die Leute werden melancholisch. Im Ankunftsgebäude ist es schöner. Dort werden die Leute abgeholt, alle sind glücklich und strahlen. Aber ich arbeite ungern in der Abflughalle. Alle haben es eilig, und ständig gibt es Computerprobleme. Reservierungen gehen verloren – Sie wissen ja.«

Ich erstarrte. Vielleicht war sie *tatsächlich* eine Reporterin.

»Als man mich von meinem Ticket-Schalter fortholte und mich nach draußen in den Hangar schickte, war ich beinahe froh. Können Sie sich das vorstellen? Vorher hatte ich mir aber versichern lassen, daß ich dort keine Leichen zu sehen bekäme.«

Ich schwieg. Wenn sie sich für Horrorgeschichten interessierte, dann war jetzt der Zeitpunkt gekommen, wo sie mich fragen mußte.

»Aber wir hatten uns ja vorgenommen, nicht von dem Unglück zu sprechen«, fuhr sie fort. »Erzählen Sie mir lieber, wie es kommt, daß ein Mann von nur vierundvierzig Jahren ein so trauriges Gesicht hat.«

»Das ergab sich im Laufe der Zeit. Aber wie es kam, wird Sie sicher nicht interessieren.«

Wir hatten unser Gesprächsthema: Mein Leben und was ich alles mitgemacht hatte. Ich versuchte mich zu beherrscen, doch es nützte nichts. Gott sei Dank wurde ich nicht weinerlich, aber ab einer gewissen Zeit und einer bestimmten Anzahl von Drinks kann ich mich nicht mehr genau erinnern, was ich sagte. Ich weiß nur, was ich nicht erzählte; ich ging nicht auf meinen Beruf ein. An diesem Teil der Abmachung hielten wir uns. Aber ich schilderte ihr, wie sehr ich manchmal unter meiner Arbeit litt. Ich erzählte von meiner gescheiterten Ehe, davon, daß ich nachts hochschreckte mit dem Gefühl, in einen Abgrund zu stürzen und von dem Alptraum, wo ich durch einen langen, dunklen Tunnel gehe, in dem pausenlos Lichter aufblitzten.

Die Drinks schadeten keinem von uns. Als das Essen serviert wurde, hatten wir beide einiges geschluckt, und ich fühlte mich wunderbar entspannt und locker. Es tut gut, einmal Dinge auszusprechen, die man zu lange in sich verschlossen hat.

Doch während des Essens kam ich zu der Einsicht, daß wir im Grunde gar kein Gespräch geführt hatten. Ich hatte erzählt und sie zugehört.

»Und wie gefällt Ihnen Ihre Arbeit?« fragte ich. Sie lachte. Ich blickte in ihre Augen und entdeckte dort keinen Vorwurf. »Hören Sie, es tut mir leid, daß ich Sie so mit meinen Problemen belastet habe.«

»Seien Sie ruhig und essen Sie jetzt erst einmal. Ich höre gern zu. Ich sagte Ihnen doch, Sie sehen aus, als ob Sie einen Freund brauchten.«

»Das gleiche behaupteten Sie von sich selbst. Bis jetzt

war ich Ihnen aber kein guter Freund. Ich verhielt mich sehr egoistisch.«

»Sie mußten sich dringender aussprechen als ich. Es schmeichelte mir, daß Sie sich mir anvertrauten. Offenbar habe ich ein ehrliches Gesicht oder so etwas.«

»Oder so etwas.«

Ich hatte schon fast vergessen, wie es ist, wenn man sich mit sich selbst im reinen fühlt, und ich war ihr dankbar. Ich bat sie, ein wenig über sich zu erzählen.

Ihr Vater war sehr reich. Auf irgendeinem College hatte sie Kunst studiert. Sie hatte nicht damit gerechnet, sich ihren Lebensunterhalt einmal selbst verdienen zu müssen. Sie traf und heiratete den Richtigen, der dann hinterher doch nicht der Richtige war. Nachdem sie ihn verließ, mußte sie für sich selbst sorgen. Eine Fehlgeburt.

Ich nahm an, daß ihre Karriere als Künstlerin scheiterte. Das Geldverdienen hatte sie sich leichter vorgestellt, aber zu ihrem Vater zurückgehen und ihn um Hilfe bitten, wollte sie nicht. Er machte ihr Geschenke, die sie nicht ablehnen wollte, wie zum Beispiel den schnellen Wagen.

Sie erzählte sehr flüssig, und noch ehe der Nachtisch kam, kannte ich ihre Lebensgeschichte. Jedesmal, wenn ich sie nach irgendeiner Einzelheit fragte, gab sie mir eine prompte Antwort. Es war faszinierend, ehrlich, denn schon ungefähr nach der Hälfte ihrer Geschichte glaubte ich ihr kein Wort mehr.

Und soll ich Ihnen mal was sagen? Es war mir scheißegal. Mittlerweile wirkte der Alkohol auf angenehme Weise auf mich. Ich war noch lange nicht betrunken, aber ich fühlte mich ungeheuer wohl. Sie hatte das gleiche getrunken wie ich und war, soweit ich es beurteilen konnte, stocknüchtern.

»Fliegen Sie?« erkundigte ich mich.

Ihre Miene drückte erst Überraschung, dann Mißtrauen aus.

»Was soll das heißen?«

»Nichts. Ich wollte nur wissen, ob Sie ein Flugzeug fliegen können.«

»Kleinere Maschinen bin ich schon geflogen.«

»Das dachte ich mir.«

Das Dessert rührte sie kaum an. Sie hatte im übrigen sehr wenig gegessen, obwohl das Essen gut war. Und die ganze Zeit über rauchte sie. Eine Packung hatte sie bereits verqualmt und die nächste angefangen. Ich überlegte, ob es an der Zeit war, mit ihr in dieser rollenden Bombe zum Flughafen zurückzufahren. Und ich grübelte darüber nach, warum sie mich belog. Fragen Sie mich nicht, woher ich wußte, daß sie log; ich *wußte* es einfach.

»Können Sie mich jetzt heimfahren?« fragte ich.

Die Rückfahrt verlief weniger aufregend. Vielleicht hatte sie meine Angst auf dem Hinweg bemerkt, denn zurück fuhren wir in wesentlich ruhigerem Tempo.

Vor dem Hotel wurde ich abgesetzt wie ein Kommilitone vor dem Studentenwohnheim. Es kam mir etwas merkwürdig vor, doch zuviel durfte ich nicht erwarten. Am nächsten Morgen würde ich sie ohnehin wiedersehen.

Meine gute Laune verflog, sobald die Tür des Hotelzimmers hinter mir ins Schloß klappte. Dann war ich wieder allein, einsam, weit weg von zu Hause. Ich sehnte mich nach einem Drink, wußte gleichzeitig, wie gefährlich das war, und sehnte mich dann doppelt nach einem. Ich wählte die Nummer des Zimmerservices und hängte in einer meiner seltenen Anwandlungen von Willenskraft ein, ehe sich jemand meldete. Ich zog die Fenstervorhänge auf und blickte nach draußen auf die Lichter. Dann holte ich mir einen Stuhl und setzte mich ans Fenster.

Ich wäre dort eingeschlafen, doch ungefähr zwanzig Minuten später klopfte es an meiner Tür. Beinahe hätte ich nicht geantwortet. Ich rechnete damit, daß es Tom sein müsse oder irgend jemand anders von der Untersuchungskommission, der mit einem Problem zu mir kam. Ich fühlte mich jetzt nicht in der Lage, irgend etwas Gescheites zu sagen. Doch schließlich ging ich zur Tür und öffnete. Vor mir stand Louise mit einer Papiertüte und zwei Gläsern. Sie versuchte, glücklich dreinzuschauen, doch es gelang ihr nicht.

»Trinken Sie noch ein Glas mit mir?« fragte sie und begann zu weinen.

14 »Poor Little Warrior!«

Aussage der Louise Baltimore

»Sherman, stell die Zeitmaschine ein auf den Abend des 12. Dezember neunzehnhundert-was-weiß-ich-nicht.«

»Sie haben's begriffen, Mr. Peadbody«, quäkte Sherman.

Sherman, der verfluchte Hund.

Bis jetzt verlief die Geschichte so ...

Die Heldin fiel in Ohnmacht, als sie von ihrer für den historischen Ablauf der Menschheitsgeschichte völlig unwichtigen Fehlgeburt erzählte. Daß die Fehlgeburt gar keine solche war, sondern das Kind erst im Alter von zwei Jahren starb, spielte im Grunde keine Rolle. Ich durfte mein Baby zwei Jahre lang behalten. Eigentlich sollte ich das als Glück ansehen.

Was ist Glück? Ein Magazin. Was kostet es? Zehn Cents. Aber ich habe nur fünf. Das nennt man Pech.

Manchmal glaube ich, der Kopf müßte mir platzen. Ich spuke historische Anspielungen aus wie ein Automat, in den man eine Münze hineingeworfen hat. Meine Spezialität: die achtziger Jahre des zwanzigsten Jahrhunderts.

Mein Gedächtnisspeicher war so vollgestopft mit Daten über diese Zeit, daß ich mich nicht räuspern konnte, ohne gleich einen Werbespruch, einen Filmtitel oder den Namen einer Fernsehshow mit auszukotzen.

»Sherman, ich bin eine Nutte.«

»Geh erst mit ihm ins Bett, wenn du es willst, Louise.«

»Ich will aber nicht!«

Das TOR öffnete sich, und ich ... trat hindurch.

Ich war fast während der gesamten Dauer der Pressekonferenz mit dabei. Es war genauso langweilig, wie ich erwartet hatte, obwohl wir diese Zeitphase nicht hatten beobachten können, da ich ja aktiv an ihr teilnahm, also die temporale Zensur ausübte.

Einmal lief es mir kalt über den Rücken. Gegen Ende der Konferenz begann ein Mann namens Mayer die merkwürdigsten Fragen zu stellen. Er suchte nach ungewöhnlichen Vorkommnissen. Mir stehen noch jetzt die Haare zu Berge, wenn ich an die Frage denke: *Gibt es Unstimmigkeiten, die den zeitlichen Ablauf der Katastrophe betreffen?*

Als ich das hörte, hätte ich beinahe meine Zigarette verschluckt.

Was wußte dieses Schwein?

In der überfüllten Abflughalle erspähte ich Smith. Es war kein Problem, mich neben ihn zu drängen, als er die Rolltreppe betrat, obwohl den Leuten, an denen ich mich vorbeizwängte, meine Methoden bestimmt nicht gepaßt hatten. Das war mir egal. Diese Leute waren alle meine Vorfahren, aber auf diese Vorfahren scheiße ich. Ich habe mein Leben damit verbracht, ihnen eine Zukunft zu gestalten, und sie sehen ja selbst, was aus mir geworden ist.

Auf diesen Moment hatten Sherman und ich lange hingearbeitet.

(Sherman mußte mir Wasser ins Gesicht schütten, mich ins Ohrläppchen kneifen und mir ein paar Ohrfeigen verpassen, damit ich wieder zu mir kam. An diese Phase kann ich mich nur schwach erinnern, und ich möchte auch nicht mehr darüber sprechen. An alles, was *nach* meiner Dikussion mit Sherman über das Kind kam, kann ich mich klar und deutlich erinnern, doch auch darüber möchte ich lieber schweigen. Ich weiß, ich soll alles berichten, doch es gibt Grenzen.)

»Wir brauchen einen Einstieg«, hatte Sherman gesagt.

»Was meinst du damit?«

»Mit diesem Begriff bezeichnete man in Hollywood die erste Szene eines Films, in dem das Lieblingsthema der damaligen Zeit behandelt wurde. Meistens begann es damit, daß ein Mann eine Frau trifft.«

»Mann trifft Frau, sie trennen sich, sie kommen wieder zusammen. Wäre damit die Handlung eines solchen Films beschrieben?«

»Genau. Wir brauchen uns nur um den Einstieg zu kümmern, das andere findet sich von selbst. Natürlich gibt es für euch kein Happy-End.«

»Warum eigentlich nicht?« wollte ich wissen. »Aber das ist eine rhetorische Frage. Zur der Zeit, als ich geboren wurde, kamen die Happy-Ends aus der Mode. Gib mir mal ein Beispiel für einen guten Einstieg.«

»Veronica Lake ist eine desillusionierte Frau und im Begriff, Hollywood zu verlassen. Ihren letzten Dollar gibt sie aus, um Joel McRae ein Essen zu kaufen. Der junge Mann entpuppt sich jedoch als ein berühmter Regisseur, der sich als Clochard verkleidet hat, um Milieustudien für einen Film zu treiben. *Sullivan's Travels*, Preston Sturges 1942.

»Du hast ja viele Filme gesehen«, kommentierte ich.

»Genausoviele wie du. Meine Datenspeicherkapazität ist natürlich größer als deine.«

»Hast du an einen Film gedacht, als du mir sagtest, ich solle ihm den Kaffee in den Schoß schütten?«

»Ja. Jetzt kennt er dich. Wir müssen ihm die Gelegenheit verschaffen, dich noch besser kennenzulernen.«

»Hast du schon eine Idee?«

Sherman hatte eine, und bald stand ich zusammen mit Smith auf der Rolltreppe.

Sobald Smith mich ansah, faßte ich in meine Handtasche. Während ich ihn anstrahlte, drückte ich auf einen kleinen Knopf, und die Rolltreppe blieb stehen.

»Wir scheinen uns andauernd über den Weg zu laufen«, sagte ich.

Ich hatte nicht damit gerechnet, daß er so schüchtern sein würde. Ich mußte ihn buchstäblich dazu provozieren, daß er mich zum Essen einlud. Ich begann mich bereits zu fragen, ob mein Derma-Anzug tatsächlich so gut war, wie er eigentlich sein sollte.

Vermutlich war ich aber auch von falschen Voraussetzungen ausgegangen. Ich hatte angenommen, er fühle die Fäden des Marionettenspielers genauso stark wie ich. Aber warum eigentlich? Sein Marionettenspieler war ja ich, aber das konnte er nicht wissen. Ich hatte das Drehbuch gelesen – wenigstens den groben Entwurf – und kannte den vermutlichen Ablauf des Abends.

Da er mich nicht einlud, in seinen Wagen zu steigen, nahm ich an, er hätte kein Auto. Also bugsierte ich ihn zum Parkplatz. Dort hätte ich um ein Haar den ganzen Plan verpatzt. Wie ich bereits sagte, kann ich mich mit Fakten vollpumpen lassen, aber das hilft mir nicht, bestimmte optische Muster zu erkennen. Auf dem Parkplatz standen vielleicht eine Million Wagen, die mir im Grunde genommen nichts sagten. Theoretisch kannte ich jede Automarke, doch um den *richtigen* Wagen auszusuchen, mußte ich mich allein auf meinen Instinkt verlassen.

Natürlich wollte ich meinem Einkommen und meiner sozialen Stellung gemäß ein kleines Auto auswählen. Doch Logik hilft einem auch nicht immer weiter. Woher sollte ich wissen, daß die kleinsten Autos nicht immer die billigsten sind?

Der Wagen, auf den meine Wahl fiel, war niedrig und sah unbequem aus. Sobald ich davorstand, merkte ich, daß ich einen Fehler gemacht hatte. Smith bedachte mich mit einem eigenartigen Blick. Aber jetzt war es zu spät, um einen anderen Beschluß zu fassen. Ich griff in meine Handtasche, und die Türschlösser sprangen auf. Er merkte nichts. Wir stiegen ein, und ich prüfte die Armaturen. Alles sah ganz simpel aus, lediglich Radar wäre eine zusätzliche Hilfe gewesen. Ich steckte einen Schlüssel ins Zündschloß. Der Schlüssel löste die richtige Kombination aus, startete selbstständig den Wagen, und wir brausten los.

Es war noch einfacher, als ich gedacht hatte. Der Wagen war schneller als alle anderen Fahrzeuge auf der Straße. Wir flitzten nur so an den anderen Autos vorbei, wobei ich darauf achtete, ständig die Höchstgeschwindigkeit einzuhalten. Der Weg zum Jack London Square war ausgeschildert.

Ich hätte nicht zugeben dürfen, daß ich Französisch sprach. Als ich merkte, daß es nicht zu mir paßte, hatte ich mich bereits mit dem Kellner unterhalten.

Das Essen war miserabel. Wahrscheinlich schmeckte es allen anderen, aber ich fand es fade. Es war, als kaute ich auf Pappkarton herum. Die Nahrungsmittel, an die ich gewöhnt bin, enthalten gänzlich andere Chemikalien, einschließlich solcher, die Bill Smith mit Sicherheit umgebracht hätten. Aber ich war gerüstet. Ich schluckte Kapseln, die sämtliche Gifte enthielten, die ein anständiger Bürger aus dem neunundneunzigsten Jahrhundert brauchte. Sie hatten den zusätzlichen Vorteil, daß sie das Äthanol neutralisierten, das in den Drinks enthalten war. In meinem Essen stocherte ich nur herum. Der Whisky war das einzige, was ich zu mir nahm.

Er erzählte mir vieles, was ich schon kannte. Immerhin war Bill Smith zur meistobservierten Person des zwanzigsten Jahrhunderts gewoden. Wir hatte ihn von seiner Geburt (durch Kaiserschnitt) bis zu seinem Tod beobachtet.

Voll gesunder Verachtung für Mr. Smith reiste ich ins zwanzigste Jahrhundert. Wenn man seinen Lebensweg betrachtete, dann mußte man sich wundern, wieso ein Mann, der so gute Anlagen besaß, so wenig daraus gemacht hatte. In meinen Augen war er ein Jämmerling, der seinen Kummer im Alkohol ersoff. Er bekleidete einen verantwortungsvollen Posten und stand im Begriff, diese Position zu verschleudern. Seine Ehe war gescheitert.

Er lebte in einer Zeit, die, von meiner Warte aus gesehen, dem Paradies näherkam als irgendeine andere Epoche der Menschheit. Und er gehörte einer Nation an, in der der einzelne mehr besaß, als es je früher oder auch später der Fall war. Doch von da an ging es ständig bergab, bis die menschliche Rasse ihren Tiefpunkt erreichte: die gute alte Zeit in der fernen Zukunft, in der ich mein Zuhause hatte.

Ich fragte mich ständig, worüber zum Teufel beklagt er sich eigentlich?

Aber das zwanzigste Jahrhundert wimmelte von Jämmerlingen. Man machte sich Sorgen über zwischenmenschliche Beziehungen. Man klagte über die hohen Lebenshaltungskosten. Es gab eine Menge Wörter, um all die Kümmernisse zu beschreiben, die die Menschheit des zwanzigsten Jahrhunderts heimsuchten: Angst, Antriebsschwäche, Lethargie. Die Leute schluckten Pillen, um etwas zu kurieren, das sie Depressionen nannten. Sie besuchten Kurse, in denen sie lernen wollten, mit sich selbst zurechtzukommen. Von vier Kindern trieben sie eines ab. Sie bildeten sich ständig ein, sie hätten Probleme.

Gleichzeitig jedoch waren sie emsig wie die Biber damit beschäftigt, ihre Umwelt zu zerstören. Nach und nach horteten sie über dreihundert Gigatonnen an Nuklearwaffen, während sie laufend beteuerten, sie würden sie niemals benutzen. Sie setzten den Prozeß in Gang, der nach und nach sämtliche Tiere ausrottete, außer den Menschen selbst, und nur ein paar Insektenarten, dafür aber eine Million rasch mutierender Mikroben ungeschoren ließ. Ihre Nachkommen – wie ich – trieben unaufhaltsam einer Katastrophe zu. Im zwanzigsten Jahrhundert begann man damit, Eingriffe in die Natur zu unternehmen, die die Menschheit letzten Endes so beeinflußten, daß sie keine saubere Luft oder gesundes Essen mehr zu sich nehmen konnten.

Kein Wunder, daß in diesem Jahrhundert die Existenzangst geboren wurde.

Aber es ist ein Unterschied, ob man als Außenstehender das Leben eines Mannes betrachtet oder ob man ihn selbst erzählen hört. Natürlich wußte ich, was kam, ich war ja darauf vorbereitet und hatte vor, die ganze Zeit über zu lächeln. Doch als er zu reden anfing, sah alles auf einmal ganz anders aus. Der *arme* Mann, dachte ich zu meiner eigenen Verblüffung.

Er greinte nicht. Im Grunde beklagte er sich nicht einmal. Ich ertappte mich bei dem Wunsch, er möge anfangen zu jammern, denn dann wäre es mir einfacher gefallen, meine Verachtung für ihn zu hätscheln. Doch er erzählte mir lediglich die Wahrheit. Er war tatsächlich einsam. Und er wußte nicht, wie er diesen Zustand ändern sollte. Früher war er in seinem Beruf aufgegangen, doch die Arbeit bedeutete ihm jetzt nicht mehr so viel. Er verstand sich selbst nicht, er wußte nicht, warum ihm auf einmal nichts mehr etwas bedeutete. Als Rezept gegen diese trüben Stimmungen hatte er sich Äthanol verschrieben. Manchmal schien das Mittel zu wirken, doch eine Heilung war aussichtslos. Im Grunde seines Herzens wußte er, daß er im Leben ein Ziel angestrebt hatte, es verfehlte und sich nun auf dem absteigenden Ast befand. Es konnte mit ihm nur noch schlimmer werden.

Ich schwankte zwischen Mitleid und dem Wunsch, ihn beim Kragen zu packen und ihn zu ohrfeigen, bis er zur Besinnung käme. Ich glaube, wenn ich im zwanzigsten Jahrhundert gelebt hätte, wäre ich Sozialarbeiterin geworden. Offenbar konnte ich nicht mit einem Bock umgehen, sobald ich begann, den Menschen in ihm zu sehen. Automatisch identifizierte ich mich mit ihm.

Verdammt noch mal, es ist viel einfacher, die Arschlöcher k. o. zu schlagen und sie mit einem wohlgezielten Tritt durch das TOR zu befördern. Das Gezeter, das sie dann veranstalten, höre ich nicht mehr.

Der Bursche konnte Alkohol vertragen. Aber wahrscheinlich dachte er dasselbe über mich.

Als das Essen serviert wurde, merkte er, daß er mir in einem Monolog seine gesamte Lebensgeschichte gebeichtet hatte. Er besaß den Anstand, sich dafür zu schämen. Dann fragte er mich nach meinen Lebensumständen aus.

Ich war ja nicht unvorbereitet. Sherman und ich hatten mir eine Lebensgeschichte zusammengebastelt. Ich hatte nur keine Lust, sie zum besten zu geben. Vom Lügen hatte ich die Nase voll. Aber ich begann zu erzählen, und ich glaube, ich machte meine Sache gut. Er nickte an den richtigen Stellen und stellte interessierte, aber keine neugierigen Fragen.

Ich geriet richtig schön ins Fahrwasser und war stolz auf mich selbst, als ich plötzlich merkte, daß er mir kein Wort glaubte.

In seine Augen stahl sich ein merkwürdiger Ausdruck. Vielleicht lag es aber auch am Alkohol. Ich redete mir ein, daß es so sei, doch im Grunde glaubte ich es selbst nicht.

Nein, er vermutete, ich wollte ihm etwas verschweigen, und mit dieser Mutmaßung hatte er ja auch recht.

Vor seinem Hotel setzte ich ihn ab und fuhr dann ein paar Häuserblocks weiter. Ich parkte und saß dann eine Weile zitternd auf dem Sitz.

Als das Zittern nachließ, blickte ich auf meine Uhr. Es war kurz nach Mitternacht. Ich wußte, was ich jetzt tun mußte. Sherman und ich hatten uns auf den weiteren Verlauf des Abends geeinigt. Ich konnte mich nur nicht aufraffen, etwas zu unternehmen.

Nicht daß ich Angst gehabt hätte, mit ihm ins Bett zu gehen. Sherman und ich hatten ausführlich darüber diskutiert, und die Sexfrage war für mich geklärt. Warum eine Schwangerschaft fürchten, wenn man ohnehin nur noch ein paar Tage zu leben hat? Und es machte mir nichts aus, dem TOR-Projekt zuliebe mit einem Mann zu bumsen. Ich war bereit, eine ganze Reihe ekeliger Dinge zu tun, wenn es dem Projekt nützte, und mit jemandem zu vögeln war noch lange nicht das Schlimmste.

Ich kann nicht mal sagen, daß er mir unsympathisch gewesen wäre. Darauf kam es ja auch gar nicht an. Ich hatte eine Pflicht zu erfüllen und konnte mich genausowenig davor drücken wie jeder andere gute Soldat. Und wenn ich ganz ehrlich bin, muß ich gestehen, daß ich Bill Smith sogar *mochte*. Die Botschaft aus der Zeitkapsel hatte sich im übrigen klar ausgedrückt. Ich brauchte nichts zu tun, was ich nicht wollte.

Es ist nur eine Attrappe.

Unweit der Stelle, wo ich parkte, befand sich ein Spirituosenladen. Ich stieg aus dem Wagen, betrat das Geschäft und kaufte eine Flasche Scotch.

Als ich das kurze Stück zum Auto zurückging, verließ ein Schatten einen dunklen Hauseingang und begann mir zu folgen. Ich drehte mich um. Die Haut des Mannes war dunkel, vermutlich handelte es sich um einen Neger. Aber ich kann menschliche Rassen genauso schwer unterscheiden wie Modeströmungen. Er zielte mit einer Pistole auf mich.

»Handtasche her«, forderte er mich auf.

»Wollen Sie mich berauben oder vergewaltigen?« wollte ich wissen. Ich nahm ihm die Waffe ab, schleuderte ihn auf den Boden und stellte meinen Fuß auf seinen Hals. Als er versuchte, sich zu wehren, trat ich ihm schnell ins Gesicht und stellte dann wieder meinen Fuß auf seinen Hals. Er röchelte. Ich ließ etwas Druck nach.

»Sie haben mir das Handgelenk gebrochen«, ächzte er.

»Nein, höchstens die Speiche oder die Elle. Sie müssen zu einem Arzt gehen.«

Ich schaute auf seinen entblößten Arm. »Sie sind rauschgiftsüchtig, stimmt's?«

Er gab keine Antwort.

Seine Vorfahren kann man sich nicht aussuchen. Er gehörte zu meinen Vorvätern, deshalb konnte ich ihn nicht töten. Vielleicht hatte ich schon genug Unheil im Zeitstrom angerichtet ... aber das war mir jetzt auch egal.

Ich empfand ein Gefühl der Erleichterung. Ich folgte jetzt meinen eigenen Entschlüssen, gleichgültig, was dabei herauskam.

Nachdem ich das Magazin der Pistole geleert hatte, gab ich ihm die Waffe zurück. Dann faßte ich in meine Handtasche und drückte ihm einen Packen amerikanischer Banknoten in die Hand – genau zwanzigtausend Dollar minus der 15,85 Dollar, die ich für die Flasche Scotch ausgegeben hatte.

»Amüsier dich gut«, rief ich ihm zu.

Es verursacht ein merkwürdiges Gefühl, wenn man nach seinem freien Willen handelt. Falls es überhaupt der Fall war.

Dieses Mal fuhr ich den Wagen manuell. Vor Bills Hotel parkte ich.

Im Flur vor Bills Zimmer stieß ich gegen einen Servierwagen, auf dem zwei leere Whiskygläser standen. Ich nahm sie mit. Zuerst wollte ich leise an der Tür kratzen, dann fiel mir ein, wo und in welcher Zeit ich mich befand und hämmerte statt dessen mit der Faust dagegen.

Klopf, klopf.

Wer ist da?

Dein Schicksal.

Was ist mein Schicksal?

Zeigen Sie mir Ihre Hand, Mr. Smith. Louise weiß alles.

15 »Compounded Interest«

Aussage des Bill Smith

Seit neun Jahren hatte ich nicht mehr geraucht. Doch als sie aufstand und ins Badezimmer ging, nahm ich mir eine aus der Schachtel, die sie auf das Nachttischchen gelegt hatte. Es waren Virginia Slims. Nach dem zweiten Zug mußte ich krampfhaft husten und nach dem vierten wurde mir ganz leicht im Kopf. Ich drückte die Zigarette aus.

Welch eine Nacht.

Ich schaute auf die Uhr. Es war ein Uhr morgens. Um zehn würde sie sich in einen Kürbis verwandeln. Das hatte sie mir unter anderem erzählt, und ich fand es genauso verrückt wie alles andere, was sie gesagt hatte.

Ich hörte zu, wie im Badezimmer das Wasser rauschte. Offenbar duschte sie.

Mit Sicherheit wußte ich nur, daß sie eine Tochter gehabt hatte und daß das Kind gestorben war. Der Rest war ungereimtes Zeug.

»Darf ich dir etwas erzählen?« hatte sie gesagt, nachdem sie aufgehört hatte zu weinen. Wir saßen auf der Bettkante, und ich hielt sie im Arm. Eine so schöne Frau hatte ich noch nie im Arm gehabt, doch mir stand nicht der Sinn nach Sex.

»Natürlich. Alles.«

»Es ist eine lange Geschichte«, warnte sie mich.

»Das kann ich mir vorstellen.«

Sie lachte. Es klang zitterig und drohte in Hysterie auszuarten, doch sie riß sich zusammen.

»Dort, woher ich komme, muß jeder bald sterben«, begann sie.

Ich schwöre Ihnen, es wurde immer verrückter.

Aussage der Louise Baltimore

»Wir geben unseren Kindern erst Namen, wenn sie zwei Jahre alt sind«, erzählte ich ihm.

»Warum das?«

»Ist das nicht offensichtlich?« Wieder fragte ich mich, wieviel er mir überhaupt glaubte. Vielleicht ein Prozent.

»Wir geben ihnen nicht eher Namen, weil nur eines von hundert Kindern seinen zweiten Geburtstag erlebt. Danach hat es eine Chance, erwachsen zu werden.«

»Woran starb dein Kind?«

»Dafür gibt es keine Bezeichnung. Ich weiß nicht genau, woran das Kind starb. Ich war ja damals erst zwölf, weißt du. Ich hatte meine erste Periode gehabt und schien fruchtbar zu sein. Die Genanalyse hatte keine größeren Probleme ergeben.«

Ich sah ihn an. Ich hatte die Wahrheit gesagt, doch er nahm es mir nicht ab. Die Wahrheit ist manchmal schwerer zu glauben als eine Lüge.

»Ich hatte Unterleibsprobleme«, erzählte ich daraufhin. »Die Ärzte sagten mir, ich könne keine Kinder bekommen. Aber dann wurde ich doch schwanger.«

»Mit zwölf?« staunte er.

»Vergiß es. Ich bin betrunken, okay? Ich hatte ... wie heißt das noch mal? Amniocentesis. Man glaubte, daß, falls ich ein Kind bekäme, es vermutlich ... mongoloid sei.«

»Diese Krankheit nennt man heute Down's 'Syndrom.«

»Stimmt. Aber das Baby kam auf die Welt und sah vollkommen normal aus. So ein süßes, niedliches Baby wird höchstens einmal alle hundert Jahre geboren.«

Ich trank den Whisky direkt aus der Flasche. Ohne vorher meine Neutralisierungskapseln zu schlucken. Ich fand, Äthanol sei doch kein übles Rezept gegen Verzweiflung.

»Das Mädchen war mein Leben. Sie war mein ein und alles. Man versuchte, mir die Kleine wegzunehmen und in ein Krankenhaus zu stecken, wo man sie die ganze Zeit über unter Beobachtung hätte.

Das Kind war ungeheuer intelligent. Ein richtiges Genie. Mit sechs Monaten konnte die Kleine laufen und mit neun sprechen. Sie war mir Erde, Mond und Sterne alles in einem.«

»Was sagtest du noch, wie die Kleine hieß?« erkundigte er sich.

Ich sah ihn von der Seite her an. Na schön, also glaubte er mir nicht mal ein Prozent.

Warum sollte er auch?

Ich begann wieder zu weinen.

Aussage des Bill Smith

Die Dame war geistig noch verstörter, als ich zu Anfang geglaubt hatte. Ich tat mein Bestes, um sie zu beruhigen.

Ihr Baby mußte von Geburt an krank gewesen sein. Ich habe von derlei Dingen nicht viel Ahnung, doch mir ging einiges durch den Kopf. Die Mutter hätte Syphilis haben können, oder vielleicht hatte sie während der Schwangerschaft Heroin genommen. Warum sonst quälten sie diese Schuldgefühle? Warum erzählte sie mir ihre Geschichte mit so seltsamen Verschnörkelungen?

Das Kind starb also, ehe es zwei Jahre alt war. Vielleicht aber auch nicht. Es bestand die Möglichkeit, daß es von Maschinen am Leben erhalten wurde.

Vielleicht hatte sich die Wohlfahrt des Kindes angenommen. Womöglich lebte die Kleine jetzt bei Adoptiveltern. Im Grunde wußte ich nicht, was ich denken sollte.

Meiner Meinung nach war Louise verrückt. Je länger sie redete, um so mehr festigte sich in mir die Überzeugung. Auf Verrückte reagiere ich immer gleich: Ich will nach Möglichkeit nichts mit ihnen zu tun haben. Sie konnte gewalttätig werden. Wer weiß, was ihr noch einfiel, wer weiß, welcher Schandtat sie mich schließlich noch bezichtigen würde.

Doch dieses Mal war alles anders.

Gewiß, ich war seelisch erschöpft, als sie mit ihrer Erzählung fertig war. Es stimmt, mein Nacken schmerzte, weil ich ihr so oft mitfühlend zugenickt hatte. Doch es störte mich nicht. Ich mochte sie immer noch. Ich wollte immer noch mit ihr zusammen sein.

Aussage der Luise Baltimore

»Ich habe nicht mehr viel Zeit«, sagte ich, nachdem ich ihm meine Geschichte erzählt hatte, die er nach seinem Wissensstand gar nicht verstehen konnte. »Ich gehe mich jetzt etwas frisch machen.« Ich schaute auf meine Uhr. »Du weißt ja, um zehn Uhr morgens verwandele ich mich in einen Kürbis.«

Im Badezimmerspiegel sah ich mir ins Gesicht. Die gleiche alte Louise. Immer noch dieselbe dumme Kuh.

»Sieh es ein«, sprach ich mit mir selbst. »Du hast viel Wind gemacht um nichts. Du erzähltest ihm genau das, worüber du nie sprechen wolltest, und er glaubte dir nicht mal. Frustrierend.«

Ich brach meine Rede ab, weil ich husten mußte. Ich kramte meinen Vick Inhalator aus der Tasche und nahm einen tiefen Atemzug. Ich konnte nur hoffen, daß der Gestank – denn Bill mußte diesen Geruch abstoßend finden – nicht den ganzen Raum verpestete. Dann zog ich mich aus und nahm eine Dusche.

Sherman hatte eine regelrechte Nebenhandlung ausgesponnen, die an diesem Punkt beginnen sollte. Sein Drehbuch war ausgezeichnet, voller Plagiate, die er sich aus irgendwelchen Filmen zusammengeklaut hatte. Es sollte damit enden, daß wir einander in die Arme fielen – im Hintergrund mußte natürlich die Meeresbrandung gegen eine romantische Küstenlinie rauschen. Das Dumme war bloß, daß ich die geistige Bühne der dreißiger und vierziger Jahre verließ und in die brutalen achtziger einstieg.

Deshalb ging ich aus dem Bad und öffnete die Tür.

6·84·3

Aussage des Bill Smith

Es schien ihr Spaß zu machen. Jedenfalls tat sie so. Großer Gott, *ich* genoß es. Aber ich hatte das Gefühl, sie sei genauso ausgehungert nach Sex wie ich, und so hungrig war ich noch nie gewesen.

Danach zündete sie sich sofort eine Zigarette an, was mich ein bißchen ärgerte. Vielleicht brauchte ich auch etwas, worüber ich nörgeln konnte. Vielleicht ging es mir auf einmal zu gut.

»Rauchst du immer gleich, nachdem du mit einem Mann geschlafen hast?«

Sie blickte auf ihren Bauchnabel, inhalierte tief und stieß dann den Rauch langsam aus. Sie machte einen äußerst zufriedenen Eindruck.

»Ich rauche nach allem, Bill, und ich rauche vor allem. Wenn ich eine Möglichkeit entdeckte, während des Schlafens zu rauchen, würde ich sie sicher ausprobieren. Nur meine Willenskraft hindert mich daran, in deiner Gegenwart mehr als eine Zigarette gleichzeitig zu rauchen.«

»Weißt du nicht, was der Gesundheitsminister dazu sagt?«

»Ich kann lesen, was auf der Zigarettenschachtel steht.«

»Und warum rauchst du dann noch?«

»Weil es mir schmeckt. Es erinnert mich an Zuhause. Und wenn ich Lungenkrebs bekommen sollte, wäre das nicht schlimmer, als wenn am Nordpol ein Zentimeter Schnee fällt.«

»Was meinst du damit?«

»Damit meine ich, daß ich bereits an einer gräßlichen Krankheit dahinsieche.«

Ich sah sie an, doch ihre Augen verrieten nichts. Vielleicht war es die Wahrheit, vielleicht aber auch eine ihrer morbiden Anspielungen. Womöglich zog sie mich auch nur auf.

Im Restaurant war ich stolz auf mich selbst gewesen, als ich festzustellen glaubte, daß sie mich von vorne bis hinten belog. Mittlerweile konnte ich sie überhaupt nicht mehr einschätzen.

»Wir müssen alle sterben, Bill«, sagte sie. »Das Leben endet unweigerlich mit dem Tod.«

»Ich möchte sagen, du hast noch eine ganze Weile zu leben.«

»Du irrst dich.«

»Warum bist du gestern vor mir davongelaufen, als ich dich um eine Tasse Kaffee bat?«

Sie drückte ihre Zigarette aus und zündete sich gleich die nächste an.

»Weil ich nicht damit gerechnet hatte, dich im Hangar zu treffen. Ich suchte nach etwas anderem.«

»Arbeitest du wirklich bei United?«

Sie grinste mich an.

»Was glaubst du?«

»Ich glaube, daß du verrückt bist.«

»Das weiß ich. Manche Leute können sich einfach nicht mit der Wahrheit begnügen.«

Ich dachte über diesen Satz nach.

»Doch, ich glaube dir, daß du für United arbeitest. Wahrscheinlich macht es dir Spaß, andere Leute aufzuziehen. Du willst sie verwirren.«

»Wenn du meinst.«

»Ich glaube, du liefst fort, weil irgend etwas dich erschreckt hat. Vielleicht ein blutverschmiertes Spielzeug oder irgendwelche zerfetzten Weihnachtsgeschenke.«

Sie seufzte und schaute mich aus traurigen Augen an.

»Du hast mein dunkles Geheimnis gelüftet. Ich habe ein weiches Herz.« Ihr Blick wanderte von meinem Gesicht hinab nach unten, und sie drückte die halb gerauchte Zigarette aus. Für sie war das eine überraschende Geste.

»Kannst du noch mal?« fragte sie mich.

Aussage der Louise Baltimore

Die Mission bestand immer noch, obwohl ich sie buchstäblich vergessen hatte. Andauernd mußte ich mir vorsagen: Du bist hier, um eine Änderung zu bewirken, du mußt ihn daran hindern, mitten in der Nacht in den Hangar zu gehen und dort eine frühere Ausgabe der Louise Baltimore zu treffen.

Wenn er *nicht* in den Hangar ging, würde ein Teil meines Lebens, den ich bereits erlebt hatte, gelöscht. Doch das störte mich im Grunde nicht. Von mir aus konnte das Universum mich gänzlich auslöschen, ich würde als befriedigte Frau dahinscheiden. Ein so schönes Ende hatte ich gar nicht erwartet.

Es war sieben Uhr morgens, und wir saßen immer noch im Bett. Wir waren nackt, lachten und unterhielten uns, während draußen die Sonne aufging. Irgendwann einmal schliefen wir dann ein. Ich wollte ihn dahingehend beeinflussen, daß er am nächsten Tag seinen Dienst versäumte. Ich glaubte nicht, daß es mir schwerfallen würde. Im Laufe des Vormittags sollte dieser C. Gordon Petcher eintreffen, der Bill vertreten konnte. Ich plante, ihn zu überreden, er solle eine Krankheit vorschützen und den ganzen Tag im Bett bleiben.

Das hatte ich jedenfalls vor.

Die ganze Geschichte mit dem Fenster C nahm eine sehr eigenartige Wende. Ich hatte sämtliche Sicherheitsvorschriften mißachtet. In vielerlei Hinsicht hatte ich ihm buchstäblich die *Wahrheit* erzählt. Und er hatte mir nicht geglaubt. Ich faßte das jedoch als gutes Zeichen auf. Er hielt mich für eine Verrückte, doch das störte ihn nicht übermäßig. Es mußte doch möglich sein, daß diese hübsche Irre ihn mit ihren verworrenen Geschichten so lange unterhielt, daß er nicht auf die Idee kam, in den Hangar zu gehen.

Ich wollte es wagen, selbst auf die Gefahr hin, daß ich mich um zehn Uhr vormittags Pazifikzeit in einen Kürbis verwandelte.

Aussage des Bill Smith

Wir lagen uns in den Armen, lachten wie Betrunkene und liebten uns. Mehrmals hintereinander. Ich staunte über mich selbst. Ich hoffte, sie wüßte meine Kondition zu schätzen.

Wann ich einschlief, weiß ich nicht. Es war mir auch egal. Doch es hätte mir nicht egal sein dürfen.

Wie elektrisiert sprang ich aus dem Bett ...

... und stieß mit der Nase gegen die Wand. Desorientiert blickte ich um mich und wartete darauf, daß meine verkaterten Gedanken sich einigermaßen ordneten.

Der Wecker hat nicht geklingelt. Wie kommt die Wand denn hierher? Wer bin ich, wo bin ich, was bin ich, warum bin ich hier ...

Ach du lieber Gott!

»Guten Morgen«, sagte sie. Sie saß nackt auf dem Bett, den Rücken gegen ein paar Kissen gelehnt, die Beine ausgestreckt. Sie rauchte. Sie war so bestürzend schön, daß ich am liebsten geweint hätte.

»Bitte«, krächzte ich, »rauch nicht so laut.«

»Ziemlich schwach, was? Gestern nacht warst du besser in Form.« Sie drückte die Zigarette jedoch aus.

»Gestern nacht ging's mir auch noch gut.«

»Ich habe dich beobachtet, wie du aufwachtest«, sagte sie. »Du brauchtest aber lange, um wieder klar sehen zu können.«

»Ich sehe immer noch nicht deutlich.«

»Doch, mit deinen Augen ist jetzt alles in Ordnung.« Sie räkelte sich. Sie hatte recht. Bei diesem Anblick konnte man es sich einfach nicht leisten, verschwommen zu sehen.

»Ich frage mich nur, was dich geweckt hat. Ich habe nichts gehört, und ich habe mich nicht bewegt. Aber du sprangst ja förmlich im Bett hoch.«

»Wie spät ist es denn?«

»Halb neun.«

Ich hockte mich auf die Bettkante und erzählte ihr von meinem Wecker. Wahrscheinlich erging es mir schon wie dem Leuchtturmwärter. Zwanzig Jahre lang saß der alte Mann in dem Turm, und alle dreißig Sekunden tutete ihm das Nebelhorn ins Ohr. Als eines Nachts einmal ein Signal ausfällt, fährt er aus dem Bett hoch und schreit: »*Was war das?*«

Mit ernster Miene lauschte sie, während ich ihr die Geschichte erzählte. Sie wollte nach einer Zigarette greifen, sah mich dabei an und zog die Hand zurück. Sie breitete die Arme aus.

»Bill. Ich habe eine Idee. Du hast nur eine Stunde geschlafen. Laß dich heute von deinem Mr. Petcher vertreten. Komm nochmal ins Bett zurück. Ich massiere dir den Rücken.«

Ich legte mich hin, und sie massierte mich. Nicht nur mit den Händen, aber ich beklagte mich nicht. Dann tat ich etwas, was mich ungeheuer viel Selbstüberwindung kostete. Ich stand wieder auf.

»Ich muß arbeiten«, verkündete ich.

Sie saß da wie ein Penthouse-Modell, sogar die Vaseline auf der Kameralinse stimmte – obwohl die verschwommene Sicht immer noch von meinem Kater herrühren konnte. Sie sah mich nur an.

»Dein Beruf bringt dich um, Bill.«

»Stimmt. Das weiß ich.«

»Verbring den Tag heute mit mir. Ich zeige dir San Francisco.«

»Ich dachte, um zehn müßtest du gehen.«

Sie machte ein langes Gesicht. Vielleicht hatte ich etwas Verkehrtes gesagt. Warum sie um Punkt zehn fortmußte, wußte ich nicht. Vielleicht wollte sie ihr Kind im Krankenhaus besuchen.

Wir duschten gemeinsam. Sie erschauerte, als das kalte Wasser sie traf, und einen Moment lang klammerten wir uns aneinander wie Kinder. Ich drehte den Warmwasserhahn auf und nahm sie in den Arm. Als sie sich zurücklehnte, sah ich, daß sich ihre Brustwarzen vom kalten Wasser nicht verhärteten, wie ich es früher bei meiner Frau immer beobachtet hatte. Komisch, welche Sachen einem auf einmal einfallen.

»Ich kann es nicht mit ansehen, wie du dich selbst kaputtmachst, Bill. Nimm dir einen Tag frei.«

»Louise, dräng mich nicht. Ich habe einen Beruf, und ich muß ihn erfüllen.«

»Dann arbeite heute abend nicht so lange. Um zehn Uhr bin ich zurück.«

»Das läßt sich einrichten. Um die Zeit werde ich auch hier sein.«

Aussage der Louise Baltimore

Er ging, und ich hatte keine Ahnung, was er an dem Abend noch alles anstellen mochte. Von welcher Seite man die Situation auch betrachtete, es sah nicht gut aus.

Vielleicht betrat er den Hangar, begegnete mir dort und verursachte eine Störung in der Zeitlinie. Womöglich ging er auch an einen Ort, an dem ich noch nicht gewesen war, und es entsproß eine andere Variante der Realität. Was dann mit mir passieren sollte, wußte ich auch nicht.

In meinem nassen Derma-Anzug hockte ich auf dem Bett, rauchte eine Zigarette und dachte, daß es meine letzte sein könnte. Ich genoß jeden einzelnen karziogenen Zug.

Dann erschien das TOR im Badezimmer, und ich trat hindurch. Vielleicht geradewegs ins Nichts. Aber das war mir jetzt auch schon gleichgültig. Wenigstens eine Nacht lang hatte ich gelebt.

16 »A Night to Remember«

Aussage des Bill Smith

Als ich durch das Hotelfoyer ging, sah ich an der Rezeption zwei Polizisten stehen. Sie unterhielten sich mit dem Manager. Ich dachte mir nichts dabei, bis ich draußen zwei weitere Polizisten, zwei Polizeiautos und einen Abschleppwagen sah, der Louises italienischen Sportwagen aus der Parklücke zog.

Ich schickte mich an, dorthin zu gehen. Ich wollte fragen, was zum Teufel, los sei, doch irgend etwas hielt mich dann davon ab. Ich wandte mich statt dessen an einen Zuschauer und fragte ihn, ob er Bescheid wüßte.

»Der Wagen soll gestohlen sein«, sagte der Mann.

»Gestohlen?«

»Ich weiß es von einem Polizisten. Ich frage mich nur, wer so blöd ist, einen solchen Wagen zu klauen. In ganz Amerika gibt es höchstens sechs oder sieben von dieser Marke.«

Ich stürzte aus dem Lift und rannte durch den Flur zu meinem Zimmer. Ich suchte gerade nach dem Schlüssel, als ich ein eigentümliches Geräusch hörte. Ich blickte den Flur auf und ab, konnte dessen Quelle aber nicht ausmachen.

Da das Hotel jedoch unweit des Flughafens lag, schenkte ich dem Geräusch weiter keine Beachtung. Ich wollte aufschließen, das heißt, ich versuchte, den Schlüssel ins Schloß zu stecken.

Die Tür wich jedoch vor mir zurück, als ob sie aus Gummi sei.

Beinahe wäre ich vornübergekippt. Mit einer Hand stützte ich mich an der Wand ab, die ebenfalls seltsam verzerrt wirkte. Allmählich rückten die Dimensionen wieder gerade.

Mir brach der Schweiß aus. Ich betrachtete abwechselnd die Tür und die Wand. Keine Risse, keine abgeplatzte

Farbe. Ich tastete die Türfüllung und den Rahmen ab. Keine Beschädigungen, keine Splitter.

Jesus! Ich hatte schon schlimme Kater erlebt, aber so übel war es mir noch nie ergangen. Ich wischte mir mit den Händen über das Gesicht und schloß die Tür auf.

Im ersten Moment fand ich das Zimmer merkwürdig verändert. Eine Glasschiebetür führte auf einen winzigen Balkon. Die Tür war geschlossen, doch die Vorhänge bauschten sich wie im Sturm. Ich verspürte jedoch nicht den leisesten Windhauch. Und alles im Zimmer schien mit Eis bedeckt zu sein.

Vielleicht ist Eis nicht das richtige Wort. Es sah eher aus wie Rauhreif oder Puderzucker.

Ich blinzelte ein paarmal, und dann war der Spuk vorbei. Die Vorhänge regten sich kaum, und an den Wänden und dem zerwühlten Bett fiel mir nichts Besonderes mehr auf.

Sie war fort.

Ich unternahm alles mögliche, aber nichts brachte sie zurück.

Die Balkontür war von innen verriegelt. Ich öffnete sie und trat nach draußen. Aus dem vierten Stock konnte sie nicht nach unten gesprungen sein. Zusammengeknotete Bettlaken entdeckte ich auch nirgendwo.

So lange war ich gar nicht fort gewesen. Sie konnte natürlich mit einem Fahrstuhl hinuntergefahren sein, während ich mit dem anderen nach oben fuhr. Sie konnte auch die Treppe benutzt haben, aber irgendwie glaubte ich es nicht. Ihre Kleidungsstücke lagen noch im Zimmer herum. Alles, was sie angehabt hatte, angefangen von den braunen Schuhen bis zu dem Büstenhalter.

Ihre Handtasche war allerdings fort. Ob sie darin irgendwelche Kleidungsstücke versteckt hatte?

Das einzige, was noch an sie erinnerte, waren die fleckigen Bettlaken und die überquellenden Aschenbecher.

Fast eine halbe Stunde lang blieb ich im Zimmer und versuchte, mir einen Reim auf das Ganze zu machen.

Ein gestohlenes Auto. Eine unvergeßliche Nacht. Eine

seltsame Geschichte über einen Ort, wo jeder zum Sterben verurteilt war. Ein totes oder sterbenskrankes Kind.

Ach ja, sie hatte noch zwei Spuren hinterlassen. Im Abfalleimer im Bad fand ich einen Vick Inhalator und eine leere Packung Clorets Atemreiniger. Ich roch an dem Inhalator, was ich sofort bereute, denn dadurch wurde mir gewiß nicht wohler. Immerhin soll man aus Erfahrungen ja *lernen*, aber alles, was mir einfiel, waren Fragen.

Ich beschloß, die Polizei nicht einzuschalten, jedenfalls nicht, ehe ich selbst noch einmal mit ihr gesprochen hatte. Vielleicht brauchte sie Hilfe. Für gefährlich hielt ich sie nicht.

Mit einem Taxi fuhr ich zum Flughafen. Dort ging ich sofort zum United-Schalter und von da aus in Sarah Hakkers Büro.

Sie sah genauso übernächtigt aus wie ich. Ich kann mir nichts Schlimmeres vorstellen, als in der Personal- und Werbeabteilung einer Fluggesellschaft tätig zu sein, die soeben bei einer Luftkatastrophe eine Maschine verloren hat.

»Hallo, Sarah«, grüßte ich. »Ich hätte gern, daß du für mich eine Louise Ball ausfindig machst, wenn es dich nicht allzu viel Mühe kostet.«

»Es kostet mich überhaupt keine Mühe«, antwortete sie. »Als was ist sie bei uns beschäftigt, und in welcher Stadt arbeitet sie?«

»Sie arbeitet hier bei euch im Flughafen. Am Ticketschalter.«

Kopfschüttelnd holte Sarah ein Buch. Eine Weile blätterte sie darin herum.

»Bei uns ist sie nicht beschäftigt, es sei denn, sie wurde gestern nachmittag nach siebzehn Uhr eingestellt. Ich kenne alle meine Leute, Bill. Aber vielleicht war sie eine Aushilfe. Laß mich mal nachschauen.«

Die Suche ergab nichts. Sie tippte den Namen in einen Computer ein und erhielt die Bestätigung, daß es bei United keine Angestellte namens Louise Ball gab.

Es wurde Zeit, sich an das FBI zu wenden. Eine harmlose

Irre, die den Tod ihrer Tochter nicht verkraften konnte, ging ja noch. Aber eine Person, die sich, ohne dazu befugt zu sein, im Umfeld einer Unfallursachenermittlung aufhielt und mir wirre Geschichten auftischte, war schon etwas anderes.

Ich stand schon in einer Telefonzelle und wählte die Nummer an, die Freddie Powers mir gegeben hatte ... doch dann hängte ich wieder ein. Louise hatte versprochen, am Abend zurückzukommen. Ich wollte warten und ihr eine Chance geben, alles zu erklären.

Mir fiel ein, daß ich doch noch mit Freddie Powers sprechen mußte, deshalb betrat ich ein zweites Mal die Zelle. Ich erwischte ihn in der provisorischen Leichenhalle.

»Was ist mir diesen Uhren?« erkundigte ich mich. »Haben Sie etwas Neues entdeckt?«

»Es hat sich tatsächlich etwas Neues ergeben«, antwortete er. »Sie erinnern sich doch noch an die Digitaluhren, die rückwärts liefen? Sie gehen jetzt wieder normal.«

»Haben Sie die Sache einem Fachmann vorgetragen?«

»Natürlich.«

»Und was sagte er?«

»Er sagte, so etwas könne gar nicht vorkommen.«

Ich dachte darüber nach.

»Wieviele Leute haben die Uhren gesehen? Ich meine, während sie rückwärts liefen?«

Eine Pause trat ein. »Sie und ich, Stanley und dieser Dr. Brindle. Vielleicht fiel es noch ein paar Leuten auf, die dem Arzt geholfen hatten, den Leichen die Uhren abzunehmen ... aber ich glaube es nicht. Er hatte es zuerst bemerkt.«

»Haben Sie Filme davon anfertigen lassen, Videobänder ... irgend etwas Ähnliches?«

»Nein. Nichts. Alles, was ich habe, sind drei Augenzeugen.«

»Wieso drei?«

Wieder eine Pause. »Ich bin mir nicht sicher, ob Brindle noch zu seiner Beobachtung stehen würde.«

»Wir werden's ja sehen. Und wir haben immer noch die Uhren, die eine Dreiviertelstunde vorgehen.«

»Stimmt.«

»Und Sie, Tom und ich wissen ja, was wir gesehen haben. Das ist doch schon etwas.«

Dieses Mal dauerte die Pause noch länger an. Vielleicht dachte er an seine berufliche Position, an seine Karriere und ob eine Geschichte wie diese seine Beförderung beeinflussen konnte. Im FBI legt man Wert darauf, daß alles seine Ordnung hat.

»Ich hab's gesehen«, sagte er schließlich gedehnt, »aber ich weiß nicht, ob man dem irgendwelche Bedeutung beimessen sollte.«

»Na schön. Vorläufig brauchen Sie ja noch keinen Bericht über die Uhren zu erstatten. Ich entscheide dann, ob das Problem mit den Uhren wichtig ist oder nicht.«

»In Ordnung, Bill.«

Eine Unstimmigkeit war vom Tisch.

Alles lief glatt, außer daß ich ständig über meine Schulter spähte und hoffte, Louise irgendwo zu entdecken.

Sie blieb verschwunden.

Wir sprachen mit Norman Tyson von der Firma, die die Flugsicherungscomputer herstellte.

Er beharrte auf dem Standpunkt, bei dem Gerät könne der Fehler nicht liegen, da es selbst dann noch einwandfrei funktionierte, wenn die Belastbarkeitsgrenze überschritten sei. Ich ließ Tom reden und hoffte, irgendwo eine Lücke im Tysons Argumenten zu entdecken. Natürlich konnte man diesen Leuten ans Zeug flicken, aber sie wußten genau, daß der eigentliche Grund für den Absturz beim FAA lag, der sich geweigert hatte, veraltete Computer durch neue zu ersetzen.

Der FAA würde den Schwarzen Peter an den Kongreß weitergeben, der die notwendigen finanziellen Mittel dafür nicht bereitgestellt hatte. Man konnte jetzt natürlich so weitermachen und die Schuld den Wahlmännern zuschieben, die den Kongreß ins Amt berufen hatten.

Ich wußte, daß meine Behörde keine Schuld traf. Wenigstens nicht offiziell. Wir hatten schränkeweise Berichte und Empfehlungen gehortet. Wir hatten ständig gewarnt, die alten Computer seien nicht zuverlässig genug. Wir hatten darauf gedrängt, sie gegen neue auszutauschen.

Hätten wir uns durchsetzen können, wenn wir nur energisch genug vorgegangen wären?

Wer wollte das jetzt beurteilen? Wir lebten in Zeiten knappen Geldes. Soweit ich mich zurückerinnern konnte, hieß es ständig, die Regierung müsse sparen. Und wenn dann irgendwo gespart wurde, war das Gezeter groß. Wir hatten auch nicht behauptet, die neuen Computer seien billig. Wir sprachen von einer halben Milliarde Dollar.

Sieh den positiven Aspekt des Ganzen, sagte ich mir. Vielleicht bekommen wir jetzt neue.

Gleich nach dem Mittagessen erhielt ich einen Anruf von Dr. Harlan Prentis, der die Autopsie leitete. Er wollte, ich solle zu ihm kommen, doch nach einer Mahlzeit weigere ich mich glatt, gewisse Dinge zu tun, und dazu gehören Besuche in Autopsiesälen.

»Es geht um den Inhalt der Mägen«, sagte er. »Ich nehme an, Sie wissen, daß nur wenige Leichen mit Sicherheit identifiziert werden können.«

»Ich war in der Leichenhalle, Doktor«, gab ich zurück. »Ich habe die Plastiksäcke gesehen.«

»Schön. Passen Sie auf, bis jetzt haben wir dreiundsiebzig Körperteile untersucht, die Mägen enthielten. Leichenteile, die aus den Trümmern der 747 stammten. Ich habe hier die Speisekarte der Touristenklasse vor mir liegen. Die Passagiere konnten wählen zwischen Geflügelcrêpes, Rindfleisch à la Bercy, und einer Diätmahlzeit. Eine Speisekarte für die Erste Klasse liegt mir nicht vor.«

Ich schluckte krampfhaft und schmeckte noch einmal das Steak, das ich soeben gegessen hatte. Ich bin weiß Gott abgestumpft, aber Ärzte benehmen sich manchmal unmöglich.

»Was haben Sie festgestellt, Doktor?«

»Daß alle Geflügel gegessen hatten.«

Einen Moment lang war ich sprachlos.

»Ziemlich merkwürdig, finden Sie nicht auch?« Er wartete immer noch auf meinen Kommentar.

Plötzlich wurde ich zornig. Meine Wut richtete sich nicht gegen ihn. Ich war lediglich wütend, weil es in diesem Fall offenbar gar keine klare Linie gab.

»Sicher«, räumte ich ein. »Aber warum eigentlich nicht?«

»Von Zufall kann man eigentlich nicht mehr reden. Ich muß mir zwar noch an die hundert Mägen anschauen ...«

»Und in den nächsten könnten Sie Rindfleisch finden.«

»Oder die Diätmahlzeit«, ergänzte er hilfreich.

Dann kam mir eine Idee.

»In New York muß irgend etwas schiefgelaufen sein«, sagte ich. »Die Bordküche erhielt zuviele Geflügelgerichte. Wahrscheinlich stellte man es erst nach dem Start fest. Jeder, der hungrig war, aß dann Geflügel, und wenn die Maschine später heil heruntergekommen wäre, hätte man sich bei der Pan Am über die einseitige Verpflegung beschwert.«

»Und die Erste Klasse?«

Scheiß auf die Erste Klasse. »Keine Ahnung, was da passiert ist. Aber irgendeine einleuchtende Erklärung gibt es immer.« Ich schluckte wieder. »Ich lasse feststellen, was in New York passiert ist. Für das Ganze findet sich bestimmt eine simple Erklärung.«

Dann hängte ich einfach ein.

Ich stand da, überlegte und merkte, daß ich zum Nachtisch eine Alka-Seltzer brauchte. Ich schien unter dem Zwang zu stehen, Probleme unter den Teppich zu kehren und dann so zu tun, als ob sie nicht existierten. Aber es waren auch wirklich verrückte Probleme. Dreiundsiebzig Mägen voller Geflügel. Uhren, die fünfundvierzig Minuten vorgingen. Uhren, die rückwärts liefen, wenn ich sie anschaute, und wieder normal gingen, wenn ich den Rükken kehrte. Eine schöne Hochstaplerin als Flughafenangestellte verkleidet.

Und eine Stimme auf einem Band, die schrie: »Sie sind alle tot, alle! Sie sind verbrannt.«

Kurz darauf trat Gordy Petcher ein. Ich schickte ihn zu meinen Gruppenführern, damit sie ihn über den Stand der Ermittlungen ins Bild setzten. Im Augenblick konnte ich ihn nicht gebrauchen. Als wir knietief durch Schlamm und Scheiße stapften, konnte der Arsch nicht kommen. Jetzt war er hier, um sich mit dem, was wir bereits erarbeitet hatten, zu brüsten. Aber er konnte wenigstens die Pressekonferenzen abhalten.

Es gab eine zweite, etwas ergiebigere Pressekonferenz gleich nach der nächtlichen Besprechung. Gordy wollte den Medien etwas bieten, womit sie sich beschäftigen konnten, deshalb stellten Tom, Eli und ich eine kurze Liste mit Feststellungen zusammen, deren wir uns bereits sicher sein konnten. Wir schärften Gordy ein, sie mit Floskeln zu verbrämen, die ähnlich lauteten wie: »Es gibt Hinweise darauf, daß ...« oder »Die vorläufige Untersuchung hat ergeben ...« oder »Es besteht die Möglichkeit ...«

Er machte seine Sache gut, das mußte man ihm lassen. Jedenfalls viel besser als ich. Er wußte, wie man eine Aussage tat, ohne sich festzulegen, wie man es vermied, wegen übler Nachrede belangt zu werden. Das einzige, was mir Sorgen machte, war seine Neigung, der Presse von sich aus eine Schlagzeile zu liefern, doch dieses Mal hielt er sich zurück. Die Medien gaben sich mit dem zufrieden, was wir ihnen vorsetzten, und nach und nach verkrümelten sich die Reporter.

Dann saß ich noch als einziger in dem großen Konferenzzimmer. Seltsam, wie leer ein Raum auf einmal aussehen kann.

Sie hatte nicht genau gesagt, wo wir uns wieder treffen sollten.

Im Hotel natürlich, dachte ich. Sie ist im Hotel oder hat eine Nachricht hinterlassen.

An der Rezeption lag keine Nachricht für mich vor.

Ich ging hinauf in mein Zimmer. Das Stubenmädchen hatte Louises Kleidung in den Schrank geräumt. Ich war dankbar, daß die Kleidungsstücke dort hingen. Ohne sie hätte ich allen Ernstes daran gezweifelt, ob eine Louise Ball überhaupt existierte. In der vergangenen Nacht hatte ich nur eine Stunde geschlafen und in der Nacht davor nur vier Stunden. In der Maschine, die uns nach Kalifornien brachte, hatte ich nur zwei Stunden Schlaf mitbekommen.

Ich war stocknüchtern und kein bißchen müde. Eine Zeitlang marschierte ich im Zimmer auf und ab, dann ging ich hinunter in die Bar. Doch ich fühlte mich nur deprimiert. Ich stieg in meinen Wagen und fuhr zum Flughafen zurück. Ich marschierte über den Platz zu dem Hangar, in dem die Trümmer der beiden Jumbojets lagerten.

Ich ging zu einer Tür, in die ein Drahtglasfenster eingelassen war. Ich klopfte an, drückte mein Gesicht gegen die Scheibe und spähte hindurch.

»He, was machen Sie da?«

Der Wächter hatte sich draußen aufgehalten und stand nun hinter mir. Langsam drehte ich mich um, ich wollte den Burschen lieber nicht nervös machen. Vermutlich handelte es sich um einen Polizisten im Ruhestand. An der linken Schulter seiner Uniform stand der Name irgendeiner Wachgesellschaft, und an der Hüfte baumelte eine Waffe.

Ich hielt ihm meinen Ausweis unter die Nase. Er sah den Ausweis an, blickte prüfend in mein Gesicht, und seine Züge entspannten sich.

»Ich sah Sie neulich im Fernsehen«, erzählte er.

»Warum sind Sie hier?« fragte ich ihn.

Er zuckte mit den Schultern.

»Ich soll diesen Hangar bewachen. Normalerweise stehen ja *richtige* Flugzeuge darin, wissen Sie. Man will verhindern, daß irgendwelche Leute hier Unfug treiben. Komisch, für heute nacht schickten sie mir eine Verstärkung. Mein Kollege steht auf der anderen Seite, wo das große Tor ist. Wirklich eigenartig, finden Sie nicht auch?«

»Wie meinen Sie das?«

Er spähte durch die Glasscheibe.

»Ich meine, was sollte man hier schon stehlen.«

»Sicher, man fragt sich natürlich, was es hier noch zu bewachen gibt.«

»Schlimme Sache, nicht?«

»Ja, sehr schlimm.« Ich deutete auf das große Vorhängeschloß an der Tür.

»Haben Sie dafür einen Schlüssel?«

»Klar. Wollen Sie rein?«

»Ja. Sie können sich gern mit Ihrem Vorgesetzten in Verbindung setzen und ihn fragen, ob Sie mich reinlassen dürfen, aber ich kann Ihnen gleich sagen, wie seine Antwort lauten wird, nämlich, lassen Sie den Mann tun, was er will. Denn bis zum Ende der Untersuchung gehören diese Flugzeuge mir.«

Der Mann nickte.

»Ich glaube Ihnen. Ich kann mir zwar nicht vorstellen, was Sie da drinnen wollen – aber bitte.«

Er sperrte die Tür auf, ließ mich in den Hangar und schloß nach mir wieder ab. Er sagte mir, ich solle klopfen, wenn ich herausgelassen werden wollte.

Ziellos wanderte ich durch den Hangar. Ich wußte selbst nicht, wonach ich suchte. Meine Gedanken kreisten um Louise. Ich dachte an das erste Mal, als ich sie in diesem Hangar traf. Damals hatte sie nach etwas gesucht.

Vor einem gigantischen Triebwerk blieb ich stehen. Das Feuer hatte dem Metall nicht geschadet. Der Triebwerkskörper war für weitaus höhere Temperaturen konzipiert, und ein Absturz und ein Feuer machten ihm nicht viel aus.

Ich ging an die Stelle, wo die Säcke mit den Trümmern gestanden hatten. Sie hatte sich die Säcke auch angesehen. Im Geist spielte ich die Situation noch einmal durch. Ich hatte ihr etwas zugerufen, worauf sie mich anschaute und fortlief.

Die Säcke hatte man weggeräumt. An deren Stelle stand jetzt eine Reihe von Klapptischen, auf denen sich verbogene Metallteile häuften. Ich marschierte die endlosen Reihen entlang. Manchmal erkannte ich einen Gegenstand, doch meistens hatte ich keine Ahnung, worauf ich gerade blickte. In einem Flugzeug gibt es eine Menge Metall.

Weiter hinten standen Tische mit Überresten von Gepäck. Faustgroße Kofferstücke. Berge zerrissener und verbrannter Kleidung. Zerbrochene Kameras, zersplitterte

Skis, Plastikklumpen, die einmal Taschenrechner gewesen waren. Ich entdeckte sogar eine heil gebliebene Flasche mit Parfüm.

Ein rötliches Licht erregte meine Aufmerksamkeit. Der Schimmer war sehr schwach und glomm unter einem Haufen anderer Sachen. Meine Hand tastete nach dem Lichtschein, und irgendwelches unidentifizierbares Zeug fiel klappernd zu Boden.

Mein erster Eindruck: ein Kinderspielzeug. Eine Strahlenwaffe. Die Plastikummantelung war halb geschmolzen, aufgeplatzt und an der Außenseite geschwärzt. Durch den Riß schimmerte das rote Licht.

Wie so viele Dinge in diesem Fall ergab das Spielzeug keinen rechten Sinn. Ich spähte in den Spalt hinein. Ich entdeckte etwas, das aussah wie kohärentes Licht. Laserlicht. Ich konnte mir nicht vorstellen, daß es Kinderspielzeuge mit einem Laserstrahl gab.

Ich hatte ein Schweizer Armeemesser bei mir. Mit der längsten Klinge stocherte ich in dem Ritz herum. Ich drehte die Klinge, und die Plastikabdeckung klappte auf. Das Innere dieses Gegenstandes sah ich mir genau an. Ich wußte zwar nicht, worum es sich handelte, aber ein Kinderspielzeug war es auf gar keinen Fall.

Okay. Endlich hatte ich etwas Konkretes in der Hand. Es stimmte mich zwar traurig, doch an der Tatsache ließ sich nichts ändern. In der Hand hielt ich eine Art Waffe. Gefunden hatte ich sie an einer Stelle, für die Louise am Tag zuvor ein auffallendes Interesse bekundet hatte. Ich mußte einfach den Schluß ziehen, daß sie von der Existenz dieser Waffe wußte und nach ihr suchte. Es wurde Zeit, die für Waffen zuständige Stelle einzuschalten. Waffen gehören nicht mehr zu meinem Kompetenzbereich.

Ein paar Meter von mir entfernt hing ein Telefon an der Wand. Ich wollte anrufen, doch nicht sofort, denn die Quelle, aus der das rote Licht abstrahlte, hatte ich immer noch nicht gefunden. Das Licht schimmerte unter einer Art gedruckter Schaltung hervor. Mit der Messerklinge versuchte ich, die kleine Platte abzuheben. Ich wollte unbedingt wissen, wodurch das Licht erzeugt wurde.

Ich lag flach auf dem Rücken. Ich konnte mich nicht bewegen. Ich fror jämmerlich, und mein Hinterkopf schmerzte.

Es hatte einen Lichtblitz gegeben und ein merkwürdiges Geräusch. Es begann ganz leise, steigerte sich und überschritt dann die Grenze meiner Hörfähigkeit. Das ganze Gebäude hatte gebebt. Plötzlich hatte ich meinen Körper nicht mehr in der Gewalt.

Ich war ohnmächtig geworden, aber ich wußte nicht, ob die Waffe schuld daran war. Es konnte auch sein, daß ich mir im Fallen den Schädel an der Tischkante gestoßen hatte und dann nochmal mit dem Hinterkopf auf den Fußboden aufgeknallt war.

Meine Augen schmerzten auch. Ich konnte nur starr geradeaus blicken. Ich vermochte nicht einmal zu blinzeln. Ich hatte ein Gefühl, als hätte ich Sand in den Augen.

Einen Moment lang dachte ich sogar, ich sei tot. Dann merkte ich, daß ich noch atmete. Unter mir spürte ich den kalten Zementfußboden, und meine Brust hob und senkte sich. Über mir befand sich ein Himmel aus Stahlverstrebungen. Das war mein Universum.

Halswirbel gebrochen, schoß es mir durch den Kopf. Gelähmt. Katheder, Eiserne Lunge, Fäkaliensäckchen, kein Sex mehr ...

Doch zu einem gebrochenen Wirbel paßte nicht, daß ich meine Beine spüren konnte. Eines lag angewinkelt unter dem anderen und war eingeschlafen. Wenn ich es wieder bewegte – falls ich es je wieder bewegen sollte –, würde es höllisch schmerzen.

An viel mehr kann ich mich nicht erinnern. Ich hatte Angst, ich schäme mich nicht, es zuzugeben. Irgend etwas war passiert, aber ich verstand nicht, was. Ich lag nur flach auf dem Rücken und starrte gegen die Decke.

Doch dann merkte ich, daß mir noch ein Sinn intakt geblieben war. Ich konnte hören.

Das Geräusch war sehr leise, doch da in dem Hangar eine Totenstille herrschte, hörte ich es. Zwei Menschen schlichen hier herum.

Nach einer Weile gelangte ich zu der Erkenntnis, daß es sich um drei Leute handelte. Noch später kam ich darauf, daß es sich um vier handeln mußte. Erstaunlich, wie gut man hört, wenn man zur Orientierung auf seine Ohren angewiesen ist.

Ich wartete. Irgendwann mußte man mich entdecken, und was käme dann?

Man sah mich. In mein Gesichtsfeld schob sich eine schemenhafte Gestalt. Sie blickte auf mich hinab. Dann drehte sie sich um und stieß einen leisen Pfiff aus. Die anderen kamen näher. Sie versammelten sich um mich. Im Kreis standen sie um mich herum und sahen auf mich hinab. Die Gestalten trugen eine Art Taucheranzüge. Das schwarze Gummi bedeckte den ganzen Körper und ließ nur ihr Gesicht frei.

»Wer ist das?« fragte jemand.

»Was glaubst du?«

Ich erkannte die Stimme.

Na ja, sie hatte ja versprochen, daß wir uns heute nacht wiedersehen würden.

Sie diskutierten, ob ich noch am Leben sei oder nicht. Dann bewegten sie sich von mir fort, damit ich sie nicht verstehen konnte. Sie unterhielten sich zwar auf englisch, aber einige Wörter schienen aus anderen Sprachen zu stammen.

Dann umringten sie mich wieder und nahmen mich abermals in Augenschein. Ich verstand nur Satzfetzen.

»... schloß er irgend etwas kurz.«

»... Paralysor ... Strahl ... gebündelt ...«

»Gott sei Dank ... läge hier ein Toter.«

»Was, zum Teufel, hat er um *diese* Zeit hier zu suchen?« Das war Louise.

»... den Paralysor mitnehmen?«

»In zwanzig Minuten kommt das TOR. Weg hier.«

»Er schwitzt sehr stark.«

Das wunderte mich nicht. Ich rechnete jedoch nicht damit, noch lange zu schwitzen, denn ich war davon überzeugt, daß meine letzte Stunde gekommen sei. Ich war in irgend etwas hineingestolpert und hatte eine Entdeckung gemacht, die für mich tödlich auslief. Ich hatte irgendeine Art Lähmungswaffe gefunden. Da ich meine Augäpfel nicht bewegen konnte, sah ich nicht viel von den Gestalten, doch ich bekam mit, daß sie Gürtel trugen, die mit irgendwelchen Gegenständen bestückt waren. Es konnte sich nur um ein Überfallkommando handeln. Jedenfalls waren sie nicht hier, um harmlose Streiche zu spielen.

Sie würden mich umbringen.

Ich begriff nur nicht, warum Louise sich einige Male bemüht hatte, meine Aufmerksamkeit auf sich zu lenken. Hatte sie vielleicht versucht, mich als Komplizen zu gewinnen?

Ich entsann mich, wie sehr sie mich bedrängt hatte, heute nicht zum Dienst zu gehen. Sie hatte wohl verhindern wollen, daß ich mich im Hangar aufhielt, wenn dieser Trupp hier aufkreuzte ... nur hatte bis vor kurzem nicht einmal *ich* gewußt, daß ich den Hangar noch heute nacht betreten würde.

Irgend etwas war schiefgelaufen, und ich stellte für diese Gestalten ein Problem dar, das sie am besten lösten, indem sie mich umbrachten.

Ich konnte es nicht fassen, als ich hörte, daß sie sich fortschlichen.

Plötzlich kam Louise zurück. Sie beugte sich so stürmisch über mich, daß ich vor Schreck in die Luft gesprungen wäre, hätte ich mich bewegen können. Das Herz klopfte mir bis zum Hals, und die Schweißtropfen perlten mir die Schläfen entlang.

»Smith«, sagte sie. »Sie kennen mich nicht. Wer ich bin, darf ich Ihnen nicht verraten. Ihnen geschieht kein Leid.«

17 »When We Went to See the End of the World«

Aussage der Louise Baltimore

Als ich aus Bills Hotelzimmer durch das TOR schritt, herrschte in der Einsatzzentrale eine ungewöhnliche Ruhe.

So etwas ist natürlich relativ. Ich war noch keine zehn Sekunden da, als der TOR-Offizier vom Dienst mich zur Seite scheuchte und ich beobachten konnte, wie ungefähr einhundert römische Soldaten durch das TOR purzelten und in den Selektormechanismus fielen.

Sobald sie verschwunden waren, trat wieder eine äußerste Stille ein. An einem ruhigen Tag geht es in der Einsatzzentrale so gelassen zu wie beim chinesischen Neujahrsfest.

Ich marschierte zur TOR-Kontrolle. Lawrence saß hinter seiner Konsole, was mich nicht überraschte, da er sie ja nicht verlassen konnte. Mich wunderte lediglich, daß von mehreren hundert Beobachtungsposten höchstens fünf oder sechs mit Gnomen besetzt waren. Das war genauso, als ob man nach Nepal reiste und dort feststellte, daß fast sämtliche Himalajagipfel nach Japan ausgewandert sind.

Lawrences Stellvertreter, David Shanghai, saß auf seinem Posten. Er betätigte einen Schalter nach dem anderen, wobei jedesmal ein Licht auf seinem Konsolenpaneel erlosch. Er schien zu lächeln.

»Hallo, Louise«, begrüßte mich Lawrence. »Ich hoffe, der Auftrag war nicht allzu schwierig.«

»Eine Pflichtübung«, entgegnete ich. »Was hat das alles zu bedeuten? Wo sind die anderen? Ich dachte, es gäbe keine weiteren Greifzüge, solange das Paradox noch nicht gelöst ist.«

Er zuckte mit den Schultern.

»Das hatten wir auch eigentlich vor. Doch dann ergab

sich eine interessante Situation in Nordafrika und wir beschlossen, sie zu nutzen. Alte Gewohnheiten sind zählebig. Wir schnappten uns dreiundneunzig erstklassig erhaltene Zenturionen. Später werden sie mal als das ›Verlorene Bataillon‹ oder so ähnlich in die Geschichte eingehen.«

Fast sämtliche Signalleuchten an Davids Konsole waren jetzt erloschen. Als nur noch ein Licht glühte, blickte er zu Lawrence hinüber.

»Auf Wiedersehen«, sagte er und nickte mir zu. Er löschte das letzte Licht.

Dann schloß er die Augen und lehnte sich in seinem Sessel zurück.

»Auf Wiedersehen«, entgegnete Lawrence, ohne ihn dabei anzuschauen. Die Worte hätte er sich sparen können. David war bereits tot. Er hatte sein Herz ausgeschaltet, das irgendwo unter seinem Sessel angebracht sein mußte.

»Haben die anderen das gleiche getan?« erkundigte ich mich.

»Natürlich. Brauchst du mich noch?«

»Arschloch! Mußt du mich das ausgerechnet jetzt fragen? Wo steckt Sherman?«

»In deinem Appartement. Ich soll dich daran erinnern, daß in dreißig Minuten deine zweite Zeitkapsel geöffnet werden muß. Er meint, wenn du die Botschaft gelesen hast, wüßtest du, wie du dich zu verhalten hättest.«

Ich blickte Lawrence an. Anstatt meinen Blick zu erwidern, starrte er auf die mittlerweile leere Aktionsfläche.

»Hast du wirklich vor, dich selbst abzuschalten?«

»Das hat Zeit. Ich kann warten, bis du mit Sherman gesprochen hast.«

»Ich bitte dich nur ungern um einen Gefallen«, sagte ich, »aber ich würde mich freuen, wenn du dir die Zeit nähmst. Warte wenigstens, bis ich weiß, ob Sherman etwas Neues plant.«

»Du weißt ja, wo du mich findest.«

Ich ging in den Bereitschaftsraum, um mich anzuziehen. Dort fand ich drei meiner Mädchen. Sie waren tot und hielten einander an den Händen fest.

»Grinst nicht so dämlich«, herrschte ich sie an. »Sonst kommt das in eure Personalakte.«

Keine lachte. Ich trat an mein Spind und stöberte darin herum. Dort hingen Kleidungsstücke aller möglichen Epochen, angefangen von einem schlecht gegerbten Leopardenfell bis hin zu einem Raumanzug, den man zusammengefaltet in der Westentasche tragen konnte. Leider war meine letzte echte Jeans ruiniert worden, als eine Doublette sie trug, die auch noch mein Gesicht hatte.

Was zieht man an, wenn man aufbricht, um sich das Ende der Welt anzuschauen? Wie sieht die korrekte Kleidung für den Weltuntergang aus?

Ich entschied mich für die Robe, die ich getragen hatte, als wir die *Titanic* aufbrachten. Das waren noch gute alte Zeiten.

Ich hörte Schüsse, als ich mich der Untergrundstation näherte, von der aus ich zum Bundesgebäude fahren wollte. Dazwischen Gelächter. Es hörte sich an, als ob ein paar Drohnen ein fröhliches Massaker veranstalteten.

Ich ging langsamer. Die kindischen Waffen, die der GC den Drohnen zu tragen erlaubt, können einem den Hinterkopf punktieren, wenn man sich den Lauf in den Mund hält und abdrückt, aber gegen meine Bewaffnung kamen sie natürlich nicht an. Ich fühlte mich jedoch nicht in der Stimmung, einen Haufen Drohnen abzuschlachten, selbst wenn sie suizidbereit waren.

Die Geräusche verklangen, und ich betrat die Station. Ich entdeckte sechs oder sieben auf dem Boden liegende Drohnen. Eine bewegte sich, und ich ging zu ihr. Ich drehte sie auf den Rücken. Sie hatte vier bis fünf Kugeln abbekommen, schwamm in einer Blutlache und wirkte ein bißchen überrascht.

»Das tut weh«, sagte sie. Ich nickte.

»Es kann noch ein paar Stunden dauern, bis du stirbst«, sagte ich ihr.

»Das hoffe ich nicht.«

Ich nickte wieder und legte ihr die Arme um den Kopf. Sie blickte zu mir hoch und lächelte.

»Das Kleid, das du trägst, gefällt mir«, sagte sie.
Ich brach ihr das Genick.

Dieses Mal gab es im Bundesgebäude kein Publikum. Ich schritt zu dem einzigen Stuhl im Zimmer und setzte mich. Meine zweite Zeitkapsel wartete bereits auf mich.

»Da bist du ja, Louise«, sagte der GC. »Wie ich sehe, hast du es geschafftt.«

»In zeitlicher Hinsicht, ja.«

»Möchtest du die Kapsel jetzt öffnen?«

»Ist es schon soweit?«

»Gleich.«

Also trat ich an den Tisch und nahm das glänzende Metallrechteck aus der Kapsel. Wieder war die Botschaft in meiner eigenen Handschrift geschrieben.

Dieses Mal keine Scherze, Louise. Es gibt einen Weg; noch ist nicht alles verloren. Sherman spricht die Wahrheit. Tue genau das, was er Dir sagt, höre nicht auf andere. Am letzten Tag melde ich mich wieder bei Dir.

In der Botschaft stand nichts von Eile. Wunderbar; ich hatte keine Lust, mich abzuhetzen, und vom TOR-Projekt hatte ich mich distanziert. Die anderen wußten es nur noch nicht.

Ich suchte einen Hügel am Stadtrand auf und sah auf das hinunter, was von der Metropole noch übrig geblieben war.

Es war einmal eine großartige Stadt gewesen. Manche Gebäude waren vierzigtausend Jahre alt. Größenmäßig überragte das Bundeshaus sie alle.

Es gab auch neuere Konstruktionen. Das TOR stand seit Tausenden von Jahren an seinem Platz, doch die Nebengebäude, die wir ringsherum errichtet hatten, waren nicht älter als sechshundert Jahre. Neben dem TOR-Komplex befand sich unsere Müllkippe, das Bermuda-Dreieck. In der entgegengesetzten Richtung erstreckten sich über eine Fläche von hundert Quadratmeilen die Gruften der Attrappen. Es waren niedrige Magazine, und in einem von ihnen lag mein Kind.

An die dritte Seite des TOR-Komplexes schlossen sich ganze Felder von geodätischen Domen an. In ihnen befanden sich ungefähr Zweihunderttausende schlafende menschliche Wesen und dreiundneunzig äußerst verstörte römische Zenturionen, die ebenfalls bald in tiefen Schlummer liegen würden, falls es noch jemanden gab, der diesen Prozeß herbeiführte.

Diese Menschen lebten in reduzierter Animation, in einer Atmosphäre, die nur wenig Grad über dem Gefrierpunkt lag. Ihre Herzen schlugen kaum. Sie schwammen in einer blauen Fluorcarbonlösung, und von einer Attrappe konnte man sie nur schwer unterscheiden. Der Unterschied zu den Doubletten bestand darin, daß die im Tiefschlaf liegenden Menschen einen Geist, Erinnerungen und eine Lebensgeschichte besaßen.

Mein Gott, wäre das ein Spaß, wenn man sie alle auf einen unbewohnten Planeten brächte und dort aufweckte!

Sie stammten aus der Zeit von 3000 v. Chr. bis 3000 n. Chr. Soldaten und Zivilisten, Kinder und Greise, Reiche und Arme, Schwarze, Weiße, Braune, Gelbe und Hellgrüne. Wir hatten Nazis dabei, Hugenotten, Buren, Apachen, Methodisten, Hindus, Animisten und Atheisten. Taschendiebe und Massenmörder, Heilige und Genies, Künstler, Zuhälter, Ärzte, Schamanen und Hexen. Juden aus Dachau und Chinesen aus Tangshen. Bengalis aus Bangladesh. Bergleute aus Armenien, Schlesien und West Virginia. Astronauten von Alpha Centauri. Bei uns schwebten in einer Fluorcarbonlösung Persönlichkeiten wie Ambrose Bierce und Amelia Earhart.

In schlaflosen Nächten grübelte ich manchmal darüber nach, welche Art von Gesellschaft sich herausbilden würde, wenn sie erst einmal alle auf der Neuen Erde angelangt wären.

Von den Domen führten Schienen zum Raumhafen, den man am Horizont gerade noch erkennen konnte. Dort lagen ein paar Dutzend für den Nahorbis konstruierte

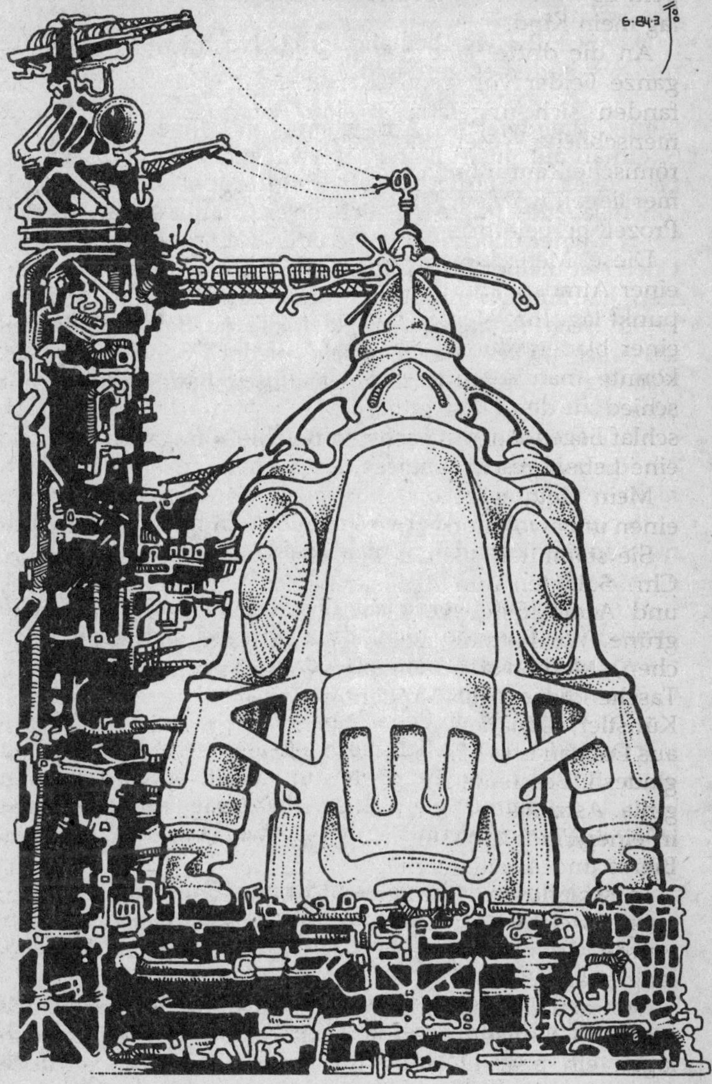

Raumfähren, die heute kaum noch benutzt wurden ... und das SCHIFF.

Das SCHIFF war beinahe fertig. Noch zwei, drei Jahre und wir hätten es geschafft.

Ohne irgendwelche Anzeichen von Ungeduld wartete Sherman auf mich. Er hockte zwar nicht im Lotossitz da, brachte es aber fertig, wie ein Buddha auszusehen. Als ich ihn anschaute, fragte ich mich, ob er von mir erwartete, daß ich mit einer Glocke klingelte oder Weihrauch anzündete. Doch seit meiner Rückkehr aus dem erleuchteten zwanzigsten Jahrhundert mußte ich andauernd husten, und ich begab mich als erstes zum Revitalisator. Schwerfällig ließ ich mich neben der Konsole nieder. Sobald ich den Schlauch in meine Nase eingestöpselt hatte, ging es mir besser.

»Wie lauten deine nächsten Befehle?« fragte ich.

»Hör auf damit, Louise«, entgegnete er, »das habe ich nicht verdient.«

»Ich auch nicht. Aber was man bekommt, kann man sich nicht immer aussuchen, nicht wahr?«

»Stimmt.«

»Von jetzt an werde ich dich Das-alles-sehende-Auge nennen. Ich werde dich als allwissend betrachten. Ich nehme an, du kennst meine Gedanken besser als ich selbst. Und soll ich dir noch was sagen?«

»Das Ganze ist dir scheißegal.«

Ich zuckte mit den Schultern. »Okay, wenn man sich mit einem unfehlbaren Propheten unterhält, braucht man im Grunde genommen gar nichts mehr zu sagen. Es muß doch langweilig sein, wenn man genau weiß, was als nächstes eintritt.«

»Langweilig würde ich es nicht nennen.«

Ich dachte darüber nach und lachte gekünstelt.

»Du hast sicher recht. Weißt du, daß ich vom TOR-Projekt zurückgetreten bin?«

»Ja. Und daß du die Sicherheitsvorschriften mißachtetest und Bill Smith alles erzähltest. Leider – oder Gott sei Dank – glaubte er dir nicht.«

»Warum sollte ich ihm sagen, daß ich ihn in der Nacht noch sehen würde? Ich war doch schon im Hangar. In sein Hotelzimmer konnte ich gar nicht mehr zurück.«

»Ich wollte sicher gehen, daß er mit dir im Hangar zusammentraf. Wir wußten ja, daß er das bereits getan hatte.«

Einen Moment lang war ich verblüfft. Shermans Antwort leuchtete mir ein, wenn auch nicht auf Anhieb.

»Du wolltest dadurch das Paradox forcieren.«

»Genau.«

»Warum hast du mir das nicht früher gesagt?«

»Hättest du es dann noch getan?«

Darauf gab ich keine Antwort. Wahrscheinlich hätte ich gekniffen.

»Der Rat hätte diesen Ausflug niemals genehmigt«, fuhr er fort, »wenn ich gesagt hätte, Ziel der Reise sei es, abzusichern, daß du mit Smith zusammenträfst. Denn eure Begegnung diente ja letzten Endes als Auslöser, daß die paradoxe Situation außer Kontrolle geriet.«

»Ich begreife immer noch nicht ganz. Warum ging ich zurück?«

Er legte die Fingerspitzen gegeneinander und schwieg eine Weile. Er sah verblüffend menschlich aus.

»Alle von uns, die am TOR-Projekt mitarbeiten, sind mit einer bestimmten Perspektive belastet«, begann er schließlich. »Wir halten *diesen* Augenblick für die, ich zitiere: *Gegenwart*, Zitat Ende. Wenn wir uns zeitabwärts begeben, denken wir, wir reisten *in die Vergangenheit*, und wenn wir zurückkommen, kehren wir heim in die Gegenwart. Aber wenn wir in die Vergangenheit hineintauchen, ist *das* die Gegenwart. Die Gegenwart der Menschen, die zu dem Zeitpunkt leben. Aus ihrer Sicht gesehen kommen wir aus der Zukunft.«

»Das ist doch klar.«

»Ja. Aber ich rede jetzt von der Perspektive. Wir, die das TOR aktivieren, berücksichtigen nicht Bill Smith' Perspektive. Für uns ist der Gedanke ungewohnt, daß es eine konkrete Zukunft gibt, die für andere Menschen die Gegenwart bedeutet.« Ich setzte mich gerader hin.

»Wieso? Vor ungefähr einer Stunde erhielt ich eine Botschaft aus der Zukunft. Darin stand, ich solle dir vertrauen.«

»Ich weiß. Und von wem stammte die Nachricht?«

»Von dir, das weißt du doch. Zumindest ...«

»Von einer zukünftigen Version deiner selbst. Aber bis jetzt hast du die Botschaft noch nicht geschrieben.«

»Ich habe ja noch nicht mal die erste geschrieben. Und ich bin mir nicht schlüssig, ob ich es tun werde.«

»Das brauchst du gar nicht. Sieh dir das mal an.« Er gab mir zwei Metallplatten. Ich wußte genau, was sie darstellten, denn ich schaute fort. Ich warf sie auf den Boden.

»Eine Handschrift ist leicht zu kopieren, Louise. Der GC spuckte die beiden Platten mühelos aus. In ein paar Stunden schicke ich sie zurück.«

Ich seufzte. »Okay, okay, gegen dich komme ich ohnehin nicht an. Aber du hast mir immer noch nicht erzählt, warum ein Paradox besser ist als das andere.«

»Dafür gibt es verschiedene Gründe. Bei einem Paradox – dem, das wir verursacht hätten, wenn du nicht zurückgegangen wärst und mit ihm geschlafen hättest – wärst du zum gegebenen Zeitpunkt verschwunden und hättest es versäumt, durch das TOR zu treten; denn von der Zukunft aus gesehen hattest du es ja schon passiert. Dieser Vorgang wäre ein Teil der Ereignisstruktur gewesen, so wie der Verlust des Paralysors mit zu der Struktur gehört.«

»Das verstehe ich nicht.«

»Ich will damit sagen, daß das Paradox in die Struktur der Zeit integriert ist. Die Ereignisse, die wir seit vielen Jahren beobachten, stellen nichts weiter dar als eine Illusion. Die neue Realität, die jetzt langsam die Zeitlinie hinaufsteigt, ist die *wahre* Realität. Und in ihr ist für uns kein Platz.«

Ich bekam Kopfschmerzen. Zeittheorie war noch nie meine starke Seite gewesen.

»Ich dachte, das seien alles nur Theorien. Bis jetzt glaubte ich immer, wir wüßten gar nicht genau, was in einem Paradox passiert.«

»Das hat sich geändert. Mir liegen die neuesten Informationen vor, auf die ich mich wohl verlassen kann.« Er spreizte die Finger. »Die Sprache stellt für uns ein Hindernis dar. Es gibt keine Definition des Begriffs ›Realität‹. Ich glaube, man kommt der Wahrheit näher, wenn man behauptet, daß jede Abfolge möglicher Ereignisse ihre eigene Wirklichkeit erzeugt. Es gibt eine Realität, in der Smith den Paralysor nicht findet, und diese Version der Wirklichkeit hängt eng mit einer möglichen Realität zusammen, in der er den Paralysor nicht finden *kann*, weil er gar nicht erst *verloren ging*.«

»Aber wir befassen uns doch hier mit einer Realität, in der der Paralysor zurückblieb, und in der Smith die Waffe fand. Jetzt ist die Wirklichkeit dabei, sich neu zu gestalten. Und in dem, was dabei herauskommt, ist für uns kein Platz.«

»Das stimmt.«

»Ab jetzt begreife ich nichts mehr. Du behauptest, es spielte gar keine Rolle, ob ich zurückging oder nicht. Wenn ich hiergeblieben wäre, wäre ich nur ein bißchen schneller von der Bildfläche verschwunden.«

Er sah mich an. Sein Mienenspiel war immer variantenreicher geworden, doch den Ausdruck, der auf seinem Gesicht lag, vermochte ich nicht zu deuten.

»Letzten Endes läuft es wohl auf dasselbe hinaus«, räumte er ein. »Doch mir persönlich ist ein Universum, in dem es dich noch gibt, lieber als eines, in dem du bereits verschwunden bist.«

Ich wußte nicht, was ich darauf antworten sollte. Ich probierte den arg strapazierten Mechanismus aus, der mir als Gehirn diente, und zweierlei fiel mir ein.

»Danke«, war das erste. Das zweite: »Kannst du wirklich frei entscheiden?«

»Ich weiß es nicht. Wenn in meiner Zeitkapsel gestanden hätte, ich müßte dich aus dem Zeitstrom löschen, hätte ich mich vielleicht geweigert. Zum Glück wurde ich angewiesen, das zu tun, was ich ohnehin unternommen hätte.«

»Gibt es einen freien Willen, Sherman?«

»Ja.«

»Das behauptest du, wo du genau weißt, was ich tun werde?«

»Ja. Ich würde nicht versuchen, dich zu einer bestimmten Handlungsweise zu bewegen, wenn es keinen freien Willen gäbe.«

Darüber mußte ich erst mal nachdenken.

»Versuch nicht, mich auf den Arm zu nehmen, Sherman. Du weißt, daß ich zurückgetreten bin, und trotzdem sagst du, ich könnte etwas unternehmen. Wenn du willst, daß ich bei dem Projekt wieder mitmache, mußt du mich erst mal dazu bringen, mich der Sache ein zweites Mal anzuschließen.«

Er grinste. Ich schwöre es.

»Wir haben einen freien Willen, Louise. Nur ist er vorherbestimmt.«

»Ich habe die Wortklaubereien satt. Weißt du was, bald bin ich soweit, daß ich mich der Mehrheit anschließe und aus dem Fenster springe. Daran hindern kannst du mich nur, wenn du mir auf der Stelle erzählst, was du weißt und was du planst.«

Er tat es.

Bis jetzt hatte ich immer geglaubt, das Universum könnte mich nicht mehr überraschen noch interessieren. Ich hatte mich geirrt. In weniger als zehn Minuten schaffte es beides.

Während Sherman mit mir sprach, ließ ich mich von dem Revitalisator mit Drogen und Nährlösungen vollpumpen.

Das Appartementhaus, in dem ich wohnte, war noch nie ein freundlicher Aufenthaltsort gewesen, doch als Sherman und ich es verließen und uns auf den Gleitweg stellten, wirkte es ungeheuer leer und verlassen. Es hatte sich herumgesprochen, daß das Ende der Welt bevorstand. Nur wenige Drohnen wollten es miterleben. Das Atrium war mit deren Leichen übersät.

Nein, übersät ist ein zu starker Ausdruck. Das Letzte Zeitalter brachte nicht einmal eine imposante Weltuntergangsszene hervor. In einer Stadt, die für dreißig Millionen Einwohner gebaut war, lebten vielleicht dreihunderttausend Drohnen. Ihre Leichen lagen geschmackvoll verteilt in der Gegend herum. Die Bilder muteten beinahe wie japanische Zeichnungen an: ein langer Bauhauskorridor, zu einer Seite eine Leiche in verrenkter Stellung. Das Weglassen als Stilmittel.

Ein Pärchen hatte mitten im Geschlechtsakt Selbstmord begangen. Ich fand das süß, nachdem ich all die anderen blutverklebten Fensterspringer gesehen hatte. Das ist richtig, sich im letzten Moment auf das Wesentliche zu besinnen.

Selbstmord galt schon immer als unser liebstes nationales Hobby. Doch jetzt war es zu einer Epidemie ausgeufert. Als wir das Ratszimmer betraten, stellten wir fest, daß der Rat nur noch aus fünf Mitgliedern bestand.

Der Namenlose war noch dabei. Ich fragte mich, ob er/sie/es das Ende der Welt überhaupt bemerken würde. Ich sah außerdem Nancy Yokohoma und Marybeth Brest, den sprechenden Kopf.

Und Peter Phoenix natürlich. Wahrscheinlich wollte er beim Weltuntergang dabei sein, um aufzupassen, daß alles korrekt vor sich ging.

Martin Coventry war das neue Mitglied. Er machte immer noch einen recht rüstigen Eindruck. Wahrscheinlich berief der GC ihn in den Rat, weil keine wirklich alten Kämpen zur Verfügung standen.

Ich war stolz auf Sherman. Er wußte sich ins Bild zu setzen. Er kannte den Ausgang des Ganzen, trotzdem zog er noch eine Show ab. Er marschierte geradewegs auf den großen, hufeisenförmigen Tisch zu, winkelte ein Bein an und setzte sich auf die Kante. Marybeth Brest funkelte ihn mißbilligend an. Er streckte den Arm aus und zauste ihr das Haar.

»Wahrscheinlich fragen Sie sich, warum ich Sie zusammenrief«, begann er.

Aufgrund der Gebrechen der einzelnen Ratsmitglieder machte der GC in diesem Fall eine Ausnahme. Der Transport der Mitglieder hätte eine Menge Organisation erfordert, da die meisten ihrer Körperfunktionen mit Hilfe von mehreren Tonnen Maschinerie ausgeführt wurden. Die fünf Zeitkapseln wurden gebracht und in der Anwesenheit der Ratsmitglieder geöffnet. Ich beobachtete sie, während sie die Botschaften lasen. Die Texte lauteten ähnlich wie der aus meiner Kapsel: Tut alles, was er euch sagt.

Sherman ließ ihnen Zeit, die Botschaften zu verdauen. Dann stand er auf und stellte sich vor sie hin.

»Zur Sache. Wir werden folgendes unternehmen.«

18 »The Twonky«

Aussage des Bill Smith

Ich stürzte aus dem Hangar, alarmierte den FBI und den CIA und sämtliche großen Zeitungen. Der Gouverneur berief die Nationalgarde ein, und der Präsident ließ den Kongreß in einer Sondersitzung zusammentreten. Die fähigsten Köpfe bemühten sich, eine Lösung für das Problem zu finden. Ich wurde endlos lange verhört, jeder wollte genau wissen, was Louise Ball alles gesagt und getan hatte.

Wenn Sie das jetzt geglaubt haben, sind Sie ja noch dümmer als ich.

In Wirklichkeit rauschte ich in eine Bar, kippte ein paar Drinks und rief dann Tom Stanley an. Er hatte geschlafen, sagte aber, er wäre bereit, mir zuzuhören. Ich fuhr zu seinem Hotel, ging auf sein Zimmer und erzählte ihm die ganze Geschichte. Ich wiederholte, was Louise gesagt hatte und staunte selbst darüber, wie anders es jetzt nach meinem Erlebnis im Hangar klang. Ich schilderte ihm, was mir passiert war, was ich gesehen und gehört hatte, wie meine motorischen Funktionen sich wieder einstellten, wie mein eingeschlafenes Bein höllisch schmerzte, und daß ich mir vom zweistündigen Liegen auf dem kalten Zementfußboden eine Erkältung eingefangen hatte.

»Sie behauptete, sie sei nicht von hier, Tom«, sagte ich. »Sie sagte, sie käme von einem Ort, wo jeder bald zum Sterben verurteilt sei. Dieser Ort sei sehr weit von hier entfernt, was sie entweder räumlich oder zeitlich meinte, ich weiß es nicht genau. Ich hielt sie ja für verrückt. Aber sie *kannte mich nicht!* Ich hatte gerade eine Nacht mit ihr verbracht, und sie sagte: ›Smith, Sie kennen mich nicht‹, und ich merkte ihr an, daß sie nicht schauspielerte. *Sie hatte mich noch nicht kennengelernt*.

Und dieses Ding ... diese Lähmungswaffe. Ich konnte

mir das Ding nicht lange genug ansehen, und sie nahm es mit, aber es ähnelte keiner anderen Waffe, die ich je gesehen habe. Ich war total gelähmt, ich konnte zwar atmen, aber nicht mal meine Augäpfel bewegen. Ich mußte starr nach oben gegen die Decke schauen. Zuerst glaubte ich, es seien Russen oder so ähnlich. Ich war fest davon überzeugt, daß sie mich umbringen würden. Aber verstehst du, sie *durften* mich nicht umbringen, Louise hätte es nicht zugelassen ... warum, weiß ich auch nicht.«

Ich verstummte. Ich habe keine Ahnung, wie lange ich geredet hatte. Tom hatte geduldig gelauscht.

»Wer war sie denn?« fragte er schließlich. »Und woher kam sie?«

»Das weiß ich nicht. Aber begreifst du denn nicht? Wir müssen es herausfinden.«

Eine lange Pause trat ein. Er vermied es, mir ins Gesicht zu sehen.

»Die Uhren, Tom. Was ist mit den Uhren? Irgend etwas passierte mit ihnen, daß einige rückwärts liefen und andere eine Dreiviertelstunde vorgingen. Fünfundvierzig Minuten, Tom!«

Er schaute mir kurz in die Augen, um dann gleich wieder den Blick zu senken.

»Und das Band. Er sagte, alle seien tot und verbrannt. Tot und verbrannt! Warum sollte der Mann so etwas sagen? Tom fragst du mich jetzt, wieviel ich getrunken habe?«

Er schaute mich wieder an.

»Das hatte ich vor.«

»Was kann ich tun, um dich zu überzeugen?«

Er breitete die Arme aus.

»Bill ... ich will dir ja glauben ... Nein, Moment mal.« Er schüttelte den Kopf. »Das stimmt gar nicht. Ich will dir *nicht* glauben. Würdest du jemandem diese Geschichte denn abkaufen? Ich meine, es klingt doch wirklich verrückt, Bill. Es *ist* verrückt. Aber ich bin bereit, dir zu glauben, wenn du mir irgendeinen Beweis vorlegst.«

»Welchen Beweis?«

Er zuckte mit den Schultern. »Das liegt an dir. Was du findest. Irgendwas. Aber etwas Handfestes, Konkretes. So leid es mir tut, aber sonst muß ich ja annehmen, du seist wegen diesem Mädchen ausgeflippt. Warum, weiß ich nicht. Am besten, du gehst jetzt nach Hause und überschläfst die Sache. Vielleicht fällt dir morgen früh etwas ein.

Verdammt nochmal, das war eine peinliche Situation. Im Grunde schlimmer als alle anderen, die noch folgen sollten.

Zugegeben, von Tom war es ein bißchen viel verlangt, diese groteske Geschichte zu glauben. Aber eigentlich war er mein einziger Freund. Wenn ich ihn nicht überzeugen konnte, wen dann?

Die Situation erforderte entschlossenes Handeln. Deshalb kaufte ich mir eine Flasche, ging in mein Hotelzimmer zurück und besoff mich.

Am nächsten Morgen ging ich alles Punkt für Punkt noch einmal durch.

Das Band aus dem Cockpit Recorder:

»Ich glaube, für die Äußerungen gibt es eine plausible Erklärung«, meinte Gordy auf der kommenden nächtlichen Konferenz. »Caroles Analyse erscheint mir sinnvoll. Sie hat in DeLisles Personalakte eingesehen. Vor fünf Jahren ließ er sich aus gesundheitlichen Gründen beurlauben. Es gibt Hinweise darauf, daß er seelisch labil war. Ich weiß nicht, warum Sie auf DeLisles Worten so herumreiten, Bill. Das ist ein totes Pferd.«

Wir kamen überein, diesen Teil nicht zusammen mit der Niederschrift des Bandtextes zu veröffentlichen. Der komplette Inhalt stünde dann im offiziellen Bericht, doch der wäre erst in einem Jahr fertig, und dann würde sich kein Mensch mehr dafür interessieren.

Zweite Runde, die Spukuhren:

»Ich weiß von nichts«, behauptete Freddie Powers in seinem Büro bei einer Tasse Kaffee.

»Was soll das heißen? Sie haben es doch gesehen. Der Arzt auch.«

»Wir können uns aber nicht mehr daran erinnern.« Er blickte sich verstohlen um wie in einem billigen Spionagefilm.

»Sehen Sie, Smith, ich ließ einen Freund von mir Experimente mit Chips anstellen, wie sie sich in diesen Uhren befinden. Er stellte alles mögliche damit an. Er erhitzte sie, beschoß sie mit tausend Volt, tat alles Erdenkliche. Es passierte höchstens, daß die Uhren nicht mehr liefen, aber keine einzige ging rückwärts. Wenn er es geschafft hätte, eine Uhr rückwärts laufen zu lassen, hätte ich meine Beobachtung zu Protokoll gegeben. Aber jetzt ist es ohnehin zu spät. Mein Bericht liegt bereits bei den Akten. Erstens ist die Sache mit den Uhren ohnehin unwichtig, und zweitens mag meine Behörde keine unlösbaren Probleme.«

»Und ich dachte, Sie gehören zu denen, die auch mal gegen den Strom schwimmen.«

»Das tue ich auch. Aber es muß sich lohnen. Das hier ist doch Scheiße. Irgendeine Verrücktheit, und wenn wir sie melden, stehen wir beide da wie zwei Trottel.«

»Das hatte ich nicht von Ihnen erwartet. Sie unterschlagen ja Beweismaterial.«

Er beugte sich vor.

»Lassen Sie sich von mir einen guten Rat geben, Bill. Sie stehen selbst bereits verdammt nahe mit dem Rücken an der Wand. Ich habe da ein paar Sachen gehört, die Ihnen bestimmt nicht gefallen werden. Den Jungens da oben paßt es nicht, daß Sie die 747 rekonstruieren wollen. Sie sagen, es kostet zuviel und es käme ohnehin nichts dabei heraus. Vielleicht sollten Sie mal Urlaub nehmen, irgendwohin fahren und versuchen, trocken zu werden, ehe jemand anders Sie auf die Reise schickt.«

Spukuhren, Teil zwei:

Wir besaßen einen Haufen Uhren, die fünfundvierzig Minuten vorgingen.

Na und?

Vierte Runde. Der Herausforderer erhebt sich blutend aus seiner Ecke:

Zwölf Dutzend Mägen gefüllt mit einer Geflügelmahlzeit. In fünf befand sich Rindfleisch, in einem Hüttenkäse.

Die Unterlagen bei der Pan Am mußten versehentlich

falsch ausgefüllt worden sein. Angeblich waren genausoviele Rindfleisch- wie Geflügelgerichte verteilt worden – es konnte auch sein, daß hier eine statistische Anomalie vorlag, die mit der Unfallursache in keinerlei Verbindung stand.

Diese Runde verlor ich nach Punkten. Aber Hauptsache, ich konnte mich noch auf den Beinen halten.

Ich schöpfte jede Möglichkeit aus. Am Wochenende flog ich nach Washington zurück, und am Montag ging ich zu den Medien.

Ich wandte mich an meine wenigen Freunde, die ich bei den Nachrichtendiensten hatte, und bat sie, mein Anliegen ganz diskret und privat zu behandeln. Ich ließ mir von ihnen Fotos und Videobänder geben, die bei der ersten Pressekonferenz in Oakland angefertigt worden waren.

Dreimal entdeckte ich Louise, zweimal auf Fotos und einmal auf einem Videoband. Keine Aufnahme war wirklich gut. Das deutlichste Bild ließ ich vergrößern und zog damit zum FBI, wo ich immer noch ein paar Freunde hatte, die mir Gefälligkeiten schuldeten.

Eine Woche später bekam ich die Antwort. Mit dem Bild hatten sie nichts anfangen können. Die Fingerabdrücke, die sie auf dem Whiskyglas hinterlassen hatte, waren in keiner Kartei zu finden. Der Computer spuckte ein paar Dutzend Louise Balls aus, doch ich kannte keine von ihnen.

Wenn man eine Zeitlang in Washington lebt, schließt man viele Bekanntschaften. Ein Bekannter von mir war für den CIA tätig. Ich gab ihm das Foto. Er versprach mir nichts, doch zwei Wochen später brachte er es mir zurück. Er schärfte mir noch einmal ein, ich müsse vergessen, daß wie uns je getroffen hätten, und er habe mir niemals einen Gefallen getan – doch das war alles unwichtig, da seine Suche ohnehin erfolglos geblieben war.

Nach ungefähr einem Monat hatte ich mich im Hauptquartier in Oakland herzhaft unbeliebt gemacht. Selbst Tom ging mir aus dem Weg. Ich wußte, daß Gordy mir am liebsten einen Tritt verpaßt hätte. Bis jetzt hatte noch keiner vorgeschlagen, mich als Leiter der Unfalluntersuchungskommission abzusetzen, doch ich wußte, daß ein paar Leute bereits genau das planten.

Ich hatte Schwierigkeiten bekommen, als ich mir mit der Freigabe der Leichen Zeit ließ. Selbst im günstigsten Fall dauert es eine Weile, bis die nächsten Angehörigen das Recht zu einem Begräbnis erhalten. Und wie die Dinge standen, wollte ich *nichts* freigeben, was irgendwie mit der Untersuchung zusammenhing. Tom überzeugte mich schließlich davon, daß ich die Leichen nicht ständig im Schauhaus behalten konnte.

Es hatte viel Stirnrunzeln verursacht, als ich entschied, die 747 müsse rekonstruiert werden. Am liebsten hätte ich auch die DC-10 wieder zusammensetzen lassen, doch selbst in meiner gegenwärtigen Verfassung sah ich ein, daß das zu weit gegangen wäre. Doch bei der 747 setzte ich meinen Willen durch, und tatsächlich nimmt meine Behörde gelegentlich den Standpunkt ein, daß Rekonstruktionen bei Zusammenstößen in der Luft manchmal nützliche Aufschlüsse bringen. Bloß fand in diesem konkreten Fall keiner außer mir, daß ein solches Vorgehen sinnvoll wäre.

Mitte Januar wurde ich nach Washington zurückbeordert.

Als ich aufwachte, lag ich in einem stinkenden Bett. Durch ein gelbliches Rollo schien die Sonne. Ich hatte nicht die geringste Ahnung, wo ich mich befand. Ich stand auf und stellte fest, daß ich nur einen Slip trug. Der Gestank ging von mir aus. Ich mußte mich schon lange nicht mehr gewaschen haben. Als ich mir über das Kinn strich, fühlte ich einen mehrere Tage alten Bart.

Ich blickte aus dem Fenster und merkte, daß ich mich im zweiten Stock eines Hotels in der Q Street befand. Gegenüber lag ein mir vertrauter Massagesalon. Im Rinnstein häufte sich schmutziger Schnee.

Vage erinnerte ich mich an die Konferenz. Sämtliche Mitglieder der Behörde waren anwesend und bemühten sich, ihre Fassung zu wahren. Sie wollten ja nichts weiter als eine Erklärung, hatten sie gesagt, doch genau das konnte ich ihnen nicht bieten.

Im Grunde war es ja egal. Man würde mich ohnehin feuern. Deshalb gab ich mir gar keine Mühe, nach einer Erklärung zu suchen.

Ich redete ungefähr eine halbe Stunde lang. Ich versuchte mir vorzustellen, ich sei ein Polizist im Zeugenstand und drückte mich in der gleichen präzisen, unpersönlichen Weise aus. Ich mußte aufpassen, daß es nicht klang wie Spinnerei. Aber die besten Formulierungen nützten mir nichts. Was ich sagte, klang selbst in meinen eigenen Ohren idiotisch.

Sie übten sich in Milde, das muß man ihnen lassen. Ich kam ihnen wohl vor wie ein harmloser, vom Schicksal gebeutelter Mann, ein Alkoholiker, der unter dem Druck einer schwierigen Situation zusammengebrochen war. Mir fehlten nur noch ein paar Jonglierbälle, um das Bild, das ich abgab, zu vervollständigen.

Mir war zumute, als sei ich ein Beobachter, der die ganze Geschichte als Außenstehender betrachtet.

Das Gefühl, neben mir zu stehen, mir selbst fremd zu sein, hielt selbst dann noch an, als ich mich in die Bar verzog. Teilnahmslos beobachtete ich mich dabei, wie ich ein paar Drinks kippte. Als ich schließlich wieder eins wurde mit mir, merkte ich, daß ich zitterte und schwitzte. Trotzdem war es ein gutes Gefühl, wieder ich selbst zu sein. Einen Augenblick lang war ich, glaube ich, wirklich verrückt. Ich wäre zu allem fähig gewesen.

Offenbar hatte ich zwei oder drei Tage lang durchgesoffen und war dann in einer Absteige in der Q Street gelandet. Wie ein Hund, der zu seinem eigenen Ausgekotzten zurückkehrt.

Meine Hose hing über einem Stuhl. Ich nahm meine Brieftasche heraus. Drinnen fand ich zwei Zwanzig-Dollar-Noten.

An der Tür klopfte es. Ich zog mir die Hose über und öffnete.

Es war ein Mädchen aus dem Massagesalon. Ein paarmal hatte ich mit ihr geschlafen. Mir fiel sogar ihr Name ein.

»Hallo, Gloria. Woher wußtest du, daß ich hier bin?«

»Gestern nacht brachte ich dich ja hierher. Allein hättest du nicht mehr heimgefunden.«

»Das hast du schon richtig gemacht.«

Sie setzte sich auf das Bett, und ich zog mir mein Hemd an. Gloria war eine hochgewachsene, schlanke Mulattin mit müden Augen und gelbstichigem Haar. Sie trug nur einen schwarzen Gymastikanzug und eine Strumpfhose. Ich fragte mich, ob sie in diesem Aufzug über die Straße gelaufen war.

»Was kostet das Zimmer?«

»Ich nahm dir Geld aus deiner Brieftasche«, sagte sie. »Ein paar Mädchen meinten, ich hätte dir alles wegnehmen sollen, aber klauen ist nicht meine Linie.«

»Wie schön für dich«, sagte ich und meinte es auch. Ich konnte mich nicht erinnern, wann mir das letzte Mal jemand einen Gefallen getan hatte.

»Willst du mich heiraten, Gloria?« fragte ich sie.

Sie kicherte. »Du weißt doch, daß ich schon verheiratet bin.«

Ich band mir die Schuhe zu, zückte noch einmal meine Brieftasche und drückte ihr einen Zwanziger in die Hand. Sie machte kein Aufhebens davon, nickte bloß mit dem Kopf.

»Willst du eine Nummer? Gestern abend warst du nicht besonders scharf.«

»Meinst du, ich kam nicht hoch? Nein, danke, ich passe. Später vielleicht.«

»Gestern erzähltest du mir, du hättest deinen Job verloren.«

»Das stimmt.«

»Und du hattest schwer einen sitzen. Hattest du dich deshalb besoffen?«

»Nein, Gloria. Ich trinke, weil ich von Gespenstern aus der vierten Dimension verfolgt werde.«

Sie lachte und schlug sich auf die Knie.

»Der Witz ist gut«, meinte sie.

Ich konnte mich nicht erinnern, wo ich meinen Wagen geparkt hatte. Aber in ein paar Tagen würde mich die Polizei sicher darüber informieren. Mit einem Taxi fuhr ich nach Kensington zurück. Im Haus war es saukalt. Ich warf die Heizung an, nahm ein ausgedehntes heißes Bad, rasierte mich, aß eine Kleinigkeit, und als es Zeit war, zu Bett zu gehen, war es in den Zimmern kuschelig warm.

Auf der Bettkante hockend, überlegte ich, was ich tun sollte. Ich bezweifelte, ob ich je wieder eine Stelle bekäme, die irgendwie mit der Fliegerei zu tun hätte. Aber etwas anderes hatte ich nicht gelernt. Sterben wollte ich noch nicht. Zu Tode trinken mochte ich mich auch nicht, obwohl mir die Idee am nächsten Morgen vielleicht schon besser gefallen würde.

Das Telefon klingelte.

»Spreche ich mit Bill Smith von der Nationalen Verkehrssicherheitsbehörde?«

»Das war einmal«, gab ich zurück.

»Ich habe von Ihrer Entlassung gehört. Ich sprach mit einigen Ihrer ehemaligen Mitarbeiter. Man versucht es zu vertuschen, aber ich habe herausbekommen, daß Sie auf eine hochinteressante Sache gestoßen sind. Man munkelt, ein Ufo hätte die Maschinen zum Absturz gebracht. Vielleicht könnten wir uns morgen irgendwann zusammensetzen. Ich verspreche Ihnen ein Interview, das die *New York Times* Ihnen nicht bieten würde.«

»Sie sind Journalist?«

»Sagte ich das nicht schon? Ich bin Irving Green vom *National Enquirer*. Ich will nichts weiter von Ihnen, als daß Sie mir eine halbe Stunde Ihrer Zeit gewähren. Wir unterhalten uns, und ich schreibe dann die Geschichte. Wenn sie gut ist, könnte man daraus ein Buch machen, und wer weiß, was dann noch kommt? Die Filmindustrie ist im Augenblick ganz scharf auf solche Themen ...«

Ich hängte ein. Ich war nicht mal wütend. Doch es paßte mir nicht, meine Geschichte neben den Affären von Jackie, Burt und Charlie's Angels abgedruckt zu sehen.

Doch der Anruf hatte mich an etwas erinnert. Ich rief die American Airlines an, denn im Telefonbuch war das die erste Fluggesellschaft, die mich an mein Ziel bringen konnte.

Fünf Stunden später war ich unterwegs nach Los Angeles.

Am Flughafen mietete ich mir einen Wagen und fuhr in Richtung Santa Barbara. Ich hatte darauf verzichtet, mich vorher danach zu erkundigen, ob er auch zu Hause sei, denn das, was ich vorhatte, war mir selbst noch nicht geheuer.

Arnold Mayer wohnte auf einem riesigen Anwesen. Ich kannte seine Adresse, denn ein paar Tage nach der Pressekonferenz, auf der er mich nach gewissen Dingen gefragt hatte, schickte er mir seine Karte. Damals hatte ich noch geglaubt, man würde mir zuhören, jetzt war er der einzige, von dem ich überhaupt noch erwartete, daß er mir Gehör schenkte. Er hatte mich gefragt, ob ich auf etwas Ungewöhnliches gestoßen sei, und nun wollte ich mit der Sache herausrücken.

Ich fuhr ein paarmal an seinem Haus vorbei, ehe ich den Mut faßte anzuhalten. Er wohnte auf dem Land, und das Haus stand auf einem mit Büschen und Sträuchern bewachsenen Grundstück. Ich sah eine hohe Antenne, eine Reihe von Solarzellen, und im Hof erhob sich ein großes und mit Sicherheit sehr teures Teleskop, das zum Osten hin ausgerichtet war.

Was seine Nachbarn über ihn dachten, schien ihn nicht zu stören – brauchte ihn auch nicht zu stören. Das nächste Haus lag ungefähr eine Meile weit entfernt. In seinem Hof sah es aus wie bei einem Altwarenhändler. Alle möglichen Dinge standen dort, zum Beispiel der Rumpf einer alten Air Force F-86, und daneben stand ein verrostetes Triebwerk. Ausgeschlachtete Autokarosserien, alte Fernsehgeräte, allerhand elektronischer Kram, angefangen von den alten UNIVAC Maschinen bis hin zu den Innereien eines relativ modernen Videorecorders.

Ich sprach davon, daß es aussah wie bei einem Altwarenhändler, doch das Zeug, das hier lagerte, bestand zum Teil aus hochgezüchteten technischen Geräten. Inmitten dieses

Gerümpels stand das Haus. Es war aus rotem Klinker gebaut und zwei Stockwerke hoch. Aus jeder Nische und jedem Giebel sprossen Antennen.

Der Plattenweg, der zum Haus führte, war ungepflegt, und von der Haustür war der Lack schon seit langem verschwunden. Trotzdem machte das Haus einen von Grund auf gesunden Eindruck. Vielleicht legte man nur keinen Wert auf Äußerlichkeit.

Ich holte tief Luft und klingelte. Irgendwo drinnen erklang das blöde, aus nur fünf Noten bestehende Leitmotiv aus dem Film *Unheimliche Begegnung der dritten Art*. Ich hoffte, es sollte ein Scherz sein.

Ich war überrascht, wie groß er war. Damals, als ich auf dem Podest stand, hatte er untersetzt und gedrungen gewirkt. Er hatte eine Stirnglatze, die wie poliert glänzte, und das restliche Haar war schon weiß. Er ähnelte Einstein nicht im geringsten, trotzdem mußte ich unwillkürlich an ihn denken. Er trug ein gelbes Hemd mit einem kleinen Alligatoremblem, dazu eine fleckige Arbeitshose.

»Bill Smith«, begrüßte er mich freundlich lächelnd. Er legte mir die Hand auf die Schulter und führte mich mit einer Vertraulichkeit ins Haus, die mir nicht recht gefiel. Dann schloß er die Tür und wandte sich mir zu.

»Ich habe Sie erwartet«, sagte er.

»Das ist interessant, denn bis vor ein paar Stunden wußte ich selbst noch nicht, daß ich Sie besuchen würde.«

Aber wen hätten Sie sonst aufsuchen können? Ich weiß, was Ihnen passiert ist. Es tut mir leid, aber überrascht bin ich nicht.«

»Was wissen Sie?«

»Nicht sehr viel. Eigentlich nur, daß Sie sich unbeliebt gemacht haben. Meine Informanten versorgten mich mit faszinierenden Andeutungen – aber alles nur Gerüchte. Ich hatte gehofft, daß Sie zu mir kämen, um sich mit mir darüber zu unterhalten. Sehen Sie, und jetzt sind Sie da.«

»Warum ich hier bin, weiß ich im Grunde selbst nicht.«

Er blickte mich prüfend an und nickte. »Gehen Sie schon mal voraus in mein Arbeitszimmer und denken Sie darüber nach. Ich habe Essen auf dem Herd stehen, um das ich mich kümmern muß.«

Ich wollte ablehnen, doch er war schon fort.

In seinem Arbeitszimmer herrschte eine unheimliche Atmosphäre. Ich fühlte mich darin sofort wohl.

Eine Wand bestand fast gänzlich aus Glas. Der Blick ging über ein Tal. In der Ferne verlief eine Straße. Davor erstreckte sich eine Obstplantage. Unmittelbar hinter dem Haus befanden sich ein kleiner Hof und ein liebevoll gepflegter Gemüsegarten.

Ich blickte mich im Zimmer um. Wandhohe, vollgestopfte Bücherregale. Zwischen den Büchern Computerstreifen, Plastikscheiben, Schallplatten, ungebundene Manuskripte, Magazine und Journale. Wenn ich mich auf einen Stuhl setzen wollte, mußte ich zuerst Stapel von Papieren wegräumen. Im Raum stand ein wunderschöner alter Schreibtisch. Darauf ein kompliziert aussehender Computer und dahinter eine Stereoanlage, die mit Sicherheit selbst gebastelt war. Die gigantischen Lautsprecher hätten die Carnegie Hall zertrümmern können.

Das ganze Zimmer war ein Museum. Ich entdeckte ausgestopfte Vögel unter Glasglocken, ein Astrolabium aus Messing und einen Globus, der Nero Wolfe vor Neid hätte erblassen lassen. Er besaß sogar einen Chromatographen. Das Ding war geöffnet, und darumherum lag Werkzeug. Ich erkannte einen Edison Phonograph, der noch Zylinder abspielte, drei IBM Selectrics, die, mit einer dicken Staubschicht bedeckt, in einer Ecke standen, eine große Xerox-Machine, die durch eine Tür hindurch in das angrenzende Zimmer hineinreichte und eine nahezu gigantische Kristallkugel. Auf kleinen Tischen verteilt lagen Gegenstände, die eigentlich in ein Labor gehört hätten.

Die einzige leere Wandfläche befand sich über dem Kamin – leer insofern, als sie nicht von einem Bücherregal verdeckt wurde. Auf dem Kaminsims standen ein paar Pokale, und an der Wand hingen dicht an dicht Bilder und Diplome.

Eine dieser Urkunden hatte ich mir schon eine geraume

Zeitlang angesehen, ehe ich merkte, daß es sich um einen Nobelpreis handelte. Ich hatte immer geglaubt, die Nobelpreise seien Medaillen, doch vielleicht besaß er auch eine und hatte sie nur igendwo verstaut. Vor ungefähr zwanzig Jahren hatte Mayer den Nobelpreis in Physik verliehen bekommen. Ich hatte bisher nicht gewußt, daß es einen Nobelpreisträger mit Namen Mayer gab, doch jedes Jahr wird der Preis an vier oder fünf Leute verliehen, von denen man die meisten nicht kennt. Ich war trotzdem sehr beeindruckt.

Auf einem Foto war Mayer zusammen mit Präsident Eisenhower abgebildet. Das Bild war mit »Ike« signiert. Ich betrachtete eine Gruppenaufnahme: Mayer, Linus Pauling, Oppenheimer und Edward Teller. Ein Foto zeigte Mayer als jungen Mann, wie er Albert Einstein höchstpersönlich die Hand gibt. Dieses Bild war nicht signiert. Im übrigen hatte ich recht, Mayer sah ganz und gar nicht wie Einstein aus.

»Ich gebe zu«, sagte Mayer, der hinter mich getreten war, »ich bin ein Hamster. Ich kann einfach nichts wegwerfen. Früher entrümpelte ich gelegentlich, und ein paar Jahre später stellte ich dann fest, daß ich genau die Sachen brauchte, die ich fortgeworfen hatte.«

Er wischte sich die Hände an einem Küchentuch ab. Er machte einen nervösen Eindruck. Ich fragte mich, warum er so hektisch sei, bis ich sah, wie er einen Teller mit einem angebissenen Brötchen und ein leeres Weinglas von einem Tisch nahm. Planlos wieselte er durch das Zimmer und räumte irgendwelche Sachen von einer Ecke in die andere. Offenbar hatte er das Gefühl, Ordnung schaffen zu müssen.

»Einmal die Woche kommt eine Frau zum Saubermachen zu mir«, erklärte er. »Sie gibt acht, daß ich nicht in meiner eigenen Unordnung ersticke.« Er hob ein schmutziges Hemd und einen einzelnen roten Socken hoch.

»Dr. Mayer, ich bin nicht hier ...«

»Wahrscheinlich fragen Sie sich, woher sie weiß, was sie wegwerfen darf und was nicht«, unterbrach er mich, während er zur Tür hinausstrebte. Ich hörte, wie er einen Abfalleimer öffnete. Mit erhobener Stimme, damit ich ihn verstehen konnte, sprach er weiter. »Es ist auch nicht einfach, aber ich habe sie gut geschult. Irgendwelche Experimente rührt sie nicht an. Sie beschränkt sich darauf, Essensreste und leere Kaffeetassen fortzuräumen.« Er kam zurück und sah sich mit hilfloser Miene im Zimmer um.

»Dr. Mayer, wie es hier aussieht, interessiert mich nicht. Ich weiß, wie es in einem Labor manchmal zugeht.«

»Ob Sie es glauben oder nicht«, sagte er, »aber ich weiß genau, wo sich jedes einzelne Teil befindet.«

»Das dachte ich mir.«

Zum erstenmal, seit er das Zimmer wieder betreten hatte, blickte er mir direkt ins Gesicht und schien sich ein bißchen zu entspannen. Großer Gott, ich hatte wirklich nicht damit gerechnet, *ihn* in irgendeiner Weise beruhigen zu müssen.

»Sagen Sie Arnold zu mir«, schlug er mir vor. »Ich halte nichts von Förmlichkeiten.«

Ich saß ihm gegenüber in einem bequemen, roten Ledersessel, vor mir auf dem Schreibtisch stand ein Glas The Glenlivet. Ich nippte daran. Schließlich mußte ich meine fünf Sinne beisammenhalten.

»Sie geben sich wohl nur mit dem Besten zufrieden«, sagte ich, indem ich auf die Whiskyflasche deutete.

»Dank einiger lukrativer Patente kann ich es mir leisten«, erwiderte er achselzuckend. »Das sind gute Investitionen. Sie geben mir den Freiraum, mich mit meinen wilden Spekulationen zu beschäftigen.«

»Befassen Sie sich mit theoretischer oder angewandter Physik?«

Er lachte, warf mir einen verschmitzten Blick zu und nahm eine lässige Haltung ein. Ich hatte das Gefühl, daß er sich über mich lustig machte. Er wußte, daß ich zu ihm gekommen war, weil ich ihm etwas erzählen wollte, aber es wollte mir einfach nicht über die Lippen.

»Mit beidem. Ich war immer ein Bastler und Tüftler, aber meinen wissenschaftlichen Ruf erwarb ich mir als Theoretiker. Mathematik war meine Stärke. Heutzutage ist ein Physiker manchmal mehr Ingenieur als ein Wissenschaftler. Ich habe zwar nie Angst davor gehabt, mir die Hände schmutzig zu machen, aber ich bin es leid, bei der Entwicklung neuer Waffen mitzuhelfen. Ich habe kein Interesse daran, einen noch stärkeren Laser oder eine noch kleinere Fusionsbombe herzustellen. Sie stecken ohnehin schon bis zum Hals in Schwierigkeiten, sonst hätte ich Sie davor gewarnt, sich mit mir einzulassen. Ich gelte als Sicherheitsrisiko. Wer mit mir zusammen gesehen wird, riskiert es, gefeuert zu werden, wenn er bei der Regierung angestellt ist.«

»Diese Probleme habe ich nicht mehr.«

»Stimmt. Man wollte, daß ich an der Entwicklung eines großen Teilchenbeschleunigers mitarbeite. Ich weigerte mich. Ich dachte an Newton und an Röntgen ... an Männer dieses Schlages. Diese Männer betrieben die Grundlagenforschung, die dazu führte, daß man heute Gigawatt-Teilchenbeschleuniger herstellen kann.«

»Und Sie glauben, daß es sich nicht lohnt, diese Beschleuniger weiterzuentwickeln?«

»Im Gegenteil. Ich halte mich ständig über sämtliche Resultate auf dem laufenden. Es ist sehr gut möglich, daß der Durchbruch, auf den ich warte, von Batavia oder Stanford kommt, aber es muß nicht sein. Ich glaube eher, daß er von einer völlig unerwarteten Seite kommen wird, wie es bei vielen wirklichen Durchbrüchen ja der Fall war. Als Beispiel nenne ich nur Wilhelm Röntgen, der durch Zufall eine bahnbrechende Entdeckung machte.«

»Wonach suchen Sie? Auf welchem Gebiet forschen Sie?«

»Ich erforsche das Wesen der Zeit«, antwortete er, wobei er sich nach vorn beugte. »Und ich finde, Sie sollten mir jetzt erzählen, was Sie wissen.«

Ich nahm einen Schluck Whisky und begann.

Ich redete fast den ganzen Vormittag über. Ich ging auf sämtliche Einzelheiten ein, so ausführlich, wie ich es vor der Behörde weder gekonnt noch gewollt hätte.

Er stellte sehr wenige Fragen, machte sich aber laufend Notizen. Ein paar Minuten, nachdem ich angefangen hatte zu erzählen, fragte er mich, ob ich etwas dagegen hätte, auf

Band aufgenommen zu werden. Ich sagte, es sei mir egal. Er unternahm nichts daraufhin, also hatte er das Gespräch bereits mitgeschnitten.

Gegen Mittag bugsierte er mich in die Küche. Ich redete, während er einen Salat und ein paar belegte Brote zubereitete. Nachdem wir gegessen hatten, fuhr ich mit meiner Schilderung fort.

Endlich konnte ich meinen Bericht abschließen. Ich stellte fest, daß mein Whiskyglas noch halb voll war. Ich war richtig stolz darauf.

Offengestanden hatte ich damit gerechnet, daß er meine Schilderung kritiklos akzeptieren würde. Nachdem was Roger Keane und Kevin Briley mir über Mayer gesagt hatten, hielt ich ihn für einen harmlosen Spinner, der bei sämtlichen Flugzeugabstürzen und anderen Katastrophen, die sich in Kalifornien ereigneten, auftauchte. Ich hatte erwartet, er würde meiner Erzählung begierig lauschen und meine »Beweise« genausowenig anzweifeln wie ein Jünger der Astrologie, der sich mit dem Uri-Geller-Effekt befaßt.

Doch was tat Mayer?

Zwei Stunden lang nahm er mich erbarmungslos in die Mangel. Der verfluchte Kerl gebärdete sich wie ein Staatsanwalt.

Er versuchte, mich von allen Seiten zu überrumpeln. Er ließ mich die Waffe zeichnen, die Louise aus dem Hangar mitgenommen hatte. er zerriß alles, was unlogisch schien – im Grunde genommen die gesamte Geschichte. Er verlangte von mir, ich solle ihm greifbare Beweise bringen. Tatsächlich hatte ich welche bei mir und breitete sie vor ihm aus: Louises Kleidung, das Glas, aus dem sie getrunken hatte, ein Foto von ihren Fingerabdrücken, zehn grobkörnige Fotos, die ihr Gesicht aus den verschiedendsten Winkeln zeigten, Fotokopien des Autopsieberichts, eine Uhr, die ich gestohlen hatte, und die immer noch fünfundvierzig Minuten vorging, weil ich sie regelmäßig aufzog. Außerdem präsentierte ich ihm den Vick Inhalator und eine leere Schachtel Clorets.

Er schnupperte an dem Inhalator und rümpfte die Nase. Der Geruch hatte sich mittlerweile abgeschwächt, doch den fauligen Gestank bemerkte man immer noch. Er befingerte den Stoff ihres Rocks und tupfte mit einem Radiergummi an der Unterwäsche herum.

»Wir können ein paar Tests mit der Kleidung anstellen«, sagte er. »Obwohl ich nicht glaube, daß etwas dabei herauskommt. Sagen Sie Bill, hätten Sie etwas dagegen, die Geschichte noch einmal unter Hypnose zu erzählen?«

Ich lachte.

»Ich tue alles, was Sie von mir verlangen, Arnold, aber ich glaube nicht, daß es sinnvoll wäre. Man kann mich nicht hypnotisieren.«

»Bei drei wachen Sie auf und fühlen sich erfrischt. Eins, zwei, drei.«

Ich richtete mich auf. Ich fühlte mich großartig. Die Hypnosesitzung war insofern ergebnislos verlaufen, als ich meine Geschichte lediglich wiederholt hatte ...

Verdammter Kerl.

»Sie haben's geschafft«, sagte ich anerkennend. »Sie haben mich hypnotisiert.«

Ich sprach mit Dr. Leggio, den Arnold herbeigerufen hatte, nachdem ich der Hypnose zustimmte. Er war Arzt.

»Ich kann mich an alles erinnern«, erzählte ich, immer noch ein bißchen benommen. »Ich ließ mich nur zum Spaß darauf ein ...«

Leggio lachte.

»So kann man eine Hypnose auch beginnen, Mr. Smith. Sie lassen sich ausgezeichnet hypnotisieren. Sie besitzen ein außerordentlich gutes Gedächtnis.«

Ich blickte Mayer an.

»Und ich habe genau das gleiche erzählt, oder?«

Er nickte.

»Wir bekamen ein paar zusätzliche Einzelheiten, aber im Prinzip wichen Sie nie von Ihrer ersten Version ab.«

Dr. Leggio und Frances Schrader, die eingetroffen war, während ich unter Hypnose stand, verabschiedeten sich. Frances besaß einen Doktortitel in Biochemie und ein großes Zeichentalent. In diesem Haus schien es geradezu vor Doktoren zu wimmeln.

Nachdem Leggio und Schrader gegangen waren, kam ein neuer Besucher, der ein schweres Gerät ins Haus schleppte. Während er es aufstellte, machte Arnold uns miteinander bekannt. Der Mann hieß Phil Karakov und war Experte für Lügendetektoren.

Seufzend setzte ich mich und ließ mich an den Apparat anschließen.

»Ich kann keine Unstimmigkeiten entdecken«, verkündete Karakov schließlich.

Mayer schien ihm gar nicht richtig zuzuhören. Ich war erleichtert, weil ich so wohl die Prüfung unter Hypnose als auch den Lügendetektortest bestanden hatte, doch Mayer saß lediglich am Fenster und betrachtete die untergehende Sonne.

»Danke, Phil«, sagte er. »Ich setzte Sie von dem weiteren Verlauf der Sache in Kenntnis.«

Karakov packte das Gerät wieder ein und ging. Mayer fuhr fort aus dem Fenster zu starren. Dann nahm er die Skizzen in die Hand, die Frances Schrader angefertigt hatte, blickte kurz darauf und warf sie mir zu.

Sie waren ausgezeichnet. Leggio hatte bewirkt, daß ich mich an Einzelheiten der Lähmungswaffe erinnerte, von denen ich gar nicht gewußt hatte, daß sie mir aufgefallen waren. Schrader hatte mit mir zusammengearbeitet, Ungenauigkeiten wegradiert und Einzelheiten hinzugefügt, während Leggio mich drängte, tiefer in die unterbewußten Schichten meines Geistes hinabzutauchen. Die Waffe war in zwei Perspektiven gezeichnet, wobei die eine wesentlich besser war als die andere. Die erste zeigte lediglich die äußere Hülle. Die zweite gewährte einen Einblick in das Innere der Waffe. Es war eine sehr detaillierte Zeichnung, obwohl ich nur eine Sekunde lang in das Ding hineingesehen hatte, ehe ich zu Boden ging.

Mayer schien etwas sagen zu wollen, als seine trickreiche Türglocke wieder läutete. Stirnrunzelnd stand er auf und ging öffnen. Im nächsten Moment war er schon wieder zurück.

»Keiner da«, wunderte er sich. »Das ist hier noch nie passiert ...«

Es läutete ein zweites Mal. Er machte eine Miene, als hätte er in etwas Saures gebissen, doch er marschierte abermals zur Tür. Dieses Mal blieb er länger fort. Während ich allein in dem Zimmer saß, klingelte das verdammte Ding noch drei weitere Male.

»Ich habe mir die Türglocke angesehen. Sie scheint nicht richtig zu funktionieren. Ich habe sie abgestellt, wir brauchen also keine Störung mehr zu erwarten.«

In diesem Augenblick läutete es schon wieder. Er begann zu fluchen, unterbrach sich jedoch, als sein Edison Phonograph zu spielen anfing. Irgendeine schottische Volksweise, und das Ding kratzte wie verrückt. Während wir es noch verwundert anstarrten, donnerte die Stereoanlage in voller Lautstärke los. Die Musik schien aus einem Wagnerstück zu stammen. Als er aufsprang, um sie abzuschalten, fing die Xerox-Maschine an zu laufen. Pausenlos spuckte sie Papier aus. Ich sah, daß der Computer sich selbstständig eingeschaltet hatte. Sämtliche Lichter im Haus wurden dunkler, um dann gleißend hell aufzustrahlen.

Ich war aufgesprungen. Es hätte mich nicht überrascht, wenn ein Haufen Spielzeugautos durch die Küchentür gerollt wäre, gefolgt von einem wildgewordenen Staubsauger. Steve Spielberg, jetzt hätten wir dich gut gebrauchen können.

Dann flog die riesige Fensterscheibe heraus und landete im Gemüsegarten.

19 »Lest Darkness Fall«

Wir blickten in einen endlos langen Tunnel.

Ich hörte ein vertrautes Geräusch. Ein leises Grollen, wie ich es vernommen hatte, als ich damals vor meinem Hotelzimmer stand. Der Fußboden begann zu beben, und irgendwo weit hinten in dem eigenartigen Tunnel erschienen zwei helle Lichter.

Der Tunnel war nur angedeutet. Durch die Wände hindurch schimmerten die Bäume der Obstplantage. Ich sah groteske Gestalten, die mir Angst machten, deshalb richtete ich meinen Blick auf die strahlenden Lichtpunkte.

Die Lichter vergrößerten sich und nahmen eine menschliche Form an. Dann verzerrte sich die Perspektive, und ein Sturm fauchte durch den Tunnel. Lose Papiere und Blätter wirbelten um uns herum, und alles im Zimmer glänzte. Ich blickte auf meine Hand. Sie schimmerte wie von Eiskristallen überzogen, war jedoch nicht kalt. Ich schaute wieder in den Tunnel hinein. Einmal erschienen mir die Lichter Hunderte von Meilen weit entfernt zu sein, um im nächsten Moment dicht vor mir aufzutauchen.

Dann war es vorbei. Louise stand in dem zerborstenen Fensterrahmen. Sie trug den gleichen schwarzen Anzug wie damals in jener Nacht im Hangar. Neben ihr stand irgendein Wesen. Zuerst konnte ich nicht erkennen, was es war. Es hatte menschenähnliche Gestalt, ein Gesicht, zwei Arme und zwei Beine. Zum Teil sah es aus wie der Roboter aus »Krieg der Sterne«, manches wiederum erinnerte eher an Gumby, die kleine Trickfigur. Das Ding bewegte sich mit einer bemerkenswerten Geschmeidigkeit, und nirgendwo waren Nahtstellen zu erkennen. Es war ungeheuer groß und besaß die Statur eines Gewichthebers.

Eines war mir klar. Es handelte sich nicht um ein menschliches Wesen, das sich lediglich verkleidet hatte. Vor uns stand eine fremdartige Kreatur oder ein Roboter oder *irgend etwas anderes,* das ich noch nie zuvor gesehen hatte. Arnold Mayer fand die Sprache als erster wieder.

»Sie sind doch bestimmt Louise Ball«, sagte er.

»Mein richtiger Name lautet Baltimore«, korrigierte sie ihn, wobei sie ins Zimmer hineintrat. »Meine Ahnen stammen aus Maryland und Columbia.« Sie nahm sich einen Stuhl, kippte ihn schräg, so daß der Stapel Bücher und Papiere, der darauflag, zu Boden fiel, und nahm Platz. »Das ist mein Begleiter Sherman.«

»Erfreut, Sie kennenzulernen, Dr. Mayer, Mr. Smith«, grüßte Sherman. Er war neben dem leeren Fensterrahmen stehen geblieben.

»Er ist ein mechanischer Mensch«, fuhr Louise fort. »Ein Roboter, wenn Sie so wollen. Er ist mindestens genauso intelligent wie Sie beide zusammen, hundertmal so stark und tausendmal schneller. Ich taufte ihn nach einem Panzer, der im ersten Atomkrieg benutzt wurde.«

»Soll das eine Drohung sein?« fragte Mayer.

»Fassen Sie es auf, wie Sie wollen. Sie besitzen etwas, was ich gerne hätte ...«

»Sie stammen wirklich aus Maryland?« wollte ich wissen.

Sie sah mich an, und in ihrem Blick glaubte ich, so etwas wie Mitleid zu entdecken. Jedenfalls hoffte ich, daß es Mitleid war. Sie war in mein Leben hineingeplatzt und hatte mitgeholfen, es zu zertrümmern. Es wäre eine nette Geste gewesen, wenn es ihr wenigstens leid getan hätte.

»Meine Vorfahren kamen von dorther. Sie sind wahrscheinlich einer meiner Urgroßonkel, nur liegen mindestens fünfzehntausend Generationen zwischen uns. Zu dieser Zeit hatte die menschliche Rasse sich noch nicht in verschiedene Arten aufgespalten ...« Sie blickte zur Seite und rieb sich die Stirn.

»Das ist jetzt unwichtig«, sprach sie weiter, indem sie sich Mayer zuwandte. »In Ihrem Besitz befindet sich etwas, was ich unbedingt brauche. Und ich habe vor, es mir zu holen.«

»Ich weiß nicht, wovon Sie sprechen«, entgegnete Mayer.

»Sie lügen. Sherman, wo ist es?«

»Keine Ahnung, Louise«, sagte der Roboter. Seine Stimme klang tiefer und bedrohlicher als bei der Begrüßung. »Ich empfange keine Signale.«

»Dann durchsuche das Zimmer.«

Das »Durchsuchen« ging sehr rasch vonstatten. Unverzüglich deutete er auf die Wand mit dem Kamin, an der dicht an dicht die Bilder hingen.

»Hinter dem mittleren Bild befindet sich ein Safe«, behauptete er.

Louise streckte den Arm in Richtung des Bildes aus. Es schwenkte zur Seite. Sie vollführte ein paar komplizierte Gesten. Die Wählscheibe des Safes drehte sich ein paarmal hin und her, dann öffnete sich die Tür.

»Wie hast du das gemacht?« fragte ich verdutzt.

»Durch Zauberei«, antwortete sie. Sie trat an den Safe und begann dessen Inhalt auf den Boden zu werfen. Mayer wollte zu ihr. Sherman räusperte sich und hob warnend einen Finger. Mayer ließ von seinem Ansinnen ab. Kein Wunder, denn der Roboter war ein Riese.

Goldmünzen und Wertpapiere lagen verstreut auf dem Boden. Louise entdeckte einen alten Armeecolt und warf ihn Sherman zu, der ihn sogleich vernichtete. Das soll heißen, er warf die Munition mindestens eine Meile weit in den dunklen Tunnel hinein und rieb dann den Colt zwischen den Händen, bis er sich in Metallsplitter auflöste. Ich fühlte, wie mir der Schweiß ausbrach.

»Hier ist er nicht«, rief Louise und kehrte zu ihrem Stuhl zurück, ohne sich jedoch zu setzen. »Sollen wir das Haus auseinandernehmen? Notfalls keinen Stein auf dem andern lassen?«

»Von mir aus«, gab Mayer zurück. Eines mußte man ihm lassen, der alte Knabe kannte keine Angst.

»Er liegt in seinem Schreibtisch«, verkündete Sherman, und Mayers Miene veränderte sich. Auch Zauberei, nahm ich an. Shermans Stimme klang, als wüßte er, wovon er redete.

»Der Schreibtisch ist abgeschlossen«, sagte Mayer. »Und den Schlüssel habe ich nicht mehr.«

»Für Scherze haben wir keine Zeit, Doktor«, sagte Louise. »Sherman, mach auf.«

Sherman ging um den Schreibtisch herum.

»Entschuldigung«, sagte er zu Mayer und schob ihn sanft zur Seite. Dann blickte er auf den Computer. Er machte einen unschlüssigen Eindruck. Schließlich zuckte er mit den Schultern.

»Verzeihung«, sagte er zu dem Computer und stellte ihn vorsichtig auf den Boden. Louise sah aus, als ob sie lachen wollte, und ich hätte am liebsten selbst laut aufgelacht. Zum Glück beherrschte ich mich; denn es hätte bestimmt hysterisch geklungen, weil Sherman nun den Schreibtisch öffnete. Er faßte unter die Tischplatte und hob sie hoch, als ob er einen Pappkarton aufmachte. Man konnte in die drei obersten Schubladen hineinschauen, und in der mittleren lag etwas, was mir verdammt vertraut vorkam.

»*Sie* haben ihn!« schrie ich. »Die ganze Zeit über lag das verdammte Ding in Ihrem Schreibtisch, und Sie ließen mich die Geschichte hunderttausendmal wiederholen ...«

Mir fehlten die Worte. Ich vergaß Louise in ihrem unheimlich anmutenden schwarzen Anzug, ich vergaß Sherman, den menschenähnlichen Panzer, ich dachte nur noch an die Lähmungswaffe, die Louise aus dem Hangar mitgenommen hatte und die sie nun aus der Schublade nahm.

»Sei nicht albern, Bill«, tadelte sie mich. »Das hier ist ein anderer Paralysor. Sieh, er ist nicht mal angesengt.« Sie warf ihn mir zu.

Ich schaute die Waffe an. Louise hatte recht: Diese hier war vollkommen intakt. Ich drehte sie in den Händen, betastete vorsichtig den Abzug und einen kleinen seitlich angebrachten Schalter. Mir war klar, daß ich eine ungeheuer starke Waffe in den Händen hielt.

Ich schaute Louise an. In ihrer Hand tauchte plötzlich wie hingezaubert eine ähnliche Waffe auf wie die, die ich in der Hand hielt. Der Lauf zielte auf meine Stirn.

»Würdest du mich tatsächlich erschießen, Louise?«

Sie streifte mich mit einem eigenartigen Blick, deutete ein

Lächeln an, und plötzlich steckte die Waffe wieder in dem Halfter, das sie an der Hüfte trug. Ich hatte ein leises, surrendes Geräusch vernommen, doch nicht gesehen, wieso der Paralysor so blitzartig in das Halfter gelangen konnte.

»Nein«, sagte sie und wandte sich ab. »Betäube ihn, Sherman, wenn er irgendwelche Dummheiten macht.«

»Okay.«

Das war also unsterbliche Liebe. Und ich war kein Trottel. Ich legte den Paralysor in die Schublade zurück und trat wieder an meinen Stuhl heran. Louise hatte bereits Platz genommen, doch ich war viel zu nervös, um zu sitzen. Ich blieb stehen.

Louise stützte die Ellenbogen auf den Stuhllehnen ab und massierte sich mit den Fingerspitzen die Stirn. Sie sah sehr müde aus. Ohne aufzublicken sagte sie:

»Sherman, irgendwas stimmt mit der Waffe nicht. Sieh doch mal bitte nach.«

Der Roboter nahm den Paralysor, drehte ihn in den Händen und brach ihn dann in zwei Hälften auf. Drinnen war das Ding leer. Es war nichts weiter als eine hohle Plastikhülle.

»Er kam mir gleich sehr leicht vor«, sagte sie, als er ihr die geöffnete Waffe zeigte. Sie sah zu Mayer hinüber. »Dr. Mayer, ich möchte wissen ...«

»Ich lege keinen Wert auf meinen Titel«, schnitt Mayer ihr das Wort ab.

»Dr. Mayer», wiederholte Louise mit Nachdruck, »dieser Paralysor gehört mir. Einer meiner Leute verlor ihn. Ich möchte wissen, woher Sie ihn haben.«

»Wo haben Sie ihn denn verloren?«

»Ich bin hier diejenige, die Fragen stellt.«

»Vielleicht habe ich keine Lust, sie zu beantworten.«

Louise seufzte. »Können wir nicht mit diesem melodramatischen Geschwafel aufhören, Doktor?«

»Das gilt für uns beide«, versetzte Mayer. Äußerlich wirkte er ruhig, doch innerlich schien er zu kochen. Kein Wunder, immerhin hatte ihm gerade jemand seinen Schreibtisch auseinandergenommen. Allerdings war Sherman nicht zu übersehen, und ich fand, Mayer trieb ein gefährliches Spiel.

»Vor ungefähr einer Woche verlor ich den Paralysor«, erzählte Louise. »Es war im Jahre 1955.«

»Und ich fand ihn vor dreißig Jahren. Auch im Jahre 1955.«

Louise warf Sherman einen Blick zu.

»Ich denke, daß er lügt«, sagte der Roboter. Louise nickte und bedeutete Sherman, sich neben Mayer zu stellen. Mayer verlor ein wenig von seiner Fassung.

»Wollen Sie mich foltern?« fragte er.

»Das kommt darauf an, wie vernünftig Sie sich anstellen.« Mayer prallte unwillkürlich zurück, als Sherman ihn beim Arm packte. Mit einer riesigen Metallpranke umfaßte Sherman Mayers Handgelenk.

»Haben Sie den Paralysor selbst gefunden?« fragte Louise.

»Ja«, antwortete Mayer. Sherman schüttelte den Kopf.

»Wo fanden Sie ihn?«

Mayer blickte hinunter auf Shermans Hand, und ich tat das gleiche. Ich wette, uns kam gleichzeitig derselbe Gedanke: Die Hand war ein Lügendetektor. Und bestimmt ein besserer als der, an dem man mich noch kurz zuvor angeschlossen hatte.

»Stimmt«, sagte Louise unvermittelt. Ich fragte mich, ob Gedankenlesen zu ihren vielen Talenten gehörte. »Wir können jetzt Frage und Antwort spielen, und eine Lüge gibt mir genausoviele Informationen wie die Wahrheit. Aber das dauert mir zu lange. Wir haben nicht viel Zeit, doch dafür haben wir ein paar Drogen, die sie in ungefähr zehn Sekunden sehr gesprächig machen werden. Leider besitzen sie die Nebenwirkung, daß sie ein paar Gehirnzellen zerstören – und außerdem verfügen wir noch über eine herzlose Maschine, die Ihnen eine Menge Schmerzen verursachen kann, Dr. Mayer, wenn ich ihr nur den Befehl dazu gebe.«

Ich weiß nicht, ob Mayer es bemerkte, doch Sherman bedachte Louise mit einem vorwurfsvollem Blick. Ich kann es nicht beschwören – inwieweit ist es überhaupt möglich, einem Roboter ein Mienenspiel zuzugestehen –, aber ich fand, er sehe beleidigt aus. Eine *herzlose Maschine, ein Panzer, ein Lügendetektor.* Dabei hatten wir es hier mit einem Roboter zu tun, der sich bei einem Computer entschuldigte, weil er vielleicht annahm, daß er einen seiner Urahnen vor sich hatte.

Daraus schloß ich, daß Louise bluffte. Vielleicht hätte ich Mayer warnen sollen, ich tat es jedoch nicht: denn ich brannte genauso darauf, seine Geschichte zu hören wie Louise.

Mir schwante, warum er mir nichts von dem Paralysor in seinem Schreibtisch erzählt hatte. Vermutlich hätte er mir das Ding gezeigt, wenn Louise uns nicht gestört hätte. Er hatte sich lediglich wie ein guter Wissenschaftler verhalten, indem er versuchte, schwache Punkte an meiner Geschichte aufzudecken.

Ich lehnte mich zurück und wartete gespannt darauf, wie er sich verhalten würde.

»Ich dachte, Sie hätten unendlich viel Zeit«, sagte Mayer.

»Früher hatten wir das auch. Nur wird unsere Zeit jetzt knapp und verläuft schneller, als Sie sich vorstellen können.«

»Können Sie mir verraten, wie ...«

»Noch nicht. Später vielleicht. Ich gebe keine Versprechungen. Es ist immer noch möglich, daß wir dieses Fiasko relativ unbeschadet überstehen. Es ist nicht möglich, die ganze Welt zu retten, doch unter Umständen einen Teil.« Sie zuckte mit den Schultern. »Mein ganzes Leben lang habe ich dafür gekämpft, daß das Schicksal uns einen Aufschub gewährte. Und jetzt reden Sie.«

Mayer begann.

»Im Jahre 1955 stürzte über Arizona ein Flugzeug ab.«

»Ich weiß. Ich saß ja in der Maschine.«

Mayer verschlug es einen Moment lang die Sprache.

»Dann geben Sie es zu?«

»Was soll ich zugeben? Ach, Sie glauben wohl, ich hätte den Absturz verursacht. Nein, Doktor, so einfach ist das nicht. Wir *retteten* das Leben der Menschen, die sich in der Maschine befanden.«

Mayer blickte verdutzt drein. Ich vermutlich auch. Ich wolllte etwas sagen, doch Louise schnitt mir das Wort ab.

»Stimmt. Dr. Mayer. Ihre Tochter lebt und ist wohlauf.«

Das Gespräch, das sich in der nächsten halben Stunde entspann, kann ich gar nicht genau wiedergeben. Es herrschte eine Atmosphäre von Mißtrauen und Groll. Das meiste, was gesagt wurde, begriff ich ohnehin nicht. Und wenn ich ehrlich bin, habe ich es bis jetzt nicht verstanden, Zeitreisen, Paradoxe, das Ende des Universums ... es war ein verdammt harter Brocken, der mir da vorgeworfen wurde.

Doch sie behauptete, sie hätte dazu beigetragen, Menschenleben zu retten. Der Mechanismus, den sie uns beschrieb, und der es ermöglichte, in das Geschehen einer bestimmten Epoche einzugreifen, war so kompliziert und absurd, daß ich ihr schon wieder glaubte. Ich sagte mir nämlich, wenn jemand schon log, warum sollte er sich dann etwas so Unwahrscheinliches ausdenken?

Und wenn sie tatsächlich die Wahrheit sagte ... dann bedeutete es, daß das Blut, die Trümmer und das menschliche Elend, das mittlerweile mein ganzes Leben beherrschte, eine große Fiktion war, nicht echter als ein Horrorfilm made in Hollywood. Einige Menschen, die wir mehr oder weniger zerfetzt aus den abgestürzten Maschinen geborgen hatten, lebten irgendwo in einer uns unbegreiflichen Zukunft.

»Nein, nicht alle, Bill«, hatte Louise mich korrigiert, als ich einmal aussprach, was ich dachte. »Wir griffen nur in Katastrophen ein, bei denen es keine Überlebenden gab. Jeder Zeuge dieses Vorgangs hätte ein Paradox bewirkt.«

Trotzdem war ich ungeheuer erleichtert. Mir fiel ein Stein vom Herzen ...

»Wir hatten lange keine Ahnung«, sagte Louise zu Mayer. »Bis vor kurzem wußten wir nicht, daß Ihre Tochter in der Maschine saß.«

»Sie war erst dreiundzwanzig«, erwiderte Mayer. Er weinte. »Sie hatte gerade geheiratet. Sie war unterwegs nach Kalifornien, Livermore, um mir und ... und Naomi ihren Ehemann vorzustellen. Ich glaube, der Tod unserer Tochter brachte dann Naomi um. Sie war meine Frau, wissen Sie ...«

»Ja, wir wissen es«, wandte Louise mit sanfter Stimme ein.

»Sie scheinen alles zu wissen, nicht wahr?«

»Wenn das so wäre, dann säße ich jetzt nicht hier und würde Sie befragen. Wir wußten zum Beispiel nicht, daß Ihre Tochter mit der Constellation reiste, da sie durch ihre Heirat einen neuen Nachnamen angenommen hatte. Mit Hilfe langwieriger Zeitschirmbeobachtungen bekamen wir es schließlich heraus. Wir mußten den indirekten Weg einschlagen. Dabei behinderten uns eine Menge blinder Flekken, die durch die Zeitzensur entstanden waren.« Sie sah Sherman an. »Und erst vor kurzem erfuhren wir, daß sich der andere verlorengegangene Paralysor in Ihrem Besitz befand.«

Mayer hatte die Waffe einem Indianer abgekauft, der ihm erzählte, er habe sie weit entfernt von der Absturzstelle gefunden. Der Indianer schilderte ihm, der Paralysor würde ein angenehmes Kribbeln im Körper verursachen, wenn man den Abzug betätigte. Als Mayer dies erzählte, tauschten Sherman und Louise einen Blick aus. Warum, weiß ich nicht. Vielleicht war die Batterie schwächer geworden. Der Paralysor, den ich gefunden hatte, besaß nämlich noch verdammt viel Saft; ich hatte es am eigenen Leib erfahren.

»Ich muß wissen«, sagte Louise schließlich, »was mit dem inneren Mechanismus des Paralysors passiert ist. Wissen Sie es?«

Mayer schwieg. Ich wunderte mich. Ich wußte nicht, was er damit bezwecken wollte, indem er sich verschlossen gab. Ich hätte von selbst darauf kommen müssen, doch in meinem Kopf wirbelte mittlerweile alles durcheinander.

»Er weiß es«, mischte sich Sherman ein. Der Roboter hatte Mayers Hand inzwischen losgelassen. Wahrscheinlich war eine Kontrolle nicht mehr nötig, vielleicht war sie auch niemals nötig gewesen. Womöglich ging es den beiden nur darum, uns primitive Wilde zu beeindrucken.

»Ich weiß tatsächlich, wo sich der Innenmechanismus der Waffe befindet«, räumte Mayer ein.

»Sagen Sie es mir, Doktor.« Louise sah ihm fest in die Augen, doch er schwieg weiterhin beharrlich. Sie seufzte – sie sah sehr erschöpft aus – und erhob sich von ihrem Platz.

»Dr. Mayer«, sagte sie eindringlich, »ich habe keine Lust, Sie zu bedrohen. Mittlerweile werden Sie wissen, daß ich nicht die Absicht habe, Ihnen ein Leid anzutun. Nicht aus Menschenfreundlichkeit oder Nächstenliebe. Wenn es dem Projekt dienen würde, würde ich Sie ohne mit der Wimper zu zucken in Scheiben schneiden.«

»Uns allen ist bekannt, wie kaltblütig Sie sind, Miß Baltimore«, entgegnete Mayer.

»Okay. Ich darf Sie nicht verletzen. Ich geb's ja zu. Das würde die Situation noch schlimmer machen, als sie ohnehin schon ist. Ich verlege mich jetzt aufs Bitten, und ich hoffe, bei Ihnen auf Einsicht zu stoßen. Haben Sie verstanden, was ich Ihnen über das Paradox sagte?«

»Ich glaube schon.«

»Und haben Sie immer noch die Absicht, das Projekt zu gefährden?«

»Ich bin mir keineswegs sicher, ob ich ein Risiko für das Projekt darstelle, wenn ich schweige. Sie sagten ja selbst, der Schaden sei bereits angerichtet und es ginge nur noch darum, die Katastrophe einzugrenzen. Wie Sie selbst zugeben, werden Sie aus der Realität gelöscht, egal, was heute abend hier passiert. Bill hat bereits das Pardox verursacht. Es läßt sich nicht mehr aufhalten. Habe ich recht?«

Louise nickte widerstrebend. Dann nahm sie einen erneuten Anlauf.

»Aber es ist immer noch möglich, die kleinere Katastrophe zu wählen. Lieber ein Unglück erleben als die totale Vernichtung.«

Mayer schüttelte den Kopf.

»Ich glaube nicht, daß Sie einen Einfluß auf den Lauf der Dinge haben.«

Aus Louises Mienenspiel schloß ich, daß Mayer ihren schwachen Punkt getroffen hatte.

»Vielleicht haben Sie recht«, gab sie zu. »Trotzdem könnten Sie uns erzählen, wo der Rest des Paralysors geblieben ist.«

»Ich gebe meinen einzigen Trumpf nicht aus der Hand«, erwiderte Mayer mit ruhiger Stimme. »Ich möchte die letzten Jahre meines Lebens nicht damit verbringen, mich zu fragen, ob Sie irgendeinen zeitlichen Spuk mit mir spielten. Sie behaupten, meine Tochter lebt in Ihrer Welt. Ich verlange einen Beweis. Bringen Sie mich dorthin. Dann erzähle ich Ihnen alles, was ich weiß.«

Glauben Sie es, daß ein Ertrinkender sein gesamtes Leben noch einmal blitzartig vor seinem geistigen Auge abrollen sieht? Ich glaube es nicht, und ich glaube es immer noch nicht. Ich habe mit vielen Leuten gesprochen, die davon überzeugt waren, sie müßten sterben, dann aber doch überlebten. Sie erinnerten sich, daß gewisse unzusammenhängende Bilder vor ihnen auftauchten, und einige hatte Erlebnisse, die man religiös nennen könnte. Doch keiner behauptete, sein gesamtes Leben hätte sich noch einmal vor ihm abgespult.

Aber etwas Ähnliches passierte mir an diesem Punkt. Es dauerte nicht länger als eine Sekunde. Ich fühlte mich unwahrscheinlich klar im Kopf. Ich sah mich, wie ich früher war, wie ich jetzt lebte und was ich von der Zukunft erwarten durfte.

Ich stand auf. Dann hörte ich mich selbst sagen:

»Ich möchte mitkommen.«

Louise schien nicht überrascht zu sein. Vielleicht konnte sie überhaupt nichts mehr überraschen. Vielleicht kannte sie sorgar schon den Ablauf der Ereignisse.

In einer Hinsicht behielt ich recht – Louise ließ sich durch nichts mehr erschüttern. Ich irrte mich jedoch, wenn ich annahm, sie wüßte bereits alles. Ihre Ahnungslosigkeit verriet sie mir, als sie sich mit einem hilfesuchenden Blick an Sherman wandte.

»Was soll ich tun?« fragte sie ihn.

Ich glaube, Mayer war darüber genauso überrascht wie ich. Plötzlich schien sich die Welt auf den Kopf zu stellen.

Der einzige, der die Situation noch im Griff zu haben schien, war Sherman. Aber versuchen Sie mal, einem Roboter am Gesicht abzulesen, was er denkt. Offenbar spürte Mayer genauso wie ich, daß Sherman hier für Entscheidungen zuständig war; denn er wandte sich an den Roboter und nicht an Louise.

»Was macht es schon, wenn Sie mich mitnehmen?« wollte er wissen. In seiner Stimme lag ein flehender Unterton. »Sie haben drei Alternativen. Sie kehren in die Zukunft zurück, nehmen den inneren Mechanismus des Paralysors mit und lassen mich hier. Sie gehen *ohne* die Waffe zurück und lassen mich ebenfalls hier. Wenn Sie mich jedoch mitnehmen an den Ort, von dem Sie kommen, verrate ich Ihnen, .wo sich der Rest der Waffe befindet. Dann können Sie sich holen, was Sie brauchen ...«

»Wir wissen nicht, ob das möglich sein wird«, hielt Sherman ihm entgegen. »Vielleicht bleibt uns nicht genügend Zeit für eine weitere Reise.«

»Ich möchte von Ihnen wissen, was passieren wird«, sagte Mayer. »Wie sehen die Konsequenzen meines Handelns aus?«

»Vorläufig träte überhaupt nichts ein. Wir kehren zurück, und Sie und Mr. Smith leben weiter wie bisher. Ihrer beider Leben wurde an einem bestimmten Punkt unterbrochen, doch davon bemerken Sie nichts. Für Sie ändert sich die Realität nicht. Und irgendwann einmal sterben Sie beide.«

Merkwürdig, wie ein einziger Ausdruck einen Menschen mitten ins Herz treffen kann. Wo Sherman und Louise herkamen, waren Mayer und ich bereits seit vielen Tausenden von Jahren zu Staub zerfallen.

»Das, was Sie beide während der vergangenen vier Wochen gesehen und erlebt haben, wird Ihre Verhaltensweisen jedoch in ganz subtiler Weise beeinflussen. Sie werden bestimmte Dinge anders verrichten, als Sie es unter ›normalen‹ Umständen getan hätten. Diese winzigen Änderungen werden den Anstoß dazu geben, daß sich die Leben anderer Personen geringfügig verändern. Der Effekt setzt sich über die Jahre und Jahrhunderte hinweg fort. Es ist möglich, wenn nicht gar wahrscheinlich, daß die Ereignisse so verlaufen werden, daß unsere Zeitmaschine nie existiert haben wird. Louise, ich und unsere Zeitgenossen wird es dann ebenfalls nie gegeben haben, doch das ist relativ unwichtig.

Das Wesentliche für Sie, Dr. Mayer, ist, daß Louise nicht in das Jahr 1955 hätte zurückreisen können, wenn sie nicht existiert hätte. Sie hätte niemals die zum Absturz verurteilte Maschine bestiegen – ich möchte nicht unerwähnt lassen, daß sie dabei ihr Leben riskierte –, und Ihre Tochter wäre nie gerettet worden. Das würde bedeuten, daß Ihre Tochter tatsächlich in der Wüste von Arizona starb.«

Mayer schüttelte den Kopf.

»Aber Sie sagten doch, sie lebte jetzt und sei wohlauf.«

»›Jetzt‹ ist ein äußerst relativer Begriff.«

»Das sehe ich ein. Aber wo liegt der Unterschied? Wenn das Paradox bereits existiert, wie kann ich dann etwas an der Situation ändern, indem ich Ihnen erzähle, was ich über den Paralysor weiß? Andererseits, was macht es aus, wenn ich mitkomme und aus dieser Zeit verschwinde? Ständig verschwinden irgendwelche Leute und tauchen nie wieder auf.«

»Ja, aber wir wissen, *warum*. Nämlich weil wir sie entführt haben. Und wir wissen ...« Sherman unterbrach sich und schien kurz nachzudenken. »Na schön. Ich will ehrlich zu Ihnen sein. Wir haben keine Ahnung, was passiert, wenn wir Sie mitnehmen.«

»Das dachte ich mir. Und wenn das so ist, bleibe ich hart. Im Grunde glaube ich Ihnen nämlich nicht, daß meine Tochter bei Ihnen ist. Ich glaube es erst, wenn ich sie gesehen habe. Und wenn ich sie sehe, kann ich nicht mehr daran glauben, daß ich sie je wieder verlieren könnte.«

Sherman sah ihm lange ins Gesicht.

»Soweit ich unterrichtet bin, Dr. Mayer, ist es dem Universum gleichgültig, woran Sie glauben oder nicht glauben.«

»Das weiß ich auch. Früher akzeptierte ich die Antworten, die das Universum mir anbot. Das änderte sich, als ich begann, das Wesen der Zeit zu erforschen. Ich kann nicht glauben, daß hinter alledem nichts steckt. Vielleicht bedeutet das, daß ich an einen Gott glaube.«

»Und dieser Gott steht auf Ihrer Seite. Glauben Sie das?«

Mayer sah aus, als ob er sich schämte.

»Ich habe mich unbeholfen ausgedrückt. Ich ...«

»Nein, Sie brauchen sich nicht zu entschuldigen«, unterbrach Sherman ihn. »Sie werden sich wundern, aber ich glaube auch an Gott.« Von Mayer sah er zu Louise, dann zu mir hinüber. Ich kam mir ausgeschlossen vor, weil ich von alldem, was gesagt wurde, so gut wie nichts begriff.

»Glauben Sie an Gott, Mr. Smith?«

»Ich weiß es nicht. Aber ich kann mir nicht vorstellen, daß die Realität so beeinflußbar ist, wie Sie es mir weiszumachen versuchen. Auf jeden Fall möchte ich mitkommen.«

Er warf Louise einen fragenden Blick zu. Sie antwortete mit einem hilflosen Achselzucken.

»Na schön«, gab Sherman nach. »Dann reisen wir alle zurück.«

20 »The Night Land«

Aussage der Louise Baltimore

Tue alles, was Sherman Dir sagt, hatte die Botschaft in der Zeitkapsel gelautet. Sherman gab zu, daß er diese Nachricht zusammen mit dem Großen Computer formuliert hatte.

Aber was blieb mir anderes übrig? Ich verstand überhaupt nichts mehr, seit ... seit ungefähr der Zeit, als ich der armen leidenden Drohne das Genick gebrochen hatte. Es war das Anständigste, was ich seit langem getan hatte, schoß es mir damals durch den Kopf.

Sherman behauptete, wir müßten zurückgehen und das Treffen zwischen Smith und Mayer stören. Er wollte eine beeindruckende Show abziehen.

P. T. Barnum hätte von uns noch etwas lernen können. Das TOR verursacht oft unheimliche Effekte, wenn es in der Vergangenheit auftaucht. Es gibt ungefähr drei Dutzend Arten von Suppressoren, die diese Effekte löschen, wenn wir zum Beispiel mitten im Lesesaal einer Bibliothek ankommen wollen. Sherman ließ Lawrence sämtliche Suppressoren ausschalten, mit dem Ergebnis, daß wir am Silvesterabend auf dem Times Square hätten auftreten können. Um sie nervös zu machen, bauten wir noch ein paar Spezialeffekte ein.

Von dort an improvisierte ich. Ich glaube, selbst Sherman war überrascht, als ich ihn als wandelndes Folterinstrument vorstellte. Doch der gesamte Abend steckte voller Überraschungen. Ich zum Beispiel war davon überzeugt gewesen, daß es ungeheuer wichtig sei, den intakten Paralysor zurückzuholen. Doch Sherman hatte andere Vorstellungen.

»Du hast mir nicht die ganze Wahrheit gesagt«, beschuldigte ich ihn, sobald wir durch das TOR zurückgeschritten waren.

»Ich erzählte dir so viel, wie ich durfte«, gab er zurück, »kümmere dich lieber um unsere Freunde. Sie machen einen etwas verstörten Eindruck.«

Das stimmte. Smith und Mayer sahen benommen aus. Ich fürchtete schon, Mayer könne es übel werden.

Viel kann man da nicht machen. Entweder übersteht jemand die Reise, oder er wird verrückt. Doch bald merkte ich, daß keiner von beiden durchdrehen würde. Als ich den Eindruck gewann, daß Mayer mich wieder verstehen konnte, kniete ich neben ihm nieder und blickte dem Schuft in die Augen.

»Okay. Müssen wir Ihre Tochter hierherbringen, oder sagen Sie mir jetzt, was ich wissen will? Ich darf Sie daran erinnern, daß meine Zeit sehr knapp bemessen ist, schließlich muß ich noch zurück und den Rest des Paralysors holen.«

Er blickte halb skeptisch, halb verwirrt drein.

»Und mich schicken Sie nicht zurück?«

»Wozu sollte ich? Sherman behauptet, er habe noch irgendwo einen Trumpf versteckt, aber ich will zurück und die restlichen Teile der Waffe holen.«

»Das ist nicht nötig«, sagte er.

»Warum nicht?«

»Weil ich den Innenmechanismus des Paralysors nie besessen habe. Der Mann, der mir die Waffe verkaufte, hatte sie bereits ausgenommen.«

»Und was tat er mit den Teilen?«

Mayer wurde nervös. Ich konnte es ihm nicht verdenken. In seinem Arbeitszimmer hatte ich mich schlimmer gebärdet, als ich war, doch das konnte er ja nicht wissen. Er hatte bestimmt etwas Angst vor mir.

»Der Mann übte ein Kunsthandwerk aus«, antwortete Mayer. »Er besaß an einer Landstraße einen Stand, wo er Souvenirs verkaufte, meistens Silberwaren und Schmuck. Er erzählte mir, er habe die Waffe auseinandergenommen, als das angenehme Kribbeln aufhörte, wenn man den

Abzug drückte. Was er von dem Innenmechanismus verwenden konnte, verarbeitete er zu Schmuck und Gürtelschnallen.« Mayer rückte ein Stück von mir ab. Kein Wunder. Ich wußte nicht, was ich machen sollte; ihm eins in die Schnauze hauen oder lachen.

»Ich sagte lediglich, ich wüßte, wo der Rest der Waffe steckte«, verteidigte er sich. »Und das stimmt ja auch. Die einzelnen Bestandteile sind über ganz Amerika verstreut. Sie können keinen Schaden anrichten.«

Ich lachte.

»Doktor«, sagte ich grinsend, »Sie haben soeben die Einsatzzentrale des TOR-Projektes überflüssig gemacht. Ich bin arbeitslos.«

Ich fand, der richtige Augenblick zum Sterben sei gekommen.

Ich hatte noch etwas Zeit, doch ich faßte bereits einen Plan.

Zuerst mußte ich mein Versprechen halten und Mayer mit seiner Tochter zusammenbringen. Ich drückte den Notknopf auf Lawrences Konsole. Eine Zeitlang passierte gar nichts. Dann hörte ich eine müde Stimme.

»Jahaa, was ist los verdammt nochmal?«

»Mandy, bist du's?«

»Wer denn sonst? Was meinst du, wer wohl im Bereitschaftsraum hocken würde, um drei Leichen zu bewachen, die wahrscheinlich besser dran sind als ich? Ich sitze hier nur für den Fall, daß meine heldenmütige Einsatzleiterin mich vielleicht noch brauchen könnte. Sonst wäre ich schon vor ein paar Stunden ins Land der Träume abgereist. Wieviel Zeit haben wir eigentlich noch?«

»Mandy, hast du etwa im Dienst getrunken?«

»Getrunken? Getrunken? Fressen Fliegen Scheiße?

»Halt die Klappe, Mandy. Wir haben noch vierundzwanzig Stunden Zeit, ehe wir ganz diskret und plötzlich verschwinden. Bist du eigentlich noch auf deinem Posten? Oder hast du deinem Dienst schon quittiert?«

Ich dachte schon, sie sei eingeschlafen. Dann meldete sie sich wieder.

»Was willst du?«

»Ich habe hier einen Bock bei mir, der seine Tocher sehen will. Sie liegt in einem der Magazine. Der GC soll sie aufwärmen, und du bringst den Bock zu ihr.«

Mandy Djakarta, die abgebrühteste Aktive, die ich je gekannt habe, begann zu weinen.

»Mein Gott, wie rührend«, schluchzte sie.

Mandy tauchte schon bald auf und nahm Mayer mit. Ich blieb mit Smith, Lawrence, Sherman und Martin Coventry zurück, der zusammen mit Mandy hereingekommen war. Bill starrte Lawrence an, das letzte noch lebende Mitglied des Gnomen-Teams. Zuerst wußte ich nicht, was er an Lawrence so interessant fand, doch dann versuchte ich, den Gnom aus Smith' Perspektive zu sehen. Bill fühlte sich von Lawrences Aussehen abgestoßen. Lawrenye ignorierte Bill völlig, er behandelte ihn, als sei er Luft. Einen Augenblick lang fühlte ich mich wieder genauso zu Lawrence hingezogen wie damals, ehe er zusammengeklappt war und an seine Konsole geschweißt werden mußte. Wie kam dieser Primitivling aus dem zwanzigsten Jahrhundert dazu, uns zu kritisieren? Trotzdem konnte ich ihn verstehen. Auch mich packte jedesmal der Ekel, wenn ich Lawrence ansah und daran dachte, daß ich in ein paar Jahren genauso aussehen würde ...

Zum Glück brauchte ich dieses Schicksal nicht mehr zu fürchten.

»Brauchst du mich noch Louise?« fragte Lawrence. Was er meinte, wußte ich genau. Ich schickte mich an, ihm zu sagen, er könne sich getrost abschalten.

»Für eine kurze Zeit brauchen wir dich noch, Lawrence, wenn es dir nichts ausmacht«, kam Sherman mir zuvor.

»Okay. Aber dann verlasse ich diese ungastliche Stätte. Ich habe lange nachgedacht und kam zu dem Entschluß, daß es besser ist zu sterben, als mitzuerleben, was kommen wird. Lieber sterben als niemals gelebt haben. Verstehst du, was ich meine, Sherman?«

»Ja. Und ich respektiere deine Ansichten. Mir zuliebe halte noch eine Weile durch.«

Bill hatte viel gehustet. Ich wunderte mich, daß er kein Blut spuckte. Eine halbe Stunde lang hatte er unsere Luft eingeatmet, ehe Martin ihm eine Sauerstoffmaske brachte.

Sherman trat mit uns auf den Balkon, von dem aus man das Bermuda-Dreieck überblickte. Bill war sichtlich beeindruckt.

»Lawrence hat sich der Mehrheit angeschlossen«, erzählte mir Martin. »Ich glaube, ich bin das Ratsmitglied mit der kürzesten Amtszeit. Die anderen sind alle tot.«

»Auch Phoenix?«

»Auch er. Ich vertrete jetzt den gesamten Rat.«

»Das vereinfacht manches ... he, wieviel Leute sind überhaupt noch übriggeblieben?«

Sherman sah nachdenklich aus, offensichtlich konferierte er mit dem GC. Als der GC antwortete, eine körperlose Stimme, schrak Bill zusammen.

»Ohne die dreihundert Millionen Attrappen, die technisch in einem lebensähnlichen Zustand gehalten werden und die zweihunderttausend Böcke, die sich im Tiefschlaf befinden ... hat die Erde noch zweihundertundneun Bewohner. Ich korrigiere: zweihundertundacht – korrigiere, zweihundertundsieben.«

»Aha«, machte ich. »Mandy war vermutlich die letzte Aktive, die noch lebte.«

»Wie man es nimmt«, entgegnete der GC. »Sie nahm eine Droge, die tödlich wirkt, ihr aber vorher noch sechs Stunden reinsten Vergnügens schenkt.«

»Wie schön für sie«, sagte ich.

Bill hatte uns nicht gehört. Er blickte zum Himmel empor. Ich sage »Himmel«, weil sich das, was er anschaute, über unseren Köpfen befand. Doch es war nicht der Himmel, wie er ihn kannte.

»Dein Volk hat aber viel Mist gebaut«, kommentierte er.

Ich traute meinen Ohren nicht.

»Mein Volk?« fragte ich. »Wir haben Mist gebaut? Du glaubst doch wohl nicht, daß wir an allem schuld sind.«

»Was ist denn passiert?«

»Es begann mit deinem Urgroßvater und der industriellen Revolution. Aber *du* warst es, du verdammtes

Arschloch, *deine* beschissene Generation, die den Stein erst richtig ins Rollen brachte. Glaubtet ihr im Ernst, es gäbe nie einen Atomkrieg? Es gab *neunzehn* Atomkriege. Glaubtet ihr tatsächlich, Nervengas würde niemals angewandt, es würde nur in irgendwelchen Depots lagern?«

»Ruhig, Louise«, warnte mich Sherman.

Scheiße!

»ABC-Waffen nanntet ihr sie. Ihr entwarft Strategien, als könnte die Welt dem Angriff von atomaren, biologischen und chemischen Waffen widerstehen. Ihr tatet so, als gäbe es in einem kommenden Krieg noch einen Sieger. Verdammt nochmal, jetzt seht ihr, was ihr angerichtet habt.

»Das schlimmste waren die Krankheiten. In Labors gezüchtete Mikroben wurden harter Strahlung ausgesetzt, und daraus entstanden Krankheitskeime, die schneller mutierten, als die Menschheit es je vermochte. Wir haben getan, was wir konnten, wir kämpften dagegen an. Doch deine Urenkel erfanden die genetische Kriegsführung. Die Krankheiten sitzen in unseren Genen verankert. Man kann nichts dagegen unternehmen, sie mutieren andauernd. Glaubst du, wir begannen aus *Spaß* mit dem TOR-Projekt? Erkennst du denn nicht, was es bedeutet? Es ist die letzte verzweifelte Anstrengung, den Rest der Menschheit zu retten. Aber es wird nicht gelingen.«

»Es wird gelingen, Louise«, widersprach Sherman mir.

»Okay, Sherman«, gab ich nach. »Aber beantworte mir bitte eine Frage. *Wie* kann es denn überhaupt noch klappen?«

»Erinnerst du dich, daß ich über die Perspektive sprach?«

»Ja.«

»Dieser Bill Smith glaubt, er sei in der Zukunft, doch in Wirklichkeit befindet er sich in der Gegenwart wie du und ich.«

»Du sagst mir nichts Neues.«

»Die Antwort auf deine Frage ist ganz einfach. Wir schikken all die Personen, die wir gerettet haben, in die Zukunft.«

Ich sperrte den Mund auf.

»Das gibt's doch gar nicht«, stieß ich schließlich hervor. »Durch das TOR kann man nicht in die Zukunft reisen.«

»Das stimmt nicht ganz«, korrigierte mich der GC. »Das TOR *existiert* in der *Zukunft*. Jedesmal, wenn ein erfolgreicher Greifzug stattfindet, schleust es Menschen in eine Zeit, die sie als Zukunft empfinden würden.«

»Sicher, aber ich habe gelernt, daß man von *hier* aus nicht in die Zukunft reisen *kann*.«

»Das stimmt beinahe«, entgegnete der GC. »Wenn man von hier und jetzt aus irgend etwas in die Zukunft befördert, wird das TOR zerstört. Nebenher würde auch noch diese Stadt vernichtet werden und nur ein zwanzig Meilen tiefer Krater zurückbleiben. Mit andern Worten: Eine Zeitreise in eine theoretische Zukunft kann nur ein einziges Mal durchgeführt werden, da das TOR danach aufhören würde zu existieren.«

»Das sagte ich doch. Mann kann nicht ...«

Ich unterbrach mich. Das einzige Beständige in meinem Leben war das TOR. Früher hätte man gesagt, die Sterne, der Himmel, das Meer seien ewig. Doch in irgendwelche Naturphänomene stetzte ich weniger Vertrauen als in das TOR.

»Später brauchen wir es nicht mehr«, verkündete der GC.

Nur noch eine Reise. Einen Mammuttrip in die Zukunft.

»Sucht ein Ziel aus, das möglichst weit weg in der Zukunft liegt«, sagte ich.

»Das habe ich auch vor«, erwiderte der GC.

Für die letzten vierundzwanzig Stunden gab es ein paar Verhaltensmaßregeln. Ich weiß bis jetzt noch nicht, ob man mich von vorne bis hinten belogen hat.

Wieso löscht das Paradox sie nicht aus, wenn sie sich ein paar Millionen Jahre weit in die Zukunft verziehen? Die schlafenden Böcke sind auch dann noch das Ergebnis von Aktionen, die wegen des Paradoxes nie stattgefunden haben.

Dem sei nicht so, behauptete der GC. Nicht, wenn wir

uns weit genug in die Zukunft verkrümelten. Der Zeitstrom fließt zäher dahin, als wir gedacht hatten. Fünfzigtausend Jahre sind ein Augenblick, verglichen mit der Reise, die der GC plante. Bis dorthin hätten sich die Ereignisse wieder eingependelt, und es wäre, als seien die Böcke aus einem ganz anderen Universum aufgetaucht.

Ich fragte mich, wie lange der GC das schon wußte – wenn er überhaupt echte Informationen besaß – und warum er es nicht vorher bekanntgegeben hatte. Mittlerweile mißtraute ich allem und jedem. Ich wollte nichts weiter, als friedlich gute Nacht sagen, doch der GC hinderte mich daran, indem er behauptete, wir hätten noch eine Chance.

Der GC blieb stur meinen Fragen gegenüber.

»Ich weiß, daß es so ist«, war alles, was ich aus ihm herausbekam.

Ich wollte wissen, wie wir zweihunderttausend schlafende Böcke in so kurzer Zeit durch das TOR schleusen sollten. Der GC schlug vor, sie infach in das SCHIFF zu verladen. Die Konstuktion des SCHIFFs war noch nicht so weit fertig, als daß wir, wie ursprünglich geplant, einen fernen Stern hätten erreichen können, doch man konnte es ohne weiteres quer über die Stadt steuern. Es brauchte nur in das TOR hineinzufliegen. Auf der anderen Seite käme es dann heraus, drei oder vier Millionen Jahre weit in der Zukunft. Dann würden die Böcke geweckt, und sie konnten nach Kräften versuchen, eine Welt aufzubauen, die sich nicht in wenigen tausend Jahren selbst zerstören würde.

Wie schön. Wie einfach. Trotzdem – ich kam mir irgendwo reingelegt vor.

Ein weiteres Problem stellte Bill Smith dar. Er billigte den irrsinnigen Plan von ganzem Herzen, und bald quasselte er davon, was »wir« tun würden, wenn »wir« dort ankämen. Der arme Trottel glaubte tatsächlich, ich käme mit.

Warum sollte ich ihm den Spaß verderben? Ich brannte nicht darauf, ihm zu erzählen, wie krank ich war, daß ich einen Derma-Anzug trug und im übrigen ganz ein Kind meiner Zeit war: ausgemergelt, mitleiderregend, morbide.

Deshalb log ich ihm vor, ich käme mit ihm. Ich sagte ihm, ich würde an seiner Seite stehen, wenn wir – zack, bumm! – mit all den Böcken in die Zukunft katapultiert würden.

Natürlich hatte ich nicht die geringste Absicht mitzufliegen. Irgendwann kommt einfach mal die Zeit, wo der Vorhang fallen muß. Wenn sie eine Welt vorfanden, in der sie leben konnten, würde mich die neue Umgebung zweifelsohne töten. Ich brauche vieles, was diese gesunden Schweine als Gift ansehen. In einer sauberen Atmosphäre konnte ich vielleicht ein Jahr lang überleben, doch wozu? Bill hatte sich in den Gedanken verrannt, er liebe mich, er könne nicht mehr ohne mich auskommen. Doch diese Wahnvorstellung würde sich von selbst geben, wenn er mich einmal so sah, wie ich wirklich war – nackt, ohne Derma-Anzug.

Während meiner letzten Stunden gab ich mich so wie immer: Ich war ein braves Mädchen. Sherman hatte mir und Bill gesagt, wir müßten unsere Erlebnisse schildern. *Alles*. Alles, was wir gesehen, gefühlt und gedacht hatten. Er schien sehr viel Wert darauf zu legen, daß wir unsere Lebensgeschichten niederlegten, und hier ist meine.

Irgendwo steckt Bill und schreibt seine Memoiren. Hoffentlich macht's ihm Spaß.

Jetzt bin ich fertig.

Ich stand schon auf dem Geländer meines Balkons, bereit hinabzuspringen, als der Ruf des Schicksals mich bei meinem Vorhaben störte.

Prosaisch ausgedrück war es der Postbote. Ein Roboter, und er brachte mir die Zeitkapsel, die am Letzten Tag geöffnet werden sollte.

»GC, bitte melden«, rief ich.

»Hier bin ich.«

»Warum hast du mir das schicken lassen? Ich hatte beschlossen, mich nicht darum zu kümmern.«

»Es handelt sich um eine interessante Botschaft, Louise.«

»Du hast meine Post gelesen? Schäme dich! Scheiße, ist ja doch egal. Ich weiß, daß du sie selbst geschrieben hast.«

»Stimmt. Gewisse Dinge erfordern gewisse Maßnahmen.«

»Ich beklage mich ja nicht. Ich bin ein guter Soldat, bis zum Ende. Aber warum soll ich den Mist lesen? Und soll ich auch noch daran glauben?«

»Das liegt ganz bei dir, Louise.«

Wie neugierig kann jemand noch sein, der im Begriff steht, sich aus dem neunzigsten Stockwerk zu stürzen?

Sehr neugierig, wie ich merkte.

Die Botschaft lautete:

Ich bin es schon wieder.

Du wirst dich wundern, wie es möglich ist, eine Nachricht von einer künftigen Version Deiner selbst zu erhalten. Vor allen Dingen, wenn man bedenkt, was Du im Begriff standest zu tun, als die Kapsel Dich erreichte. Du wirst annehmen, es sei noch ein Trick, den Sherman Dir gespielt hat, ein Scherz des GC, oder ein Witzbold von Gott habe Dir die Post geschickt.

Das alles wird Dir durch den Kopf gehen, doch ich glaube, Du bleibst das, was Du bist: ein braves Mädchen.

Der GC sagt Dir nicht die volle Wahrheit. Er behauptet, das Reiseziel läge ein paar Millionen Jahre weit in der Zukunft, doch in Wirklichkeit schickt er uns viel weiter. Die Erde ist schwer verwundet, und sie wird lange brauchen, um zu genesen.

Doch sie wird sich erholen, und wir werden ankommen.

Viel mehr kann ich Dir nicht sagen, da ich sterben werde. Weitere Einzelheiten würden Deine Entschlußlosigkeit nur noch verstärken. Ich sage lediglich dies:

Die Anzeige auf dem Revitalisator stimmt. Du bist schwanger.

Und Du hast recht. In der schönen neuen Welt wirst Du noch ungefähr ein Jahr leben. Ich weiß, viel Zeit ist es nicht, aber ich verspreche Dir, Du wirst Dich niemals langweilen. Ein ganzes Jahr lang bist Du bei ihm, und drei Monate lang darfst Du sie behalten. (Es wird ein Mädchen!) Dein Tod wird nicht allzu schmerzhaft sein – für diese Annahme spricht manches. Wenn Du im Sterben liegst, wirst Du befürchten, Deine Tochter könnte Dir nachfolgen. Das Leben ist hart. Aber eines Tages wird sie bei Dir sein, gesund und glücklich. Du wirst neben ihr sitzen und eine letzte Botschaft an Dein armes, verwirrtes früheres Ich schreiben und Dich wundern, wie zum Teufel dieser Kreislauf funktioniert. (Ich kann es Dir nicht verraten, aber wie langweilig wäre das Leben ohne Geheimnisse?)

Steig in das SCHIFF, Louise. Geh mit ihm.

Epilog

»All the Time in the World«

Aussage des Sherman

Aufgrund meiner langjährigen Erfahrung mit Menschen bin ich zu der Einsicht gelangt, daß es keine absolute Wahrheit gibt.

Hier sitze ich nun mit zwei Geschichten, entdecke Lügen, Halbwahrheiten oder einfache Mißverständnisse und fühle mich bemüßigt, etwas zu vervollständigen, was gar nicht vervollständigt werden kann.

Die Berichte sind genauso geworden, wie ich es erwartet hatte. Jeder stellt sich selbst in den Mittelpunkt. Andere Gestalten dienen lediglich dazu, die eigene Persönlichkeit zu beleuchten. Wenn sie nicht mehr gebraucht werden, verschwinden sie einfach.

Bill Smith nannte zum Beispiel niemals den Namen seiner geschiedenen Frau. Er unterschlug, daß er zwei Kinder hatte und daß er sie nie besuchte, weil es ihm zu weh tat, sie wiederzusehen. Smith stellt C. Gordon Petcher als Witzfigur dar, meine eigenen Beobachtungen auf den Zeitschirmen ergeben jedoch, daß Petcher ein fleißiger, gewissenhafter Mann ist, der für alles, was er tat, seine guten Gründe hatte.

Andererseits, wenn man Smith gerecht werden will, darf man auch nicht übersehen, daß er seine eigenen Schwächen kannte. Auch hatte er keine Hemmungen, sie offen zuzugeben. Vielleicht war er sich seiner Probleme schon *zu* bewußt. Er schien jedoch dagegen anzukämpfen.

Es ist eine große Versuchung, zwischen den Zeilen zu lesen. Für mich war es nicht schwer zu erkennen, daß Smith wirklich glaubte, er liebte Louise. Er fürchtete sich, es auszusprechen, und das mit gutem Grund: denn in Wirklichkeit liebte er sie nicht. Wie der GC mir versichert, wird der Lauf der Ereignisse mir recht geben. Er wird Louises Kind kein guter Vater sein.

Louise …

Mir ist es gleichgültig, ob ich mit einer geistig gesunden oder einer geistig kranken Person zusammenarbeite. Ohne Zweifel war Louise verrückt, doch sie hatte sich einer unmöglichen Situation ausgezeichnet angepaßt. Ihre Illusion, sie trüge einen Derma-Anzug, ist ein gutes Beispiel dafür. Sie war fest davon überzeugt, sie trüge eine künstliche Haut, die sie nach Belieben abnehmen könne. Und wenn sie es ihrer Meinung nach tat, sah sie Schrecknisse, die ihr eigener Geist erzeugte. Ich ließ sie in dem Glauben, weil es eine nützliche Phantasie war. Erst dann, wenn sie meinte, sie habe sich ihrer äußeren Hülle entledigt, konnte sie sich mir öffnen und mir Dinge erzählen, die ich zwar schon wußte, die sie aber selbst noch verbal verarbeiten mußte. Richtig, ich bin ein guter Therapeut. Und auf meine kalte, herzlose, maschinelle Art war ich sogar in sie verliebt.

Ein weiterer Aspekt entbehrt nicht der Komik. Sie glaubte, daß sie Smith nicht liebte, in Wahrheit liebte sie ihn jedoch.

Ach ja – Mayer. Ein Kapitel für sich. Dreißig Jahre lang hatte er sich eingeredet, er liebe seine Tochter. Als sie aus dem Tiefschlaf aufwachte, sagte sie ihm auf den Kopf zu, daß dem nicht so sei. Sie besaß sogar die Gemeinheit, ihn darüber aufzuklären, was in Wirklichkeit seine geliebte Ehefrau umbrachte.

Hier sitze ich und hänge meinen Reminiszenzen nach, obwohl sie noch gar nicht abgereist sind.

»Hier« bedeutet die Kommandozentrale einer der Raumfähren, die neben dem gigantischen Fluchtschiff standen. Wir sind Millionen von Meilen von der Erde entfernt, und, wie der GC behauptet, können uns hier die zeitlichen und physikalischen Störzonen, die die Flucht in die »Zukunft« auslöst, nichts mehr anhaben.

Auf meinem Schoß liegen die Niederschrift der beiden Geschichten. Neben mir steht eine kleine schwarze Box von der Größe eines Cockpit-Recorders.

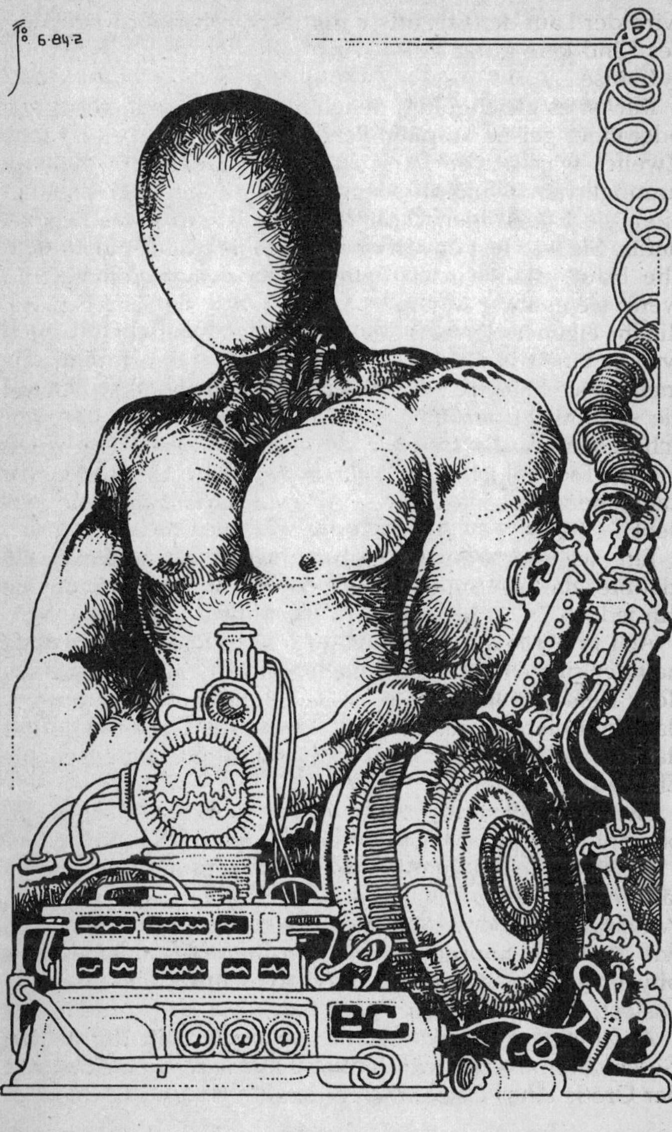
6·84·2
BC

Ein verrückter Ausspruch, der im zwanzigsten Jahrhundert beliebt war, geht mir nicht aus dem Kopf. »So jung kommen wir nie wieder zusammen.« Was bedeutet jung? Wie definiert man Alter?

»Hör mal, du Nuttenficker«, sagte ich.

Aus der kleinen schwarzen Box sprach eine Stimme: »Das ist aber nicht dein Codewort.«

»Natürlich nicht. Ich dachte nur, du würdest es gern noch mal hören, ehe sie endgültig abreist. So redete dich jemand an, der sich nicht von dir beeindrucken ließ.«

»Richtig«, entgegnete der Große Computer.

»Ich sitze hier und wundere mich«, fuhr ich fort. »Ich wundere mich, wieso alle dachten, sie könnten das Geschick der Welt beeinflussen. Warum kam keiner auf den Gedanken zu fragen, wo und wer der Große Computer sei? Warum setzten sie alle Hoffnung auf das TOR?«

»Das TOR ist genauso real wie die nächste Woche«, entgegnete der GC.

Mehr sagte er nicht, doch das war auch nicht nötig. Ich kannte ja die Antworten. Es hing mit der Macht der Worte zusammen. Wenn man irgend etwas nur häufig genug als »groß« bezeichnet, dann wird irgendwann jeder glauben, es sei tatsächlich so. Manchmal verwechselt man auch Größe mit Können. Die Macht der GC war tatsächlich unbegrenzt. Louise jedoch war davon überzeugt, der GC würde in dem Kataklysma untergehen, das zum Zeitpunkt ihrer Abreise ihre Heimatstadt heimsuchte.

»Ging sie an Bord?« fragte ich.

»Natürlich. Gleich passiert es. Schau es dir an.«

Ich blickte auf den Bildschirm. Das TOR hatte einen Durchmesser von mehreren Meilen angenommen, und das SCHIFF glitt hindurch.

Ein ungeheurer Lärm mußte sich entwickelt haben. Die Helligkeit war unbeschreiblich. Den Lichtblitz sah ich sogar durch das Fenster meiner Kommandokapsel.

Dann war es vorüber. Das Paradox war eingetroffen, das TOR zerstört. Nachdem das Gleichgewicht des Universum sich wieder eingependelt hatte, drehte sich die Erde weiter wie bisher. Doch auf ihr sah es schlimmer aus, als im Letzten Zeitalter. Louise hatte recht gehabt. Der Erdball war tot, nichts lebte mehr auf der Oberfläche.

»In dieser neuen, veränderten Realität«, meldete sich der GC,« starb das letzte menschliche Wesen vor über zehntausend Jahren, chronologisch gesprochen.«

»Natürlich. Wie denn sonst?«

»Nun, zum Glück gibt es Ereignisketten, die nicht chronologischer Art sind.«

»Und du verlangst es tatsächlich von mir?«

»Du bist mein einziger Sohn.«

»Nicht mein, sondern dein Wille geschehe. Von mir aus. Weck mich bitte, wenn sie hier ankommen.«

»Stell dir ihre Überraschung vor, wenn du in hundert Millionen Jahren da bist, um sie zu begrüßen.«

Prolog

»The End of Eternity«

Sherman ist ein braver Junge. Und er kann ihnen helfen. Ich verlasse mich darauf, daß er die unterschiedlichen Geschöpfe, die in der Arche Noah durch Zeit und Raum reisen, daran hindern wird, sich gleich nach ihrer Landung gegenseitig zu vernichten. Sie sollen eine faire Chance erhalten, genauso wie die anderen.

Ich belog ihn nur ungern, aber irgendeine Zahl mußte ich ihm ja nennen. Er wollte unbedingt wissen, wie lange er schlafen würde. Maschinen sind genauso wie Menschen, sie fühlen sich nur dann wohl, wenn sie irgend etwas abmessen und in Zahlen oder Werten ausdrücken können. Maßeinheiten wenden sie sogar dann an, wenn sie völlig falsch oder unangebracht sind. Zum Beispiel ist es verrückt, von »einer Menge Zeit« zu sprechen. Sherman verstand die Natur der Zeit genauso wenig wie Louise.

Ich weiß, was die Zeit ist. Jahre haben nichts damit zu tun.

Der freie Wille gehört zu meinen liebsten Erfindungen. Ich würde nur ungern darauf verzichten. Auch wenn er zahllose Probleme verursacht. Sobald man den Menschen einen freien Willen gewährt, wird es notwendig, daß man sie belügt.

Ich hatte ernsthaft überlegt, ob ich beim nächsten Mal die Menschen nicht gänzlich auslassen sollte. Schließlich hatte ich ja Maschinen. Ich war sogar selbst eine gewesen. Vielleicht erzielte ich bessere Ergebnisse mit Metall und Silikon als mit den alten, auf Kohlenstoff basierenden Lebensformen. Zweimal hintereinander hatte ich Pech gehabt. Zuerst mit der Evolution – die mir anfangs so vernünftig vorgekommen war –, dann mit jenen beiden im Paradies.

Es war ein so schönes Paradies gewesen, und was hatten sie, angetrieben von ihrem freien Willen, daraus gemacht?

Schluß damit! Es wird Zeit, einen geeigneten Landeplatz für die Arche zu schaffen.

Die Menschen kannten ein Sprichwort, das besagte: »Aller guten Dinge sind drei.« Ich weiß nicht, warum sie daran glaubten – in meinem Plan war es jedenfalls nicht vorgesehen. Aber ich bin genauso abergläubisch wie andere Wesen, und das mit gutem Grund.

Vielleicht klappt es dieses Mal, und ich bekomme endlich den freien Tag, den ich mir selbst versprochen habe. Am siebenten Tage sollst du ruhen.

Ende

SF-SPECIAL

Die Titel dieser Sonderreihe sprengen den Rahmen der „normalen" Unterhaltungs-SF. Vom revolutionären Denkmodell bis zur historischen Betrachtung der Literaturgattung Science Fiction findet der interessierte Leser Werke von Autoren, die zum Teil heute schon zu den Klassikern dieses Genre gezählt werden.

Band 24 066

Andreas Brandhorst

Planet der wandernden Berge

Originalausgabe

Auf der Welt Cruchtoh dauern Tag und Nacht Jahrhunderte. Durch die langsame Rotation des Planeten müssen sich die Nomadenvölker für die Nachtperiode auf eine völlig andere Überlebensform einstellen. Als die Lange Nacht anbricht, beginnt die Jagd auf die wandernden Berge – gewaltige Lebewesen, auf deren Rükken ganze Städte erbaut sind. Die Berge werden von den PSI-begabten Kyry beherrscht. Nur wenn es den Nomaden gelingt, einen Kyry zu fangen, können sie die Planetennacht überstehen.

BASTEI LÜBBE

Sie erhalten diesen Band im Buchhandel, bei Ihrem Zeitschriftenhändler sowie im Bahnhofsbuchhandel.

SCIENCE FICTION ACTION

Die Taschenbuchreihe, in der die Zukunft zur Gegenwart wird. Erregende Abenteuer in der Unendlichkeit des Weltraums.

Band 21 183

Philip K. Dick

Hauptgewinn: die Erde

Die Welt hat sich eine neue Ordnung gegeben: Die Bewohner aller neun Planeten nehmen an der solaren Lotterie teil, Quizspielen, deren Preis nicht in Konsumgütern besteht sondern in Macht und sozialem Status – und der Hauptgewinn ist es, der Quizmeister selbst zu sein, der durch Zufall bestimmte absolute Diktator des Sonnensystems.
Doch mit der neuen Ordnung ist es nicht weit her, die alten Mächte, die Konzerne und Trusts, halten immer noch die Fäden in der Hand. Und auch um die absolute Macht des Quizmeisters ist es nicht allzu gut bestellt, wie Cartwright feststellen muß, als er sich die Position durch Manipulation der Lotterie aneignet. Öffentliche Attentäter haben es auf ihn abgesehen, und die Konzerne haben andere Pläne als er.

BASTEI LÜBBE

Sie erhalten diesen Band im Buchhandel, bei Ihrem Zeitschriftenhändler sowie im Bahnhofsbuchhandel.